桐城派文库 学术研究系列

姚鼐诗文及交游研究

卢坡 著

北京师范大学出版集团
安徽大学出版社

图书在版编目(CIP)数据

姚鼐诗文及交游研究/卢坡著．—合肥：安徽大学出版社，2020.6
（桐城派文库．学术研究系列）
ISBN 978-7-5664-1511-0

Ⅰ.①姚… Ⅱ.①卢… Ⅲ.①姚鼐(1731—1815)—文学评论 Ⅳ.①I206.49

中国版本图书馆 CIP 数据核字(2020)第 096179 号

姚鼐诗文及交游研究
Yao Nai Shiwen Ji Jiaoyou Yanjiu

卢坡 著

出版发行：	北京师范大学出版集团 安 徽 大 学 出 版 社 （安徽省合肥市肥西路 3 号 邮编 230039） www.bnupg.com.cn www.ahupress.com.cn
印　　刷：	合肥远东印务有限责任公司
经　　销：	全国新华书店
开　　本：	170mm×240mm
印　　张：	19
字　　数：	276 千字
版　　次：	2020 年 6 月第 1 版
印　　次：	2020 年 6 月第 1 次印刷
定　　价：	45.80 元

ISBN 978-7-5664-1511-0

策划编辑：李　君		装帧设计：李　军	
责任编辑：李加凯　钱翠翠		美术编辑：李　军	
责任校对：范文娟		责任印制：陈　如　孟献辉	

版权所有　侵权必究

反盗版、侵权举报电话：0551—65106311
外埠邮购电话：0551—65107716
本书如有印装质量问题，请与印制管理部联系调换。
印制管理部电话：0551—65106311

序

XU

卢坡同志要我为他的大著《姚鼐诗文及交游研究》作序,他说:"您著有《桐城派研究》《姚鼐研究》,我也做些有关姚鼐的研究,我是读着您的书走上桐城派研究道路的。"文学院的桐城派及姚鼐研究后继有人,我岂能不为之深感欣慰而乐于作序呢?

我读了《姚鼐诗文及交游研究》书稿,深感其有三个特色:

以点带面,切中肯綮。本书对姚鼐的诗学研究,从钱锺书说的"桐城亦有诗派,其端自姚南菁范发之"入手,对姚范的诗学思想做了深入剖析,以此为重点,扩展到对整个清代诗坛的批评与反思。以姚鼐自称"欲谨守家法,拒斥谬妄",论证姚鼐确受其伯父姚范的诗学思想影响,并通过其创作实绩,而成为"桐城诗派的奠基者"。接着又"以古文之法通之于诗",上溯至"桐城派诗人对韩愈诗歌的建构与借径"。这就使桐城诗派的渊源、特色和成就一目了然,令人印象深刻。

由小见大,洞若观火。作者对姚鼐散文的研究,大体按《古文辞类纂》确定的门类展开。就杂记类而言,作者从《登泰山记》等几篇游记入手,扩大到论述其文学史意义,即姚鼐的游记实现了地学游记和文学游记的融合。就碑志类而言,作者通过对《袁随园君墓志铭并序》手稿的考释,指出姚鼐碑志文既有"史笔"又有"文德"。就传状类而言,作者指出姚鼐在"私人作传"争论中的理论贡献,又具体分析了姚鼐传状文的成就和影响。在对以上三类文章分析的基础上,作者用"以诗为文"来概括姚鼐古文的特色,这就给人以切实具体、鞭辟入里的深切感受。

资料翔实,凭文献说话。 全书引用的文献资料很多,尤其是以姚鼐与其师友门人的书信为管钥,细致入微、言之有据地揭示出桐城派作家群体的面貌,以及他们之间极为密切的交往和传承关系。作者对所引文献的辨析和解读,虽未必都能获得学界异口同声的赞许,但是他所提供的文献资料,却是确凿无疑,足以令人深思细究,获益匪浅。

以上所述,虽挂一漏万,但已足见作者的姚鼐研究思路新颖、特点鲜明、成绩卓著,令我深感后生可畏,备受鼓舞。

作者说:"姚鼐如何成为桐城派的集大成者?或者说,桐城派如何在姚鼐手中立派?这一直是我开展姚鼐研究想要解决的问题。"其志可谓高矣,大矣,广矣!而愚以为其解决之道,也必须具有高、大、广的宏观视野。如同黄山的迎客松,它之所以那么挺拔矗立,惹人喜爱,离不开黄山多奇松怪石的大环境;它的引人注目、名扬天下,更离不开当今衣食无忧、盛行旅游的大时代环境。桐城派之所以在姚鼐手中立派,也必须把它放在清代中叶的大环境、大视野之中考察。姚鼐自己即明言:"维盛清治迈逾前古千百,独士能为古文者未广。昔有方侍郎,今有刘先生……夫释氏衰歇,则儒士兴,今殆其时矣。"(《刘海峰先生八十寿序》)他所看重的是"世事之治乱,伦类之当从违"(《与陈硕士》)。他的创作是"非关天下利害,兹不著"(《博山知县武君墓表》)。可见,整个集大成的时代需要,方、刘等前辈所开创的传统,攸关"天下利害""世事之治乱"的现实社会生活的感受,都对解决"桐城派如何在姚鼐手中立派"这一问题至关重要。

何况文学的本质是社会生活的反映,文学实质上是人学,而人的本质是一切社会关系的总和。作家是时代的感官,文学流派是历史的产物。不具备宏观的视野,即使对作家作品做微观研究,也难免以偏概全,使问题的真相和实质被掩盖或扭曲。如姚鼐中年辞官从文,这是决定他为桐城立派的关键之举。姚鼐坚持宋学,从号称"汉学家大本营"的四库全书馆辞职,不言而喻,汉宋学术之争是他辞官的直接原因。可是,从宏观视野来看,他主张"得国容有之,天下必以仁"(《漫咏三首》其一),而封建官场的腐朽黑暗使他的儒家仁政理想处处碰壁,为此他发出"天道且日变,民生弥苦辛"(《漫咏三首》其一)、"顾念同形生,安可欲之死"(《述怀二首》其二)的尖锐责难,深感自己无能为力:"十年省阁内,回首竟何成!"(《阜城作》)"自从通籍十年后,意兴直如庸人侔。"(《于朱子颍郡斋值仁和申改翁见示所作诗题赠一首》)因此,他早就有辞官的想法,早就表示要"长揖向长官,秋风归田里"(《述怀二首》其二),"拂衣便可去,潜霍吾前期"(《寄仲孚应宿》)。在他进入四库馆的前一年,给刘大櫆的信中即已下定决心:"明年必归。"(《与刘海峰先生》)那时他还在刑部郎中任上,跟汉宋学术之争毫不搭界。如果仅因汉宋之争而辞官,他在辞去四库馆职、远离汉学家之后,完全可以担任其他官职,他为什么一概拒绝举荐呢?诸多事实证明,他告别的不只是四库馆,也不只是汉学家,更重要的是告别整个封建官场。在他看来,既然为官不能"度其志可行于时,其道可济于众"(《复张君书》),那就辞官从文。因为"明道义、维风俗以诏世者,君子之志;而辞足以尽其志者,君子之文也"(《复汪进士辉祖书》)。这才是他辞官从文的真相和实质。

好在学无止境,任何人皆不可能"毕其功于一役"。卢坡同志受过良好的学术训练,年富力强,有志于学,又恰逢当今的好时代,有安定团结的社会政治环境,可以大胆放手、专心致志做学问,又有各级组织的重视和支持,研究课题可以立项并获得经费。他手中已有多个有关姚鼐研究的课题被批准立项,其姚鼐研究必将硕果累累,大有井喷之势。仅在安大文学院后来居上不足道,其在全国学术界的后来居上必可期。

是为序。

周中明
2020 年 5 月于安徽大学文学院

目录

诗学研究

第一章 "桐城亦有诗派"续说 ………………………… 3
  第一节 "诗在桐城" ………………………………………… 4
  第二节 自觉的诗派意识 …………………………………… 6
  第三节 强烈的批判精神 …………………………………… 9
  第四节 融通的诗学观念 …………………………………… 14

第二章 姚范:桐城诗派的嚆矢 …………………………… 17
  第一节 对清代诗坛的批评与反思 ………………………… 17
  第二节 姚范诗学思想探析 ………………………………… 23
  第三节 "桐城亦有诗派,其端自姚南菁范发之"辨正 …… 28

第三章 姚鼐:桐城诗派的奠基者 ………………………… 34
  第一节 诸体兼备与诸体兼善? …………………………… 35
  第二节 "道与艺合,天与人一" …………………………… 41
  第三节 "镕铸唐宋"的诗学宗旨 …………………………… 43

第四节 "雄伟而劲直者,必贵于温深徐婉" …………………… 48
   第五节 "以古文之法通之于诗" ……………………………… 50
   第六节 "有所法而后能,有所变而后大" …………………… 54

第四章　互利共成:桐城派诗人对韩愈诗歌的建构与借径 ………… 58
   第一节　异代知音:桐城派诗人对韩愈诗歌的评论及推尚 …… 59
   第二节　他山之石:桐城派诗人对韩愈的接受与诗学转化 …… 64
   第三节　互利共成:桐城派诗人对韩诗的建构与借径 ………… 68

散文研究

第五章　姚鼐辞京南下游记散文研究 ……………………………… 77
   第一节　情景理路:一组寓情于景的游记散文 ………………… 79
   第二节　美学特质:雅洁而质实,色华而不靡 ………………… 82
   第三节　文学史意义:地学游记与文学游记的融合 …………… 85

第六章　《袁随园君墓志铭并序》手稿考释 ……………………… 89
   第一节　手稿校读:一部夹在信札中的修订稿 ………………… 90
   第二节　盖棺论定:"必不可没之名"与"必不可护之过" …… 97
   第三节　古文之法:"但加芟削,意足味长" ………………… 101

第七章　姚鼐传状文探析 …………………………………………… 104
   第一节　"私传安可废乎" ……………………………………… 105
   第二节　姚鼐颇为得意的一组传状文 …………………………… 109
   第三节　姚鼐传状文的影响 ……………………………………… 117

第八章　姚鼐"以诗为文"述论 …………………………………… 122
   第一节　"以文为诗"与"以诗为文" ………………………… 122
   第二节　姚鼐同题诗文相较对读 ………………………………… 126
   第三节　"神理气味"与"格律声色" ………………………… 131

交游研究

第九章 《惜抱轩尺牍》：开启姚鼐研究的管钥 ········ 139
第一节 《惜抱轩尺牍》论学论文取向 ········ 141
第二节 《惜抱轩尺牍》论学论文特点 ········ 145
第三节 《惜抱轩尺牍》剩义发微 ········ 148

第十章 姚鼐尺牍交往与桐城派的壮大 ········ 152
第一节 嘤其鸣矣，求其友声
——姚鼐与师友者尺牍 ········ 154
第二节 余岂好辩，不得已也
——姚鼐与辩论者尺牍 ········ 166
第三节 同声相应，同气相求
——姚鼐与受教者尺牍 ········ 175

第十一章 陈用光与姚鼐尺牍解读 ········ 189
第一节 师徒尺牍交往还原 ········ 190
第二节 被引荐与引荐 ········ 192
第三节 切磋琢磨与教学相长 ········ 197

第十二章 姚鼐与师友门人交游考略 ········ 202
第一节 姚鼐与辽东朱氏交游考 ········ 202
第二节 姚鼐与灵石何氏交游考 ········ 209
第三节 姚鼐与麻溪吴氏交游考 ········ 217
第四节 姚鼐与曲阜孔氏交游考 ········ 223
第五节 姚鼐与新城陈氏交游考 ········ 231

附 录

一、姚鼐堪舆思想研究 ·· 251
　　1. 姚鼐堪舆思想溯源 ·· 252
　　2. 姚鼐堪舆思想文化解读 ·· 255
　　3. 姚鼐堪舆思想批判 ·· 261
二、姚鼐书学思想研究 ·· 265
　　1. "不模拟,何由得入" ·· 266
　　2. 刚柔相济 ·· 268
　　3. 神韵为宗 ·· 271

结　语 ··· 276

图　表
　　表1　《皖雅初集》所录八府五州诗人诗作表 ·························· 4
　　表2　《袁随园君墓志铭并序》手稿原稿、修改稿对比表 ················ 91
　　表3　陈用光与姚鼐尺牍交往考证表 ·································· 191
　　图1　《袁随园君墓志铭并序》手稿 ·································· 94
　　图2　姚鼐撰、孔继涑书
　　　　《皇清赠武义大夫贵州提标右营游击何公墓志铭》············· 215
　　图3　姚鼐与陈用光手札(局部) ····································· 269
　　图4　姚鼐与陈用光手札(局部) ····································· 271
　　图5　姚鼐画像(选自叶衍兰、叶恭绰编《清代学者象传合集》) ······· 273

参考文献 ··· 279
后　记 ··· 291

诗学研究

第一章 "桐城亦有诗派"续说

桐城派是中国文学史上一个重要的文学流派,甚至被视为中国文学史上延续时间最长、活动地域最广、规模最大的一个文学流派。但是人们常说的桐城派是桐城文派,即就散文(古文)这个领域而言的。钱锺书先生在《谈艺录》中指出"桐城亦有诗派"①,并扼要地点出桐城诗派的成员、流变及诗学观点等。吴孟复先生认为桐城不仅有文派、学派,还有诗派②。当代清诗研究影响较大的几部著作也都提到了桐城诗派,有学者甚至认为桐城诗派的影响大于桐城文派③。但有关桐城诗派的研究还较为薄弱,具体表现在:桐城诗派中重要诗人个案研究不充分;对桐城诗派诗学主张的认识不够深入和系统;诗派的流变和分化尚待进一步厘清;甚至对桐城诗派的发端者还存在争议;等等。钱锺书先生关于桐城诗派的论述影响很大,其中一些说法几成定论。钱锺书先生所论虽然精到但流于简略,不容易把这个延续二百余年、有着很大影响的诗派说清楚。在研究姚鼐诗学思想前,笔者也想就桐城诗派研究中必须面对的问题,提出一些看法。

---

① 钱锺书:《谈艺录》,北京:生活·读书·新知三联书店,2007年,第370页。
② 吴孟复:《桐城文派述论》,合肥:安徽教育出版社,2001年,第17～39页。
③ 刘世南:《清诗流派史》,北京:人民文学出版社,2004年,第341页。

第一节 "诗在桐城"

有清一代,安徽籍诗人创作了大量的诗歌,《宛雅三编》《宛上同人集》《桐旧集》《历阳诗囿》《上江诗选二集》《小山嗣音》《庐州诗苑》和《皖雅初集》等都载录了皖人的诗作。皖籍诗人更是名家辈出,从明末清初遗民诗人钱澄之、"江左三大家"之一的龚鼎孳、"南施北宋"的施闰章到刘大櫆、姚鼐以及后来的姚莹、方东树等,皆以诗或论诗闻名。近人陈诗有感于"各省诗篇,咸有总集"①,清代皖人诗歌创作之盛而没有反映一地诗学之盛的总集,故编《皖雅初集》。《皖雅初集》按行政区划编排,共收录清顺治至宣统间安徽八府、五直隶州、五十五县的诗人诗作,颇能具体而微地反映清代皖人诗歌创作之概貌。具体如下表所示:

表 1 《皖雅初集》所录八府五州诗人诗作表

地区	卷数	诗人及所占比例		诗作及所占比例	
安庆府	卷一至十	366	25.08%	828	29.21%
徽州府	卷一一至一八	268	18.36%	495	17.46%
宁国府	卷一九至二二	167	11.44%	264	9.32%
池州府	卷二三至二五	90	6.01%	210	7.41%
太平府	卷二六至二七	51	3.49%	99	3.49%
广德州	卷二八	11	0.75%	13	0.46%
庐州府	卷二九至三四	322	22.07%	562	19.83%
凤阳府	卷三五	36	2.46%	53	1.87%
颍州府	卷三六	33	2.26%	82	2.89%
滁州	卷三七	32	2.19%	66	2.33%
和州	卷三八	30	2.05%	49	1.73%
六安州	卷三九	14	0.96%	32	1.13%
泗州	卷四十	39	2.67%	81	2.86%
合计八府五州		1459		2834	

---

① 陈诗:《皖雅初集自序》,见《皖雅初集》,合肥:黄山书社,2017 年,第 3 页。

说明：在池州府、庐州府等卷后有附录，因诗作数量较少，不影响数据统计，故不纳入统计范围之内①。

《皖雅初集》旨在反映有清一代皖人诗歌创作之概貌，安庆府为当时皖之首府，故从安庆府始。从上表可以看出安徽各地的诗学发展并不平衡，总体而言，江南诗歌创作较为兴盛，江淮之间次之，淮河以北又次之。其中安庆府桐城一县（卷二至卷九）作者328人诗作696题，为安徽省各地诗人、诗作之最。需要说明的是，编者陈诗并非有意偏爱桐城一地之诗人，如桐城姚范仅收3首，刘大櫆、姚鼐、姚莹仅各收5首，可见《皖雅初集》收录之严。淮河以北的颍州府（包括阜阳县、颍上县、霍邱县、亳州、涡阳县、太和县和蒙城县）共收33位诗人82题诗作；凤阳府（包括凤阳县、怀远县、定远县、寿州、凤台县、宿州及灵璧县）共收36位诗人53题诗作。其中颍上县只收慎俊一人一首诗作，凤台县只收李玉书一人一首诗作。由此可知，桐城一地的诗学确实较为发达。

如果说《皖雅初集》是对整个安徽省诗歌创作状况的概括描述，尚不足以凸显桐城诗人创作之繁荣，《桐旧集》则为专收桐城一地的诗歌总集。《桐旧集》编纂者徐璈认为，编有《龙眠风雅》的潘江未见桐城自刘大櫆以后诗学之盛，清初至道光年间几近二百年诗家辈出，而合邑通选未有继其事者，故编是集。《桐旧集》选诗自明初至清道光年间，凡42卷，作者1200余人，诗作7700多首②。诗集编排以姓氏为区别，名字之下系以事实，于诸家之诗所录少者仅一二首，多者不过八九十首，选录大家名家尤为精当，小家无刻本者或稍从宽③。徐璈此选"非妄为去取也，凡千二百余家，不能不约之又约"④。《桐旧集》大体能够反映桐城诗人自明至清道光年间的创作情况。此仅就桐城一地

---

① 此数据统计依据黄山书社2017年版《皖雅初集》。
② 以上数据统计依据安徽大学出版社2016年版《桐旧集》。
③ 《桐旧集》中入选50首以上的诗人有方文（69）、方以智（84）、钱澄之（67）、马之瑛（84）、刘大櫆（90）、姚鼐（79）、倪之镗（65）、朱雅（70）、祝祺（50）等。
④ 徐璈：《桐旧集例言》，见徐璈辑录，杨怀志、江小角、吴晓国点校：《桐旧集》，合肥：安徽大学出版社，2016年，第11页。

而言,实际上随着桐城诗派的壮大,其影响也突破了桐城一地,有着较大范围的影响。

从上述文献材料可知,有清一代皖人特别是桐城诗人创作之盛。在这样繁盛的诗歌创作基础上才有可能产生影响较大的诗派。正如姚莹在《桐旧集》序中所言:"海内诸贤谓古文之道在桐城,岂知诗亦有然哉!"①

第二节 自觉的诗派意识

桐城诗派为自觉型文学流派。所谓"文学流派"是指:"在一定历史时期和活动范围内,对文学与现实相互关系的认识以及兴趣风格相近的作家自觉或不自觉的组合。"②"派"指江河的支流,"流派"与"派"是一个意思。唐人张文琮《咏水》诗道:"标名资上善,流派表灵长。"③用"派"来概括文学创作的派别,大约在南北宋之交才开始。吕本中作《江西诗社宗派图》,可以算文学流派自觉认识的标志。我国古代文学流派形态各异、情况复杂,但是其中不外乎两种类型,即自觉型和非自觉型。自觉型,指在某一历史时期有某一位或几个杰出作家,不但以自己的创作实践影响着同时代的追随者,而且发表创作纲领和文学口号,加以引导;领袖作家与追随者之间往往同声相应,同气相求,书札往来,唱和切磋,衣钵相承,不但产生了一批风格相似的作品,而且结成了文学见解接近的创作群体。如果说桐城派的形成,姚鼐为关键人物,那对于桐城诗派而言,姚鼐则发挥了极为关键的作用。尽管姚鼐称"不工于诗",实际上却"为之数十年",又言"鼐于文艺,天资学问本皆不能逾人"④,却在当时和后世有很大的影响。姚鼐不仅有大量的诗作传世⑤,为众多诗人的

---

① 姚莹:《桐旧集序》,见《桐旧集》,合肥:安徽大学出版社,2016年,第1页。
② 《辞海》编辑委员会:《辞海》,上海:上海辞书出版社,2002年,第1769页。
③ 彭定求等编:《全唐诗》,北京:中华书局,1960年,第504页。
④ 姚鼐:《惜抱轩尺牍》卷一,清道光三年(1823)刻本。
⑤ 据姚鼐撰、姚永朴训纂《惜抱轩诗集训纂》目次统计,其古今体诗共计747首,实际上据姚执雄所言姚鼐晚年因年老才减而诗作不愿多存,散佚较多。

诗集作序，而且发表了不少关于诗歌创作的评论。姚鼐不满意当时诗坛上流行的性灵说和浙派诗风，批评道："吾断谓樊榭、简斋皆诗家之恶派。"① 姚鼐还选编了《五七言今体诗钞》，并在《序目》中论道：

> 论诗如渔洋之《古诗钞》，可谓当人心之公者也。吾惜其论止古体而不及今体。至今日而为今体者，纷纭歧出，多趋讹谬，风雅之道日衰。从吾游者，或请为补渔洋之阙编，因取唐以来诗人之作采录论之，分为二集十八卷，以尽渔洋之遗志。虽然，渔洋有渔洋之意，吾有吾之意。吾观渔洋所取舍，亦时有不尽当吾心者，要其大体雅正，足以维持诗学，导启后进，则亦足矣。其小小异同嗜好之情，虽公者不能无偏也。今吾亦自奋室中之说，前未必尽合于渔洋，后未必尽当于学者，然而存古人之正轨，以正雅祛邪，则吾说有必不可易者。②

姚鼐以"正雅祛邪""存古人之正轨"为己任，俨然有继王士禛后主持诗坛的气势。姚鼐之后，其弟子或再传弟子摇旗、鼓吹，占山树帜，桐城诗派逐渐形成。《桐旧集》不仅为桐城一地的诗歌选集，更是桐城诗派树立的一面旗帜。姚莹在《桐旧集序》中标榜道：

> 国朝持论之善，足惬天下大公者，前有新城尚书，后有吾从祖惜抱先生，庶其允乎！归愚沈氏所得本浅，论诗谨存面貌，而神味茫如，其当乎人心之大公者，盖寡矣。然此通一代或数代言之，非一都一邑之作也。至一都一邑之作，近世钞刻尤多，囿于方隅，往往又滋诟病。吾桐则不然，窃尝论之：自齐蓉川廉访以诗著有明中叶，钱田间振于晚季，自是作者如林。是以康熙中潘木厓有《龙眠诗》之选，犹未极其盛也。海峰出而大振，惜翁起而继之。然后诗道大昌。盖汉、魏、六朝、三唐、两宋以及元、明诸大家之美无一不备矣。海内诸

---

① 姚鼐：《惜抱轩尺牍》卷四，清道光三年（1823）刻本。
② 姚鼐编选，曹光甫标点：《今体诗钞》，上海：上海古籍出版社，1986年，第1页。

贤谓古文道在桐城,岂知诗亦有然哉!①

姚莹为有血缘和地缘关系的桐城诗派鼓吹,确有为桐城诗派树帜之意。姚氏门人吴德旋在《杂著示及门诸子》推崇道:"渔洋逝矣更谁怜,转益多师后胜前。我自心钦姚惜抱,拜袁揖赵让时贤。"②程秉钊《国朝名人集题词》云:"论诗转贵桐城派,比似文章孰重轻?"自注:"惜抱诗精深博大,足为正宗。"③姚鼐之高弟方东树则继承了姚鼐的诗学观念,坚持桐城诗派之家法,对当时诗坛批评道:"近世有一二庸妄钜子,未尝至合,而辄矜求变。其所以为变,但糅以市井谐诨,优伶科白,童孺妇媪浅鄙凡近恶劣之言,而济之以杂博,饾饤故事,荡灭典则,欺诬后生,遂令古法全亡,大雅殄绝。"④又说:"如近人某某,随口率意,荡灭典则,风行流传,使风雅之道,几于断绝。而后一二赝古者,起而与之相持,而才又不能敌之。"⑤这是对姚鼐"吾断谓樊榭、简斋皆诗家之恶派"论的发挥和补充。姚永朴认为姚鼐诗作诸体(包括七古、五古、七律)皆妙,又能兼唐宋之美,即"先生诗勿问何体,罔不深古雅健,耐人寻绎"之意⑥。此论不免有谀亲之嫌,却正能够看出桐城派诗人较自觉的流派意识和较强的认同感。

通过编诗歌选本纠正诗坛风气的举措,在桐城诗派后学那里依然有较强的表现。吴汝纶之子吴闿生选编《晚清四十家诗钞》,吴氏有慨"晚近异说纷腾,李杜苏黄之学将绝于天下,于是取师友渊源所自及当代名流所为、不大背乎斯旨者凡四十一家,都六百四十六章,甄而录之"⑦。吴闿生以叔父吴汝

---

① 徐璈辑录,杨怀志、江小角、吴晓国点校:《桐旧集》,合肥:安徽大学出版社,2016年,第1页。
② 严云绶、施立业、江小角主编:《桐城派名家文集①姚范集、方东树集、吴德旋集》,合肥:安徽教育出版社,2014年,第898页。
③ 引自钱锺书《谈艺录》,北京:生活·读书·新知三联书店,2007年,第371页。
④ 方东树著,汪绍楹校点《昭昧詹言》,北京:人民文学出版社,1961年,第33页。
⑤ 方东树著,汪绍楹校点《昭昧詹言》,北京:人民文学出版社,1961年,第17页。
⑥ 姚鼐撰,姚永朴训纂,宋效永校点:《惜抱轩诗集训纂》,合肥:黄山书社,2001年,第1页。
⑦ 吴闿生评选,寒碧点校:《晚清四十家诗钞》,杭州:浙江古籍出版社,2006年,第27页。

绳、吴汝纶开卷,以下诗人如范当世、樊增祥多系桐城派张裕钊、吴汝纶弟子或再传弟子,从中可以窥见桐城一派诗风。吴闿生选编《晚清四十家诗钞》无疑是不合时宜的,于当时"诗界革命"所倡导的新诗风更是相左。但是,从桐城诗派诗人的固执性和保守性正可以看出这一诗派的传统性和自觉性及以正宗自居的认同感和责任感。

第三节 强烈的批判精神

桐城派的形成有其时代针对性,即对当时诗坛风气的一种反拨。一个诗歌流派之所以能够开宗立派很大程度上取决于这个流派的核心人物的学术立场和勇气,即要有一种不随波逐流的定力和敢于批判的魄力。桐城诗派从姚范以来就显示出一种反思意识和批判精神。姚鼐更是如此。姚鼐在《硕士约过舍久俟不至余将渡江留书与之成六十韵》中道:

> 巧工弃常度,拙工艺反加。一失外形体,岂复中精华。
> 在昔明中叶,才杰蹈高遐。比拟诚太过,未失诗人葩。
> 蒙叟好议论,舌端骋镆铘。抑人为己名,所恶成创痂。
> 众士遭丰沛,皎月沦昏蟆。我朝王新城,稍辨造汉槎。
> 才力未极闳,要足裁淫哇。岂意群儿愚,乃敢横疵瑕。
> 我观士腹中,一俗乃症痕。束书都不观,恣口如闹蛙。
> 公安及竟陵,齿冷诚非佳。古今一丘貉,讵可为择差。
> 所贵士卓识,不受众纷拏。朗然秉独鉴,岂必蓬生麻。
> 我虽辨正涂,才弱非骐骅。愿子因吾说,巨若胅引瓜。①

姚鼐在这首诗中对明"七子"以来的诗坛情况做了批评,认为明"七子"虽然模拟"太过",但是仍不失诗人正途。钱谦益对明"七子"一味诋毁,其实是

---

① 姚鼐撰,姚永朴训纂,宋效永校点:《惜抱轩诗集训纂》,合肥:黄山书社,2001年,第252~253页。

抑人扬己之举,甚不可取。姚鼐更是对公安、竟陵派等人追求幽情单绪表示不满。对于王士禛,姚鼐则认为,其途虽正,但其力未闳。对那些束书不观,只是一味恣口胡说的人,姚鼐更是提出了严厉批评。

在乾嘉诗坛,以王士禛为代表的"神韵派"虽然风流不绝,但是真正主宰当时诗坛的是以沈德潜为代表的格调派和以袁枚为代表的性灵派,而尤以后者的影响为巨。清舒位《乾嘉诗坛点将录》以"托塔天王"和"及时雨"分属沈德潜、袁枚。"托塔天王"晁盖虽然位置比较尊显,但在位时间不长,并非梁山泊的实际领袖;"及时雨"宋江却深得人心,实为梁山泊发号施令者。尽管沈德潜晚年为乾隆皇帝所褒奖,但是沈氏之长在于对诗歌的品评,其格调说只是明"七子"等人观点的发挥和补充,并没有太多让人耳目一新之论。袁枚标举的性灵说,在当时有着较为广泛的影响,吴应和尝谓:"归愚宗伯以汉、魏、盛唐之诗唱率后进,为一时诗坛宗匠。随园起而一变其说,专主性灵,不必师古,初学立脚未定,莫不喜新厌旧,于是《小仓山房集》人置一编,而汉、魏、盛唐之诗,绝无挂齿。"①吴应和之论,虽然不无左袒袁氏之嫌,但从中亦可见袁枚主张的性灵诗派对当时诗坛的巨大影响。

桐城派诗人对袁枚等人的不满是一贯的。姚鼐伯父姚范对袁枚就颇为不满。袁枚与姚范同在翰林院,袁枚南归时,求一言为念,姚范竟然不肯②。两人关系平平,可见一斑。姚鼐的侄孙姚莹和姚鼐的学生方东树对袁枚等人亦是非常不满。姚莹指责袁枚为虚憍之流,以"豪艳猥薄、伤风败俗之辞倡导后生"③。方东树更是多次不点名地批评袁、厉两派:"姚姬传先生尝教树曰:'大凡初学诗文,必先知古人迷闷难似。否则,其人必终于此事无望矣。'先生

---

① 吴应和《浙西六家诗钞·袁枚》,见王英志编纂校点:《袁枚全集新编》第20册,《袁枚评论资料》,杭州:浙江古籍出版社,2015年,第12页。
② 袁枚《随园诗话遗补》卷一第十八条:"先生(姚鼐)从父南青讳范,在长安与余有车笠之好,学问淹博,而不喜吟诗。余改官江南,送行诗麻集,而南青无有也。余调之云:'南青爱人如老妪,初入翰林殊栩栩。平时著述千万言,临别赠我无一语。'"
③ 姚莹《孔蘅浦诗序》,见《桐城派名家文集⑥姚莹集》,合肥:安徽教育出版社,2014年,第29页。

之教,但言求合之难如此,矧其变也。盖合可言也,变不可言也。近世有一二庸妄钜子,未尝至合,而辄矜求变。其所以为变,但糅以市井谐诨,优伶科白,童孺妇媪浅鄙凡近恶劣之言,而济之以杂博,饾饤故事,荡灭典则,欺诬后生,遂令古法全亡,大雅殄绝。"①此外,方东树还直接指斥:"立夫(元代诗人吴渊颖)伧俗,乃开袁简斋、赵瓯北、钱箨石等派,不可令流毒后人。"②又指出吴渊颖的《寄陈生》:"'参乎'以下伧俗,开袁简斋、钱箨石、赵瓯北俗派。"③凡此都可以从中看出桐城派诗人对袁枚等人的不满。

  姚鼐晚年与袁枚同居江宁,两人之间还常有来往,但是姚鼐对袁枚是有所不满的。姚鼐弟子陈用光指出,姚鼐居钟山书院时,"袁简斋以诗号召后进",姚氏却与异趋。陈用光《姚先生行状》记载姚鼐为袁枚作墓志铭一事时说:"及简斋殁,人多毁之者。或且规先生,谓不当为作志。先生曰:'设余康熙间为朱锡鬯、毛大可作志,君许乎?'"④陈用光提及此事旨在突出姚鼐之宽厚,但亦透露出姚鼐与袁枚的不和。姚鼐为袁枚作墓志铭1篇、挽诗4首,其中对袁枚的评价可谓褒中有贬,先看《袁随园君墓志铭并序》:"于为诗尤纵才力所至,世人心所欲出不能达者,悉为达之。士多效其体,故《随园诗文集》,上自朝廷公卿,下至市井负贩,皆知贵重之。海外琉球,有来求其书者。君仕虽不显,而世谓百余年来,极山林之乐,获文章之名,盖未有及君也。"⑤姚鼐指出袁枚诗歌能纵其才,此为其优长之处,但同时指出其诗歌"上自朝廷公卿,下至市井负贩,皆知贵重之"。姚鼐认为诗歌是高雅的艺术作品,但是袁枚诗歌却播之走卒贩夫之口,这其实是指出袁枚诗歌轻率俚俗的缺点。关于这方面的批评,姚鼐在《挽袁简斋四首》中吐露得更加明确:

---

① 方东树著,汪绍楹校点:《昭昧詹言》,北京:人民文学出版社,1961年,第33页。
② 方东树著,汪绍楹校点:《昭昧詹言》,北京:人民文学出版社,1961年,第342页。
③ 方东树著,汪绍楹校点:《昭昧詹言》,北京:人民文学出版社,1961年,第344页。
④ 严云绶、施立业、江小角主编:《桐城派名家文集③陈用光集》,合肥:安徽教育出版社,2014年,第23页。
⑤ 姚鼐著,刘季高标校:《惜抱轩诗文集》,上海:上海古籍出版社,1992年,第202页。

其二

文集珍传一世间,兼闻海外载舟还。

千篇少孺常随事,九百虞初更解颜。

灶下媪通情委曲,砚旁奴爱句斒斑。

浑天潭思胡为者,纵得侯芭亦等闲。

其四

半世秦淮作水嬉,沙棠舟送玉箫迟。

锦灯耽宴韩熙载,红粉惊狂杜牧之。

点缀江山成绮丽,风流冠盖竞攀追。

烟花六代销沉后,又到随园感旧时。①

按照姚永朴的解释,"灶下媪通情委曲"是指简斋侍姬能诗,女弟子尤多。应当说姚永朴的解释是符合袁枚实际生活情形的,也完全把握了姚鼐此诗之意。也就是说,姚鼐正是从其诗轻率俚俗、其人放荡风流两个方面对袁枚提出委婉的批评。

姚鼐对以袁枚为代表的性灵派的诗学主张,也甚为不满,他在《与张荷塘论诗》中论道:"薰莸不同根,鹓鸱岂并处。欲作古贤辞,先弃凡俗语。青岩万仞立,丹凤千里翥。宝气照山川,华芳出雾雨。快此大美聚,亦使小拙妩。浅易询灶妪,险怪趋虹户。焉知难易外,横纵入规矩。小黠弄狡狯,窥隙目用鼠。不知虎视雄,一笑风林莽。哓哓杂市井,喁喁媚儿女。至言将不出,曩哲遗腹侮。谓获昔未搜,颇疑今者愈。嗟哉余病毫,奈此众簧鼓?弦上矢难留,蓄愤终一吐。不期得吾心,君先树帜羽。将扫妄且庸,略示白与甫。病几偶对论,阳气上眉宇。东南有俊彦,解者未十五。寡和君勿嫌,终世一仰俯。有得昔几人,屈指君试数。"②姚鼐对"浅易询灶妪,险怪趋虹户"极为不满,实际

---

① 姚鼐撰,姚永朴训纂,宋效永校点:《惜抱轩诗集训纂》,合肥:黄山书社,2001年,第465页。

② 姚鼐撰,姚永朴训纂,宋效永校点:《惜抱轩诗集训纂》,合肥:黄山书社,2001年,第201页。

上是对以袁枚为代表的性灵派和以厉鹗为代表的浙派提出了严厉的批判。至于对"小黠弄狡狯,窥隙目用鼠"的批判,需要结合袁枚的创作进行理解。袁枚作诗注重生趣,偏爱一些灵巧的作品。袁枚的一些诗作主要在构思上追奇求巧,如《偶作五绝句》其四:"月下扫花影,扫勤花不动。停帚待微风,忽然花影弄。"① 这首诗写得有些趣味,但是最后一个"弄"字暴露出袁枚此诗不过巧用宋人张先"云破月来花弄影"诗意。即便是《马嵬》这样在主题立意上都较新颖的诗歌②,也同样是稍显纤小,没有形成一种醇厚古朴的气势。

姚鼐对袁枚等人的不满还表现在他选编《今体诗钞》,姚鼐在是书的序目中对当时的诗坛风气有所不满。这里所谓"今日而为今体者,纷纭歧出,多趋讹谬,风雅之道日衰",就是对袁枚等人诗歌创作和诗学批评的不满,所以要选编《今体诗钞》来"以正雅祛邪"。姚鼐在写给鲍双五的信中说道:"又有《今体诗钞》十八卷,衡儿曾以呈览未?今日诗家大为榛塞,虽通人不能具正见。吾断谓樊榭、简斋皆诗家之恶派。此论出必大为世怨,然理有不可易。"③ 由此可见姚鼐对袁枚等人的不满和敢于批评的勇气。

范当世《既读外舅一年所为诗因发篋出大人及两弟及罕儿诸作遍与外舅观之外舅爱钟铠诗至仿其体爱询当世以外间所见诗派之异而喟然有感于斯文也叠韵见示当世谨次其韵略志当时所云云》:"滔滔江汉古来并,判作支流势亦平。直到山深出泉处,翻疑河伯望洋情。泥蛙鼓吹喧家弄,蜡凤声华满帝城。太息风尘姚惜抱,驷虬乘鹥独孤征。"④ 正是因为"泥蛙""蜡凤"满帝城,所以"驷虬""乘鹥"才"独孤征"。"独""孤"二字道出姚鼐的文学主张不被当时所重的寂寥,却正能体现姚鼐不肯随波逐流、盲目顺从的精神。作为桐城诗派的领袖人物,姚鼐不盲从他人的观点,显示出一种反思的精神和批判的意识,这无疑是非常可贵的。尽管当时姚鼐的呼声没有得到太多人的注

---

① 王英志编纂校点:《袁枚全集新编》第2册,杭州:浙江古籍出版社,2015年,第406页。
② 《马嵬》:"莫唱当年长恨歌,人间亦自有银河。石壕村里夫妻别,泪比长生殿上多。"
③ 姚鼐:《惜抱轩尺牍》卷四,清道光三年(1823)本。
④ 范当世著,马亚中、陈国安校点:《范伯子诗文集》(修订本),上海:上海古籍出版社,2015年,第87页。

意,也没有引起足够的重视,但是正如林纾在《〈慎宜轩文集〉序》中所言:"袁、赵、蒋三家之昌于乾嘉之间也,浮嚣者群响而和之,阳湖诸老复各树一帜,争为长雄;惜抱伏处钟山,无一息曾与之竞,不三十年间诸子光焰皆熸,而天下正宗尊桐城焉。"①

第四节 融通的诗学观念

钱锺书先生在《桐城诗派》一文中谈到桐城诗派的诗学思想时,以为既推尊黄庭坚等人之诗,又于宗唐的明"七子""未尝尽夺而不与",兼取唐宋而有所创作,形成桐城诗派的特色。笔者认为桐城派诗学最大的特点就是"融通",具体表现为以下几个方面:

道与艺合,天与人一。姚鼐在《荷塘诗集序》中曰:"古之善为诗者,不自命为诗人者也。其胸中所蓄,高矣、广矣、远矣,而偶发之于诗,则诗与之为高广且远焉,故曰善为诗也。""志在于为诗人而已,为之虽工,其诗则卑且小矣。""文与质备,道与艺合"为"诗之至善者"②。这正可与《敦拙堂诗集序》中"道与艺合,天与人一"的主张相一致。

义理、考据、辞章并重。姚鼐等人虽然崇尚宋学,却不废汉学,重道却不废文,形成义理、考据和辞章并重的思想。姚鼐崇尚宋学,以宋五子为宗,但对汉学也并非一味排斥,只是强调不应当仅为考据而忽视义理,《述怀二首》其一道:"汉唐勤笺疏,用志诚精专。星月岂不辉,差异白日悬。世有宋大儒,江海容百川。"③姚鼐推崇宋学,可见一斑。但是姚鼐又在《复曹云路书》中曰:"苟欲达圣贤之意于后世,虽或舍程、朱可也。"④此中,又可以见出其通达的一面。更难能可贵的是,姚鼐重道却不废文,在《复汪进士辉祖书》中总结

---

① 林薇选注:《林纾选集·文诗词卷》,成都:四川人民出版社,1988年,第145页。
② 姚鼐著,刘季高标校:《惜抱轩诗文集》,上海:上海古籍出版社,1992年,第50~51页。
③ 姚鼐著,刘季高标校:《惜抱轩诗文集》,上海:上海古籍出版社,1992年,第454页。
④ 姚鼐著,刘季高标校:《惜抱轩诗文集》,上海:上海古籍出版社,1992年,第88页。

道:"达其辞则道以明,昧于文则志以晦。鼐之求此数十年矣。"①正是这样的文道观,姚鼐在诗文创作方面才能取得较大的文学成就。姚鼐尝试着把考据的功夫和文才结合起来,在《谢蕴山诗集序》中提出:"且夫文章、学问一道也,而人才不能无所偏擅,矜考据者每窒于文词,美才藻者或疏于稽古,士之病是久矣。"②这些都可以看出姚鼐通达的一面,也成就了姚鼐身兼学者与诗人的美名。

注重天才又不废功夫。姚鼐在《与陈硕士》中强调:"学文之法无他,多读多为,以待其一日之成就,非可以人力速之也。士苟非有天启,必不能尽其神妙。然苟人辍其力,则天亦何自而启之哉!"③在《快雨堂记》中,姚鼐强调"成翼而飞,无所于劝"般的天赋禀性④,也肯定了穷昼夜为书的后天用功。姚鼐《为翁正三学士题东坡〈天际乌云帖〉》道:"东坡自谓字无法,天巧绳墨何从施?青霄碧海纵游戏,自中律度精毫厘。"⑤大巧寓于法度之中,确为深知艺术创作甘苦之言。

阴阳并重、刚柔并举。尽管姚鼐于文风有偏向阴柔的一面,但是姚鼐还是强调阴阳并重、刚柔并举。姚鼐《海愚诗钞序》曰:"吾尝以谓文章之原,本乎天地;天地之道,阴阳刚柔而已。苟有得乎阴阳刚柔之精,皆可以为文章之美。阴阳刚柔,并行而不容偏废。有其一端而绝亡其一,刚者至于偾强而拂戾,柔者至于颓废而闇幽,则必无与于文者矣……文之雄伟而劲直者,必贵于温深而徐婉。"⑥在《复鲁絜非书》一书中,姚鼐将历代作品归于阳刚、阴柔两类,并指出两者是相辅相成的关系,成为桐城派风格论的基础。后来曾国藩的"古文四象""八字之赞",都明显受到姚鼐此论的影响。

兼取唐宋。除了提出"镕铸唐宋"的口号外,姚鼐还选编了《五七言今体

---

① 姚鼐著,刘季高标校:《惜抱轩诗文集》,上海:上海古籍出版社,1992年,第89页。
② 姚鼐著,刘季高标校:《惜抱轩诗文集》,上海:上海古籍出版社,1992年,第55页。
③ 姚鼐:《惜抱轩尺牍》卷五,清道光三年(1823)本。
④ 姚鼐著,刘季高标校:《惜抱轩诗文集》,上海:上海古籍出版社,1992年,第219页。
⑤ 姚鼐著,刘季高标校:《惜抱轩诗文集》,上海:上海古籍出版社,1992年,第452页。
⑥ 姚鼐著,刘季高标校:《惜抱轩诗文集》,上海:上海古籍出版社,1992年,第48页。

诗钞》,五言自初唐至晚唐,七言自初唐至南宋,以雅正为宗,在《序目》中论道:"杜公今体,四十字中包涵万象,不可谓少。数十韵百韵中,运掉变化如龙蛇,穿贯往复如一线,不觉其多。读五言至此,始无余憾。"①对杜甫的高度肯定,表露出姚鼐兼取唐宋的诗学观。方东树既强调"用意高妙",又要求"兴象高妙"②,亦是唐宋兼取之法。后人用"以山谷之高奇,兼唐贤之蕴藉"评价姚鼐的诗歌成就③,确为中肯之论。

诗文相通。桐城诗派"以古文之法,通之于诗"的诗学观点,在姚范那里已见端倪。姚范比较柳宗元和韦应物的诗,认为:"韦自在处过于柳,然亦病弱;柳则体健,以能文故也。"④姚鼐更是强调诗文相通,《与王铁夫书》曰:"诗之与文,固是一理,而取径则不同。"⑤诗文相通的提法,在方东树那里俯拾即是,如评李商隐《哭刘蕡》云:"一起沉痛,先叙情。三四追溯。五六顿转。收亲切沉著。先将正意作梭,次融叙,而三四又每句作梭,此秘法也。"⑥正可从中体味文章之法。

桐城派诗人有着通融的诗学观念,他们重道却不废文,强调道与艺相结合;多崇尚宋学,于汉学却并非一味排斥;重天才又不废功夫,寓大巧于法度之中;诗法兼取唐宋之美,诗风阴阳并重、刚柔并举,甚至以"古文之法,通之于诗"。正是这种较为通融的诗学观念才使得桐城诗派历时甚久,影响甚夥。

---

① 姚鼐编选,曹光甫标点:《五七言今体诗钞》,上海:上海古籍出版社,1986年,第2页。
② 方东树著,汪绍楹校点:《昭昧詹言》,北京:人民文学出版社,1961年,第30页。
③ 姚鼐撰,姚永朴训纂,宋效永校点:《惜抱轩诗集训纂》,合肥:黄山书社,2001年,第1页。
④ 姚范:《援鹑堂笔记》卷四四,清道光乙未(1835)冬刊本。
⑤ 姚鼐著,刘季高标校:《惜抱轩诗文集》,上海:上海古籍出版社,1992年,第290页。
⑥ 方东树著,汪绍楹校点:《昭昧詹言》,北京:人民文学出版社,1961年,第442页。李商隐《哭刘蕡》:"上帝深宫闭九阍,巫咸不下问衔冤。黄陵别后春涛隔,湓浦书来秋雨翻。只有安仁能作诔,何曾宋玉解招魂?平生风义兼师友,不敢同君哭寝门。"

第二章 姚范:桐城诗派的嚆矢

桐城派的诗论家方东树道:"近代真知诗文,无如乡先辈刘海峰、姚姜坞、惜抱三先生者。"①尽管姚范的诗歌创作总体成就并不高,但姚范"谈艺精深,多前人所未发",深刻影响了姚鼐以及后来桐城派的诗人。以《六经》为根本,以杜甫、韩愈、黄庭坚等为师法对象,标举"往复顿挫,一出一入,竟纸烟波老境"之作,反对因袭但又对明"七子""未尝尽夺而不与",注重考辨却反对穿凿比附,甚至"以古文之法,通之于诗"的诗学观点在姚范那里已见端倪。姚范可算桐城诗派的先行者。

第一节 对清代诗坛的批评与反思

有清一代是中国封建社会文学批评最繁盛的时期之一,康乾时期的诗坛更是名家辈出。这一时期的诗坛存在两个较为明显的特点:一是几乎所有的诗人都有或系统或零散的诗论观点,他们多兼有诗人和诗论家的双重身份②;二是诗论家们人人自谓握灵蛇之珠,家家自谓抱荆山之玉,批评他人的文学主张,发表自己的诗论观点,甚至一个理论的提出就是为纠正另一个理

---

① 方东树著,汪绍楹校点:《昭昧詹言》,北京:人民文学出版社,1961年,第46页。
② 朱彝尊、王士禛、赵执信、沈德潜、袁枚、翁方纲、姚鼐等既是诗人又是著名的诗论家。

论的偏颇。比如:翁方纲对王士禛的"神韵说"、沈德潜的"格调说"不满,认为"为学必以考证为准,为诗必以肌理为准"①,以救"神韵"和"格调"肤廓;袁枚对以上各家都不甚满,对翁氏还有"误把抄书当作诗"之讥讽②。姚范对清代诗坛上流行的各种诗论观点并不盲从,而是在深思后提出批评。姚范对钱谦益及虞山后学冯氏兄弟、吴乔、贺裳以及赵执信诗论观点都不甚满意,对沈德潜、袁枚也颇有微词,对王士禛表现出较多的认同。姚范对诗歌的见解正是在批评、反思前人和时人的基础上提出的。

  姚范对郭璞《游仙诗》的理解和钱谦益有些冲突:"钱蒙叟与严熊论诗举景纯《游仙》第二章前八句云:'吟讽数四,霍然心开,如登日次,如出云外,累苏积块,窅然若丧其所有。'愚谓此等诗不必不佳,但如牧翁赞叹希有,却未知其眼光落处,大约此老荣古之论,多目瞖邪? 见所成然。此诗结构却奇,前六句标举高隐遁栖,似幻似实;后六句寓意灵妃导言无媒,言外欲脱羼世网,追鬼谷而从之,却上下各判,如不相属,而隐脉自通。"③姚范不认同钱谦益对郭璞《游仙诗》的理解,认为钱氏所论"未知其眼光落处",姚范欣赏的是郭诗"隐脉自通"的篇章结构。对陆机《拟古》组诗的评价更可以看出姚范与钱谦益论诗观点的差异,姚氏云:"士衡《拟古》蒙所未喻,其于前人章句想倍诵有余,何尝诣深妙耶? 往时钱受之诋诃李于鳞诸人形模汉魏,而举陆十二首为善学古人。其徒冯班复云:'玩士衡学《十九首》,如捕龙蛇,搏虎豹,急与之角而不得暇。'一师一弟直是盲说瞎赞。"④在复古这个问题上,姚范尽管也反对明"七子"部分摹拟之作,认为"空同之效大谢,仿其行迹,遗彼神明……情韵都非,遂同木偶",但是姚范对明"七子"并非"尽夺而不与",甚至认为可以通过学习明"七子"拟古来学诗。钱氏及其弟子认为诗坏于明"七子"之手,故对明"七子"往往痛加诋斥。钱氏弟子冯班对明"七子"拟《乐府》之作深加诋毁:"近代

---

① 翁方纲:《复初斋文集》卷四,清李彦章校刻本。
② 袁枚:《随园诗话》,北京:人民文学出版社,1982年,第146页。
③ 姚范:《援鹑堂笔记》卷三八,清道光乙未(1835)冬刊本。
④ 姚范:《援鹑堂笔记》卷三八,清道光乙未(1835)冬刊本。

李于鳞取晋、宋、齐、隋《乐志》所载,章截而句摘之,生吞活剥,曰'拟乐府'。"①又言"李于鳞取魏、晋乐府古异难通者,句摘而字效之,学者始以艰涩遒壮者为乐府,而以平典者为诗。吠声哗然,殆不可止……舍此而曰某篇似乐府语,某篇似诗语,皆于鳞、仲默之弊法也"②。冯氏批评李攀龙等人之后,赞赏陆士衡《拟古》诸作,认为陆作"如搏猛虎,捉生龙,急与之较,力不暇,气格悉敌"③。同样是拟古,冯氏对陆机是赞赏的,对李攀龙等人则深加诋毁,不能谓持论公允。这就激起姚范的不满。陆机《拟古》之作并不算高明,姚范借严羽之言指出"陆士衡诗最下"之论,则难免义气之语。钱谦益等人与姚范的论诗观点相左之处在于,钱谦益等人强调性情第一,姚范肯定性情的同时也注重格调。钱谦益身历两朝,从新朝诗坛建设的角度对明"七子"摹拟之风大加诋斥,难免有矫枉过正之嫌;姚范生活在清朝繁盛时期,强调对前代各种诗学思想的总结和反思,所以对明"七子"并非"尽夺而不与"。姚范与钱谦益等人的论诗观点有不同之处,但是从诗歌反映人的性情这一角度看,还是有一致性的。

如果说姚范对钱谦益诗论观点的批评还比较含蓄,那么他对言论较为过激的吴乔等人的批评就比较严厉了。姚范《援鹑堂笔记》第四十四卷《围炉诗话》条有一大段评价。这段批评颇能看出姚范论诗与吴乔等人相异之处,现摘抄如下:

> 往见益都赵秋谷论诗极推吴江吴修龄,云吴有《围炉诗话》,尝三过苏州访其书而不得,以为憾。盖吴为常熟冯定远之友,赵故私淑冯氏,又吴尝毁王渔洋,赵与渔洋为宿憾,故欲索其书以张门户耳。今余馆邗上,偶借观之,盖浅陋谬诞已甚。承牧斋、冯班之余窍而嘘之,专以攻讦诘李、何、王、李为能事,如瘐犬之狂噬,如橐驼之喷秽,而自谓知唐诗,取晚唐人庸下之作,传会笺释,以为'六义'之

---

① 冯班:《钝吟杂录》,《清诗话》本,上海:上海古籍出版社,1999年,第38页。
② 冯班:《钝吟杂录》,《清诗话》本,上海:上海古籍出版社,1999年,第40~41页。
③ 冯班:《钝吟杂录》,《清诗话》本,上海:上海古籍出版社,1999年,第43页。

极则,令人怛怛而奋袂击节,言之不怍。其言诗必有寓意,八句开承转合、破题照应与冯作不殊,宜秋谷于此有牙旷之赏也。其诋献吉"黄河水绕汉宫墙",以为不知魏泽之《侯城里》诗。凡《秋望》《秋怀》之作,无不酷加罗织,至云"白月横空冷战场",释典谓"朔"为黑月,"望"为白月,言时非言月……又云"中夜悲歌泣孝宗","悲""泣"相犯,诋于鳞"河堤使者大司空"等作为啖枣栗窒塞欲死之语。昌榖"徘徊桂树凉飙发,仰视明河秋夜长",云:"别时匆匆,那(哪)有此孤独寂寥景象?"其不通、可笑如此。极诋卧子《明诗选》为陈朽秽恶之物,为四平腔戏曲。云卧子气岸,其学诗也,才知平侧,即齐肩于李、杜、高、参,不须进第二步。又自诩对卧子门人张青招曰:"君须进大黄一斤,泻去腹中陈卧子,始有语话分。"此与市井无赖小人倚酗酱而詈士夫夫何异耶……又以"黄河远上白云间"为误,改为"黄沙直上白云间"。深取《古今诗话》,以摩诘"太乙近天都"为刺时宰,云看唐诗当须作此想方有入处。极推韩偓《落花》诗,以为指朱温将篡而作,句句笺释,以为子美见偓诗亦当心服。①

姚范对吴乔等大为不满,笔者以为主要有以下几个方面原因:其一,姚范不满意因门户之争而诋毁他人,更对吴氏"专以攻诘"为能事不满。王士禛为当时诗坛执牛耳者,王氏之姻亲赵执信却对王士禛不满,其《谈龙录》中论诗的观点亦与王氏针锋相对。冯班、吴乔与王士禛关于诗歌的见解有相左之处,赵执信借吴乔诗论观点"以张门户"。吴乔等人论诗推崇晚唐,对李梦阳、陈子龙大加排斥,吴氏认为陈子龙"其学诗也,才知平仄,即齐肩于李、杜、高、参,不须进第二步",又言"其作诗也,凡题皆是《早朝》《秋兴》,更不曾有别题",更是对陈氏论诗不满,指出其论诗"一出语便接踵于西河、钟嵘,更不虑他人有不奉行者,不意学问中有如是便易事也"②。吴氏又言其身受陈子龙

---

① 姚范:《援鹑堂笔记》卷四四,清道光乙未(1835)冬刊本。
② 吴乔:《围炉诗话》,《清诗话续编》本,上海:上海古籍出版社,1983年,第666页。

《明诗选》之害,以其为"陈朽秽恶之物",还当陈氏弟子面侮辱其师,此为姚范对吴乔"专以攻诘"为能事的不满。其二,在对明"七子"的评价上,姚范与吴氏等人有不同观点。钱氏一派对明"七子"不满是一致的,如前所论,吴乔等从新朝诗坛建设的角度对明"七子"摹拟之诗风大加批判,有一定的积极意义。姚范在对李梦阳等人摹拟之作不满的同时又有所肯定,亦是从诗坛建设出发。这是双方论诗不同之所在。其三,姚范对于吴乔等人穿凿附会、务求深意的解诗方式不满,认为诗未必都有寓意。吴乔等人看重《诗》的"比兴"传统,吴乔认为"大抵文章实做则有尽,虚做则无穷。《雅》《颂》多赋,是实做;《风》《骚》多比兴,是虚做。唐诗多宗《风》《骚》,所以灵妙"。"诗之失比兴,非细故也。比兴是虚句活句,赋是实句。有比兴则实句变为活句,无比兴则实句变成死句"①。以这种观点解诗,往往能发掘诗背后的微言大义,比如吴乔在谈到韩偓《惜花》诗时言:"余读韩致尧《惜花》诗结联,知其为朱温将篡而作,乃以时事考之,无一不合。起语云'皱白离情高切处,腻红愁态静中深',是题面。又曰'眼随片片沿流去',言君民之东迁也。'恨满枝枝被雨淋',言诸王之见杀也。'总得苔遮犹慰意',言李克用、王师范之勤王也。'若教泥污更伤心',言韩建之为贼臣弱帝室也。'临轩一盏悲春酒,明日池塘是绿阴',意显然矣。此诗使子美见之,亦当心服。"②吴乔解诗大抵如此,对李商隐的诗作常常能发他人不得之解。这就与注重赋法的姚范异趣。姚范对吴乔等人的看法有所不满,认为其对《秋望》《秋怀》诸作无不"酷加罗织",深求其意,对李商隐、韩偓之诗必求时事深加附会。从钱谦益为杜诗作注到冯氏兄弟以及吴乔等对李商隐诗歌的阐释,虞山一派的解诗特点是相当明显的。吴乔等人注重当时的时代背景和社会生活,探求诗歌与社会之间深广的联系,从诗歌反映社会生活这一角度而言是没有错的。他们强调始自《诗经》《楚辞》的比兴、象征手法,对李商隐等人诗歌引发阐释史上的革命,发现其价值,也不无道理。但是吴乔等人往往又求之过深、索之甚远,往往会发出"千百年"未

---

① 吴乔:《围炉诗话》,《清诗话续编》本,上海:上海古籍出版社,1983 年,第 481~482 页。
② 吴乔:《围炉诗话》,《清诗话续编》本,上海:上海古籍出版社,1983 年,第 496 页。

见之解。姚范对此酷求深意的解诗有所不满,又显得合理合情。其四,姚范不满吴乔《围炉诗话》中粗俗骂街之语,以为此与市井无赖酒后骂人之言无异。吴乔等人有时肆口而言,甚至哗众取宠,以达到惊世骇俗的效果。对于思想作风比较严谨、讲求语言雅洁的姚范而言,其对吴乔等人的不满,也就不难理解了。

  姚范对贺赏的诗论观点也不太认同,他在评王安石《示四妹》诗言:"贺裳《载酒园诗话》极称此诗。贺以荆公诗为宋人第一,然此等评论何足凭?阎百诗尝醉心于贺此编,阎故不知诗。"①姚氏对赵执信也提出批评,认为"赵秋谷诗本未诣彻而夸诩特甚,诋其乡先辈尤剧。余谓彼于阮亭境地尚隔阡陌,议论如此,盖婆罗门自我慢人之习。所著《谭龙录》,卑之无甚高论,七古音响之说亦形似耳,阮亭属勿语人……赵讥其矜秘,未可信"②。姚范对赵执信的批评是严厉的,不仅否定赵氏诗歌创作实绩和论诗观点,而且对赵氏的人品表示怀疑。两家论诗不同,可见一斑。

  姚范对沈德潜的诗论观点亦不甚满意,评《明诗别裁》言:"大雅不作,诗道沦芜,归愚以帖括之余,研究《风》《雅》,自汉、魏以及胜国篇章悉所甄录,迹其平生门径,依傍渔洋,而于有明诸公及本朝朱垞之流绪言余论,皆上下采获,然徒资探讨,殊尠契悟……未得为得,未证为证……兹选亦仍'云间''秀水'之遗意,而去取未当。"③沈德潜在清代几大诗论家中,其诗论观点似乎最没有特色,不及诸如"神韵说""肌理说"和"性灵说"等诗论观点鲜明和标新立异,也没有虞山诗派持论过激、抨击异论不遗余力,但是沈德潜对传统儒家诗学的系统总结,对诗歌表现出精切的鉴赏力,却值得研究者重视。姚范对沈德潜的批评是否正确,可以暂置之不论,但是从姚范到姚莹对沈德潜的诗论

---

① 姚范:《援鹑堂笔记》卷五〇,清道光乙未(1835)冬刊本。
② 姚范:《援鹑堂笔记》卷四四,清道光乙未(1835)冬刊本。
③ 姚范:《援鹑堂笔记》卷四四,清道光乙未(1835)冬刊本。

不满却是一贯的①，或许姚范只看到沈德潜对前人的继承，而没有看到沈德潜在继承前人基础上的系统总结和提升。

姚范对袁枚也是不满的，袁枚和沈德潜为同榜进士，于乾隆四年（1739）及第，姚范则于乾隆七年（1742）登第，又都曾充翰林院编修。但是袁枚辞去翰林院编修南下时，赠诗者甚多，求姚范一言竟不得②，袁枚辞官后筑室随园，桐城与金陵相隔甚近，姚、袁二人却没有多少往来，二人关系可见一斑。姚范对袁枚论诗观点没有多少评价，但受姚范诗学思想影响的姚鼐、方东树等人对袁枚诗论观点不满，甚至直指其为诗家之恶派③。不仅论诗观点有差异，姚范与袁枚两人的思想性格和生活作风也存在较大的不同。

姚范对清代康、乾诗坛几位重要的诗论家的诗论观点都提出了批评，显示出不盲从他说的反思及批判精神。尽管姚范没有形成独立、有体系的诗学见解，其中一些论诗观点也不尽合理，但是其反思、自立和批判的精神是可贵的。这种反思批判精神和自立的学术勇气，被桐城诗派后学所继承，以诗家正途自居，彰显了桐城诗派特立的学术品质。

第二节　姚范诗学思想探析

姚莹在《援鹑堂集后序》中言："公所为诗古文辞，皆力追古人而得其渊诣。尝与同人约，十年不下楼，成举世不好之文。其谈艺精深，多前人所未发，今散见所著笔记中。"④姚范没有系统、集中地发表自己的诗学思想，其诗

---

① 姚莹在《桐旧集序》《孔葝浦诗序》《张南山诗序》及《黄香石诗序》等文章中对沈德潜诗论观点都表示不满。如姚莹在《张南山诗序》中言："悟之失，则又有以不至为至、不得为得者矣，沈归愚是也。"
② 徐世昌《晚晴簃诗汇》载："（姚范）在翰林时，同馆袁子才欲其赠诗，竟不可得，可以知其异趣矣。"
③ 姚鼐《与鲍双五》："吾断谓樊榭、简斋皆诗家之恶派。"
④ 严云绶、施立业、江小角主编：《桐城派名家文集⑥姚莹集》，合肥：安徽教育出版社，2014年，第22页。

学思想散见于《援鹑堂笔记》之中,今将姚范的诗论观点归纳为以下几个方面:

首先,姚范并不反对复古,主张应当在学习古人的基础上,体现自己的性情,形成自己的风格。姚范这一诗论观点在其对李梦阳诗作的评价中最能明显地体现出来。姚范在评价谢灵运《从斤竹涧越岭溪行》"想见山阿人,薜萝若在眼"时言:"空同之效大谢,仿其形迹,遗彼神明,天韵既非,句格皆失妍矣。其诗云'聿想山中人,风吹女萝带',袭谢语便有灵滞之殊。且谢诗厉涧陟陉,采芳掇秀,清兴满眼,遐思盈抱,故'想见'二句遂觉锢疾烟霞,怀倾绮皓。空同袭之,按其上下情韵都非,遂同木偶。此余旧评空同《游百门》诗。凡空同仿大谢,可写数首,附谢诗观之,可得谢诗神韵不可强而能者。昔沈启南仿倪元镇作画,以示赵同鲁与哲,辄云下笔又重了。余于空同亦云。"①姚范指出李梦阳的摹拟之作是"仿其形迹,遗彼神明,天韵既非,句格皆失妍矣",批评那些"情韵都非,遂同木偶"的作品,可见姚范欣赏的是有情韵之作。钱锺书先生《谈艺录》引姚范这段话,认为"古来评七子拟古,无如此之心平语妙者"②。姚范不认同陆机的《拟古》之作,称赏鲍照的拟古之篇,亦是从诗中有无性情和是否形成风格着眼。姚范认为黄庭坚善于学习杜甫,"杜千四篇中精粗杂揉,夔州诸什,山谷偏嗜,就其自撰亦以能得法外意故佳"。杜甫为诗歌创作之集大成者,为后人提供了可资借鉴的范例,但是后世之学者常"失于多歧",以未得为得,黄庭坚是善于学习杜甫的,"能得法外意",所以成就较高。可见姚范主张摹拟应该有所感悟,以得法外之意为上,而并非仅仅亦步亦趋地完全拜倒在前人脚下。

其次,在阐释诗歌时,姚范主张诗未必皆有寓意,不必穿凿附会、深索大意。姚范之所以持此诗论观点,和他注重实学的学术思想以及不满虞山诗派深求诗歌背后"微言大义"的解诗方式相关。姚范解诗不从"比兴"入手,更强调诗中"赋"法,姚范最欣赏的诗人是杜甫、韩愈和黄庭坚等擅长述景刻物者,

---

① 姚范:《援鹑堂笔记》卷四〇,清道光乙未(1835)冬刊本。
② 钱锺书:《谈艺录》,北京:生活·读书·新知三联书店,2007年,第370页。

而对屈原、阮籍等人的诗歌评价不特别高。针对吴乔所谓"宋人不知比兴,小则为害于唐体,大则为害于《三百》","明人不知比兴而说唐诗,开口便错","宋诗率直,失比兴而赋犹存。弘、嘉人诗无文理,并赋亦失之"的诗论观点①,姚范提出了批评。在谈到阮籍的《咏怀诗》(赵李相经过)时,姚范言:"此诗不过言少时侠游纵倡乐耳。假赵李为经过之地,似不必索异解也。"又言:"何于十七篇多援魏、晋易代之事释之。夫阮旨渊放,归趣难求,昔人之所怯言而必为一一举其事以实之,岂悉合哉……《咏怀》虽云归趣难求,要其佳处不过十余首,王贻《上古诗选》又采取十余首,然所取似亦在可不之间。"②姚范反对"索异解",不必"一一举其事以实之"的解诗方式。这就和重"比兴"的虞山诗派异趣。尽管不能否认诗中"比兴"之法,但是姚范对虞山后学的批评,是对这种不正常解诗方式的一种反驳,体现了姚范注重实学的诗学思想。

再次,姚范虽然不反感谢朓、李白、苏轼等"圆美流转如弹丸"之作,但是更为欣赏的是以"崚嶒健崛之笔叙状情事"致使"往复顿挫,一出一入,竟纸烟波老境"的诗作。姚范的这一诗学主张与桐城文人擅长古文、注重古文的篇章结构和布局相关。姚范对郭璞《游仙诗》的评价与钱谦益相左,姚范认为郭璞的这首《游仙诗》写得很好,因为"此诗结构却奇",虽"上下各判,如不相属,而隐脉自通"。姚范对屈原《九辩》的理解也是从篇章结构入手,甚至怀疑《九辩》也应如《九歌》,当分为十一个部分:

> "窃美申包胥之气盛兮",(姚范)按:洪兴祖分此下为一篇,"尧舜皆有所举任兮"至"虽重介之何益",余欲以此合前"被荷裯之晏晏兮"为一章;"邅翼翼而无终兮"至"惟著意而得之"为一章;"纷纯纯之愿忠兮"至末为一章。《九辩》《九歌》本旧名,《九歌》十一篇则《九辩》或亦可从其例乎?③

---

① 吴乔:《围炉诗话》,《清诗话续编》本,上海:上海古籍出版社,1983年,第481～482页。
② 姚范:《援鹑堂笔记》卷三八,清道光乙未(1835)冬刊本。
③ 姚范:《援鹑堂笔记》卷四〇,清道光乙未(1835)冬刊本。

姚范把《九辩》的最后一章分为三个部分，这样就把《九辩》由九章分成了十一章，认为《九辩》应当如《九歌》，为十一篇。且不管姚范的这种疑古思想是否有据，从中却可以看出姚范注重诗歌的篇章结构。这种论诗观点在对柳宗元和韦应物诗歌的评价中也表现得相当明显。姚范在比较柳宗元和韦应物的诗歌后说："韦自在处过于柳，然亦病弱；柳则体健，以能文故也。"①虽用语简练，其中透露出来的信息却耐人寻味，诗文相通的观念在姚范这里已经初见端倪。这种从打破诗文界限的角度论诗，在桐城诗派后学那里被广泛运用，成为桐城诗派的诗学代表观点之一。方东树《昭昧詹言》中强调诗文相通的诗论观点随处可见，就是受到姚范的影响。

又次，在诗歌的语言和音律方面，姚范认为诗歌语言应当雅洁，不应以俗语入诗；在诗歌的音律方面，姚范有较为通融的观点。桐城派文人多是饱读诗书的儒士，学习上发奋刻苦，生活上勤俭朴素，思想作风比较严谨（刘大櫆怀才不遇多牢骚语，但迹其平生，亦是恪守儒教的文士），桐城文人又多有执教的经历，为人师表，严于律己。姚范更是这样的典型。反映到诗歌批评方面，姚范强调诗歌用语应当雅洁。姚范在辩驳赵执信关于诗歌音律问题的时候，涉及对元、白诗歌语言的看法，"夫白之格诗，一皆里老灶婢之词，不近齐、梁，不必言"②。姚范认为白居易的诗歌用语是"里老灶婢之词"。对虞山诗派后学在诗话中用市井骂街言语专以攻击他人为能事，姚范也显示了强烈的不满。这都能看出姚范对诗歌用语雅洁的要求。从姚范自己的诗作看，亦可见其用语之简洁。如《送吴青然归全椒》："凛凛秋云晚，离怀那可闻？登高望归骑，独返尽斜曛。楚水寒多梦，燕山黯易云。萧萧沙上雁，天畔自为群。"③姚范此类诗歌令人"心识不忘"，主要得益于其用语之简洁形象。

有清一代，随着对传统诗学的总结进一步深入，诗歌的声律问题得到普

---

① 姚范：《援鹑堂笔记》卷四四，清道光乙未（1835）冬刊本。
② 姚范：《援鹑堂笔记》卷四四，清道光乙未（1835）冬刊本。
③ 严云绶、施立业、江小角主编：《桐城派名家集①姚范集、方东树集、吴德旋集》，合肥：安徽教育出版社，2014年，第88页。

遍关注。王士禛有《律诗定体》专谈近体律诗,此后赵执信等人又有所论述。姚范对诗歌的音律问题是有较深入的认识的,但是姚范又不过分强调诗歌的音律。姚范言:"赵伸符以渔洋不识格诗,而误云律诗……但以声病而论,则永明诗体,盖求之于浮声切响、飞沉双叠,原未尝核之于粘缀之间,亦未尝以一三五等字与取韵平侧异者为声病也。"①从上述所论可知,姚范并不过分强调诗歌声律问题,这对后来姚莹等人以"性情气韵"为诗之精,以"声律字词"为诗之粗的观点有一定影响。但是姚范同时也强调诗歌音律的和谐,对韩愈评价道:"韩退之学杜,音韵全不谐和,徒见其佶倔。如杜公但于平中略作拗体,非以音节聱牙不和为能也。"②

最后,姚范论诗强调要知人论世,注重作家的操守。姚范称:"余向语人云,少陵诗毋论工拙,其居游酬赠以及欢娱愁寂,凡平生性情处处流露,千载下如与公晤对,此当合全集而读之,知人论世之事也。若核其诗而规其至,必取其精神、气格、音响、兴会、义意并著者,乃为赏音。世人一概诵习,云吾知公性情。夫作诗者,孰谓无性情耶?"③姚范认为读杜诗当做到"知人论世",从总体上把握杜诗的高尚之处。这也是姚范推崇杜甫、韩愈诗作的原因之一。用这样的标准来品评古今诗人,姚范甚至受到班固等人的影响,对屈原露才扬己、忿怼沉江有所不满,更是对钱谦益和吴伟业等贰臣不满。桐城一地士人多以节气著称,明末清初著名遗民诗人钱澄之更是为后辈树立了榜样,这都影响了姚范的诗论观点。姚范评价吴梅村《滇池铙吹》诗道:"诗当作于辛丑壬寅,愚谓梅村当时此题不作可也。然殊工丽,此志节之士所羞称。"④此处辛丑指顺治十八年(1661),这一年朱由榔被从缅甸掳回后,为平

---

① 姚范:《援鹑堂笔记》卷四四,清道光乙未(1835)冬刊本。
② 姚范:《援鹑堂笔记》卷四四,清道光乙未(1835)冬刊本。
③ 姚范:《援鹑堂笔记》卷四四,清道光乙未(1835)冬刊本。
④ 姚范:《援鹑堂笔记》卷五〇,清道光乙未(1835)冬刊本。

西王吴三桂所杀害,明朝作为一个王朝正式覆灭①。吴伟业《滇池铙吹四首》其一写道:"碧鸡台榭乱云中,旧是梁王避暑宫。铜柱雨来千嶂洗,铁桥风定百蛮通。朱鸢县小输賨布,白象营高挂柘弓。谁唱太平滇海曲? 槟榔花发去年红。"②吴伟业在诗歌中歌"太平",又言"海内征输归六诏,天边勋伐定三苗",有赞美新朝、歌颂天下一统之意。将吴伟业与黄宗羲、顾炎武、王夫之等遗民诗人相比,吴氏确实显得没有操守。从这个角度而言,尽管吴伟业的诗作"殊工丽",姚范却认为是为"志节之士所羞称"的。

姚范本以学问见长,但其"谈艺精深,多前人所未发",更是以批判的眼光审视清代中前期诗坛各种诗论观点,不立派,不苟同,更不盲目攀附一家之说,凸显了较强的批判意识和反思精神。关于诗歌的一些见解更是为桐城诗派的诗人所接受、丰富和补充。姚范那种不苟同、不攀附的批判意识和反思精神在桐城诗派后学那里被发扬光大了,他们树帜呐喊:文在桐城,诗亦在桐城! 这种批判精神凝聚人心,鼓舞士气。姚范本不意于批评诸家之后,抬出一个桐城诗派,但又确实为一个新的诗派做了某些准备工作。当姚鼐从姚范手中接过这面大纛,与友人弟子相唱和,桐城诗派就渐成气候了。

第三节 "桐城亦有诗派,其端自姚南菁范发之"辨正

钱锺书先生在《谈艺录》中指出"桐城亦有诗派",紧接着又说:"其端自姚南菁范发之。"③桐城诗派的发端应该是谁? 各家的论点不尽一致。刘世南先生等认同钱锺书先生的观点,认为桐城诗派的发端应该从姚范算起④。但

---

① 1661年,朱由榔被人从缅甸掳回,后为平西王吴三桂所杀害,《明史》列传第八和《清史稿》列传二百六十一等都有记载。《清史稿》载:"三桂令宁等以偏师逐文选,而与爱景阿趋缅甸,复檄令执送由榔……缅甸逐执由榔及其母、妻等送军前……四月(康熙元年),三桂执由榔及其子,以弓弦绞杀之,送其母、妻诣京师,道自杀。"
② 吴伟业著,李学颖集评标校:《吴梅村全集》,上海:上海古籍出版社,1990年,第466页。
③ 钱锺书:《谈艺录》,北京:生活·读书·新知三联书店,2007年,第370页。
④ 刘世南:《清诗流派史》,北京:人民文学出版社,2004年,第341页。

是,亦有人认为姚范的创作成就不高,主要诗学观点散见于《援鹑堂笔记》,而这部笔记在当时流传和影响有限,姚范能否算作桐城诗派的发端,可以再论。

关于桐城诗派的渊源,姚莹在《桐旧集序》中标榜道:"窃尝论之:自齐蓉川廉访以诗著有明中叶,钱田间振于晚季,自是作者如林。是以康熙中潘木厓有《龙眠诗》之选,犹未极其盛也。海峰出而大振,惜翁起而继之。然后诗道大昌。"①姚莹认为桐城诗派应该溯源到明代的齐之鸾及明末清初的遗民诗人钱澄之,然后由刘大櫆、姚鼐发扬光大。齐之鸾"诗有气力精思,往往造语出人意表:大抵皆一路孤行,无所依附",遂"开吾乡风气之始"②。其时,明"七子"提倡盛唐,以摹拟为能事,齐之鸾却能"无所依附",搜采奇崛,语意新妙,且多遒劲之气,确有创见。其后的钱澄之更是以节气著称的遗民诗人,卓尔堪的《明末四百家遗民诗》中收入钱澄之的诗作多达120首③。桐城籍前辈诗人以节气著称,诗歌创作又能"无所依附",确实给桐城诗派开了一个好头。需要注意的是,姚莹为姚范之曾孙,又是姚范诗文笔记的整理者,如此熟悉姚范诗学观点又有血缘关系的姚莹,在总结桐城一地的诗歌发展时,并没有标举姚范为开风气之先者,这确实是耐人寻味的。

刘大櫆不仅在当时诗歌创作上有比较大的影响④,而且选编了《历朝诗约选》《盛唐诗选》《唐诗正宗》等⑤,更是直接影响了姚鼐等人。姚鼐《刘海峰先生八十寿序》:"鼐之幼也,尝侍先生,奇其状貌言笑,退辄仿效以为戏。及长,受经学于伯父编修君,学文于先生。"⑥《刘海峰先生传》曰:"至海峰,则文与诗并极其力,能包括古人之异体,镕以成其体,雄豪奥秘,麾斥出之,岂非其

---

① 姚莹:《桐旧集序》,见《桐旧集》,合肥:安徽大学出版社,2016年,第1页。
② 钱澄之著,彭君华点校:《田间文集》,合肥:黄山书社,1998年,第218页。
③ 此数据据有正书局石印本《明末四百家遗民诗》统计。
④ 袁枚《随园诗话》谓刘大櫆"诗胜于文";姚鼐言"桐城为诗者,大率称海峰弟子";《桐旧集》中选刘大櫆诗作多达90篇,为桐城诗人之最。
⑤ 刘声木:《桐城文学渊源考 撰述考》,合肥:黄山书社,2012年,第407页;孙琴安:《唐诗选本提要》,上海:上海书店出版社,2005年,第364页。
⑥ 姚鼐:《惜抱轩诗文集》,上海:上海古籍出版社,1992年,第115页。

才之绝出今古者哉?"①姚鼐在《与刘海峰先生》的信中道:"自少至今,怀没世无称之惧,朝暮自力,未甘废弃。然不见老伯,孰与证其是非者?鼐于文艺,天资学问本皆不能逾人,所赖者闻见亲切师法差真……近作诗文颇多,聊录数诗纸后,老伯可观鼐才力进退也。"②刘大櫆对姚鼐甚至整个桐城派的影响是显而易见的。刘大櫆生于康熙三十七年(1698),长姚范四岁,雍正四年(1726),在京应试的刘大櫆持所业谒见方苞,受到方苞的高度赞赏③,诗文创作已经崭露头角。何以钱先生认定"桐城亦有诗派,其端自姚南菁范发之"?

钱锺书指出姚鼐"渊源家学,可以征信",认为"今世末流奉惜抱谈艺之论"是"不解析骨肉以还父母也"④。从姚范对姚鼐以及后来的桐城诗派诗学观念影响而言,钱先生所论是有道理、有眼光的。姚范著有《援鹑堂笔记》一书,于经史子集无所不揽,其中不乏对诗歌的精切认识。姚范认为诗文应本源于《六经》而不落窠臼,确为桐城诗派定了"家法"。以《六经》为根本,不袭陈言,"创意造辞皆不相师"。这种文学观念深刻影响了姚鼐、方东树以及吴汝纶、姚永朴等人,几成历代桐城派文人所共同遵守的"家法"⑤。姚范认为:"读何仲默五言诗,多摹汉、魏格调,时复近之,十八章亦刻意《十九首》,但无自然英旨,则所谓'惊心动魄,一字千金',恐未必然耳。"⑥又言:"《十九首》浑然天成,兴象神味旨趣,岂可以摹仿得之,然观何、李诸公诗,转复读之,其妙愈出,正如学书者,只见石刻,后观真迹,益见神骨之不易几也。"⑦一反钱谦益、冯班等人极贬明"七子"之论,姚范于明"七子""未尝尽夺而不与"。姚鼐、姚莹和方东树也继承了这一观点,甚至认为可以通过学习明"七子"之摹拟前

---

① 姚鼐:《惜抱轩诗文集》,上海:上海古籍出版社,1992年,第309页。
② 姚鼐:《惜抱轩尺牍》卷一,清道光三年(1823)刻本。
③ 赵尔巽等:《清史稿》,北京:中华书局,1977年,第13376~13377页。
④ 钱锺书:《谈艺录》,北京:生活·读书·新知三联书店,2007年,第372页。
⑤ 方东树《昭昧詹言》卷一第九三条云:"以杜、韩为之归,则足以尽习之论《六经》之语而无不包矣。"
⑥ 姚范:《援鹑堂笔记》卷四〇,清道光乙未(1835)冬刊本。
⑦ 姚范:《援鹑堂笔记》卷四〇,清道光乙未(1835)冬刊本。

人来学诗①。姚范于历代诗人中推崇杜甫、韩愈、黄庭坚等人,认为:"涪翁以惊创为奇,其神兀傲,其气崛奇,元思瑰句,排斥冥筌,自得意表,玩诵之久,有一切厨馔腥蝼而不可食之意。"②这就为桐城派诗人树立了师法的对象。如前所论,桐城诗派"以古文之法,通之于诗"的论点,在姚范那里已见端倪。可见姚范的诗论确实对桐城诗派产生了深远的影响。钱先生"桐城亦有诗派,其端自姚南菁范发之"的论断,又确实指出了桐城诗派的诗学观点及内在的传承关系。

方东树在《昭昧詹言》中对刘大櫆、姚范及姚鼐有一段综合比较论,十分精彩,引录如下:

> 姜坞所论,极超诣深微,可谓得三昧真诠,直与古作者通魂授意;但其所自造,犹是凡响尘境。惜翁才不逮海峰,故其奇恣纵横,锋刃雄健,皆不能及;而清深谐则,无客气假象,能造古人之室,而得其洁韵真意,转在海峰之上。海峰能得古人超妙,但本源不深,徒恃才敏,轻心以掉,速化剽袭,不免有诗无人;故不能成家开宗,衣被百世也。③

作为桐城诗派的诗论家,方东树对桐城诗派重要诗人的诗歌创作和诗学思想的认识是极为深刻的。方东树认为"三先生"是"真知诗文",但是对三人的评价又各不相同。姚范对诗歌的见解"极超诣深微","得三昧真诠",可以"直与古作者通魂授意"。但是姚范的诗歌创作却是"凡响尘境"。实际上,方东树以及后来的桐城诗派弟子多继承和发扬了姚范的诗学观点。方东树认为刘大櫆有才气,诗作"奇恣纵横,锋刃雄健",但是"本源不深,徒恃才敏,轻心以掉,速化剽袭,不免有诗无人",诗中有"客气假象",故而不能"成家开宗,衣被百世也"。又说:"海峰之全似古人而无不雅者,政不易到。盖其本领已

---

① 方东树《昭昧詹言》卷一第一四八条认为:"学古而真有得,即有败笔,必不远倍于大雅,其本不二也。"刘声木等亦谓姚鼐从学明"七子"入手,卒能兼唐宋之美。
② 姚范:《援鹑堂笔记》卷四〇,清道光乙未(1835)冬刊本。
③ 方东树著,汪绍楹校点:《昭昧詹言》,北京:人民文学出版社,1961年,第46页。

同于古,但未及变耳。"①只有姚鼐虽然才不及海峰,却能"造古人之室",而"得其洁韵真意",成为开创桐城诗派的关键人物。学可以致,才由天授,故而桐城后学以姚范、姚鼐为师,亦在情理之中。

笔者认为研究任何文学流派,都必须找出这个流派的核心人物及核心观点,应当坚持"中心"说,只有确立了中心,才能上可溯源,下可顺流。确立了中心,与中心靠近的次中心,那些与中心异质的非中心就逐渐清晰了。就桐城诗派而言,姚鼐当为中心,能够代表桐城诗派特点的那些诗论观点,当为中心论点。以《六经》为根本,以黄庭坚等为师法对象,追求"往复顿挫"之境,"以古文之法,通之于诗"等,这些都是桐城诗派的重要观点,姚范则是这些观点的倡导者,这些观点经过姚鼐等人的阐发,俨然成了桐城诗派的不二法门。显而易见,姚范是对以姚鼐为中心的桐城诗派有重要影响的"次中心",这个"次中心"又与处于下游的方东树这个"次中心"不同,因其处于上游,其意义特别大,这也就有了钱锺书先生的"其端自姚南菁范发之"的论断。刘大櫆是桐城文派的"次中心",在古文方面给姚鼐及桐城文派发展以巨大影响。钱锺书先生称"桐城亦有诗派",此处没有说文派,也就宜乎以姚范而非他人为发端了。

按照上述的"中心"说,关于桐城诗派的发端及流变,大致可以这样描述:自明中后期以来,桐城一地诗歌创作较为兴盛,为桐城诗派的形成提供良好的文化氛围。刘大櫆等人的诗歌创作和姚范等人的诗学思想为桐城诗派开宗立派做了必要的准备,姚范等可算作桐城诗派的先导。姚鼐不但以自己的创作实践影响着同时代的追随者,而且发表创作纲领,奖掖引导后学,主讲书院,与追随者同声相应,同气相求,书札往来,唱和切磋,不但产生了一批风格相似的作品,而且结成了文学见解相接近的创作群体,桐城诗派得到进一步发展壮大,达到鼎盛。桐城诗派经姚门弟子等人继承、发扬,其诗学思想在方东树《昭昧詹言》中得到系统总结。吴汝纶、姚濬昌、姚永朴、姚永概、马其昶、

---

① 方东树著,汪绍楹校点:《昭昧詹言》,北京:人民文学出版社,1961年,第48页。

范当世继续守桐城之法,而又有所新变,吴闿生所选《晚清四十家诗钞》实为桐城诗派一记绝唱。随着新文化运动和诗界革命兴起,桐城诗派也就逐渐退出了历史舞台。

第三章 姚鼐:桐城诗派的奠基者

在桐城派中,方苞、刘大櫆和姚鼐被称为"桐城三祖"。姚鼐虽晚出,但影响超过方、刘,故又被视为桐城派的集大成者。《清史稿》姚鼐本传中称:"为文高简深古,尤近欧阳修、曾巩。其论文根极于道德,而探源于经训。至其浅深之际,有古人所未尝言。鼐独抉其微,发其蕴,论者以为辞迈于方,理深于刘。三人皆籍桐城,世传以为桐城派。"①广义层面的桐城派应当包括桐城文派、桐城诗派和桐城学派。桐城派中桐城文派最先被人接受,桐城学派则随着乾嘉以后的学风转变,以义理、考据、辞章三者并重为代表的学术观点逐步为世人接受。桐城诗派的形成并不晚于桐城文派和学派,但是被世人接受则相对迟一些。最先明确提出桐城诗派的是姚莹,经过方东树、曾国藩、吴汝纶、姚濬昌、姚永朴、姚永概、马其昶、范当世等的鼓吹才流传甚广。方苞平生绝意为诗,少量流传下来的诗歌亦属平常之作。刘大櫆一生名位不显,辗转多地以授学为生,刘氏之所以能立"三祖"之列亦是姚鼐极力推崇的缘故。姚鼐则以文、诗、学并著称于世,其诗歌创作和诗歌批评皆有建树,笔者以为姚鼐当为桐城诗派的奠基者。

---

① 赵尔巽等:《清史稿》,北京:中华书局,1977年,第13396页。

第一节　诸体兼备与诸体兼善？

姚永朴在《惜抱轩诗集训纂》前写下这样一段文字：

> 昔先生在时，袁简斋称其七古雄厚，王禹卿又谓五古韵味尤胜；近时武昌张廉卿，则以先生七律与施愚山五古、郑子尹七古并推为一代之冠。然上元梅伯言评先生诗云："以山谷之高奇，兼唐贤之蕴藉。先生自谓可附虞伯生，岂伯生所可及哉！"湘乡曾文正公尝言，惜翁能以古文之法，通之于诗，故劲气盘折。斯盖综其全言之也。吾师吴挚甫先生语永朴曰："先生诗勿问何体，罔不深古雅健，耐人寻绎。彼自谓才薄，观于诗殊不然。"①

姚永朴借前贤之言论姚鼐的诗歌创作成就，不仅指出了姚鼐七古、五古、七律各种体裁所取得的成就，而且进一步指出其诗作"劲气盘折""深古雅健"的艺术风貌。下面，笔者结合姚永朴之言，探讨姚鼐诗歌创作的成就和特点。

姚鼐虽然称自己"不工于诗"，但是其毕生都在写诗。仅据《惜抱轩诗集训纂》目次统计，其古今体诗共计 740 多首，而姚鼐晚年嫌才气衰退，故诗作多不存留，其诗歌创作数量应是较可观的。姚鼐诗歌题材也较为广泛，举凡怀人、赠答、行旅、怀古、山水、题画等均有涉猎。笔者按照诗歌体裁分类来探讨姚鼐的诗歌创作成就。

诗集的前五卷为古体，先看看姚鼐的七古诗歌创作，其《钱舜举〈萧翼赚兰亭图〉》道：

> 万壑千岩当坐起，断取越东山百里。世间不见永和人，长有春风流曲水。沧海日高开寺楼，楼上当窗僧白头。越僧世得钟张法，头白朝朝摹《禊帖》。扣门客坐轩槛风，茶香酒暖笑语同。致君有道

---

① 姚鼐撰，姚永朴训纂，宋效永校点：《惜抱轩诗集训纂》，合肥：黄山书社，2001 年版，第 1 页。

尧舜出，访古无人羲献空。频说法书日西宴，萧郎缩手心无限。老僧抵掌僧雏睨，似谓慢藏旁欲谏。语卿且勿谏，怀璧不可居。御史诚有诏，明日将登车。长安再拜陈玉除，欧虞俯首愧不如。年往运谢五百余，钱生染笔中踟躇。石床闭绝昭陵夜，无复人间第一书。①

因为是题画诗，所以前两句从大处着笔，先写兰亭附近的山色景物，接下来两句则是暗示此诗和王羲之《兰亭集序》有关。接下来四句描绘了永欣寺僧辨才喜爱书法，这为其收藏王羲之真迹后被萧翼骗取埋下伏笔。接下来两句描绘出萧翼伪装后入寺庙行骗，其中"茶香酒暖笑语同"一句，可以看出萧翼为接近僧人，包藏祸心之举。而"萧郎缩手心无限"，可谓十分传神地写出萧翼企图攫取却又不好下手的心态，"缩手"更是把其欲夺又掩的情形刻画得淋漓尽致。而老僧竟然忘记防备，只管抵掌高谈阔论，旁边的小沙弥却似乎觉察到来客的不良居心。当确知《兰亭集序》为老僧所藏，萧翼即示以皇帝的诏书而把兰亭真迹带走，这就不是巧取而是豪夺了。接下两句点出钱舜举作《萧翼赚兰亭图》，最后两句抒发了诗人对真迹泯灭的可惜及对唐太宗私欲的批评。

题画诗向来比较难作，姚鼐不仅把钱舜举所画《萧翼赚兰亭图》的内容交代得比较清楚，故事完整，人物形象也较丰满鲜明，比如貌似风流儒雅其实却怀揣夺宝之心的萧翼、偏嗜书法而毫无防人之心的寺僧辨才以及聪明却又胆小的小沙弥等。姚鼐诗歌之所以能够达到这样的成就，是因为其注重诗歌（特别是古体）的选材、布局乃至遣词造句。从中也能看出其诗文相通的一面。

上面一首七言古诗可以看出姚鼐诗文相通的特点，下面这首《孔㧑约集石鼓残文成诗》则可以看出姚鼐诗歌为学人之诗的特点："在昔成周造西土，日出海隅皆奄抚。同文遂光天子政，异学敢施私智舞。大搜有礼朝金乌，《小雅》余篇镌石鼓。东迁孔子悼《诗》亡，史有阙文吾尚睹。偄兴暴国尚首功，拨

---

① 姚鼐撰，姚永朴训纂，宋效永校点：《惜抱轩诗集训纂》，合肥：黄山书社，2001年版，第1页。

去古文焚一炬。小篆从此法丞相，《爰历》竞言受车府。援笔且便徒隶才，立政安求周召侣。虽然六体试古文，尚有典刑存一缕。魏晋以后述者稀，蝌斗仅传逮韩愈。阙后推求钟鼎文，形响猜疑似聋瞽。铭勒谁可迹郊梁，真伪奚能知岣嵝。独留此鼓见周人，犹似裔孙瞻鼻祖。文士甲癸纷臆决，强定成宣道文武。断文阙义那得知，伟画奇模差可数。一朝联缀使完善，坠玉零珠同贯组。《文王》《清庙》固难晞，《急就》《凡将》真下颊。乃知翰林有奇智，炼石星躔如可补。尝疑秦篆一家学，叔重虽精犹异古。言之成礼或近凿，有似郢人书烛举。保氏本体益茫昧，后贤传说时舛午。曰在舞中会意芋，背私公乃韩非语。岂如石鼓坚可信，乃谚胡为讥厥父。说礼无征伤杞宋，崇旧有由敬收羾。嗟君好古如食跖，快读奇字常如吐。益友多闻求寡昧，家法虚怀铭伛偻。何当再发壁中书，小学源流胜张杜。"①自从韩愈《石鼓歌》出，代有此一类诗文。乾嘉时期考据之风盛行，诗人多喜欢于诗文中卖弄学识，姚鼐友人翁方纲就擅长把考据内容写入诗文，姚鼐或许受其影响，加之此诗所赠对象亦是颇爱小学的孔广森，所以作此长篇。应当说姚鼐的这篇诗歌追述书法的历史，论及六书，注重考辨，足见姚鼐的学养深厚。但作为诗歌是不成功的，这并不需要深析。需要指出的是，这类诗作的产生是与一定的学术风气紧密相连，同时这类诗歌不追求语言流畅、意境优美，而多以一种散文的行文方式，把一些艰涩难解的典故串联于诗中。故而，此诗堪称标准的学人之诗。

姚鼐的五古虽多没有七古雄厚，但以韵味见长，且看《暮行青山下宿田家作》：

> 江皋夕雾中，初月寒津上。杂树转萧疏，长风拂清旷。凤爱青山隅，既暝犹一望。势别列殊峰，光沉蔼同嶂。夜鸟寂还啼，春涧幽逾壮。人从草径逢，屋与云岩并。感兹洵有情，欣我久无恙。场圃

---

① 姚鼐撰，姚永朴训纂，宋效永校点：《惜抱轩诗集训纂》，合肥：黄山书社，2001年版，第156～157页。

共披襟,风露频开酿。耽乐未渠央,疏慵任遗谤。①

青山在桐城县南,姚鼐于此诗中描绘了暮色中青山脚下的乡村景色。在距离大江不远的地方,似乎还能看到笼罩在月光和薄雾之下的江皋。小路的两旁生长着一些杂树,阵阵清风送来的是令人心旷神怡的清凉。只因平素太爱青山,天色渐暗,仍然止不住观望,但光线太暗,看到的只是大山的轮廓。夜鸟还时不时发出鸣声,由于夜的静,山涧中水流声越发响亮了。附近的村民依山而居,院落前面花草丛生。主人与客人之间更是其乐融融,不时传来阵阵笑声和缕缕酒香。此诗不仅写出了大江旁边、小山脚下田家美景,而且写出了一位乐在其中的诗人形象。此诗读来,深感韵味悠长。

关于姚鼐的律诗创作情况,张廉卿认为姚鼐的"七律与施愚山五古、郑子尹七古并推为一代之冠"。且看姚鼐的这首《夜起岳阳楼见月》:

高楼深夜静秋空,荡荡江湖积气通。

万顷波平天四面,九霄风定月当中。

云间朱鸟峰何处? 水上苍龙瑟未终。

便欲拂衣瑶岛外,止留清啸落湘东。②

古往今来,岳阳楼令无数诗人赞叹不已,李唐以来仅著名诗人如孟浩然、杜甫、韩愈、黄庭坚等人皆有佳作传世。孟浩然、杜甫等人用他们的如椽大笔分别写下了"气蒸云梦泽,波撼岳阳城""吴楚东南坼,乾坤日夜浮"等诗句,来描写岳阳楼、洞庭湖壮观之景。孟、杜等人写的是白天所见景象,姚鼐描写的是月光下的岳阳楼及周边的景色。是夜无眠,诗人起身来到岳阳楼上,伫立在栏杆边,放眼望去,洞庭湖湖面因没有雾气而显得特别开阔,这是一个没有风的夜晚,平静的湖面把诗人的视线引向了天边。一轮明月正悬在天空。似

---

① 姚鼐撰,姚永朴纂,宋效永校点:《惜抱轩诗集训纂》,合肥:黄山书社,2001年版,第170页。

② 姚鼐撰,姚永朴纂,宋效永校点:《惜抱轩诗集训纂》,合肥:黄山书社,2001年版,第330页。

乎整个世界就只剩下湖水、明月和诗人。不,诗人忘却了自己而沉醉在水与光的世界中了。此情此景,诗人浮想联翩:衡山在何方?湘灵鼓瑟的乐声似乎还余音未绝。入此仙境,不觉有乘槎泛湖、遗世独立、羽化登仙之感。姚鼐的这首《夜起岳阳楼见月》所绘之境、所抒发之情和苏轼《前赤壁赋》较为相似。于一首律诗之中把诗景诗情描绘得如此令人向往,足见姚鼐七律艺术成就的不凡。

姚鼐的绝句创作也有可观之处,集中除有《论墨绝句九首》及《论书绝句五首》等品评书画的作品外,也不乏清新之作:

>天低两岸直,风缓夹江湾。枞阳犹未到,已见皖公山。①
>
>画角一声江郭,布帆几叠风亭。前日故人千里,倚楼依旧山青。②
>
>凉阶今夕又飞萤,倚槛风前已涕零。人迹不到修竹影,每随明月到中庭。③
>
>昼阴沉地一花明,裂纸窗前素卷横。展读未终雷雨过,竹轩梧阁作秋声。④
>
>我行江北路漫漫,送尔江南山万盘。青天落日如相忆,更倚莲花峰上看。⑤
>
>数株当户绿交加,徒倚前荣见早霞。忽有宿禽惊起语,露梢飞落石榴花。⑥

姚鼐的绝句常常点化前人的诗句,而恰当自然。上举第二首绝句《离思》,为离别后的思念,所以其中有"前日故人千里,倚楼依旧山青"之句。因

---

① 姚鼐《江行绝句》,《惜抱轩诗文集》,上海:上海古籍出版社,1992年,第552页。
② 姚鼐《离思》,《惜抱轩诗文集》,上海:上海古籍出版社,1992年,第569页。
③ 姚鼐《凉阶》,《惜抱轩诗文集》,上海:上海古籍出版社,1992年,第557页。
④ 姚鼐《雨后》,《惜抱轩诗文集》,上海:上海古籍出版社,1992年,第555页。
⑤ 姚鼐《江上送吴殿麟还歙》,《惜抱轩诗文集》,上海:上海古籍出版社,1992年,第555页。
⑥ 姚鼐《夏日绝句二首》其一,《惜抱轩诗文集》,上海:上海古籍出版社,1992年,第561页。

对故人的思念，诗人又来到前日分别的场所，尝试着寻找其中遗留下来的痕迹，眼前的行船让诗人意识到故人已经行至千里之外。这又加重了诗人的离别之思。而结语更是以景传情，把思念之情吐露得真切又含蓄朦胧。实际上，姚鼐的这首诗歌是借鉴了阴铿《江津送刘光禄不及》一诗①。其诗中之"画角""帆"当是从阴铿诗而来，其整首诗歌的构思亦当对阴铿诗有所借鉴。只是姚诗采取了后世诗人常用的以景物代情思的收结方式。上举姚鼐绝句之三，亦是对前人诗作的借鉴，如果指明此为悼亡之诗，这种借鉴就非常明显了。需要说明的是，借鉴并非不好，关键要有"点铁成金"的本领，上面《凉阶》一诗尽管有"凉阶""飞萤"等词，但是诗人巧妙地借助于修竹之影和人影相对比，把对亡妻的思念表达得既含蓄又深沉。

综上所述，姚鼐的诗歌创作诸体具备，诸体中古体诗比近体诗成就要高一些，犹以七言古体诗为高。其诗歌又明显地表现出学者之诗的特点。这又与姚鼐的生平和思想有关。姚鼐为典型的封建文人，生平以教书著书为事，这一方面有助于诗歌语言的锤炼、诗作布局和音韵的推究；但是另一方面，诗人被局限在书斋之中，不能在读万卷书的同时行万里路，限制了视野，其诗歌成就也就自然不能和李白、杜甫这样一流的诗人相比肩。故而，言姚鼐的诗歌创作诸体兼备则可，言诸体兼善，则似有拔高之嫌。

吴汝纶在《姚慕庭墓志铭》中说："方侍郎顾不为诗，至姚郎中乃以诗法教人。其徒方植之东树，益推演姚氏绪论。自是桐城学诗者一以姚氏为归，视世所称诗家若断潢野潦，不足当正流也。"②吴汝纶的这段话有几点需要注意：首先，既然"姚郎中乃以诗法教人"，我们可以从姚鼐教人之法中探求姚鼐的诗学思想；其次，方东树的诗学思想为推演姚氏之绪论，所以讨论姚氏诗学思想时，亦需兼引方东树的诗论见解加以补充；最后，姚门"视世所称诗家若

---

① 阴铿《江津送刘光禄不及》："依然临江渚，长望倚河津。鼓声随听绝，帆势与云邻。泊处空余鸟，离亭已散人。林寒正下叶，钓晚欲收纶。如何相背远，江汉与城闉。"
② 吴汝纶撰，施培毅、徐寿凯校点：《吴汝纶全集》第1册，合肥：黄山书社，2000年，第213页。

断潢野潦,不足当正流也",且不论孰为正流,孰为野潦,双方诗论观点必有大不相同之处,所以在论述姚鼐的诗学思想时,更应该关注姚氏诗学思想不同于他人之处,即姚鼐诗学思想的独特价值所在。

第二节 "道与艺合,天与人一"

中国的文人和文章似乎永远不会也不可能真正地"为艺术而艺术",他们的言行多与政治生活相关联。这其中最核心的一个命题就是文章和道关系的问题。唐宋八大家中的韩愈、柳宗元提倡"文以明道",明确了古文创作的终极指向。宋代理学家周敦颐、张载、朱熹等人对文道关系的论述,多把文看作道的附庸,文成了载道的工具,而丧失了独立的品质。姚鼐在学术思想上始终以程朱为宗,但是姚鼐同时继承了韩、柳、欧、苏以至明代"唐宋派"归有光等人的文统,力求把程、朱之道与古诗文之艺二者相结合,主张"道与艺合,天与人一"。这一思想在《敦拙堂诗集序》中有明显体现:

> 言而成节合乎天地自然之节,则言贵矣。其贵也,有全乎天者焉,有因人而造乎天者焉。今夫《六经》之文,圣贤述作之文也。独至于《诗》,则成于田野闾阎、无足称述之人,而语言微妙,后世能文之士,有莫能逮,非天为之乎?然是言《诗》之一端也。文王、周公之圣,大小《雅》之贤,扬乎朝廷,达乎神鬼,反复乎训诫,光昭乎政事,道德修明,而学术该备,非如列国《风》诗采于里巷者可并论也。夫文者,艺也。道与艺合,天与人一,则为文之至。世之文士,固不敢与文王、周公比,然所求以几乎文之至者,则有道矣,苟且率意,以觊天之或与之,无是理也。自秦汉以降,文士得《三百》之义者,莫如杜子美。子美之诗,其才天纵,而致学精思,与之并至,故为古今诗人之冠。①

---

① 姚鼐著,刘季高标校:《惜抱轩诗文集》,上海:上海古籍出版社,1992年,第49页。

姚鼐认为诗文之贵者,有得之于天,有得之于人。《诗》之列国之《风》采于里巷,是为得之于天,而大小《雅》之作既得乎于天又得乎于人,所以其成就并非国风诸篇可比。这就突出了"道"与"人"对于"艺"与"诗"的作用。

姚鼐强调"道与艺合",并非前人所云文以明道、文以载道,而是强调文道合一。姚鼐在《复汪进士辉祖书》中言"达其辞则道以明,昧于文则志以晦"①,重道却不废文。姚鼐在《答翁学士书》中把文道关系说得更为明确:"诗文皆技也,技之精者必近道,故诗文美者命意必善。"②在追求文艺创作"美"的同时,突出了"善"的地位。其意即为文章之"艺"越精美,文章之"道"越纯粹。所谓"道与艺合",就是指文人首先应该重视道德涵养,然后发之为诗文,诗文自然就能合乎道而达到高尚的境界。这也就是姚鼐在《荷塘诗集序》中所指出的:"古之善为诗者,不自命为诗人者也。其胸中所蓄,高矣、广矣、远矣,而偶发之于诗,则诗与之为高广且远焉,故曰善为诗也。"③胸中所蓄高,发之为诗则高;胸中所蓄远,发之为诗才能远。姚鼐认为,曹植、陶渊明、李白、杜甫、韩愈、苏轼、黄庭坚等,正是因为有忠义之气、高尚之节、道德之养、经济之才,所以才能成为一流诗人。如果仅志在作诗人,其诗虽工,其诗格局也甚小。

如何才能达到"道与艺合"?姚鼐认为必须做到"天与人一"。所谓"天",在姚鼐看来,更多的是一种得之于自然的天赋禀性;而"人"则重点指人的后天努力。只有把得之于自然的天赋禀性和后天的努力结合起来,才能达到诗文的极致。《敦拙堂诗集序》中举出杜甫的例子,以为杜甫既有天纵之才又致学精思,所以为古今诗人之冠。这种天赋与努力的融合,在姚鼐看来应当需要一个相当长时间的涵养过程,不能操之过急,他在《答鲁宾之书》中这样描写道:"闵闵乎!聚之于锱铢,夷怿以善虚,志若婴儿之柔。若鸡伏卵,其专以

---

① 姚鼐著,刘季高标校:《惜抱轩诗文集》,上海:上海古籍出版社,1992年,第89页。
② 姚鼐著,刘季高标校:《惜抱轩诗文集》,上海:上海古籍出版社,1992年,第84页。
③ 姚鼐著,刘季高标校:《惜抱轩诗文集》,上海:上海古籍出版社,1992年,第50页。

一,内候其节,而时发焉。"①因而指出"为学之要,在于涵养而已"。姚鼐对于其自身的认识,其学已望见途辙,但是"才力高下,必由天授,鼐所自歉者,正在才薄耳"②。姚鼐在写给侄孙姚莹的信中同样论及天赋和努力的关系:"人各任其力量,功候成就,大小纯驳,不可早定。得失之故,有人事,亦若有天道焉。唯孜孜勉焉,以俟其至可耳。"③

姚鼐承认得之于自然的天赋,同时也不放弃后天的努力,甚至更加强调后天的练习。姚鼐在《喜陈硕士至舍有诗见贻答之四十韵》中言:"文章非小技,古哲逮今寿。超越彼粗粝,固在频投臼。"④姚鼐高明之处就在于注重后天的努力,只有"频投臼",才能"超越彼粗粝",成就精品。

第三节 "镕铸唐宋"的诗学宗旨

姚鼐在《与鲍双五》的尺牍中明确指出:"镕铸唐宋,则固是仆平生论诗宗旨耳。"⑤唐诗以蕴藉空灵、兴象华妙、情韵兼备著称,为中国古典文学群山的一座艺术高峰。唐以后学唐诗者,代不乏人,金元以后特别是明代,更是学唐之风独占诗坛。明人高棅编选《唐诗品汇》,演"沧浪"之绪,界划唐诗为初盛中晚,奉盛唐为正宗。其后明"七子"交相鼓吹,以为"诗必盛唐",于中晚已稍加贬斥,更无论宋、金、元之诗。但是,物极必反,如纪昀评《唐诗品汇》所言:"唐音之流为肤廓者,此书实启其弊,唐音之不绝于后世者,亦此书实衍其传。"⑥唐诗不绝于后,未必为此书之功,而唐音流为肤廓之病,此书实难辞其咎。至于明"七子"的"诗必盛唐",专以模拟为宗,更是落得"瞎盛唐"的称号。文学新变的内在规律和文人求新的心理需求,使得诗人们不再仅仅满足于唯

---

① 姚鼐著,刘季高标校:《惜抱轩诗文集》,上海:上海古籍出版社,1992年,第104页。
② 姚鼐《与陈硕士》,《惜抱轩尺牍》卷五,清道光三年(1823)刻本。
③ 姚鼐:《惜抱轩尺牍》卷八,清道光三年(1823)刻本。
④ 姚鼐著,刘季高标校:《惜抱轩诗文集》,上海:上海古籍出版社,1992年,第498页。
⑤ 姚鼐:《惜抱轩尺牍》卷四,清道光三年(1823)刻本。
⑥ 纪昀等:《钦定四库全书总目》,北京:中华书局,1997年,第2640页。

唐音是尊，而是寻求其他诗风，开辟出一条新的诗歌创作道路，提出新的美学标准。宋代诗人是学古而能新变的典范，他们变化于唐而能出其自得，学习唐人而不为唐人所囿，形成了自己的风貌，宋诗成为唐以后中国诗歌史上又一奇峰。但是历来对宋诗的评价毁誉参半，真正大张旗鼓地学习宋诗是从清代才开始的。清人认识到明人之失，转学宋诗。清初的钱谦益、黄宗羲、朱彝尊等指出明"七子"及公安派在诗歌理论和创作上的缺陷。清初既是时代更新之际，又为诗风的一大转型之时。钱谦益等人由批判明"七子"进而对学唐诗之风不满，强调"转益多师"，宋诗成为学习和取法的对象。特别是吴之振、吴自牧等选编了《宋诗钞》，"欲天下黜宋者得见宋之为宋如此"，诗坛上兴起了一阵宋诗热。当时执诗坛牛耳的王士禛亦"越三唐而事两宋"，其《冬日读唐宋金元诸家诗偶有所感各题一绝于卷后凡七首》其四曰："一代高名孰主宾，中天坡谷两嶙峋。瓣香只下涪翁拜，宗派江西第几人？"①抒发了其对以苏轼和黄庭坚为代表的宋诗的欣赏。但是一味强调学宋，其弊端也是非常明显的，王士禛在"越三唐而事两宋"之后，又以唐为宗，这就非常耐人寻味了。

可见在姚鼐之前，清代不少诗人已经在理论和实践上都有兼采唐宋的倾向。唐诗与宋诗两种异质的美的典范相互融合，构成了清人诗学的一大显著特点。姚鼐则比前人和时人更加明确、自觉地把"镕铸唐宋"作为学诗、论诗的不二法门。这一诗学思想在姚鼐的诗歌创作、诗论和诗选等方面都有相当明显的表现。姚鼐的弟子吴德旋《姚惜抱先生墓表》言姚鼐"诗从明七子入，卒之兼体唐宋，模写之迹不存焉"②。前面已按照诗歌体裁分类论及姚鼐的诗歌创作情况，这里想结合姚鼐诗歌创作的实际情况，论述其"镕铸唐宋"的诗论观点。且看这样一首诗：

> 往年与子游扬州，红蕖尽落陂塘秋。秋风吹江上海月，照见苍烟吹笛之孤舟。形骸放浪各无累，钓竿只欲垂沧洲。君后文辞动天

---

① 王士禛著，袁世硕主编：《王士禛全集》（一），济南：齐鲁书社，2007年，第484页。
② 严云绶、施立业、江小角主编：《桐城派名家文集①姚范集、方东树集、吴德旋集》，合肥：安徽教育出版社，2014年，第877页。

子,起家簪笔承明里。我复逢君向凤城,对把清樽思故里。春日辞君返乡县,江草江花不相见。何意昨宵明月来,重照扬州故人面。一麾出守未须嫌,且泛江南水如练。江南水暖扬州城,亭阁半空弦管声,垂阳一棹千丝轻。船窗玉面歌童出,捧手迎君如有情。锦帆画舸竞朝渡,翠袖红妆看晚明。松风吹入栖灵寺,一片斜阳渡江至。江云叶叶向南飞,绕遍吴山万重翠。青山虽好不留君,为念来朝复愁思,愁思迢迢送别离。劝君努力向天涯,凤皇须下滇南郡,处士虚声何足奇。①

这首《与王禹卿泛舟至平山堂即送其之临安府》有模仿张若虚《春江花月夜》的成分,全诗也因学唐诗而显得风华流美,音节和谐流畅。同时,这首诗叙事条理清晰,把诗人与朋友数十年的聚散离合交代得甚为明确,显示出诗人注重诗歌篇章结构和布局的一面。诗歌还注重炼字和议论,这又具有宋诗的某些特点。当然仅凭一首诗歌来指出姚鼐诗歌具有"兼体唐宋,模写之迹不存"的特点,显然不具备足够的说服力。如果把姚鼐的所有诗歌作为一个整体来看,则这种特点是较为明显的。姚鼐的诗歌为学人之诗,诗集中论学、论书、题画之诗甚多,在描写景物甚至抒发情感之时也不忘从前人那里获得某些"借鉴",这一点在论及姚鼐的律诗时有所提及。但是我们在读姚鼐诗歌时发现,其绝大部分诗作是较为清新流美的,这应该是兼学唐宋的结果。

在论诗方面,姚鼐更是明确提出学诗应当兼取唐宋的观点。除在与鲍桂星的尺牍中直接指出"镕铸唐宋,则固是仆平生论诗宗旨"外,还在多处提到相类似的观点。如姚鼐认为:"大抵作诗、古文,皆急须先辨雅俗,俗气不除尽,则无由入门,况求妙绝之境乎?"②姚鼐所言的"雅俗"与通常所论高雅低俗之意的"雅俗"是有区别的,这里的"俗"是和求"妙绝"之境相对的。这同李白、杜甫、韩愈、李商隐等人在诗歌艺术风貌上创新的精神是相一致的,也显

---

① 姚鼐撰,姚永朴训纂,宋效永校点:《惜抱轩诗集训纂》,合肥:黄山书社,2001年版,第65页。
② 姚鼐《与陈硕士》,见《惜抱轩尺牍》卷六,清道光三年(1823)刻本。

然继承了黄庭坚的说法①。

姚鼐认为:"今人诗文不能追企古人,亦是天资逊之,亦是途辙误而用功不深也。若途辙既正,用功深久,于古人最上一等文字谅不可到,其中下之作,非不可到也。"②其对钱谦益的观点批评道:"近世人习闻钱受之偏论,轻讥明人之摹仿,文不经摹仿,亦安能脱化? 观古人之学前古,摹仿而浑妙者自可法,摹仿而钝滞者自可弃。虽杨子云亦当以此义裁之,岂但明贤哉?!"③姚鼐提出诗歌创作也应当注重学力,注重模拟,"凡学诗文之事,观览不可不泛博",同时还就如何取法前贤,达到"兼体唐宋"的诗风,给出了具体的学习途径:

> 近人每云作诗不可摹拟,此似高而实欺人之言也。学诗文不摹拟,何由得入? 须专摹拟一家,已得似后,再易一家。如是数番之后,自能镕铸古人,自成一体。若初学未能逼似,先求脱化,必全无成就。譬如学字而不临帖,可乎?④

姚鼐不仅通过以上所述提出了自己的诗论观点和具体达到"兼体唐宋"的学习方法,还通过诗歌选本来宣扬自己的诗论观点。姚鼐言:"吾向教后学学诗,只用王阮亭《五七言古诗钞》,今以加于贤,却犹未当。盖阮亭诗法,五古只以谢宣城为宗,七古只以东坡为宗。贤今所宗正当以李杜耳,越过阮亭一层。然王所选,亦不可不看,以广其趣。"⑤姚鼐认为王士禛《五七言古诗钞》取径太窄,不能仅以谢灵运及苏轼为宗而应当宗法李杜,兼取王、孟、高、岑,以广其趣。姚鼐还亲自编选《今体诗钞》,指出:

> 就愚选《今体诗钞》更追求古人佳处,时以己作与相比较,自日

---

① 黄庭坚认为作诗首先要除俗,《书嵇叔夜诗与侄榎》云:"士生于世可以百为,唯不可俗,俗便不可医也。"诗中去俗,早见严羽《沧浪诗话·诗法》:"学诗先除五俗:一曰俗体,二曰俗意,三曰俗句,四曰俗字,五曰俗韵。"
② 姚鼐《与管异之》,《惜抱轩尺牍》卷四,清道光三年(1823)刻本。
③ 姚鼐《与管异之》,《惜抱轩尺牍》卷四,清道光三年(1823)刻本。
④ 姚鼐《与伯昂侄孙》,《惜抱轩尺牍》卷八,清道光三年(1823)刻本。
⑤ 姚鼐《与管异之》,《惜抱轩尺牍》卷四,清道光三年(1823)刻本。

见增长。大抵作诗平易则苦无味,求奇则患不稳,去此两病,乃可言佳。至于古体诗,须先读昌黎,然后上溯杜公,下采东坡,于此三家得门径寻入,于中贯通变化,又系各人天分。①

姚鼐认为作诗如果平易则容易流于缺乏韵味的境地,而一味追求奇怪则常常表现出险怪不平的诗风。这是针对前人滥学唐人诗作而落入平滑和片面追求幽情单趣、偏向奇怪两种倾向而提出的。如何才能去除此两种弊病,达到较为理想的诗歌创作境界?应当兼法唐宋。姚鼐指出学习古诗应当"先读昌黎,然后上溯杜公,下采东坡"②,这实际上就是以唐、宋诗人为学习对象,非但学习古诗如此,学习今体诗歌亦当如此。《今体诗钞》二集十八卷,前一集九卷,选录了唐人五言律诗552首;后一集九卷,选录了唐、宋人七言律诗410首。举凡唐宋今体诗中的名家名篇大略已经选备。《今体诗钞》重点选录了李白、杜甫、李商隐、苏轼及黄庭坚等人,对杜甫更是推崇备至。姚鼐认为"杜公今体,四十字中包涵万象,不可谓少。数十韵百韵中,运掉变化如龙蛇,穿贯往复如一线,不觉其多。读五言至此,始无余憾"③,又指出"杜公七律,含天地之元气,包古今之正变,不可以律缚,亦不可以盛唐限者"④。姚鼐如此推尊杜甫,除了杜甫忠君恋阙、仁人爱物的高尚品质外,姚鼐更赞赏的是杜甫的集大成诗歌创作艺术成就。杜甫不仅是唐代诗歌的总结者,同时也是宋诗某些特质的开启者。如姚鼐曾指出:"山谷刻意少陵,虽不能到,然其兀傲磊落之气,足与古今作俗诗者澡濯胸胃,道启性灵。""放翁激发忠愤。横极才力,上法子美,下揽子瞻,裁制既富,变境亦多。"⑤姚鼐选取一位兼具唐诗和宋诗之美的杜甫作为诗选中最推崇的人物,这本身就能从一方面说明其"镕铸唐宋"的诗学思想。

---

① 姚鼐《与伯昂侄孙》,《惜抱轩尺牍》卷八,清道光三年(1823)刻本。
② 姚鼐《与伯昂侄孙》,《惜抱轩尺牍》卷八,清道光三年(1823)刻本。
③ 姚鼐编选,曹光甫标点:《今体诗钞》,上海:上海古籍出版社,1986年,第2页。
④ 姚鼐编选,曹光甫标点:《今体诗钞》,上海:上海古籍出版社,1986年,第3页。
⑤ 姚鼐编选,曹光甫标点:《今体诗钞》,上海:上海古籍出版社,1986年,第3~4页。

第四节 "雄伟而劲直者,必贵于温深徐婉"

关于阳刚阴柔的风格论,追溯其源头,应出于《周易》。《周易》指出阴阳、刚柔的互动推动了宇宙、天地、万物、生命的变化发展。阴与阳互动为宇宙生命提供动力,刚与柔则是万物的两种基本品质。"一阴一阳之为道",奠定了中国文学风格论的基础。在文学领域,刘勰较早涉及文章风格的问题,《文心雕龙·体性》道:"才有庸俊,气有刚柔,学有浅深,习有雅正,并情性所铄,陶染所凝,是以笔区云谲,文苑波诡者矣。"① 所谓"气有刚柔",就是指阳刚之气和阴柔之气。刘勰已看到不同禀性的人会创作不同风格的作品。严羽在《沧浪诗话》中把这一论题又向前推进一步:"诗之品有九:曰高,曰古,曰深,曰远,曰长,曰雄浑,曰飘逸,曰悲壮,曰凄婉……其大概有二:曰优游不迫,曰沉著痛快。"② 严羽这里已经把风格分为"优游不迫"(阴柔)和"沉著痛快"(阳刚)两类。真正对文章阴柔与阳刚风格美有较全面把握的是姚鼐。姚鼐在《复鲁絜非书》中对文章的阳刚之美和阴柔之美有较为形象的描述:"得于阳与刚之美者,则其文如霆,如电,如长风之出谷,如崇山峻崖,如决大川,如奔骐骥。其光也如杲日,如火,如金镠铁。其于人也,如凭高视远,如君朝万众,如鼓万勇士而战之。其得于阴与柔之美者,则其文如升初日,如清风,如云,如霞,如烟,如幽林曲涧,如沦,如漾,如珠玉之辉,如鸿鹄之鸣而入寥廓。其于人也,漻乎其如叹,邈乎其如有思,暖乎其如喜,愀乎其如悲。观其文,讽其音,则为文者之性情形状举以殊焉。"③ 姚鼐从天地之道演化出诗文之道,指出文章作为天地之精华,亦可分为阴阳刚柔之美。只有圣人才能兼具这两种美,诸子百家仅能得其一。得阳刚之美者,表现出来的是一种雄浑、阔大、峭拔、放旷、刚劲的崇高美;得阴柔之美者,表现出来的是一种平静、高远、舒缓、

---

① 刘勰著,范文澜注:《文心雕龙》,北京:人民文学出版社,1958年,第505页。
② 严羽著,郭绍虞校释:《沧浪诗话校释》,北京:人民文学出版社,1961年,第7~8页。
③ 姚鼐著,刘季高标校:《惜抱轩诗文集》,上海:上海古籍出版社,1992年,第93~94页。

轻盈、温润的婉约美。

　　从上面的描述中,姚鼐似乎对阳刚美与阴柔美无轩轾之分,实际上姚鼐更欣赏阳刚之美。姚鼐在《海愚诗钞序》中言,"其在天地之用也,尚阳而下阴,伸刚而绌柔","温深徐婉之才,不易得也。然其尤难得者,必在乎天下之雄才也"①。姚鼐《东浦方伯邀与同游西山遍览诸胜归以二诗呈之》之二道:"海内诗才各长雄,几人真嗣浣花翁。草堂鹅鸭聊宜我,碧海鲸鱼却付公。松石相看怀旧日,烟云同泛又秋风。"②姚鼐希望朋友能创作出如"掣鲸鱼于碧海"阳刚之美的文章,而把自己的作品归为"戏翡翠于兰苕"的优美一类。实际上由于个人的修养、学识、阅历,姚鼐的诗文(尤其是文)更多地表现出优美有余而阳刚不足。桐城"三祖"中,就刘、姚两人诗作而言,刘大櫆的诗作更多地表现出一种阳刚之美。

　　就姚鼐而言,其审美取向、创作实际和文学批评是各不相同的。尽管姚鼐在审美取向上较欣赏具有阳刚之美的诗作,但是在实际创作中却偏向阴柔的一面,而在文学批判中则追求阴阳刚柔并行而不容偏废。姚鼐《海愚诗钞序》曰:

　　　　吾尝以谓文章之原,本乎天地;天地之道,阴阳刚柔而已。苟有得乎阴阳刚柔之精,皆可以为文章之美。阴阳刚柔,并行而不容偏废。有其一端而绝亡其一,刚者至于偾强而拂戾,柔者至于颓废而阍幽,则必无与于文者矣。③

　　姚鼐虽然指出"苟有得乎阴阳刚柔之精,皆可以为文章之美",但是如果"有其一端而绝亡其一",那最终会失去已得一端,结果也就"无与于文者"。也就是说,阴阳刚柔,创作者可以偏嗜其中一个方面,但不可以完全失去另一方面。姚鼐还指出诗文的最高境地为"文之雄伟而劲直者,必贵于温深徐

---

① 姚鼐著,刘季高标校:《惜抱轩诗文集》,上海:上海古籍出版社,1992年,第48页。
② 姚鼐撰,姚永朴训纂,宋效永校点:《惜抱轩诗集训纂》,合肥:黄山书社,2001年,第480页。
③ 姚鼐著,刘季高标校:《惜抱轩诗文集》,上海:上海古籍出版社,1992年,第48页。

婉",就是既含有阳刚之美的一面,也包含阴柔之美的一面,两者相辅相成,以达到尽善尽美的境地。

关于风格,姚鼐赞赏雄浑阔大的阳刚之美,西人朗吉弩斯十分欣赏崇高美①,只是姚鼐的风格论,更多带有辩证的思想,认为阴阳刚柔须互助相济。姚鼐的这种认识,奠定了桐城派风格论的基础。曾国藩的"古文四象""八字之赞"②,即明显受到姚鼐风格论的影响。

第五节 "以古文之法通之于诗"

桐城派中多能文之士,姚鼐更是以诗文兼美,并称于世。姚鼐除留下了丰富的诗文及学术著作外,还编选了两部比较有影响的集子,一为《古文辞类纂》,一为《今体诗钞》。《古文辞类纂》初纂于乾隆四十四年(1779),以后三十多年中,姚鼐又随时修订,至晚年主讲钟山书院才定稿。姚鼐终生诗文并重,不废其一。关于姚鼐诗文创作方面的成就,吴德旋在《姚惜抱先生墓表》中论道:

> 先生于学无所遗而尤工于为文,其文高洁深古出自司马子长、韩退之,而才敛于法,气蕴于味,断然自成一家之文也。诗从明七子

---

① 罗马人朗吉弩斯《论崇高》:"在本能的指导下,我们决不会赞叹小小的溪流,哪怕它们是多么清澈而且有用,我们要赞叹尼罗河、多瑙河、莱茵河,甚或海洋……关于这一切,我只需说,有用的和必需的东西在人看来并非难得,唯有非常的事物才往往引起我们惊叹。"

② 《曾国藩全集·日记》同治四年正月廿二日:"余昔年尝慕古文境之美者,约有八言:阳刚之美曰雄、直、怪、丽,阴柔之美曰茹、远、洁、适。蓄之数年,而余未能发为文章,略divided 八美之一以副斯志。是夜,将此八言各作十六字赞之,至次日辰刻作毕,附录如左。雄:划然轩昂,弃尽故常;跌宕顿挫,扪之有芒。直:黄河千曲,其体仍直;山势如龙,转换无迹。怪:奇趣横生,人骇鬼眩;《易》《玄》《山经》,张韩互见。丽:青春大泽,万卉初葩;《诗》《骚》之韵,班杨之华。茹:众义辐凑,吞多吐少;幽独咀含,不求共晓。远:九天俯视,下界聚蚊;寤寐周孔,落落寡群。洁:冗意陈言,类字尽芟;慎尔褒贬,神人共监。适:心境两闲,无营无待;柳记欧跋,得大自在。"曾国藩推而演之为太阳、太阴、少阳、少阴四象,以气势为太阳之类,趣味为少阳之类,识度为太阴之类,情韵为少阴之类。

入,卒之兼体唐宋,模写之迹不存焉。①

姚鼐对古今文章总结道:"凡文之体类十三,而所以为文者八:曰神、理、气、味、格、律、声、色。神、理、气、味者,文之精也;格、律、声、色者,文之粗也。然苟舍其粗,则精者亦胡以寓焉?学者之于古人,必始而遇其粗,中而遇其精,终则御其精者而遗其粗者。"②诗文两种体裁的差别,更多体现在"文之粗"层面,就"文之精"方面而言,诗文又是相通相似的。"行文之道,神为主,气辅之"。所谓"神"应当是作家本身所拥有的具有高度意蕴、内在生气和思想的精神状态,所谓"气"应当为行文的节奏及内在的律动。诗文虽分属于不同文学门类,但同属于文学的范畴,都可以用来叙事和抒发情感。就这一角度而言,诗文相通又是合情合理的。下面分别从姚鼐的诗歌创作、论诗观点和诗歌品评等方面论述姚鼐"诗文相通"的诗学思想。

曾国藩曾非常有见地地指出姚鼐诗文相通的一面:"惜翁能以古文之法,通之于诗,故劲气盘折。"③姚鼐的一些诗歌确实呈现出这样一些特点。

> 运河绕齐鲁,势若张大弓。
> 隈中抱泰岳,两箫垂向东。
> 德州依河壖,南北适要冲。
> 帆樯绕其外,车马出其中。④

这首《德州浮桥》最显著的特点之一为注重词语的选择和推敲。"运河绕齐鲁"的"绕","势若张大弓"的"张","隈中抱泰岳"的"抱","两箫垂向东"的"垂","德州依河壖"的"依","南北适要冲"的"适","帆樯绕其外"的"绕","车

---

① 严云绶、施立业、江小角主编:《桐城派名家文集①姚范集、方东树集、吴德旋集》,合肥:安徽教育出版社,2014年,第877页。
② 姚鼐纂集:《古文辞类纂·序目》,上海:上海古籍出版社,1998年,第19页。
③ 转引自姚永朴《惜抱轩诗集训纂序》,《惜抱轩诗集训纂》,合肥:黄山书社,2001年,第1页。
④ 姚鼐撰,姚永朴训纂,宋效永校点:《惜抱轩诗集训纂》,合肥:黄山书社,2001年,第79页。

马出其中"的"出",几乎整首诗作每句的第三字都显得特别凝练有力。强调诗词中语词的推敲,古已有之,且屡见不鲜,但是像姚鼐这样逐句逐字讲求锤炼,似乎并不多见。难能可贵之处在于,姚鼐所选词语多为常见之语,诗歌并没有因此而显得拗口难读,这样形成了一种"劲气盘折"的诗歌风貌。此诗动词的选用可与《登泰山记》"乘风雪,历齐河、长清,穿泰山西北谷,越长城之限,至于泰安"一段对读。从上面一首诗可以看出姚鼐诗歌注重炼字的特点,下面选取一首较为讲究选材和布局的诗作,且看这首《挽袁简斋四首》之二:

> 文集珍传一世间,兼闻海外载舟还。
> 千篇少孺常随事,九百虞初更解颜。
> 灶下媪通情委曲,砚旁奴爱句斓斑。
> 浑天潭思胡为者,纵得侯芭亦等闲。①

袁枚辞官后长居江宁小仓山,以吟咏诗歌为乐。袁枚当时诗名之大以至于有海外使者访求其诗②,此亦为袁枚所津津乐道③。所以姚鼐在为袁枚写挽诗时,特意提及此事,突出袁枚诗名广传。"千篇少孺常随事",用汉代枚皋的典故,表明袁枚为文甚有才气;因袁枚著有《新齐谐》,所以有"九百虞初更解颜"之语。"灶下媪"用白居易典,突出袁枚诗歌语言的通俗浅显④。袁枚作诗亦有追求通俗的倾向,故姚鼐借白居易典言之。姚鼐此句更有深意,此句中之"媪"或可指袁枚的侍妾及女弟子。袁枚生性风流,收留不少女弟子,此最为世人争议,袁枚却不以为非。针对袁枚这一行为,姚鼐以"灶下媪通情

---

① 姚鼐撰,姚永朴训纂,宋效永校点:《惜抱轩诗集训纂》,合肥:黄山书社,2001年版,第465页。

② 姚鼐在《袁随园君墓志铭并序》中,对此有进一步解释:"《随园诗文集》,上自朝廷公卿,下至市井负贩,皆知贵重之。海外琉球,有来求其书者。君仕不显,而世谓百余年来,极山林之乐,获文章之名,盖未有及君也。"

③ 袁枚《八十自寿》诗注云,"高丽使臣李承熏、洪大荣等",皆来购诗稿。见袁枚著,周本淳标校:《小仓山房诗文集》,上海:上海古籍出版社,1988年,第1008页。

④ 彭乘《墨客挥犀》载:白乐天每作诗,令一老妪解之。问曰:"解否?"妪曰"解",则录之,不解则又复易之。

委曲"点出,含而不露,深得史书传写人物之韵。"砚旁奴爱句翩斑",语出《唐摭言》所载萧颖士典①。袁枚有《明府有侍者张彬年二十余闻余至喜奔告诸幕府以得见随园叟为大幸出所作诗斐然成章喜赠一篇》诗,其中言:"沅江有秀民,隐于青衣间。见余投名纸,欣然喜破颜。奔告诸幕府,当作古人观。"②此句亦旨在突出袁枚的诗文才华。最后一联以袁枚比扬雄,表示对袁枚的思念。姚鼐与袁枚颇有交往,如何为袁枚写挽诗,关系对袁枚一生的评价。姚鼐选取了袁枚生平之中最能表现其生活和思想作风的几件事情,融入诗中,俨然一篇《袁枚传记》。这也充分显示出姚鼐精于选材和谋篇的特点,其诗文相通的诗学观点亦可见一斑。

姚鼐不仅在创作方面逾越诗文的鸿沟,而且多次提出诗文可以相通的诗论观点。姚鼐在《与王铁夫书》中道:"诗之与文,固是一理,而取径则不同。"③姚氏在《复刘明东书》中言:"见赠五言排律,句格颇雄,此是长进处;但于杜公排律布置局格、开阖起伏、变化而整齐处,未有得也。大约横空而来,意尽而止,而千形万态,随处溢出,此他人诗中所无有,惟韩文时有之,与子美诗同耳。"④诗歌要讲求布置局格,开阖起伏,姚鼐以为杜诗有韩文的格局变化,正体现了他诗文相通的主张。

姚鼐在表达文学见解之时,常常把"诗文"放在一块论述,这也体现姚鼐诗文相通的思想。

  学诗文不摹拟,何由得入?(《与伯昂从侄孙》)
  凡诗文事,与禅家相似,须由悟入。(《与石甫侄孙莹》)
  大抵作诗、古文,皆急须先辨雅俗,俗气不除,则无由入门,况求妙绝之境乎?(《与陈硕士》)

---

① 王定保《唐摭言》载:萧颖士性异常严酷,有一仆事之十余载。颖士每以箠楚百余,不堪其苦。人或激之择木,其仆曰:"我非不能他从,迟留者乃爱其才耳。"
② 袁枚著,周本淳标校:《小仓山房诗文集》,上海:上海古籍出版社,1988年,第836页。
③ 姚鼐著,刘季高标校:《惜抱轩诗文集》,上海:上海古籍出版社,1992年,第290页。
④ 姚鼐著,刘季高标校:《惜抱轩诗文集》,上海:上海古籍出版社,1992年,第290页。

  诗、古文各要从声音证入，不知声音，总为门外汉耳。(《与陈硕士》)

  凡学诗文之事，观览不可不泛博，若其熟读精思效法者，则欲其少，不欲其多。(《与陈硕士》)

姚鼐经常把"诗文"并称，不是随意言之，而是看出了诗文相通、相一致的一面，认为在悟入、去俗、知音律、博观览、求法度等方面都有一致的地方。

姚鼐"诗文相通"的诗学思想对桐城诗派的影响甚为深广，"诗文相通"的提法，在方东树那里更是随处可见，"所谓章法，大约亦不过虚实顺逆、开合大小、宾主人我情景，与古文之法相似"①。姚莹以及后来的姚永朴、姚永概等人皆将"诗文相通"奉为圭臬。尽管各人对"诗文相通"理解不尽相同，或就文道关系而言，或从创作层面着眼，却始终把其作为桐城诗派的法典。至于能否创作出既具文之流美，复含诗之缱绻的作品，就看各人的修行了。

第六节 "有所法而后能，有所变而后大"

  因与创的关系是文学创作中无法避免的问题。从《诗经》《楚辞》《汉乐府》《古诗十九首》，到李、杜、苏、黄；从《史记》《汉书》《唐传奇》，到《三国演义》《水浒传》《红楼梦》，中国文学的发展过程就是因创迭兴的过程。作为封建社会最后一个王朝，清代学术研究进入了全面的总结阶段，清代的文学创作更是如此。清代学术研究和文学创作之所以还能有进一步发展，很大程度上是因为清人在继承和总结前人的文化成果时注重突破和创新。桐城派亦是如此。

姚鼐在《刘海峰先生八十寿序》中写下这样一段话：

  曩者鼐在京师，歙程吏部、历城周编修语曰："为文章者，有所法而后能，有所变而后大。维盛清治迈逾前古千百，独士能为古文者

---

① 方东树著，汪绍楹校点：《昭昧詹言》，北京：人民文学出版社，1961年，第382页。

未广。昔有方侍郎,今有刘先生,天下文章,其出于桐城乎?"①

姚鼐不仅借助于程晋芳、周永年之口说出了"天下文章,其出于桐城",而且提到了为文之法——"有所法而后能,有所变而后大"。姚鼐甚至整个桐城派之所以能够开宗立派,延绵不绝,成为有着很大影响的文学流派,实在是因为他们深知文学创作因变的规律。作为桐城派的集大成者,姚鼐在为文方面不仅继承了唐宋八家、归有光等人的文统,还在方苞"义法"说和刘大櫆"声音"说的基础上,提出了"神、理、气、味、格、律、声、色"的八字说;在诗歌创作方面,姚鼐从明"七子"入手,取法黄庭坚、韩愈、杜甫,终能兼体唐宋、模写之迹不存;在书法方面,书逼董其昌,苍逸时欲过之。姚鼐更是针对当时学风,提出了义理、考据、辞章三者并重的主张。

在诗文创作和批评方面,姚鼐非常注重一定的成法,即文有文法,诗有诗法。所谓"退之'记事''提要''纂言''钩玄',固古今为学之定法也"②,强调的就是"法"。"有所法而后能",只有掌握一定的法则之后才能进行创作,突出"法"的重要性。姚鼐虽然强调法则在诗文创作中的重要性,但是同时指出了"变"的重要性。姚鼐曾论道:

> 文家之事,大似禅悟,观人评论圈点,皆是借径。一旦豁然有得,呵佛骂祖,无不可者。此中自有真实境地,必不疑于狂肆妄言,未证为证也。③

如果说"观人评论圈点"是向别人学习,了解其中之"法"为"借径",那么一旦豁然有所得,则可以突破一定的限制,达到无不可的境界。姚鼐反对陈陈相因,主张不落窠臼、努力创新,其曾指出:"凡言理不能改旧,而出语必要翻新。佛氏之教,六朝人所说,皆陈陈耳,达摩一出,翻尽窠臼,然理岂有二

---

① 姚鼐著,刘季高标校:《惜抱轩诗文集》,上海:上海古籍出版社,1992年,第114页。
② 姚鼐《与刘明东》,《惜抱轩尺牍》卷四,清道光三年(1823)刻本。
③ 姚鼐《与陈硕士》,《惜抱轩尺牍》卷五,清道光三年(1823)刻本。

哉？但更搬陈语，便了无意味，移此意作文，便亦是妙文矣。"①陈言务去，避俗言俗语，姚鼐在继承韩愈、黄庭坚等人诗学思想的基础上，对因变问题有了更新、更高的认识。吴德旋《七家文钞后序》言："年几四十始获亲谒惜抱先生而请益焉，先生诲之曰：'子之论文主于法，是矣。然此学者之始事也。其终也，几且不知有法而未始戾乎法。子其归而求之周秦诸子及司马子长之书乎！'"②从吴德旋问学姚鼐看，姚鼐以为"主于法"只是文事之始，而"不知有法而未始戾乎法"则是文事的高级形态。这种境界大有孔子"从心所欲不逾矩"的自在与潇洒。姚鼐关于有定法与无定法关系的认识在《答翁学士书》中有较形象的表露。翁方纲为姚鼐的好友，是清代著名的金石学家和诗论家，论诗推崇"肌理说"，强调作诗有一定之法。姚鼐不能认同翁方纲的一些诗论观点，以射箭为喻，以有定法之射与无定法之射相比，无定法之射"射远贯深而命中"。姚鼐认为那些有气充之的诗文是好文章，而无气之诗文只是毫无生机的积字而已。诗文之美因意与气而生，意与气常变，文章又岂能有定法哉？！

关于法与才的关系，姚鼐有一段非常精彩的论述，转录于下：

> 文章之事，能运其法者才也，而极其才者法也。古人文有一定之法，有无定之法。有定者所以为严整也，无定者所以为纵横变化也。二者相济而不相防，故善用法者，非以窘吾才，乃所以达吾才也。非思之深、功之至者，必不能见古人纵横变化中所以为严整之理，思深功至而见之矣。而操笔而使吾手与吾所见之相副，尚非一日事也。③

姚鼐认为，古文有一定之法，有法可依，文章才能严整；古文又无定法，无定法则文章才有纵横变化。有法与无法看似矛盾，实则相济相助，只要思深

---

① 姚鼐《与陈硕士》，《惜抱轩尺牍》卷六，清道光三年（1823）刻本。
② 严云绶、施立业、江小角主编：《桐城派名家文集①姚范集、方东树集、吴德旋集》，合肥：安徽教育出版社，2014年，第726页。
③ 姚鼐《与张阮林》，《惜抱轩尺牍》卷四，清道光三年（1823）刻本。

功至,必能于严整之中见纵横变化。思深功至才能使吾手与吾见相副,才与法才能相济不相妨。姚鼐此论充满辩证思想,亦是对艺术创作规律的深刻总结。更难能可贵的是,"运其法者才也,而极其才者法也"与"有所法而后能,有所变而后大"等因变论,为桐城派的发展注入活力,使得桐城派绵延至清末而不绝。

  乾嘉诗坛,名家辈出,姚鼐在当时诗名并不甚高,舒位在《乾嘉诗坛点将录》中以沈德潜为"托塔天王"、袁枚为"及时雨",而仅以"混江龙"属姚鼐①。如何看待这一评价?很显然,舒位的评价与姚永朴在《惜抱轩诗集训纂》前征引诸老的评价有些差距。姚永朴抬高姚鼐诗歌创作成就,自然是一个重要原因,姚鼐虽诸体兼备,但很难称得上诸体兼善,与第一流大家相比自然有些差距。但同时也需要注意,李俊虽然在《水浒传》英雄榜中排名不甚靠前②,却是水军头领第一位。李俊在平定方腊后诈病归隐③,与童威等人远赴海外,成为暹罗国主④。在《水浒传》续书《水浒后传》中,李俊则率领梁山幸存好汉燕青等扬帆出海,最终在海外创立基业。这似乎也正暗示着"混江龙"姚鼐将别树一帜,另立诗派。

---

  ① 舒位撰,叶德辉校注:《乾嘉诗坛点将录》,见《清代传记丛刊》第 19 册,台北:明文书局,1985 年,第 535～542 页。
  ② 据《水浒传》第七十一回《忠义堂石碣受天文 梁山泊英雄排座次》,混江龙李俊为天寿星,为梁山泊天罡星三十六员之一,在一百单八名好汉中排名第二十六位。
  ③ 乾隆三十九年(1774),姚鼐借病辞去刑部郎中及现任纂修官,辞京南下,讲授书院,接续文统。
  ④ 《水浒传》第九十三回《混江龙太湖小结义 宋公明苏州大会垓》言"李俊名闻海外,声播寰中。去作化外国王,不犯中原之境"即言此事。又九十九回《鲁智深浙江坐化 宋公明衣锦还乡》言:"且说李俊三人竟来寻见费保四个,不负前约。七人都在榆柳庄上商议定了,尽将家私打造船只,从太仓港乘驾出海,自投化外国去了。后来为暹罗国主。童威、费保等都做了化外官职,自取其乐,另霸海滨。"

第四章　互利共成:桐城派诗人对韩愈诗歌的建构与借径

韩愈贬官潮州,对岭南怪异之物,曾有"鲎实如惠文,骨眼相负行。蚝相黏为山,百十各自生。蒲鱼尾如蛇,口眼不相营"等诗句记之①。唐昭宗时期的刘恂"出为广州司马",官满后因上京扰攘,"遂居南海",著《岭表录异》,其中亦多记南方之物:"(海镜)腹中有小蟹子,其小如黄豆,而螯足具备。海镜饥,则蟹出拾食,蟹饱归腹,海镜亦饱。"②这看似怪异的记录实则为物种间的"互利共生"现象。所谓"互利共生",是物种间关系之一③,一般是合则两利,分则两伤。这种现象在自然界中并不少见,却很少引起人文学者的注意。桐城派诗人与韩愈的关系颇似物种间的"互利共生"关系,但并不存在真正的"共栖"关系,毕竟韩诗在唐代即被推尚,桐城派诗人也不一定要依附韩愈讨生计。桐城派诗人对于韩愈诗歌的评论,既是韩诗经典化历程的重要环节(建构),也是桐城诗派崛起的重要路径(借径)。这种关系可比照上面的"互利共生"而称之为"互利共成",既相互助益又共同成就。

---

① 韩愈《初南食贻元十八协律》,见《韩昌黎诗系年集释》,上海:上海古籍出版社,1984年,第1132页。
② 刘恂:《岭表录异》,北京:中华书局,1985年,第21页。
③ 除了"互利共生",尚有"偏利共生""偏害共生"等,相关解释可参看《辞海》等工具书。

第一节 异代知音:桐城派诗人对韩愈诗歌的评论及推尚

钱锺书在指出"桐城亦有诗派"后,紧接着又说:"其端自姚南菁范发之。"①姚南菁即姚范,姚鼐伯父,姚鼐尝从其学经。桐城派诗论家方东树道:"近代真知诗文,无如乡先辈刘海峰、姚姜坞、惜抱三先生者。"②尽管姚范的诗歌创作成就不高,但姚范"谈艺精深,多前人所未发",深刻影响了姚鼐及后来的桐城派诗人,从这一角度而言,姚范确为桐城诗派的先导③。姚范著有《援鹑堂笔记》一书,于经史子集无所不揽,其中不乏对诗歌的精切认识,如对韩愈《南山》诗的评价:

> "此诗似《上林》《子虚》赋,才力小者不可到也。"余谓才力小者固不能,然如东野诗仅十句,却奇出意表耳。《潜溪诗眼》云:"孙莘老尝谓:'老杜《北征》胜退之《南山》诗';王平甫以谓'《南山》胜《北征》',终不能相服。时山谷尚少,乃曰:'若论工巧,则《北征》不及《南山》;若书一代之事,以与《国风》《雅》《颂》相为表里,则《北征》不可无,而《南山》虽不作未害也。'二公之论遂定。余谓宋人评泊,特就事义大小言之耳。"愚谓:但就词气论,《北征》之沉壮郁勃,精采旁魄,盖有百番诵之而味不穷者,非《南山》所并;《南山》仅形容瑰奇耳,通首观之,词意犹在可增减之中。④

韩愈《南山》诗为力大才雄之作,历来诗家褒贬不一。如姚范此处转引的范温《潜溪诗眼》中的一段争论即颇具有代表性:孙觉认为杜甫的《北征》超过韩愈的《南山》诗,王安国则认为《南山》诗超过《北征》,两人争论不休。黄庭坚则认为,以艺术工巧而言,《南山》诗为上;以思想价值而论,《北征》为高。

---

① 钱锺书:《谈艺录》,北京:生活·读书·新知三联书店,2007年,第370页。
② 方东树著,汪绍楹校点:《昭昧詹言》,北京:人民文学出版社,1961年,第46页。
③ 参见拙作《姚范:桐城诗派的先导》(《华夏文化论坛》2013年第2辑)的相关论述。
④ 姚范:《援鹑堂笔记》卷四一,清道光乙未(1835)冬刊本。

黄庭坚看出双方问题之所在,即以不同的标准来品评两诗,各是其是,自然不能达成共识。姚范接过黄庭坚、范温的评论,不仅认为《南山》诗在思想价值上不能比肩《北征》,就是在艺术表现方面也略逊一筹,甚至认为:"杜公诗诵之古气如在喉间,《南山》前作冒子,不好。"姚范除了对《南山》诗进行总体评价外,尚就诗中五十余"或"字给出解释:"《华严》《法界品》言三昧光明,多用'或'字文法。然公自本《小雅》,兼用《说卦》传耳。陆鲁望和皮袭美《千言诗》,多用谁字,文法同此。"①在姚范看来,韩愈以"或"字结撰文章,描写南山形势,或受到《华严经》的影响,而源头还是《诗·小雅》等儒家经典。需要说明的是,姚范虽然对《南山》诗尚有不满之言,但将《南山》诗与《北征》这样的杜集中一流诗歌做对比,本身就可以看出姚范对韩愈诗歌的肯定和认同,而在具体评价《南山》诗时,姚范更多地从艺术表现上评价而非仅从思想内容方面裁决,也突破藩篱,别具只眼。

郭麐接着上面的话题则给出如下评论:

> 余最厌宋人妄议昔贤优劣。元微之作《杜工部墓志》,轩轾李、杜,退之"蚍蜉撼树"之论未必不为此而发。山谷以杜《北征》为有关系之作,昌黎《南山》虽不作亦可,以此定《北征》为胜于《南山》。诗宁可如此说耶?余少时有《论诗绝句》数首,其一云:"一首《南山》敌《北征》,昔人意到句随成。江湖万古流天地,不信涪翁论重轻。"②

郭麐为姚鼐弟子,《桐城文学渊源考》称其"师事姚鼐,工诗、古文词。其诗文皆极幽秀生峭之致,词尤隽永"③。郭麐显然是看到了范温《潜溪诗眼》中孙觉、王安国、黄庭坚等关于《北征》与《南山》诗争论的记载,并对宋人妄议昔贤优劣表示极大愤慨。针对黄庭坚"《北征》为有关系之作,昌黎《南山》虽不作亦可",并以此认定《北征》胜于《南山》诗,郭氏更是表示"不信"。韩愈

---

① 姚范:《援鹑堂笔记》卷四一,清道光乙未(1835)冬刊本。
② 郭麐:《灵芬馆诗话》,《清诗话三编》本,上海:上海古籍出版社,2014年,第3375页。
③ 刘声木:《桐城文学渊源考 撰述考》,合肥:黄山书社,2012年,第162页。

《南山》诗是一首游记诗,其思想价值不可、也不应该与杜甫《北征》相类比。《南山》诗的价值在于,韩愈把自己的艺术追求发挥到了极致,在布局结构、描写铺陈、语言运用、韵律选择等方面,都突出表现了韩愈诗歌求新尚奇、不避夸饰的特色。《南山》诗充分显示韩诗气势之宏大、铺排之繁富、状景之生动、词韵之险怪,这种才力和技巧是他人难以企及的,为"不可无一,不可有二"之作。郭麐将对诗歌内容与形式的批判区别对待,并不扬此抑彼,肯定了韩愈在诗歌艺术创新方面的积极贡献。

同为姚鼐弟子的方东树对《南山》诗亦有评价:

> 虽杜、韩犹是先学人而后自成家。如杜《同谷七歌》从《胡笳十八拍》来,韩《南山》诗从《京都赋》来。①
>
> 《北征》《南山》,体格不侔。昔人评论,以为《南山》可不作者,滞论也。论诗文政不当如此比较。《南山》盖以《京都赋》体而移之于诗也。《北征》是《小雅》《九章》之比。②
>
> 读《北征》《南山》,可得满象,并可悟元气。③

方东树为"姚门四杰"之一,被视为桐城派诗学的总结者。在方东树看来,《北征》与《南山》"体格不侔",即非一类型,所以不必分高下,昔人以为"《南山》虽不作亦可"的观点显然是不正确的。在此问题上,方东树与郭麐是较为一致的。方东树在《南山》诗何所取法的问题上,与姚范有不同见解:与姚范认为的出自《小雅》不同,方东树认为《南山》诗应从《京都赋》来。姚范是从《南山》诗句子用字特征入手,方东树是从诗歌整体架构着眼,两者都有一定道理。方东树如此评析韩诗,显示出"以桐城文派的眼光来评诗"的特征。方东树关于韩愈诗歌的评论既多又有特色,笔者后面再述。

曾国藩亦喜谈论诗文,其于《读书录》中对《南山》诗有如下点评:

---

① 方东树著,汪绍楹校点:《昭昧詹言》,北京:人民文学出版社,1961年,第35页。
② 方东树著,汪绍楹校点:《昭昧詹言》,北京:人民文学出版社,1961年,第40页。
③ 方东树著,汪绍楹校点:《昭昧詹言》,北京:人民文学出版社,1961年,第41页。

"西南"十句，赋太白山。"昆明"八句，赋昆明池。清沤为微澜所破碎，故猱狖躁而惊呼呀而不仆，此述昆明池所见。"前寻"下二十二句，言从杜陵入山，因群峰之拥塞，不得登绝顶而穷览也。恶群峰之拥塞，思得如巨灵、夸娥者，擘开而析裂之，以雷电不为先驱，终不能擘，遂有攀缘蹭蹬之困。"因缘"以下十二句，因观龙湫而书所见。"前年"以下十二句，谓谪阳山时曾经此山，不暇穷探极览也。"昨来"以下至"蠢蠢骇不愸"，谓此次始得穷观变态。前此游太白、游昆明池、游杜陵、游龙湫，本非一次，即贬谪时亦尝经过南山，俱不如此次之畅心悦目耳。①

曾国藩诗文创作与批评受姚鼐影响很大，桐城派也因着曾氏的文治武功而再呈中兴之势。曾国藩《十八家诗抄》包括上自曹植下至元好问的十八位诗人，唐代则包括王维、孟浩然、李白、杜甫、韩愈、白居易、李商隐、杜牧八家。因是读书录，曾国藩关于《南山》诗的点评更多的是一种诗意概括或简单串讲，这种串讲又颇似古文的讲解，四平八稳，可与《唐宋诗醇》关于此诗的讲解对读。这种诗意的串讲是曾国藩读书所得，曾氏又欲将所得授之他人，曾氏虽未充教职，却总是循循善诱，将道理讲得明白，这或许正是其与桐城派多以教职谋生者相契合的地方。

笔者通过对《南山》诗评点的梳理，大致反映出桐城派诗人对韩诗的青睐、甚至推崇。这种梳理简单、清晰，易于表述，而历史的真实则较为丰富、复杂，故笔者于此再稍做补充：第一，桐城派诗论家谱系的勾勒。除上列姚范、郭麐、方东树、曾国藩外，对韩愈诗歌给予较高评价的还有刘大櫆、姚鼐、姚莹、姚濬昌、吴汝纶、姚永朴、吴闿生等。如姚鼐，其在《荷塘诗集序》中言："古之善为诗者，不自命为诗人者也。其胸中所蓄，高矣、广矣、远矣，而偶发之于诗，则诗与之为高广且远焉，故曰善为诗也。曹子建、陶渊明、李太白、杜子美、韩退之、苏子瞻、黄鲁直之伦，忠义之气，高亮之节，道德之养，经济天下之

---

① 曾国藩：《曾国藩全集》（修订版）第15册，长沙：岳麓书社，2011年，第305页。

才,舍而仅谓之一诗人耳,此数君子所甘哉?"①这是从"道与艺合"的角度高度评价韩愈等善为诗者。姚鼐曾选《今体诗钞》以接续王士禛《古诗选》,"存古人之正轨,以正雅祛邪"②。韩愈诗歌的开创性主要在古体诗,《今体诗钞》重在选律诗,韩诗自然入选不多。但正是王士禛《古诗选》、姚鼐《今体诗钞》等诗选,催生了《昭昧詹言》一书,方东树根据这两部诗选系统评述汉、魏、唐、宋、元等诗人诗作,并专论五古、七古、七律三种诗体。姚范博学精思,但生前著作并未刊刻,姚鼐一直引以为憾,直到姚莹成进士为官广东,始将《援鹑堂笔记》刊刻之事托之。《援鹑堂笔记》整理难度较大,"非数年之功不能",忙于政务的姚莹又请方东树代劳,方东树因此有了接习姚范遗作的机会。姚范的诗学思想就这样被方东树接纳、吸收、转化,从姚范到姚鼐再到姚莹、方东树,桐城派诗学思想一脉相承③。第二,桐城派诗人对韩愈诗歌的接受过程。从上面关于《南山》诗的评论可以看出,桐城派诗人对于韩愈的接纳、赞赏有一个过程。如姚范更欣赏杜甫、黄庭坚的诗作,而对韩愈诗歌的用韵尚有不满:"韩退之学杜,音韵全不谐和,徒见其佶倔。如杜公,但于平中略作拗体,非以音节聱牙不和为能也。"④姚鼐对韩愈诗歌的评价基本沿袭了姚范的观点,推尚多议论少,而其弟子方东树则时时以"杜韩"并称,至论七古时提出了"一佛、二祖、五宗"论:"杜公如佛,韩、苏是祖,欧、黄诸家五宗也。此一灯相传。"⑤方东树之后,桐城派诗人对韩愈诗歌的评价又稍有回落,如林纾对《元和圣德诗》中描写斩杀刘辟等叛逆的血腥场面评道:"鄙意终以昌黎之言为失体。盖昌黎蕴忠愤之气,心怒贼臣,目睹俘囚伏辜,振笔直书,不期伤雅,非复

---

① 姚鼐著,刘季高标校:《惜抱轩诗文集》,上海:上海古籍出版社,1992年,第50页。
② 姚鼐编选,曹光甫标点:《今体诗钞》,上海:上海古籍出版社,1986年,第1页。
③ 姚莹《论诗绝句六十首》十九言:"文体能兴八代衰,韵言犹自辟藩篱。主持雅正惟公在,底事卢樊别赏奇。"此论肯定了韩愈诗歌的开创性。姚莹之子姚濬昌、之孙永朴和永概及吴汝纶、吴闿生父子在诗学观念上亦有相通之处,限于篇幅不再赘述。
④ 姚范:《援鹑堂笔记》卷四四,清道光乙未(1835)冬刊本。
⑤ 方东树,汪绍楹校点:《昭昧詹言》,北京:人民文学出版社,1961年,第237页。

有意为之。"①虽然仍有回护之词,但批评之意稍有流露。总之,作为异代知音,桐城派诗人对韩愈诗歌较为推崇,常常"杜韩"并称,桐城派的这种"追封"始于姚范,终由方东树完成。

第二节 他山之石:桐城派诗人对韩愈的接受与诗学转化

"以文为诗"作为文学批评话语,最初是针对韩诗而言的。如陈师道云:"退之以文为诗,子瞻以诗为词,如教坊雷大使之舞,虽极天下之工,要非本色。"②"以文为诗"由最初专论韩诗泛化为对宋诗特征的概括,显示出宋人对韩诗的接受。韩诗与韩文虽同出一手,但其遭遇又有所不同:对韩文,后世几无异词;对韩诗,则毁誉参半。魏泰所记有关韩诗的争论就最具代表性:"沈括存中、吕惠卿吉父、王存正仲、李常公择,治平中,同在馆下谈诗。存中曰:'韩退之诗乃押韵之文尔,虽健美富赡,而格不近诗。'吉父曰:'诗正当如是,我谓诗人以来未有如退之者。'正仲是存中,公择是吉父,四人交相诘难,久而不决。"③从上可以看出,沈括、王存认为韩诗只是押韵之文,不甚推举,甚至有贬低之意;吕惠卿、李常则看到了韩诗的新变和价值,甚为赞赏。宋代以降,韩诗虽经叶燮大加褒扬,但诗家仍有间言。方东树等桐城派诗人独对韩愈"以文为诗"倍加推崇④,时时以之评诗论诗,现摘抄几处,窥豹一斑:

> 《桃源图》自李、杜外,自成一大宗,后来人无不被其凌罩。此其所独开格,意句创造已出,安可不知。欧、王章法本此,山谷句法本此。此与鲁公书法,同为空前绝后,后来岂容易忽!先叙画作案,

---

① 林纾:《春觉斋论文》,《历代文话》本第7册,上海:复旦大学出版社,2007年,第6341页。
② 陈师道:《后山诗话》,《历代诗话》本,北京:中华书局,1981年,第309页。
③ 魏泰:《临汉隐居诗话》,《历代诗话》本,北京:中华书局,1981年,第323页。
④ 桐城派诗人的诗歌创作也受到韩愈的影响,如姚鼐即有模仿韩愈之作,其《孔㧑约集石鼓残文成诗》显然是受到韩愈《石鼓歌》的影响,其中又加入考据的功夫。姚鼐最受人称赞的是七律一体,这又与姚鼐兼习古文、注重起承转合有关,这种"以文法通之于诗"很难说不受韩愈"以文为诗"的影响。桐城派诗人在创作上受韩愈诗歌的影响将另文阐说。

次叙本事,中夹写一二,收入议,作归宿,抵一篇游记。①

《八月十五夜赠张功曹》贞元二十一年正月,顺宗赦公,故俟命柳州。一篇古文章法。前叙,中间以正意苦语重语作宾,避实法也。一线言中秋,中间以实为虚,亦一法也。收应起,笔力转换。②

《石鼓歌》一段来历,一段写字,一段叙初年己事,抵一篇传记。夹叙夹议,容易解,但其字句老炼,不易及耳。③

从方东树对上面几首韩诗的评价可以看出,其肯定韩愈的"所独开格",可以比肩李、杜,可供欧、王、黄等师法,实际就是"以文为诗"。具体到诗歌分析,方东树将《桃源图》当作一篇游记,视《石鼓歌》为一篇传记,其中的叙事、议论、夹叙夹议、"避实法"和"以实为虚",都可以看出方东树是按照"以文为诗"之法解读韩诗的。正如方氏所言:"文法不过虚实顺逆,离合伸缩,而以奇正用之入神,至使鬼神莫测。在诗,惟汉、魏、阮公、杜、韩有之;而韩于文神化,诗犹不及杜。"④方东树对李商隐《韩碑》的评价不高,也是因为李氏不知古文:"(《韩碑》)此诗但句法可取而已,无复章法浮切气脉之妙,由不知古文也。"⑤

与"以文为诗"相关联的是"以文论诗",两者的区别在于:前者从创作的角度入手,后者从批评的视角着眼。如果说这种"以文论诗"或"以文解诗"在姚范、姚鼐那里还只是一种零星议论,到了方东树那里则是"一眼觑定,欲从此辟山开道",自成论诗一家。方东树的"以文论诗",一方面继承和总结桐城派的诗学经验,一方面又在新的理论视野下做了沟通诗学和文章学的尝试。

---

① 方东树著,汪绍楹校点:《昭昧詹言》,北京:人民文学出版社,1961年,第270~271页。
② 方东树著,汪绍楹校点:《昭昧詹言》,北京:人民文学出版社,1961年,第271页。
③ 方东树著,汪绍楹校点:《昭昧詹言》,北京:人民文学出版社,1961年,第272页。
④ 方东树著,汪绍楹校点:《昭昧詹言》,北京:人民文学出版社,1961年,第214页。
⑤ 方东树著,汪绍楹校点:《昭昧詹言》,北京:人民文学出版社,1961年,第275页。

学界关于方东树"以文论诗"的研究已有不少成果①,但大多忽视了方东树"以文论诗"的理论来源和批评依据,这种源头和依据主要还是韩愈及其诗文作品。桐城派诗人对韩愈的接受不仅表现在对韩愈诗作的赞赏,对韩愈"以文为诗"的认同,还在于主动将韩愈古文理论运用到诗学批评之中,成为构建桐城派诗学批评理论的语料和基石。

文、理、义(法)三者兼并。方东树在《昭昧詹言》卷一"通论五古"时言:"李习之云:'文、理、义三者兼并,乃能独立于一时而不泯于后代。'习之学于韩公,故其言精审如此,乃法言也,微言也。"②何谓文、理、义?方东树进一步解释道:"文者辞也;其法万变,而大要在必去陈言。理者所陈事理、物埋、义理也;见理未周,不赅不备,体物未亮,状之不工,道思不深,性识不超,则终于粗浅凡近而已。义者法也;古人不可及,只是文法高妙,无定而有定,不可执著,不可告语,妙运从心,随手多变,有法则体成,无法则伧荒。率尔操觚,纵有佳意佳语,而安置布放不得其所,退之所以讥六朝人为乱杂无章也。"③可以看出,方东树将五古诗作分为思想内容(理)、文法结构(义)、语言表达(辞),在语言表达上要去陈言,在文法结构上要得其所、成其体,在思想内容上要理周、赅备、物亮、状工、思深、识超。方东树尽管改造了韩愈弟子李翱关于"文、理、义"的理解,但在文道关系上,方东树对于韩愈思想的继承是显而易见的。

"陈言务去"与"文从字顺"。韩愈首倡"陈言务去",文界以之为法则,方东树又将其引入诗歌创作和批评一途。方东树指出,诗作中那些"万手雷同,

---

① 如梅运生《古文和诗歌的会通与分野——桐城派谭艺经验之新检讨》,《安徽师范大学学报》1986年第1期;吕美生《方东树〈昭昧詹言〉的价值取向》,《学术月刊》2000年第10期;王友胜《方东树论苏诗对桐城家法的承继与突破》,《衡阳师范学院学报》2004年第2期;徐希平《方东树〈昭昧詹言〉论杜甫述略》,《杜甫研究学刊》2005年第4期;史哲文《文法融于诗论——论方东树的唐诗体格论》,《名作欣赏》2014年第1期;张弘韬《以文论韩诗——方东树研究韩愈诗歌新贡献》,《聊城大学学报》2015年第6期;吴晟《试论方东树对江西诗学的评价》,《文艺理论研究》2018年第1期。

② 方东树著,汪绍楹校点:《昭昧詹言》,北京:人民文学出版社,1961年,第7页。

③ 方东树著,汪绍楹校点:《昭昧詹言》,北京:人民文学出版社,1961年,第8页。

为伧俗可鄙,为浮浅无物,为粗犷可贱,为纤巧可憎,为凡近无奇,为滑易不留,为平顺寡要,为遣词散漫无警,为用意肤泛无当","凡此皆不知去陈言之病也"①。方氏甚至认为:"去陈言,非止字句,先在去熟意:凡前人所已道过之意与词,力禁不得袭用;于用意戒之,于取境戒之,于使势戒之,于发调戒之,于选字戒之,于隶事戒之;凡经前人习熟,一概力禁之,所以苦也。"②这种由"字句"上升到"用意"层面,实际是从"去陈言"提炼上升到"去陈"、去陈腐、去陈旧,即一切"前人习熟",要"一概力禁之",这在本质上是一种创新,是文学创作求新求异的一种必然追求。

方东树认为,"知韩公'排奡'而必曰'妥贴',方为无病"③,诗文创作既要刚劲豪宕,又要"文从字顺"。针对那些浮浅俗士,"未尝深究古人文律,贯序无统,僻晦翳昧,颠倒脱节,寻其意绪,不得明了。或轻重失类,或急突无序,或比拟不伦,或疏密离合,浮切不分,调乖声哑,或思不周到,或事义多漏,或赘疣否隔,为骈拇枝指,或下字懦,又不切不确不典",这都是"不知文从字顺各识其职之病"④。方东树是将韩愈对古文的要求细化、精化,用于诗歌这种比古文更讲求声韵和谐的文体,这既是对诗歌音韵美的自觉体认,也是对一味追求"陈言务去"、文字新奇的一种理性回归。

诗文者,生气也。章学诚言:"古人论文,惟论文辞而已矣。刘勰氏出,本陆机氏说而昌论文心;苏辙氏出,本韩愈氏说而昌论文气;可谓愈推而愈精矣。"⑤韩愈"气盛言宜"的提出,虽重点强调道德修养对于言辞的影响,但在客观上有利于对文章气势的探求,注意将胸中之文经喉间之文向纸上之文的转化,从而形成满纸生气。姚鼐也充分注意到"生气"之于诗文的积极意义:"文字者,犹人之言语也,有气以充之,则观其文也,虽百世而后,如立其人而

---

① 方东树著,汪绍楹校点:《昭昧詹言》,北京:人民文学出版社,1961年,第16页。
② 方东树著,汪绍楹校点:《昭昧詹言》,北京:人民文学出版社,1961年,第218页。
③ 方东树著,汪绍楹校点:《昭昧詹言》,北京:人民文学出版社,1961年,第215页。
④ 方东树著,汪绍楹校点:《昭昧詹言》,北京:人民文学出版社,1961年,第16~17页。
⑤ 章学诚撰,叶瑛校注:《文史通义校注》,北京:中华书局,2014年,第259页。

与言于此；无气，则积字焉而已。"①姚鼐的观点则被方东树所继承："观于人身及万物动植，皆全是气所鼓荡。气才绝，即腐败臭恶不可近。诗文亦然。""诗文者，生气也。若满纸如剪彩雕刻无生气，乃应试馆阁体耳，于作家无分。""气之精者为神。必至能神，方能不朽，而衣被后世。彼伪者，非气骨轻浮，即腐败臭秽而无灵气者也。"②除了要追求这种生气，方东树还注意到诗文中"气"的流动情况，比如，对于朱熹所谓"行文要健，有气势，锋刃快利，忌软弱宽缓"，方氏有不同看法：太过流易造成的"气"少了些厚重，往往是太快、太尽，所以要"济之以顿挫之法"，如水行地上，非石激荡，不成回旋之势。以此而论，方氏认为"才思横溢，触处生春"的苏诗就不如"将军欲以巧伏人，盘马弯弓惜不发"的杜、韩之诗。

韩愈被后人尊为"唐宋散文八大家"之首，有着"百代文宗"的美誉，除其倡导古文运动，有着让人叹为观止的古文创作成就外，还在于由他提出的"文道合一""气盛言宜""陈言务去""文从字顺"等古文写作理论对后世有着巨大的影响。方东树等将韩愈所倡导的古文创作理论转化为诗歌批评理论，这是在文学批评层面上对"诗文一道"的沟通与尝试。

第三节　互利共成：桐城派诗人对韩诗的建构与借径

一、桐城诗派：韩愈诗歌经典化历程的重要一环

古人论诗，一般不先言技法等问题，而是谈论"诗言志"等话题，因为这既是中国古代诗学的基石，也是杜诗等被奉为经典的原因之一。方东树在《昭昧詹言》开篇"通论五古"时言："诗以言志。如无志可言，强学他人说话，开口即脱节。此谓言之无物，不立诚。若又不解文法变化精神措注之妙，非不达

---

① 姚鼐著，刘季高标校：《惜抱轩诗文集》，上海：上海古籍出版社，1992年，第84页。
② 方东树著，汪绍楹校点：《昭昧詹言》，北京：人民文学出版社，1961年，第25页。

意,即成语录腐谈。是谓言之无文无序。"①在方氏看来,先要立志,才能言志,言志才能有物,才能立诚,再加之有文有序,才能成为经典。以此标准,方东树很快就将目光投向杜诗:"其后惟杜公,本《小雅》、屈子之志,集古今之大成,而全浑其迹。"紧接着这段话,方氏又言:"韩公后出,原本《六经》,根本盛大,包孕众多,巍然自开一世界。"②可以看到,桐城派诗论家方东树是以言志、有物、立诚、有序的标准,也即"道与文"相统一的标准肯定杜诗、韩诗的。一般以"杜诗"与"韩文"并举,方东树将"韩诗"抬到与"杜诗"并列的地步,这显然是从"诗文一途""文道一统"的角度着眼的。

韩愈《答殷侍御书》自称其"粗为知读经书者",余恕诚先生认为:"韩愈在进士出身文士中,可算属于儒学政教类型。此型人物,思想行为上的突出特点,一是尊奉儒学,排斥被其视为异端的佛道诸教;二是强调君权,干预政治的愿望强烈;三是思想作风严肃。"③这些思想和性格会对韩愈的生平行为产生影响,并进一步影响韩愈的诗歌创作。张戒称韩愈诗歌有"廊庙气"④,钱谦益则指出韩诗为"儒者之诗"⑤。对韩愈诗歌与"道"的关系阐释较多的则是方东树,如其言:"杜、韩尽读万卷书,其志气以稷、契、周、孔为心,又于古人诗文变态万方,无不融会于胸中,而以其不世出之笔力,变化出之,此岂寻常龌龊之士所能辨哉!"⑥甚至认为"杜集、韩集皆可当一部经书读"⑦。将"集"上升到"经"的地步,这是至高的评价,而其潜台词又非仅就内容而言,因为"经"一般被视为内容与形式的完美结合。

桐城派诗人对于韩愈诗歌的欣赏还表现在其对于韩诗雄桀瑰伟风格的推崇。中国古典诗歌多崇尚温柔敦厚、要"哀而不伤""乐而不淫",韩愈诗歌

---

① 方东树著,汪绍楹校点:《昭昧詹言》,北京:人民文学出版社,1961年,第2~3页。
② 方东树著,汪绍楹校点:《昭昧詹言》,北京:人民文学出版社,1961年,第5页。
③ 余恕诚:《唐诗风貌》(修订本),北京:中华书局,2010年,第66页。
④ 张戒:《岁寒堂诗话》,《历代诗话续编》本,北京:中华书局,1983年,第459页。
⑤ 钱谦益:《钱牧斋全集》第5册,上海:上海古籍出版社,2003年,第823页。
⑥ 方东树著,汪绍楹校点:《昭昧詹言》,北京:人民文学出版社,1961年,第212页。
⑦ 方东树著,汪绍楹校点:《昭昧詹言》,北京:人民文学出版社,1961年,第216页。

走的是奇险一途,在结构、意象、语言、声韵等方面,与传统诗歌都有区别。韩诗也因此被视为"变调",历来毁誉参半。姚范曾言"文法要莽苍硬札高古",又曾评韩愈《纪梦诗》"以崚嶒健倔之笔,叙状情事,亦诗家所未有"①,初步显示出对韩愈"崚嶒健倔"诗风的欣赏。如前所论,姚鼐虽兼取阴阳,但对雄才尤为钟情,表现出"尚阳而下阴,伸刚而绌柔"的审美倾向。方东树沿袭了姚范、姚鼐等人关于风格的认识,并具体表现在对韩愈诗歌的评价上:"韩公诗,文体多,而造境造言,精神兀傲,气韵沉酣,笔势驰骤,波澜老成,意象旷达,句字奇警,独步千古,与元气侔。""韩公笔力强,造语奇,取境阔,蓄势远,用法变化而深严,横跨古今,奄有百家。"②赞赏之情,溢于言表。方东树对韩诗雄桀瑰伟风格的推尚还表现在与其他诗人诗作的对比中:

> 诗以豪宕奇恣为贵,此惟李、杜、韩、苏四公有之。③
>
> 山谷所得于杜,专取其苦涩惨淡、律脉严峭一种,以易夫向来一切意浮功浅、皮传无真意者耳;其于巨刃摩天、乾坤摆荡者,实未能也。然此种自是不容轻学。④
>
> 韩公家法亦同此,而文体为多,气格段落章法,较杜为露圭角;然造语去陈言,独立千古。至于苏公,全以豪宕疏古之气,骋其笔势,一片滚去,无复古人矜慎凝重,此亦是一大变,亦为古今无二之境,但末流易开俗人滑易甘多苦少之病。今欲矫世人学苏之失,当反之于杜、韩。⑤
>
> 微之曰:"壮浪纵恣,摆去拘束,模写物象。"此语最好。然余谓此三言,苏公亦能之。退之云:"巨刃摩天扬,崖垠划崩豁,乾坤摆雷硠","光焰万丈","百怪入肠",此惟李、杜、韩、苏四公独有千古,而

---

① 方东树著,汪绍楹校点:《昭昧詹言》,北京:人民文学出版社,1961年,第29页。
② 方东树著,汪绍楹校点:《昭昧詹言》,北京:人民文学出版社,1961年,第219页。
③ 方东树著,汪绍楹校点:《昭昧詹言》,北京:人民文学出版社,1961年,第28页。
④ 方东树著,汪绍楹校点:《昭昧詹言》,北京:人民文学出版社,1961年,第210~211页。
⑤ 方东树著,汪绍楹校点:《昭昧詹言》,北京:人民文学出版社,1961年,第211页。

李差不如杜,亦诚如微之所云也。①

方东树所列李、杜、韩、苏、黄,皆是第一流诗人,其中李、杜、韩、苏之诗可谓是"豪宕奇恣"的代表。黄庭坚学杜,取其"苦涩惨淡、律脉严峭"一途,而对韩愈"巨刃摩天、乾坤摆荡者"则不能学;苏轼以"豪宕疏古之气,骋其笔势",自是一大变,但易开后世"滑易甘多苦少之病",而矫此之弊,又要习杜、韩。可见,由韩愈所创的"豪宕奇恣""百怪入肠"之境,不仅别具美感,而且还是治疗陈俗诗的针石。方东树的深刻之处在于,其在推崇韩愈奇险诗风的同时,还注意诗作的"和谐":"韩公当知其'如潮'处:非但义理层见叠出,其笔势涌出,读之拦不住,望之不可极,测之来去无端涯,不可穷,不可竭。当思其肠胃绕万象,精神驱五岳,奇崛战斗鬼神,而又无不文从字顺,各识其职,所谓'妥贴力排奡'也。"②这也就是说,诗歌虽然以豪宕奇伟为上,但也要防止"粗犷猛厉,骨节粗硬";诗歌虽贵有雄直之气,但又不能太放,要以"倒折逆挽,截止横空,断续离合诸势"的文法济之。

桐城派诗人对韩愈的一些诗作常常有着精彩的解读。除第一部分列举的《南山》诗,笔者再举《山石》。在自宋至近代有关此诗的评论中,尽管不乏元好问、瞿佑、查慎行、何焯、沈德潜、翁方纲、顾嗣立、郭麐、刘熙载、程学恂等名家的评论,但以方东树的评论最丰富、最精彩:"《山石》 不事雕琢,自见精彩,真大家手笔。许多层事,只起四语了之,虽是顺叙,却一句一样境界。如展画图,触目通层在眼,何等笔力。五句六句又一画。十句又一画。'天明'六句,共一幅早行图画。收入议。从昨日追叙,夹叙夹写,情景如见,句法高古。只是一篇游记,而叙写简妙,犹是古文手笔。他人数语方能明者,此须一句,即全现出,而句法复如有余地,此为笔力。"③方东树在"总论七古"及其他诗作的评论中还有涉及《山石》的精彩评价,并有《游六榕寺拟韩退之山石》之作,可见确实对《山石》深有体会、情有独钟。方东树对不少韩诗都有所发挥,

---

① 方东树著,汪绍楹校点:《昭昧詹言》,北京:人民文学出版社,1961年,第212页。
② 方东树著,汪绍楹校点:《昭昧詹言》,北京:人民文学出版社,1961年,第219页。
③ 方东树著,汪绍楹校点:《昭昧詹言》,北京:人民文学出版社,1961年,第270页。

如将几首《桃源图》对比解读,以《秋怀诗》比作《进学解》,都对解读韩诗有所帮助。可见,桐城派诗人言志、有物、立诚、有序的论诗标准是对韩愈"文道"关系论的呼应,而对韩诗雄桀瑰伟风格的推崇,对韩愈诗作的精彩解读,都成为韩愈诗歌经典化历程的重要一环。

二、韩诗评论:桐城诗派崛起的重要路径

一个诗派的崛起,往往需要建立在继承与批判的基础之上。康乾时期诗坛名家辈出,各种诗论观点层出不穷,姚范在对钱谦益及虞山后学冯氏兄弟、吴乔、贺赏、赵执信及沈德潜、袁枚等人批评的基础上,以杜甫、黄庭坚为师法对象,追求"往复顿挫"之境,成为桐城诗派的先导。姚鼐诗从明"七子"入手,强调"道与艺合,天与人一",主张镕铸唐宋,"有所法而后能,有所变而后大",其七言律诗甚至被张裕钊等推为一代之冠①。方东树承姚范余绪,亲从姚鼐问学,与姚莹等交往密切,借整理《援鹑堂笔记》之机对桐城派诗学思想进行理论总结。方东树在《昭昧詹言》等著作中对前人的一些诗学观点进行了批判,如对钟惺、谭元春的"纤佻"表示不满,对王士禛批评道:"若王阮亭论诗,止于掇章称咏而已,徒赏其一二佳篇佳句,不论其人为何如,又安问其志为何如也? 此何与于诗教也?"②又对袁枚批判道:"如近人某某,随口率意,荡灭典则,风行流传,使风雅之道,几于断绝。"③"近世有一二庸妄钜子,未尝至合,而辄矜求变。其所以为变,但糅以市井谐诨,优伶科白,童孺妇媪浅鄙凡近恶劣之言,而济之以杂博,饾飣故事,荡灭典则,欺诬后生,遂令古法全亡,大雅殄绝。"④在这段批评的言论前,方东树这样说道:"姚姬传先生尝教树曰:'大凡初学诗文,必先知古人迷闷难似。否则,其人必终于此事无望矣。'

---

① 姚永朴在《惜抱轩诗集训纂·序》中言:"近时武昌张廉卿,则以先生七律与施愚山五古、郑子尹七古并推为一代之冠。"姚鼐撰,姚永朴训纂:《惜抱轩诗集训纂》,合肥:黄山书社,2001年,第1页。
② 方东树著,汪绍楹校点:《昭昧詹言》,北京:人民文学出版社,1961年,第6页。
③ 方东树著,汪绍楹校点:《昭昧詹言》,北京:人民文学出版社,1961年,第17页。
④ 方东树著,汪绍楹校点:《昭昧詹言》,北京:人民文学出版社,1961年,第33页。

先生之教，但言求合之难如此，矧其变也。"显然，方东树等对袁枚的"求变"乃至语言上的"求俗"是不满的，其所信奉的还是姚鼐"由摹拟以成真诣"的诗学观点。袁枚的诗作及作风，颇似中唐元、白一途，属于俊才达士，通脱自在；姚范、姚鼐则属于儒学政教型，思想作风严谨。袁枚与姚氏的不同，可比照中唐白居易与韩愈的差异。桐城派诗人不满袁枚等人诗歌创作时，需要推出一个师法的对象，方东树即选择了韩愈。可以说，韩愈成为桐城派诗人的师法对象之一，既有文学求新求变的因素，也有气质秉性乃至政治教化的原因。姚范、姚鼐那种不苟同的批判精神被姚莹、方东树等桐城派后学发扬光大，他们在驳斥他人诗学观点时又有所创建，自谓握灵蛇之珠，故摇旗呐喊道："海内诸贤谓古文之道在桐城，岂知诗亦有然哉！"①

方东树之所以在桐城派中有着重要的地位，是因为他继承了前人的诗学思想，使得桐城派的诗学思想既富有特色，又成系统，而这又与他以韩愈为师法对象是分不开的。蒋寅先生从诗学原理、诗学话语、写作理论、批评理论和取法路径五个方面论述方东树诗学的理论倾向和历史意义，指出《昭昧詹言》"于作诗、读诗、选诗、解诗、评诗都提出了一套完整的学说"②，这是按照现代的文学原理总结的桐城派诗学理论。汪绍楹在《昭昧詹言·校点后记》中对方氏诗学思想总结道：

> 于题则有"序题""点题""还题面""收足题面""顾题""古人不略题字，不出题外""题后绕补""入题交代"……于"章法"则有"以断为贵""语不接而意接""为前后过节""得斩截处即斩截""章法伸缩之妙""遥接""倒接""草蛇灰线过脉""向空中接"……于字法则有"选字""拆洗翻用""设色攒字""反用翻用"等。③

汪氏从"题""章法""字法"等层面，以列举的方式总结《昭昧詹言》的诗学

---

① 姚莹：《桐旧集序》，见《桐旧集》，合肥：安徽大学出版社，2016年，第1页。
② 蒋寅：《诗学、文章学话语的沟通与桐城派诗歌理论的系统化——方东树诗学的历史贡献》，《复旦学报》，2016年第6期。
③ 方东树著，汪绍楹校点：《昭昧詹言》，北京：人民文学出版社，1961年，第540~541页。

思想，显示出传统研究的特点。这些评说有些是借用了评制艺、试帖诗的术语，但更应该与桐城文派的"讲炼字""重声调""布章法"结合起来，与韩愈的"陈言务去""文从字顺"等观点遥相呼应。可以说，无论是写作理论，还是批评理论，方东树等都自觉不自觉地揣摩韩愈诗文，时时加以阐释和发挥。

在桐城派诗人的批评话语中，韩愈又一次获得与杜甫并称的机会。对其"以文为诗"诗学主张的评价，也由宋诗话中的贬抑转为正面肯定和当作师法准则。可以说，韩愈"以文为诗"的诗学观点被充分肯定是在方东树对桐城派诗学的文法化改造中完成的，"以文为诗"又成为构建桐城派诗学的核心命题与理论基石。

散文研究

第五章　姚鼐辞京南下游记散文研究

乾隆三十九年(1774),姚鼐借病辞去刑部郎中及纂修官,应朱孝纯之邀去山东游览,后回京城整理行装,举家南归。此后,朱孝纯从泰安调两淮都转盐运使,驻扬州,修建梅花书院,邀请姚鼐充任山长。姚鼐辞职离馆及至充任书院山长前,得暇饱览名山秀水,留有不少诗文之作,其中《登泰山记》《游灵岩记》《晴雪楼记》《游双溪记》《观披雪瀑记》等游记散文尤脍炙人口。这组游记散文,从创作时间上看,主要作于乾隆四十年(1775),即从朱孝纯山东游赏之邀到扬州讲学之请这段时间;从所游地点看,主要是离京南下的山东泰安及安徽桐城周边;从作者所处的境况上看,是去职赋闲之际。笔者将这组在姚鼐文集中少有的集中写景的游记散文专门挑出,名之曰"辞京南下游记散文"。对这组游记散文给予特别关注,有利于我们更准确地了解姚鼐辞官后心绪的变化及在文学创作上的反映,有利于我们更准确地把握桐城派散文的美学特质,也有助于我们对游记题材散文的进一步思考与总结。

乾隆二十八年(1763),姚鼐六应礼部试而中进士,这对于少具壮志的姚鼐来说,科举之途并不十分顺畅,而对于"今者常参官中,乃无一人"的家族而言又带来了希望。此后,姚鼐浮沉部曹,久不得升擢。自乾隆三十六年(1771),姚鼐先是被推荐为记名御史,后又荣入四库馆。然而,就在升迁有望之际,姚鼐毅然作别官场,辞京南游。姚鼐在《复张君书》中称"而顾遭家不幸,始反一年,仲弟先殒,今又丧妇。老母七十,诸稚在抱"①,表明母老子幼是其辞官归里的原因。但结合这一时期姚鼐与他人的赠序及相关资料,姚鼐辞官其实另有隐情。翁方纲《送姚姬川郎中归桐城序》有所透露:"窃见姬川之归,不难在读书,而难在取友;不难在善述,而难在往复辨证;不难在江海英异之士造门请益,而难在得失毫厘,悉如姬川意中所欲言。"②姚鼐面对程晋芳、翁方纲等人的挽留感慨道:"夫士处世难矣!群所退而独进,其进罪也;群所进而独退,其退亦罪也。"③姚鼐本为辞章之士,久处京师为学风所染,转习考据之学,而当汉学以考据为功进而诋毁以程、朱为代表的宋学,姚鼐则坚守程、朱之学,扬宋抑汉,进而对考据之学有所反思。上面《赠程鱼门序》所发感慨,颇能看出姚鼐身处汉学阵营的进退之难。姚莹对姚鼐在四库馆的处境所言更明:"于是纂修者竞尚新奇,厌薄宋元以来儒者,以为空疏,掊击讪笑之不遗余力。先生往复辨论,诸公虽无以难,而莫能助也。将归,大兴翁覃溪学士为叙送之,亦知先生不再出矣。"④可见,姚鼐与四库馆臣论事不合,"与戴震等汉学家的严重分歧及其在争论中的身陷孤立,是其告退的关键因素"⑤。

姚鼐既然与四库馆汉学家相抵牾,就必有不同的学术祈向,关于这一点,姚鼐在告退后写的《复汪进士辉祖书》中明白地吐露出来:"鼐性鲁知阁,不识人情向背之变、时务进退之宜,与物乖忤,坐守穷约,独仰慕古人之谊,而窃好其文辞。"⑥姚鼐本雅爱诗文,少时即在伯父姚范家中学文学于刘大櫆,刘大櫆则每于姚鼐多鼓励之辞,如其在姚鼐试于礼部不售后《送姚姬传南归序》中言:"其射策甲科为显官不足为姬传道;即其区区以文章名于后世,亦非余之所望于姬传。"⑦姚鼐在四库馆时与汉学阵营的对抗及不适,加剧了其退出官

---

① 姚鼐著,刘季高标校:《惜抱轩诗文集》,上海:上海古籍出版社,1992年,第87页。
② 翁方纲:《复初斋文集》卷十二,清李彦章校刻本。
③ 姚鼐《赠程鱼门序》,见《惜抱轩诗文集》,上海:上海古籍出版社,1992年,第112页。
④ 姚莹:《朝议大夫刑部郎中加四品衔从祖惜抱先生行状》,见《桐城派名家文集⑥姚莹集》,合肥:安徽教育出版社,2014年,第89页。
⑤ 王达敏:《姚鼐与乾嘉学派》,北京:学苑出版社,2007年,第42页。
⑥ 姚鼐著,刘季高标校:《惜抱轩诗文集》,上海:上海古籍出版社,1992年,第89页。
⑦ 刘大櫆著,吴孟复标点:《刘大櫆集》,上海:上海古籍出版社,1990年,第137页。

场回归辞章的意愿,这在其离京前《与刘海峰先生》的尺牍中有所表露:"鼐于文艺,天资、学问本皆不能逾人。所赖者,闻见亲切,师法差真……犹欲谨守家法,拒斥谬妄……近作诗文颇多,聊录数诗纸后,老伯可观鼐才力进退也。"①姚鼐所欲守之家法,即姚范、刘大櫆等讲求宋儒义理与诗文辞章之学;所欲拒斥之谬妄,则是汉学家"以博为量,以窥隙攻难为功,其甚者欲尽舍程、朱而宗汉之士。枝之猎而去其根,细之搜而遗其钜"②。"近作诗文颇多",也可以看出,姚鼐有意重拾诗文辞章之学。

综上所论,姚鼐回归辞章不是回到最初的"走昔少年时,志尚在狂狷"③,纵情山水、笑傲泉林的少年之举开始减少。仕途蹭蹬,无力与自己异趣的汉学阵营抗衡,带着对老母、幼稚挂念,姚鼐开始回归山水,回归辞章,希望在山水文章中寻求心灵的慰藉。

第一节 情景理路:一组寓情于景的游记散文

与离馆辞官前后的郁闷不平不同,姚鼐此次辞京南下最初更多的是一种"久在樊笼里,复得返自然"的轻松和愉悦。这在他同时期的一些诗文中均有表露,如《阜城作》:"仆昔弱冠岁,始窃乡曲名。充赋自南来,意气颇纵横。谓当展微抱,庶见康民甿……十年省阁内,回首竟何成……披我故时裘,浩歌出皇京。旁观拥千百,拍手笑狂生。"④诗中除了对十年省阁生活感到不惬外,其基调是向上的,特别是"披我故时裘,浩歌出皇京",颇能看出姚鼐决意辞京的洒脱。《于朱子颖郡斋值仁和申改翁见示所作诗题赠一首》中"文章道路识老马,世事沧洲漂白鸥"⑤,则可以视为姚鼐重拾辞章之学心绪的吐露。果然,姚鼐很快就创作出一系列名传后世的诗文。

---

① 姚鼐:《惜抱轩尺牍》卷一,清道光三年(1823)刻本。
② 姚鼐:《赠钱献之序》,见《惜抱轩诗文集》,上海:上海古籍出版社,1992年,第111页。
③ 姚鼐:《赠侍潞川》,见《惜抱轩诗文集》,上海:上海古籍出版社,1992年,第428页。
④ 姚鼐著,刘季高标校:《惜抱轩诗文集》,上海:上海古籍出版社,1992年,第463页。
⑤ 姚鼐著,刘季高标校:《惜抱轩诗文集》,上海:上海古籍出版社,1992年,第463页。

姚鼐辞官后并没有立即返故乡,而是应朱孝纯之邀去山东游览泰山以抒幽怀,这便有了《登泰山记》等游记散文之作。姚鼐毕竟是壮年辞官,面对着建功立业的好友还是有些落寞,这种情绪被朱孝纯的热情及一路的壮丽景色冲淡了不少。姚鼐来到朱孝纯的晴雪楼上,这种沉淀已久的情绪体验开始发酵,并最终表露出来:"余驽怯无状,又方以疾退,浮览山川景物,以消其沉忧。与子颖仰瞻巨岳,指古明堂之墟,秦、汉以来登封之故迹,东望汶源西流,放乎河济之间、苍莽之野,南对徂徕、新甫,思有隐君子处其中者之或来出。慨然者久之,又相视而笑。"①友人与自己境遇的对比,令姚鼐心生感慨,但正如姚鼐所言"浮览山川景物,以消其沉忧",试图登泰山、观风景,使自己从沉忧的情绪体验中走出来,虽于此有些感慨,但最终相视而笑。《晴雪楼记》的最后,姚鼐振笔写出"大风雪数日,崖谷皆满,霁日照临,光晖腾映",既点了"晴雪楼"之题,也暂时扫除了心中之阴霾。待天稍晴,姚鼐与朱孝纯登泰山。《登泰山记》为大家描绘了一幅泰山冬景图,这里有迷雾、滑冰,无瀑水,无鸟兽音迹,数里无树木,一片肃杀。与柳宗元"永州八记"首篇《始得西山宴游记》相比,此篇情感不甚外显,非柳宗元"自余为僇人,居是州,恒惴慄"②般透露出贬官获罪的感受。《登泰山记》倒是与柳氏《江雪》一诗颇有相似之处,都是写冬景,寓情于景,含而不露。我们在研读《登泰山记》时应对文中两段文字加以注意:第一处是文章的第二部分"自京师乘风雪,历齐河、长清,穿泰山西北谷,越长城之限,至于泰安"一段,历来研究者多注意这段文字用词之准确、用语之雅洁,我们连贯读之,从中能够感受姚鼐逃离京城的迫不及待和急欲摆脱处处充满对抗的生活的心情;第二处是泰山顶观日出一段,"极天云一线异色,须臾成五采。日上,正赤如丹,下有红光动摇承之",于肃杀中带来一片霞光。红日破云层,发出五彩之光,这既是极为传神的实景描写,也可以理解为姚鼐脱离令人窒息的四库馆寻求新生活心态的表征。

接下来的《游灵岩记》又恢复到《登泰山记》中藏情于景的创作模式。朱

---

① 姚鼐著,刘季高标校:《惜抱轩诗文集》,上海:上海古籍出版社,1992年,第223页。
② 高文、屈光选注:《柳宗元选集》,上海:上海古籍出版社,1992年,第111页。

孝纯因公务未能陪姚鼐上山游赏,请聂剑光做向导。聂氏著有《泰山道里记》一书,姚鼐曾为其书作序。两位精熟舆地之学的游者结伴而行,自然方便交流切磋,文章景物之描写,也颇有方位感和层次感。《游灵岩记》中亦写到日出之景:"灵岩寺在柏中,积雪林下,初日澄彻,寒光动寺壁。"①这种澄彻之景,在柳宗元的《至小丘西小石潭记》中亦有体现:"潭中鱼可百许头,皆若空游无所依。日光下澈,影布石上。"②一是山景,一是水景;一是虚景,一是实景。同样是日出之景,泰山上,尚可成五彩,赤如丹,有红光动摇承之;灵岩寺之日出,只有寒光映照着寺壁,在严寒之外,让人产生一些眩晕。我们不必刻意推求姚鼐此时的心境,但这种内敛的心绪,总是缺少了些明亮的色彩。

姚鼐从山东返回京城,稍作收拾即离开了京师,到嘉庆十五年(1810)重宴鹿鸣,再赴京城,已是八十老翁③。姚鼐返乡后,游览了双溪等地,写下《游双溪记》《观披雪瀑记》等游记散文。如果说辞官后第一次南下游览山水,尚有朱孝纯这样的朋友相宽慰,那么返回故里,姚鼐失落之情在《游双溪记》《观披雪瀑记》有明显表露。游双溪,所遇之景为:"松隄内绕,碧岩外交,势若重环。处于环中以四望,烟雨之所合散,树石之所拥露,其状万变。"④盛夏有此景,本是消暑佳处,而姚鼐于此中夜点一灯,凭几默听,众响皆入,人意萧然。面对乡贤大学士张英墓舍,姚鼐深感自己不才,不堪世用,所以要早匿于岩窔。姚鼐在《游双溪记》的结尾甚至怀疑,当年张英荣退后娱乐之山水是否就是此时自己所游之山水?真是以我观物,物皆着我之感情色彩。《观披雪瀑记》所记乃乡邑一奇观,其中"瀑坠罂中,奋而再起,飞沫散雾,蛇折雷奔,乃至平地"⑤,瀑布描写颇为形象壮美,但姚鼐最后还是从石潭壁上新发现的北宋题名引发感慨:"人事得失之难期,而物显晦之无常也,往往若此,余是以慨然而

---

① 姚鼐著,刘季高标校:《惜抱轩诗文集》,上海:上海古籍出版社,1992年,第222页。
② 高文、屈光选注:《柳宗元选集》,上海:上海古籍出版社,1992年,第124页。
③ 孟醒仁《桐城派三祖年谱》以为乾隆四十七年(1782)及次年,姚鼐曾客京师,这两年中姚鼐主讲敬敷书院,即使远至京师,亦仅作短暂停留。
④ 姚鼐著,刘季高标校:《惜抱轩诗文集》,上海:上海古籍出版社,1992年,第224页。
⑤ 姚鼐著,刘季高标校:《惜抱轩诗文集》,上海:上海古籍出版社,1992年,第224页。

复记之。"①令姚鼐"慨然"的恐不仅仅是物之显晦无常,更为人生之显晦无常。

通过梳理这样一组辞京南下的游记散文,可以感受到姚鼐辞官后的心绪历程:从最初逃离京城四库馆生活的轻松与洒脱,到借山水以消忧,再到后来优美壮丽的风景都染上作者悲伤的情绪。姚鼐在面对人生重大抉择时内心情绪的变化通过这样一组游记散文间接反映出来,而情与景的有机融合,又给这组游记散文增添光彩,使其成为继柳宗元《永州八记》后又一组情景交融的游记散文。

第二节 美学特质:雅洁而质实,色华而不靡

姚鼐辞京南下创作的一组游记散文,较能代表姚鼐散文的艺术成就,其中一些篇目甚至被推举为桐城文章的典范。仔细研究这组游记散文,对于深入发掘桐城文章的美学特质,无疑有着积极意义。

一般而言,桐城文章多较为短小,很少长篇大论,姚鼐的游记散文尤其如此。但是文章篇幅的简短,不影响文章内容的丰富与情感的表达,这就要求用语的雅洁和内容的质实。严格说来,"雅洁"说是方苞"义法"说的一个重要组成部分,但就"雅洁"自身的自足性、完整性而言,又构成独立的理论范畴。所谓"雅",就是不俚不俗、雅驯熨帖;所谓"洁",就是澄清无滓、简洁精炼。方苞指出"南宋、元、明以来,古文义法不讲久矣。吴、越间遗老尤放恣,或杂小说,或沿翰林旧体,无一雅洁者。古文不可入《语录》中语、魏晋六朝人藻丽俳语、汉赋中板重字法、诗歌中隽语、南北《史》佻巧语"②。这是从反面对不雅洁者提出批评,方苞所赞赏的是《春秋》《左传》《史记》等文,"《易》《诗》《春秋》及《四书》,一字不可增减,文之极则也。降而《左传》《史记》、韩文,虽长篇,句字可薙芟者甚少。其余诸家,虽举世传诵之文,义枝辞冗者,或不免矣"③。

---

① 姚鼐著,刘季高标校:《惜抱轩诗文集》,上海:上海古籍出版社,1992年,第225页。
② 苏惇元辑:《方苞年谱》,见《方苞集》,上海:上海古籍出版社,2009年,第890页。
③ 方苞:《古文约选序例》,见《方苞集》,上海:上海古籍出版社,2009年,第615~616页。

可见,雅洁首先就要尚简,要删繁就简、词约义丰、言简意赅。如果说方苞是雅洁说的提倡者,那么姚鼐这组游记散文则是雅洁说的实践之作。《登泰山记》全文452字,读之再三,几无字可删,如"阳谷皆入汶,阴谷皆入济",两个"皆"字不可删,删之则无法将百流汇聚的景象描绘出来。

  雅洁实际上不仅是文字的不俚不俗、简洁精练,还应当明于体要,所载之事不杂,由此形成文章气体雅洁之貌①。姚鼐的游记散文喜欢用简洁的笔触勾勒出所游之地的地理方位,先括定一个范围,然后再按游踪娓娓道来。其中最著名的当属《登泰山记》第一段的描述:"泰山之阳,汶水西流;其阴,济水东流;阳谷皆入汶,阴谷皆入济;当其南北分者,古长城也。最高日观峰,在长城南十五里。"②真是把泰山的方位及最高处的坐标都清楚地标了出来。更有意思的是,即使是足迹不到之处,姚鼐也要将其地理情况交代清楚,且看《游灵岩记》的结尾:"然至琨瑞山,其岩谷幽邃乃益奇也,余不及往,书以告子颖。子颖他日之来也,循泰山西麓,观乎灵岩,北至历城,复溯朗公谷东南,以抵东长城岭下,缘泰山东麓,以返乎泰安,则山之四面尽矣。"③姚鼐虽不及往,却已经把地理坐标及行进图标示了出来。古人没有今日之地图,要想弄清楚其山川风物的具体坐标,殊为不易。姚鼐虽抑汉扬宋,却对考据学中地理沿革一途有较深研究,其文集中有《郡县考》《汉庐江九江二郡沿革考》《项羽王九郡考》《五岳说》《泰山道里记序》《庐州府志序》等。如《庐州府志序》开头即交代庐州的地理位置:"庐州居江、淮之间,湖山环汇,最为雄郡。"④姚鼐将地理研究之学应用于文章写作,反映到游记散文中,使文章井然有序、不蔓不枝,这也有助于雅洁风貌的形成。

  除雅洁外,这一组山水游记还给人一种质实的感觉。这组游记散文严谨、准确、有条理、少描绘、多记述、喜用短句,这又与姚鼐重考据之学有很大

---

① 关爱和:《古典主义的终结——桐城派与"五四"新文学》,上海:上海文艺出版社,1998年,第226页。
② 姚鼐著,刘季高标校:《惜抱轩诗文集》,上海:上海古籍出版社,1992年,第220页。
③ 姚鼐著,刘季高标校:《惜抱轩诗文集》,上海:上海古籍出版社,1992年,第222页。
④ 姚鼐著,刘季高标校:《惜抱轩诗文集》,上海:上海古籍出版社,1992年,第255页。

的关联。姚鼐虽然不满汉学家所为,却不鄙弃考据之学,反而重视考据之法,甚至认为"以考证助文之境,正有佳处"①。姚鼐久处四库馆中,又朝夕与戴震等汉学家过从,自然受到其一定的影响,这种影响不会因为离开汉学阵营就戛然而止。就这组游记散文而言,姚鼐对泰山阳、阴两边分别有汶、济二水,其向南中谷为郦道元所谓环水,而当其南北分者为古长城的考证,以及对灵岩谷水的考察,对披雪瀑石潭壁上文字的辨识,这些皆是姚鼐以考证入文的做法。以考证入文,如处理得好,就如盐入水中,让人只得其味不见其形,《登泰山记》即如此;如处理得不好,则油是油,水是水,徒见其形迹,《观披雪瀑记》便有此缺陷。考证入文,无论是相得益彰还是略显生硬,文章风貌总呈现出一定的质实感。正是因为得考据之功,姚鼐游记散文才严谨、准确、有条理,而短句的选择,又加重了这种质实感:"山多石少土,石苍黑色,多平方,少圜。少杂树,多松,生石罅,皆平顶。"②少则两字,多则三五字,正是这种少描绘、多记述的短句子,给人一种质实感。

  姚鼐在为陈仰韩时文作序时称"其为文体和而正,色华而不靡"③,姚鼐以此语称人,实为夫子文章自道。要理解"文体和而正",我们需了解姚鼐关于此问题的看法。姚鼐编《古文辞类纂》一书,于古今文章分门别类、溯源探流,最能显示姚鼐的文章宗尚。姚鼐将山水游记归为杂记类,就其所选作家作品,以柳宗元18篇为首,《永州八记》全部入选。就某种意义而言,柳宗元的山水游记应当看作此类文体的正宗。将柳宗元的《永州八记》与姚鼐的这组山水游记相比较,注重行迹或游踪的交代,注重景物的传神写照,能在景物描写中将情感抒发得幽微不显,这是柳宗元和姚鼐共同的艺术追求,这也当是姚鼐所认为的游记散文的"正体"。一般论者多认为姚鼐的文章简淡。与那些浓墨重彩的文章相比,姚鼐的文章确实简淡,但这并不表示姚鼐的文章无色不华。最好的反证则是《登泰山记》中观日出的一段关于光与色的描写:

---

① 姚鼐:《惜抱轩尺牍》卷六,清道光三年(1823)刻本。
② 姚鼐著,刘季高标校:《惜抱轩诗文集》,上海:上海古籍出版社,1992年,第221页。
③ 姚鼐著,刘季高标校:《惜抱轩诗文集》,上海:上海古籍出版社,1992年,第65页。

"日上,正赤如丹,下有红光动摇承之。或曰:'此东海也。'回视日观以西峰,或得日,或否,绛皜驳色,而皆若偻。"①色、光、影凑集到同一幅图画之中,真是美不胜收。所谓"色华而不靡",不靡就是不过分,适可而止。姚鼐对于文章风格的认识是非常全面的,这在《复鲁絜非书》和《海愚诗钞序》中有详细的阐述。姚鼐自觉地选择这种澄清无滓的文章当与其审美追求相关,其所追求的是一种绚烂至极的平淡。关于平淡与绚丽的辩证关系,方苞在《古文约选序例》中有精彩阐述:"古文气体,所贵清澄无滓。澄清之极,自然而发其光精,则《左传》《史记》之瑰丽浓郁是也。"②《左传》《史记》的瑰丽浓郁,不在于色彩绚丽、声音繁杂,而在于气体澄清之极,自然能焕发光精,去除枝蔓芜杂,自然能炳炳烺烺。"体和而正,色华而不靡",深契中国人的审美传统与风尚,这就不难理解桐城文章被奉为正宗、播之人口的原因了。

第三节 文学史意义:地学游记与文学游记的融合

就山水游记而言,从《论语》中"浴乎沂,风乎舞雩,咏而归"山水片段的描写,到《穆天子传》中神话故事般的游记及《封禅仪记》中光武帝等登泰山途中风物的记载,山水并没有获得独立的审美地位。魏晋之时,山水游览成为新的风尚,正所谓"庄老告退,而山水方滋"③,山水风物开始在诗文中有所展现,这一时期较有名的作品有鲍照的《登大雷岸与妹书》、陶弘景《答谢中书书》、吴均《与朱元思书》等,不唯有"水皆缥碧,千丈见底;游鱼细石,直视无碍。急湍甚箭,猛浪若奔。夹岸高山,皆生寒树"④这样生动的景物描写,还在文中表达了"经纶世务者窥谷忘返"的回归自然的情思。唐宋时期,以散文"八大家"为代表,山水游记散文得到空前的发展。柳宗元《永州八记》、欧阳修《醉翁亭记》、王安石《游褒禅山记》、苏轼《石钟山记》大放异彩。在柳宗元、

---

① 姚鼐著,刘季高标校:《惜抱轩诗文集》,上海:上海古籍出版社,1992年,第221页。
② 方苞著,刘季高标点:《方苞集》,上海:上海古籍出版社,2009年,第614页。
③ 刘勰著,范文澜注:《文心雕龙注》,北京:人民文学出版社,1958年,第67页。
④ 《汉魏六朝一百三家集》卷一〇一《吴均集》,清文渊阁《四库全书》本。

欧阳修那里,写游记散文成为排忧的途径;在王安石、苏轼那里,游记散文又成了说理的载体。游记散文中,写景、抒情、传理融为一体。明代袁宏道于苏杭一带写的游记散文,如《虎丘记》《初至西湖记》《晚游六桥待月记》等,写出了西湖等地的"灵性",也表达了作者以山水为乐的情感。张岱则踵武前贤,在山水游记散文中寄寓着身世之感与家国之思。

  有学者认为中国古代山水游记大体可以分为文学游记和地学游记两大类①。文学游记以描写自然风光、表现主体审美情趣为主,在模山范水中传达作者的主观情感,上文所举柳宗元、欧阳修、王安石、苏轼等作品皆可归入此类。地学游记则重在游踪的记录,唐李翱的《南来录》为其自长安至广州的纪行日记,开后世日记体游记先声。徐霞客以日记形式记载所游之地,如《黔日记》《滇日记》,重在地理考证。而姚鼐所处的乾嘉之际,考据之风盛行,地学游记这种注重道里行程记载和地学知识考查的游记受到重视并获得长足发展。一时间,地学游记成为文士们逞才的疆域,观王锡祺《小方壶斋舆地丛钞》即可知晓。姚鼐于考据之学颇重舆地一途,又受时代风气的影响,将考据之学引入文章,这成为姚鼐游记散文的一大特点。《登泰山记》详细记载泰山的地理环境,全面介绍泰山南麓的登山路线,淡化模山范水,这些都呈现出地学游记的某些特征。王锡祺《小方壶斋舆地丛钞》将《登泰山记》收录其中,亦有现代学者将姚鼐此组游记散文归之为地学游记。②但是,姚鼐毕竟是文学之士,其对于辞章的推崇远远超过汉学家甚至一般的文学之士。泰山观日出那段神来之笔,能显示姚鼐文学家的本色,"及既上,苍山负雪,明烛天南。望晚日照城郭,汶水、徂徕如画,而半山居雾若带然",描绘出泰山冬景晚照图,画卷色彩斑斓、层次丰富,泰山稳重、云雾灵动,一切都这么富有诗情画意。而此后的《游灵岩记》《晴雪楼记》《游双溪记》《观披雪瀑记》等,在注重道里行程记载的同时,偶一驻足,即为我们留下精彩的景物描写,如他对披雪瀑的描绘:"水源出乎西山,东流两石壁之隘。隘中陷为石潭,大腹弇口若罂。瀑坠

---

① 王立群:《姚鼐的〈登泰山记〉与地学游记》,《语文建设》,2004年第4期。
② 王立群:《姚鼐的〈登泰山记〉与地学游记》,《语文建设》,2004年第4期。

罂中,奋而再起,飞沫散雾,蛇折雷奔,乃至平地。"①不唯壮美,亦且形象,"披雪"两字,完全可从这段描绘中想见。因而,与其称《登泰山记》这组游记散文为"具有较强文学色彩的地学游记",不如将其看成文学游记与地学游记合流之作,从而形成一种新的游记散文体式。

姚鼐于前人山水游记有所取法,又有自己的创造,最终形成了独特的风格,对后世产生了较大的影响。就取法前人而言,姚鼐得柳之肖、得欧之达。从前面简单引述的柳宗元与姚鼐游记散文作品可以看出,柳宗元与姚鼐在描写景物时都非常传神,这种传神不是靠比喻、夸张、拟人、拟物等修辞法得来的,而是纯粹靠白描得之,如《至小丘西小石潭记》描写潭中游鱼一段与《登泰山记》描写观日一段,最为精彩。这自然源于作者体物之深、遣词造句之准。论者常以"畅达"称许欧阳修之文,这种畅达表面上体现为文辞通畅,内里则是意脉贯通。如欧阳修之《醉翁亭记》,不唯方位交代之明确,还顺着一条泉水,把游人引到了醉翁亭。姚鼐构思运笔颇得欧阳修之法,如其《游双溪记》交代双溪之由来:"盖龙溪水西北来,将入两崖之口,又受椒园之水,故其会曰双溪。松堤内绕,碧岩外交,势若重环。处于环中以四望,烟雨之所以合散,树石之所拥露,其状万变。"②欧阳修是先述四周之景,接着入山寻水见亭;姚鼐是顺水入溪,再处中以环视四方。两者颇有异曲同工之妙。这种注重文章内里的意脉贯通,必然带来文章的畅达之感。

姚鼐游记散文不仅善于取法前人,还善于自造,这集中体现在将考据之学引入文章,注重语言的雅洁、声调的和谐等,最终实现文学游记与地学游记的融合。前面笔者已说到考据入文及文辞雅洁,这里重点看看桐城文章的声调和谐。桐城文章质实而不显板滞,这除得益于言辞的雅洁外,也得益于声调的和谐。姚鼐对诗文的声调是颇为看重的,"大抵学古文者,必要放声疾读,又缓读,只久之自悟。若但能默看,即终身作外行也"③。"急读以求其体

---

① 姚鼐《观披雪瀑记》,《惜抱轩诗文集》,上海:上海古籍出版社,1992年,第224页。
② 姚鼐著,刘季高标校:《惜抱轩诗文集》,上海:上海古籍出版社,1992年,第224页。
③ 姚鼐:《惜抱轩尺牍》卷六,清道光三年(1823)刻本。

势,缓读以求其神味。得彼之长,悟吾之短,自有进也"①。"乘风雪,历齐河、长清,穿泰山西北谷,越长城之限,至于泰安"②,其中乘、历、穿、越、至,不唯用词之准,放声疾读,大有"千里一日"之势,颇能见出姚鼐出京之迫、见友之急、看景之切。"望晚日照城郭,汶水、徂徕如画,而半山居雾若带然"③,"回视日观以西峰,或得日,或否,绛皓驳色,而皆若偻"④。这两段观日之景,正是长途跋涉之后,收获的眼前之景,缓读可得其神味。可见,无论疾读、缓读,总得姚鼐文章音韵之美。

"游踪、景观、情感是游记文体的三大文体要素"⑤。在姚鼐辞京南下的这组游记散文中,游踪之清晰、描写景物之传神、情感之抒发,得到了有机融合。诗人之游与学者之游,常被看作文学游记与地学游记的区别,而诗人与学者、文学与地学在姚鼐这里出现了交汇,这组游记散文则是这种融合、交汇的代表。地学游记与文学游记在姚鼐这组散文中实现合流并非偶然,这和"汉宋相争"的时代风气有关,也与姚鼐通融的为学态度相关。姚鼐治学坚持义理、考据、辞章三者缺一不可,为诗力主镕铸唐宋,文章风格讲求阴阳刚柔相济,甚至尝试以文章之法为诗,最能体现集大成者通融的特质。如此,地学游记与文学游记合流出现在考据、辞章并重的姚鼐这里,也就不难理解了。"能够称得上经典的文学作品,应该是具有文学史意义的,并在艺术上具有相当的代表性和影响力"⑥。与经典不同,一些文章尽管播之人口、流传至今,堪称名篇,但因未能提供更多的参考和启示,仅仅只能作为名篇而已。以此标准,姚鼐的这组山水游记,特别是《登泰山记》,无疑是可以称为经典的。

---

① 姚鼐:《惜抱轩尺牍》卷六,清道光三年(1823)刻本。
② 姚鼐著,刘季高标校:《惜抱轩诗文集》,上海:上海古籍出版社,1992年,第220页。
③ 姚鼐著,刘季高标校:《惜抱轩诗文集》,上海:上海古籍出版社,1992年,第221页。
④ 姚鼐著,刘季高标校:《惜抱轩诗文集》,上海:上海古籍出版社,1992年,第221页。
⑤ 王立群:《游记的文体要素与游记文体的形成》,《文学评论》,2005年第3期。
⑥ 孙琴安:《经典与名篇》,《光明日报》,2016年6月24日。

第六章 《袁随园君墓志铭并序》手稿考释

乾隆四十八年(1783),姚鼐闲居乡里,袁枚游黄山,姚鼐"因得见先生(袁枚)于皖"①。乾隆五十四年(1789),姚鼐主讲金陵钟山书院,常出入随园,与袁枚保持相对密切的交往。学界对于袁枚与姚鼐的交往关注颇多,二人关于诗学的论争、对理学的不同态度,都成为研究者探讨的热点②。姚鼐撰写的《袁随园君墓志铭并序》,不仅成为研究这段公案的必征材料,而且作为姚鼐古文代表作入选自清末至今的各种文选,广为流传。笔者在整理陈用光所藏姚鼐手札时,发现姚鼐在与陈用光的书信中附上了尚未定稿的《袁随园君墓志铭并序》③,这为我们了解姚鼐、袁枚、陈用光三人的交往及姚鼐古文文法提供了珍贵的文献资料。今略加考释,成文于下。

---

① 姚鼐《随园雅集图后记》,见《惜抱轩诗文集》,上海:上海古籍出版社,1992年,第225页。
② 潘务正《姚鼐与袁枚诗学关系考论》(《安徽师范大学学报》2017年第4期),漆永祥《乾嘉考据学家与桐城派关系考论》(《文学遗产》2014年第1期),卢坡《姚范:桐城诗派的先导》(《华夏文化论坛》,2013年第2辑),鹿苗苗、谢德胜《清代郭麐与姚鼐、袁枚交游及早期文学思想形成考论》(《福建师范大学学报》2012年第6期),对此均有所探讨。
③ 姚鼐此篇手稿被陈用光存于《惜抱轩手札》(以下简称《手札》)中。该《手札》后为孙陟甫收藏,于民国二十五年(1936)由商务印书馆影印刊行,一直未引起学界的关注。

第一节　手稿校读：一部夹在信札中的修订稿

陈用光(1768—1835)，作为与姚鼐交往最密切的学生之一，师徒谈文论艺，尺牍交往颇多。"用光自侍函丈以来，二十余年中，凡与用光者，皆藏弆而潢治之为十册。因更访求与先生有交游之谊者，写录成帙。而先生幼子雉及门人管同复各有录本，余皆咨得之，乃成此八卷"①，此即《惜抱轩尺牍》成书由来。除《惜抱轩尺牍》的刻本流传外，陈用光所藏姚鼐手札亦因清末民初珂罗版等印刷技术的推广而得以影印出版，这才使姚鼐的这批手稿为世人所见。今检陈氏所藏姚鼐手札，除56封尺牍（与刘大櫆、周兴岱、陈松各1封，与陈守诒2封，与王芑孙3封，与陈用光48封）外，尚有《江苏布政使德化陈公墓志铭并序》《袁随园君墓志铭并序》两篇手稿。姚鼐此两文手稿为何出现在陈氏所藏手札中？笔者认为此或为姚鼐与陈用光书信的夹带之物，证据有三：一是姚鼐与陈用光的信中提到《袁随园君墓志铭并序》"其文顷未及钞寄"②，后来抄寄，自是合情合理；二是此手札涂改甚多，非至为亲密之人，姚鼐断不会轻易流传，且可排除他人得之转赠陈用光之可能；三是陈用光与这两篇志主皆有交情，陈用光与袁枚的关系，笔者后面再论，德化陈公为陈奉兹，亦是江西陈氏，与陈用光一族亦颇有世谊，这也为姚鼐将此两篇墓志寄给陈用光提供了佐证。

如前所论，《惜抱轩手札》主要收录陈用光所藏姚鼐的手札，但在民国影印出版时，出版者不作区分，将两篇墓志亦收入其中③，虽显不类，却为我们提供了查看姚鼐《袁随园君墓志铭并序》手稿的机缘。今将上海古籍出版社《惜抱轩诗文集》④中所收《袁随园君墓志铭并序》与此文手稿原稿、手稿修改

---

① 陈用光《惜抱轩尺牍序》，《惜抱轩尺牍》，清道光三年(1823)刻本。
② 姚鼐《与陈硕士》，《惜抱轩尺牍》卷五，清道光三年(1823)刻本。
③ 或因为此皆为姚鼐手稿，故亦收录。从《惜抱轩手札》编排看，颇为杂乱无章，无内在的逻辑顺序，且两篇墓志铭亦非排在手札之后，而是杂于其间。
④ 刘季高先生整理此书时以同治五年(1866)丙寅省心阁本为底本，并参校了《四部丛刊》本、《四部备要》本、江宁刘氏家镌本残刻等。

稿对比,录其有异者如下:

表 2 《袁随园君墓志铭并序》手稿原稿、修改稿对比表

句序	上海古籍出版社《惜抱轩诗文集》	手稿原稿	手稿修改稿	修改稿与手稿原稿对比
3	其仕任官有名绩矣。	其仕有名绩矣。	其仕在官有名绩矣。	补"在官"。
6	祖讳锜。考讳滨,叔父鸿,皆以贫游幕四方。	祖讳□,考讳□,叔父□,皆以贫游幕四方。	祖讳□,考讳□,叔父□,皆以贫游幕四方。	修改稿与手稿原稿无不同,后世传刻稿补其祖、考、叔之名。
7	君之少也,为学自成。	君少为学自成。	君之少也,为学自成。	加"之""也"。
8	年二十一,自钱塘至广西,省叔父于巡抚幕中。	年二十一,自钱塘之广西,见叔父于巡抚幕中。	年二十一,自钱塘之广西,省叔父于巡抚幕中。	"见"改为"省"。
9	巡抚金公鉷一见异之,试以《铜鼓赋》立就,甚瑰丽。	巡公金公□一见异之,试以《铜鼓赋》立就,甚瑰丽。	巡抚金公□一见异之,试以《铜鼓赋》立就,甚瑰丽。	"巡公"改为"巡抚",后世传刻稿补金公名。
12	中乾隆戊午科顺天乡试,次年成进士,改庶吉士,散馆又改发江南为知县,最后调江宁知县。	中戊午科顺天乡试,次年成进士,改庶吉士,发江南为知县十余年,最后调江宁。	中乾隆戊午科顺天乡试,次年成进士,改庶吉士,散馆又改发江南为知县,最后调江宁知县。	补"乾隆","散馆"二句合为一句。
14	时尹文端公为总督,最知君才,君亦遇事尽其能,无所回避,事无不举矣。	君朝治事多召士饮酒赋诗,总督尹公继善最知君才,君亦遇事尽其能,无所回避,事无不举。	时尹文端公为总督,最知君才,君亦遇事尽其能,无所回避,事无不举矣。	删"君朝治事多召士饮酒赋诗"。
15	既而去职家居,再起发陕西,甫及陕,遭父丧归,终居江宁。	既而去职家居三年,再起发发陕西,甫及陕,又遭父丧。	既而去职家居,再起发陕西,甫及陕,遭父丧归,终居江宁。	"又遭父丧"改为"遭父丧归";删"三年",补"终居江宁"。
16	君本以文章入翰林有声,而忽摈外;及为知县著才矣,而仕卒不进。	君本以文章入翰林有声,而忽摈外;及为知县著才,而仕卒不进。	君本以文章入翰林有声,而忽摈外;及为知县著才矣,而仕卒不进。	加"矣"。

续表

句序	上海古籍出版社《惜抱轩诗文集》	手稿原稿	手稿修改稿	修改稿与手稿原稿对比
17	自陕归,年甫四十,遂绝意仕宦,尽其才以为文辞歌诗,足迹造东南山水佳处皆遍,其瑰奇幽邈,一发于文章,以自喜其意。	君归时,年甫四十,遂绝意仕宦,终居江宁,方尽其才以为文辞歌诗,足迹造东南山水佳处皆遍,尽发其瑰奇幽邈。	自陕归,年甫四十,遂绝意仕宦,尽其才以为文辞歌诗,足迹造东南山水佳处皆遍,其瑰奇幽邈,一发于文章,以自喜其意。	补归地"陕",删"方",删"尽发",补"一发于文章,以自喜其意"。
19	君园馆花竹水石,幽深静丽,至桯槛器具皆精好,所以待宾客者甚盛。	君园馆花竹水石幽胜,至桯槛器具皆精好,异俗凡,所以待宾客者甚盛。	君园馆花竹水石,幽深静丽,至桯槛器具皆精好,所以待宾客者甚盛。	改"幽胜"为"幽深静丽",删"异俗凡"。
20	与人留连不倦,见人善,称之不容口。	见人善,称之不容口。	与人留连不倦,见人善,称之不容口。	补"与人留连不倦"。
21	后进少年,诗文一言之美,君必能举其词,为人诵焉。	后进少年,诗文苟有所称,君必能举其词,为人诵。	后进少年,诗文一言之美,君必能举其词,为人诵焉。	改"诗文苟有所称"为"诗文一言之美",全句末加"焉"。
22	君古文、四六体,皆能自发其思,通乎古法。	君古文、四六体,皆能自发其古,通乎古法。	君古文、四六体,皆能自发其思,通乎古法。	改"自发其古"为"自发其思"。
23	于为诗尤纵才力所至,世人心所欲出不能达者,悉为达之。	其诗尤纵才力所至,世人心所欲出不能达者,悉为达之。	于为诗尤纵才力所至,世人心所欲出不能达者,悉为达之。	改"其"为"于为"。
24	士多效其体,故《随园诗文集》,上自朝廷公卿,下至市井负贩,皆知贵重之。	士皆效其体,故《随园诗文集》,上自朝廷公卿,下至市井负贩,皆贵重之。	士多效其体,故《随园诗文集》,上自朝廷公卿,下至市井负贩,皆知贵重之。	改"皆"为"多";改"皆贵重之"为"皆知贵重之"。
25	海外琉球,有来求其书者。	海外琉球,有来求其书者。其名动一世如此。故	海外琉球,有来求其书者。	删"其名动一世如此。故"。
26	君仕虽不显,而世谓百余年来,极山林之乐,获文章之名,盖未有及君也。	君仕虽不显,而世谓百余年来,极山林之乐,获文章之名,未有及君也。	君仕虽不显,而世谓百余年来,极山林之乐,获文章之名,盖未有及君也。	补"盖"。

续表

句序	上海古籍出版社《惜抱轩诗文集》	手稿原稿	手稿修改稿	修改稿与手稿原稿对比
27	君始出,试为溧水令。	君始试为溧水令。	君始出,试为溧水令。	补"出"。
31	江宁市中,以所判事作歌曲,刻行四方。	江宁市中,以所断事作歌曲,刻行四方。	江宁市中,以所判事作歌曲,刻行四方。	改"断"为"判"。
33	君卒于嘉庆二年十一月十七日,年八十二。	君卒于嘉庆二年□月□日,年八十二。	君卒于嘉庆二年□月□日,年八十二。	修改稿与手稿原稿无不同,后世传刻稿补袁氏之卒的具体年月日。
34	夫人王氏无子,抚从父弟树子通为子,既而侧室钟氏又生子迟。	夫人□氏无子,初抚从父弟树子通为子,继而侧室陆氏又生子迟。	夫人□氏无子,抚从父弟树子通为子,既而侧室陆氏又生子迟。	删"初",改"继而"为"既而"。
35	孙二:曰初,曰禧。	迟生子。	迟生子。	修改稿与手稿原稿无不同,后世传刻稿补其孙之名。
36	始君葬父母于所居小仓山北,遗命以己祔。	始君葬父母于小仓山北,遗命以己祔。	始君葬父母于所居小仓山北,遗命以己祔。	加"所居"。
37	嘉庆三年十二月乙卯。祔葬小仓山墓左。	嘉庆三年十二月己酉,祔葬小仓山墓左。	嘉庆三年十二月己酉,祔葬小仓山墓左。	修改稿与手稿原稿无不同,后世传刻稿改定了下葬时间。

《袁随园君墓志铭并序》全篇四十三句,从上表可见,手稿原稿中的绝大多数句子都被姚鼐做了修改,修改后的稿子则与后世传刻稿差异不大。可见,姚鼐是先作《袁随园君墓志铭并序》初稿,后又细细推敲,待改定后将修改稿寄给弟子陈用光。《惜抱轩手札》中尚有《江苏布政使德化陈公墓志铭并序》手稿一篇,此篇亦有少量修改,笔者专取《袁随园君墓志铭并序》加以研究,并不是要简单罗列其中的文字改动之处,而是要进一步探求其文字修改背后的深意。

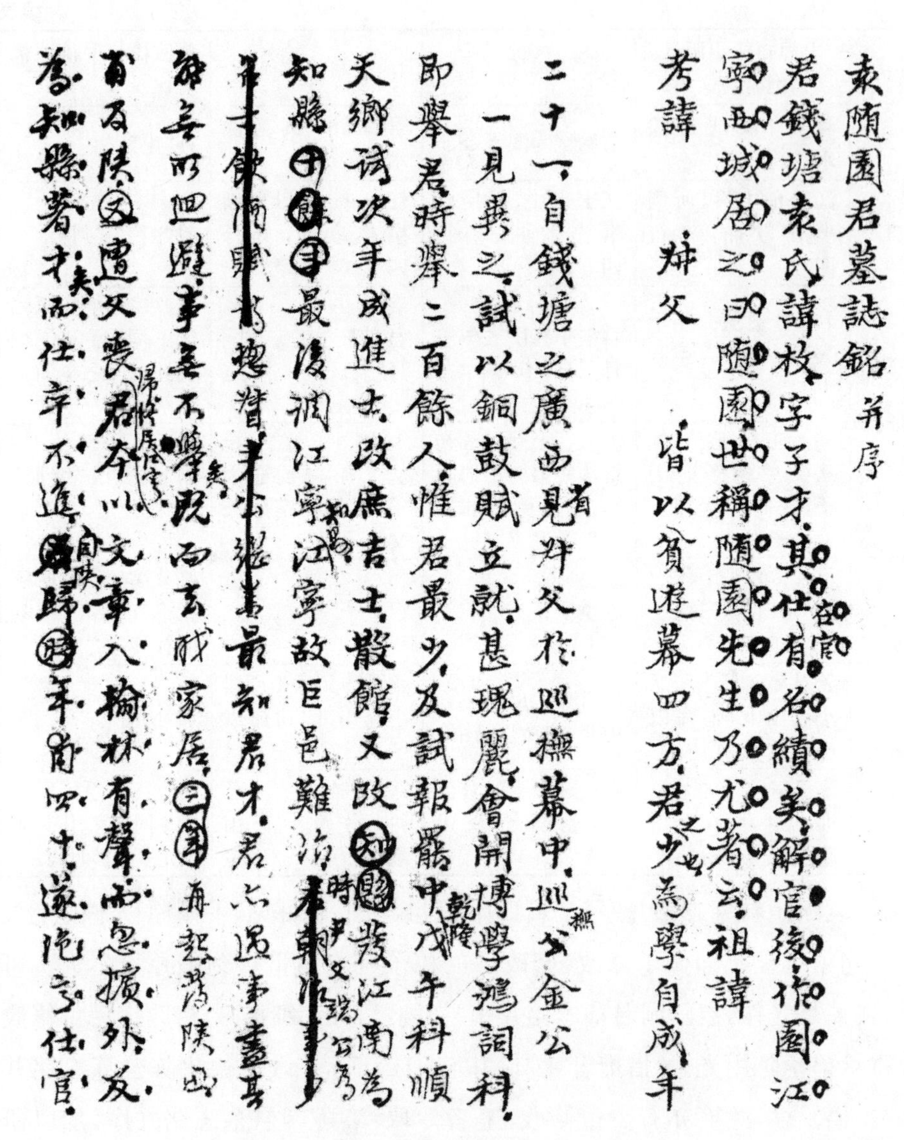

袁隨園君墓誌銘 并序

君錢塘袁氏諱枚字子才其仕有名績其解官後依園江
寧西城居之曰隨園世稱隨園先生乃尤著云祖諱
考諱   皆以貧遊幕四方君之世為學自成年

二十一自錢塘之廣西省其父於迎櫬幕中巡公金公
一見異之試以銅鼓賦立就甚瑰麗會開博學鴻詞科
即舉君時舉二百餘人惟君最少及試報罷中乾隆戊午科順
天鄉試次年成進士改庶吉士散館又改
知縣調江寧江寧故巨邑難治
君士飲酒賦為趣背其必繼其知君才君忘遠事其
喜必迎避事要不驟
葛石陝西遭又喪君夾以
卷知縣著才而仕宦不進

图1 《袁隨園君墓誌銘并序》手稿(局部一)

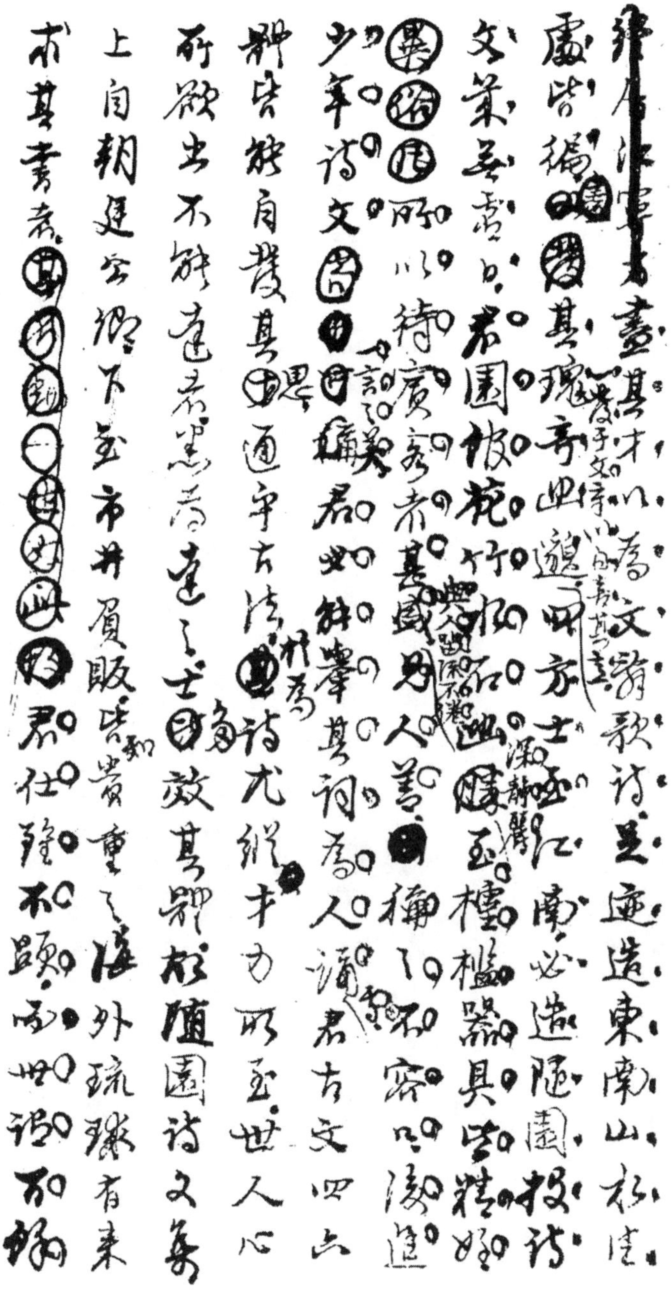

第六章 《袁随园君墓志铭并序》手稿考释

图 1 《袁随园君墓志铭并序》手稿（局部二）

年未極山林之樂獲文章之名盖未有及君也君始出試為溧
水令其考自遠來縣治疑其年少無吏能試匿名訪諸鄰
翁曰吾邑有少年袁知縣乃大好官也考乃喜入官舍在
江寧嘗朝治事夜召士飲酒賦詩而尤多名蹟江寧市中
以所判事作歌曲刻行四方君以為不足道後絕不欲人
述其吏治云君卒于嘉慶二年　月　日年八十二夫人
王氏無子撫從父弟樹子通為子既而側室陸氏又生
子遲遲之生子嬉君葬父母于小倉山北遺命以己祔嘉慶
三年十二月乙酉祔葬小倉山墓左桐城姚鼐以君与先
世有交而鼐居江寧從君遊最久君殁遂為之銘曰
粵有耆龐才博以豐出不可窮匪雕而工文士是宗名越海邦
譽如其沖其產越中載官倚江以老以終兩世所同銘是幽宮

图 1 《袁随园君墓志铭并序》手稿(局部三)

第二节　盖棺论定:"必不可没之名"与"必不可护之过"

嘉庆二年(1797)十一月十七日,诗坛领袖袁枚病逝于金陵小仓山。姚鼐亲赴随园,作《挽袁简斋四首》,以表哀思。嘉庆三年(1798)十二月乙卯,袁枚祔葬小仓山北先人墓左,姚鼐预作《袁随园君墓志铭并序》。为友人作墓志铭,本为习见之事,无需考证创作缘起,但姚鼐这篇墓志,备受关注,甚至以《姚姬传为袁简斋作墓志》为题载于《清朝野史大观·清朝艺苑》:"姚姬传先生主讲钟山时,袁简斋以诗号召后进,先生与异趋,而往来无间。简斋尝以门人某属先生,愿执贽居门下,先生坚辞之。及简斋死,人多劝先生勿为作墓志。其人率皆生则依托取名,殁而穷极诟厉。先生曰:设余康熙间为朱锡鬯、毛大可作志,君许之乎?曰:是固宜也。先生曰:随园正朱毛一例耳,其文采风流有可取,亦何害于作志?"①这则材料实际是对姚鼐与陈用光尺牍的转录,相关论述又见陈用光《与伯芝书》《姚先生行状》等文献。笔者摘录《与伯芝书》于下:

> 顷检取姬传先生手札,中有一书,论作《袁随园墓志》事,寻之不可得。书言作此文时,劝先生勿为者甚众,其人率皆生则依托取名,殁而穷极诟诋。先生以谓"如生毛西河、朱竹垞时,有为两君求志者安能不作?作而不著其过以存厚,不饰其辞以惑世,谊也;必并其能而没之,岂君子之谊乎?"先生此论用心最公。吾初装先生手札为一巨册,及汝以改为手卷而此书不见,意或汝去之,去之非也。人有必不可没之名,亦有必不可护之过,其诟诋者固非君子之道矣。或护其过而并去持论最平者之言,用心有所倚,而律己之闲或因之而亦驰。是故,君子慎其靡也。吾于人无所苛求,况随园先生向尝辱其称引而与以教诲者乎?徒以姬传先生之手札而不欲其终失,汝宜为

---

① 小横香室主人:《清朝野史大观·清朝艺苑》,北京:中华书局,1936年,第18〜19页。

寻得之。①

陈兰祥字伯芝,为陈用光之侄。从此札看,陈兰祥在代陈用光编辑姚鼐手卷时"丢失"书信一封,此信正是姚鼐谈论《袁随园君墓志铭并序》创作缘起的那篇。此封书信后被收录到《惜抱轩尺牍》中,可见并未丢失,当是陈兰祥有意去之。陈兰祥为何要去此书信,我们无法起而问之,但无论其左祖姚氏,还是左祖袁氏,都可见姚鼐为袁枚作墓志铭之事确实在当时引起争论。

《清代人物传记丛刊》中关于袁枚生平传记的文字有20余种,其中《儒林琐记》载:"(袁枚)身后声名颇减,学者以为诟病,然亦不能废也。有门生某,尝刻私印云:'随园门下士。'枚死后,毁者日起,因复刻印云:'悔作随园门下士。'张问陶初名其诗曰《推袁集》,后乃更今名。"②此则记载虽简短,但颇为生动地反映出袁枚殁后一段时间内其声名的减损,"青衿红粉并列门墙"不再是文人的风流韵事,而成为被批评和诋毁的祸根。

从《袁随园君墓志铭并序》的内容上看,姚鼐为袁枚作志实是交情使然,"以君与先世有交",是指袁枚与姚鼐伯父姚范曾同时供职翰林院;"从君游最久",则指姚鼐主讲钟山书院至袁枚去世的八年间,时常造访随园,与袁枚往来不断。然而,袁枚与姚鼐的交往并非相契无罅,如姚鼐曾断言袁枚为"诗家之恶派"③,在《再复简斋书》中对诋毁程、朱的毛奇龄、戴震等加以"身灭嗣绝"的恶言,也有影射不尊程、朱的袁枚之嫌疑④,甚至对袁枚的"诋人言佛事",也有所不满⑤。袁枚对姚鼐也是肯定与否定参半⑥。姚鼐与袁枚虽然"异趋",但可以"往来无间"。姚鼐与陈用光的尺牍可以为我们提供此方面的

---

① 严云绶、施立业、江小角主编:《桐城派名家文集③陈用光集》,合肥:安徽教育出版社,2014年,第67页。
② 朱克敬:《儒林琐记》,《清代传记丛刊》13册,台北:明文书局,1985年,第124页。
③ 姚鼐《与鲍双五》,《惜抱轩尺牍》卷四,清道光三年(1823)刻本。
④ 姚鼐著,刘季高标校:《惜抱轩诗文集》,上海:上海古籍出版社,1992年,第102页。
⑤ 姚鼐《与马雨耕》,《惜抱轩尺牍补编》卷二,光绪五年(1879)刻本。
⑥ 如袁枚喜赠人诗,诗集中却没有赠姚鼐者;袁枚热衷提携后进,《随园诗话》中竟未录姚鼐诗歌片言只句。相关论述可参见潘务正《姚鼐与袁枚诗学关系考论》。

证据,如"简斋岂世易得之才,来书所言是也"①,"简斋先生乃更健于去年,甚可喜"②,"简斋先生于十一月十六日捐馆,使人有风流顿尽之叹"③。陈用光出身于望族,好学多师,除师从鲁九皋、姚鼐外,尚就袁枚、翁方纲问学,如其在《王述庵与蓉裳尺牍书后》中所言,"余于东南诸耆宿皆尝接其言论丰采"④,"随园先生向尝辱其称引而与以教诲"⑤。正是因为陈用光与袁枚的这层关系,所以姚鼐才在与陈氏的信札中时时提及袁枚,如姚鼐对袁枚之才甚为赞赏,对袁枚的健康时时挂念,对袁枚的去世则充满感伤,这些都是姚、袁"往来无间"的铁证。加之袁枚曾邀姚鼐为之作挽诗,姚鼐与袁枚之弟袁树也颇有交情⑥,姚鼐力辟众议作《袁随园君墓志铭并序》,也在情理之中。

姚鼐除为袁枚作墓志铭并序外,尚有豫挽诗及挽诗之作,特别是《挽袁简斋》四首,缀连起来几乎就是一篇《袁枚传》。郭麐曾言:"先生为随园挽诗……皆适如随园之分,风流宏长亦可见矣。惟第二首稍露不满之意。"⑦郭麐与陈用光相似,亦从姚鼐、袁枚学⑧,对二人之间的交往颇为了解。郭麐认为姚鼐的挽诗是颇为公正的,即"皆适如随园之分",能够显示其"风流宏长"。郭麐同时也指出姚鼐于诗中"稍露不满之意",并坐实为第二首。其实第二首中的"灶下媪通情委曲,砚旁奴爱句编斑"等句远不及第四首"锦灯耽宴韩熙载,红粉惊狂杜牧之"句稍露批评之意。

具体到《袁随园君墓志铭并序》的写作,姚鼐重点围绕袁枚任官有名绩而

---

① 姚鼐《与陈硕士》,《惜抱轩尺牍》卷五,清道光三年(1823)刻本。
② 姚鼐《与陈硕士》,《惜抱轩尺牍》卷五,清道光三年(1823)刻本。
③ 姚鼐《与陈硕士》,《惜抱轩尺牍》卷五,清道光三年(1823)刻本。
④ 严云绶、施立业、江小角主编:《桐城派名家文集③陈用光集》,合肥:安徽教育出版社,2014年,第113页。
⑤ 严云绶、施立业、江小角主编:《桐城派名家文集③陈用光集》,合肥:安徽教育出版社,2014年,第67页。
⑥ 姚鼐《袁香亭画册记》言"自来金陵,与其兄弟交游往来累岁",并于袁树的画册上,"识名其末,以存其迹云"。
⑦ 郭麐:《爨余丛话》卷二,清道光九年(1829)刊本。
⑧ 鹿苗苗、谢德胜:《清代郭麐与姚鼐、袁枚交游及早期文学思想形成考论》,《福建师范大学学报》,2012年第6期。

仕卒不进及早退而能极山林之乐、获文章之名两方面展开。如写其少年家贫、自学成才、以文得名、早成进士等，可谓科考得意；而入翰林忽摈外、著才干而仕不进，则又写其仕途不得意。正是仕途的不得意，促使袁枚筑随园、游山水、写诗文，成为一代诗伯。姚鼐正是通过传主生平事迹的采择和评价①，达到陈用光所指出的"不著其过以存厚，不饰其辞以惑世"的目的。除了临近结尾补叙的"君始出，试为溧水令"一段，写出其"多召士饮酒赋诗"，显示袁枚不同一般循吏的作风外，姚鼐在这篇墓志中对袁枚的"负面"评价是较少的，甚至没有《挽袁简斋》四首表露得明显。如果说姚鼐在《答袁简斋书》（三首）中存有争论之气，在《与鲍双五》的尺牍中对袁枚颇露批评之意，但斯人已去，在盖棺论定之时，姚鼐在努力追求客观公正记述传主生平时总存有更多的厚意，这或许也是墓志这一文体对于写作者的潜在要求和规约的体现。

　　如前所论，袁枚殁后声名顿减，颇受诟病，甚至有劝姚鼐勿为其作志者。在这种情况下，如果姚鼐把《袁随园君墓志铭并序》写成一篇谀墓之作，那么必然会引起争论。姚鼐在与陈用光的尺牍中即表明《袁随园君墓志铭并序》之作持有"第不得述其恶转以为美耳"的态度，这种"用心最公"的"史笔"在文中实有体现，如"上自朝廷公卿，下至市井负贩，皆知贵重之"，在突出袁枚诗歌传播之广的同时，也言及其诗歌肆口而出缺少锻炼的缺点；又如"江宁市中，以所判事作歌曲，刻行四方"，也暗含着袁枚不守常规的行事特点，细心的读者并不难品出其中深味。

　　不仅如此，我们还能从《袁随园君墓志铭并序》原稿与修改稿的对比中窥探出姚鼐行文的谨慎和其中"稍露不满之意"。比如：在论述袁枚纵情山水时原稿为"足迹造东南山水佳处皆遍，尽发其瑰奇幽邈"，修改稿则为"足迹造东南山水佳处皆遍，其瑰奇幽邈，一发于文章，以自喜其意"，所言内容并无差别，但从"一发于文章，以自喜其意"的描述中可以看出一位放荡不羁和师心自用的诗人袁枚形象；在说到随园花竹水石、梲槛器具精美，手札原稿本有

---

① 如姚鼐并没有记载袁枚侍母极孝及照顾大姊之事，也没有择录袁枚招收女弟子及奢求美食等事。

"异俗凡"三字,修改稿则去之;在论及袁枚诗文影响时,原稿有"其名动一世如此",修改稿又去之。这些增删之处,不仅可以看出姚鼐的严谨,也能看出姚鼐对被"拔高"的袁枚又稍稍"拉低"了一些,甚至可以体会到姚鼐对袁枚"稍露不满之意"。手稿为我们提供的这些明显的直接证据,是我们仅凭阅读后世传刻稿难以推断出来的。

总之,《袁随园君墓志铭并序》以较大的篇幅记述了袁枚的"必不可没之名",亦隐约地表露出袁氏的"必不可护之过";从《袁随园君墓志铭并序》手稿更可以看出姚鼐对此文的重视和行文的严谨、表述分寸的把握。在众多有关袁枚生平传记的文字中,姚鼐《袁随园君墓志铭并序》创作时间较早,影响较大,虽并不全面,却从正、反两方面规范和引导后世对袁枚的接受和评价。

第三节 古文之法:"但加芟削,意足味长"

"大抵好文字,亦须待好题目然后发"①。姚鼐在与陈用光等人的书信中多次吐露类似的观点,即要成就一篇好文章,首先需要好的素材。袁枚生平经历极为丰富,其影响之大,招物议之多,超出时辈,自是好的传记素材。今检索姚鼐文集,与袁枚直接相关的文章有:《答袁简斋书》(3首)、《随园雅集图后记》《谢简斋惠天台僧所饷黄精》《简斋年七十五腹疾累月自忧不救邀作豫挽诗》(4首)、《祝袁简斋八十寿时方送小郎就婚湖州》《挽袁简斋》(4首)、《袁随园君墓志铭并序》。在这15首作品中,挽诗、墓志铭总计为9首,姚鼐似乎特别钟情于为袁枚撰的挽诗之作。就在言明正在为袁枚作墓志的那封信中,姚鼐与陈用光言:"顷为蒋心余之子作墓碣,颇以自喜。石士试览之,以为何如耶?"②以此推论,作为古文家的姚鼐或正是要借袁枚的生平经历成就一篇好文字。袁枚去世后,支持姚鼐作志的陈用光等人认为,袁枚有"必不可没之名",宜为之作志以传。从另一方面说,姚鼐此文亦何尝不是借袁枚生平

---

① 姚鼐《与陈硕士》,《惜抱轩尺牍》卷五,清道光三年(1823)刻本。
② 姚鼐《与陈硕士》,《惜抱轩尺牍》卷五,清道光三年(1823)刻本。

事迹而传？况且，此文之作又为姚鼐赢得"用心最公"的褒扬，姚氏自然乐意为之。

姚鼐为何不将誊写清洁的定稿寄给陈氏，反而将涂改未定之稿寄给弟子，其中恐有深意。姚鼐在与陈用光的尺牍中曾言："文二首已阅过，今寄。但加芟削尔，然似意足而味长矣。陈无己以曾子固删其文，得古文法。不知鼐差可以比子固乎？花木之英，杂于芜草秽叶中，则其光不耀，夫文亦犹是耳。"①很显然，姚鼐是有意通过删改文章以示作文之法，只不过以前是删改陈用光之文，此次则是删改自己的文章。

从这篇《袁随园君墓志铭并序》看，姚鼐"删改"古文之法约有以下数端：一曰章法更贯通。姚鼐本着不虚美不隐恶的传记态度，写出袁枚文采风流的一生，袁枚政务之余"召士饮酒赋诗"成为绝佳的材料。就原稿看，此部分内容最早出现在"总督尹公继善最知君才，君亦遇事尽其能"部分，而此部分重点描述的是袁枚的吏才，述其大略，不应转写生活琐事。故而姚鼐在修改稿中以补叙的方式先写"父访溧水县"，再写"夜召士饮酒赋诗"，既条理清晰，又主次分明，既完整真实，又摇曳生姿。古文章法，于此可见。二曰语句更谐畅。修改稿中关于语句的修改最多，这又可以三类归之，一是补内容求准确。如"中戊午科顺天乡试"，"戊午"前加"乾隆"，明确朝代；"君归时，年甫四十"改成"自陕归，年甫四十"，则补充了仕宦之地。二是去重复求简明。原稿"散馆又改知县，发江南为知县"，"知县"两次出现，修改稿径改为"散馆又改发江南为知县"；"君古文、四六体，皆能自发其古"，"古"字两见，则改为"君古文、四六体，皆能自发其思"，自然更加简明。三是凑音节求气畅。原稿"其仕有名绩矣"改为"其仕在官有名绩矣"；原稿"君少为学自成"，修改稿加"之""也"两字，变为"君之少也，为学自成"，促调不见，气畅始现。三曰字词更准确。修改稿中关于字词的修改亦多，如"见叔父于巡抚幕中"句，以"省"代"见"；"士皆效其体"句，以"多"代"皆"；"以所断事作歌曲"句，以"判"代"断"，

---

① 姚鼐《与陈硕士》，《惜抱轩尺牍》卷五，清道光三年（1823）刻本。

都可以看出姚鼐在遣词用字时反复推敲之功。

　　章学诚《文德》言："凡为古文辞者，必敬以恕。临文必敬，非修德之谓也。论古必恕，非宽容之谓也。敬非修德之谓者，气摄而不纵，纵必不能中节也。恕非宽容之谓者，能为古人设身而处地也。"①这里的文德主要包含两方面内容：一是创作态度要"敬"，二是批评态度要"恕"。"敬"包括"修德"和"养气"，"恕"则是要"能为古人设身而处地"。以此而言，姚鼐《袁随园君墓志铭并序》在坚持客观公正的基础上，加之"敬"与"恕"，可谓既有"史笔"又有"文德"。《清史稿》中袁枚的传记即以姚氏此文为蓝本结撰，甚至大段采纳，铺叙袁枚生平②。作为古文，《袁随园君墓志铭并序》被姚鼐收入《惜抱轩诗文集》，后被王先谦选入《续古文辞类纂》等。20 世纪 60 年代，此文被朱东润编入《中国历代文学作品选》，又被收录到多种《大学语文》及文选中，成为广为流传的古文名篇。陈用光所藏《袁随园君墓志铭并序》手稿的发现，为我们了解姚鼐与袁枚的微妙关系以及姚鼐古文"删改"之法提供了直接证据，也为这段文苑公案增添了趣谈。

---

① 章学诚撰，叶瑛校注：《文史通义校注》，北京：中华书局，2014 年，第 259 页。
② 如《清史稿》关于袁枚省叔父的一段文字："弱冠，省叔父广西抚幕，巡抚金𫓧见而异之，试以《铜鼓赋》，立就，甚瑰丽。会开博学鸿词科，遂疏荐之。时海内举者二百余人，枚年最少，试报罢。"几乎就是从《袁随园君墓志铭并序》中照搬而来。

第七章　姚鼐传状文探析

《皖志列传稿》载:"(姚鼐)其在京师也,嘉定王鸣盛昌言于众曰:'姬传精心果力,吾向欲退之三舍。今闻其博涉多通,事事欲造峰极,此梧鼠五技,终乃得穷,败之道也。其不足虑焉也。《诗》曰:"淑人君子,其仪一兮,心如结兮。"言结于一也。'戴震闻之以告鼐,鼐于是屏绘事,废长短句不为(此节系姚仲实先生告余)。"①此段记载应当可靠,除了有姚永朴的证言,姚鼐诗文集中仅收词七首,姚鼐与朱孝纯等画家颇有交往,却未有画作传世,这都是其"屏绘事,废长短句不为"的证据。显然,姚鼐"结于一"的即是诗文了。关于诗歌创作,姚鼐曾言"鼐故不善诗,尝漫咏之,以自娱而已"②,又言"鼐诚不工于诗"③,其中虽不无自谦之言,但亦可见姚鼐于诗歌创作并不十分自信,毕竟同时代尚有袁枚、翁方纲等大家。但说到文章,特别是古文创作,姚鼐以为"见闻亲切,师法差真"④,甚至在《刘海峰先生八十寿序》中借周永年之口喊出"天下文章,其出于桐城"⑤,这种对于古文的自信是其诗歌创作所难以比

---

① 金天翮:《皖志列传稿》卷三,民国二十五年(1936)刻本。
② 姚鼐《食旧堂集序》,见《惜抱轩诗文集》,上海:上海古籍出版社,1992年,第42页。
③ 姚鼐《答翁学士书》,见《惜抱轩诗文集》,上海:上海古籍出版社,1992年,第85页。
④ 姚鼐《与刘海峰先生》,见《惜抱轩尺牍》卷一,清道光三年(1823)刻本。
⑤ 姚鼐著,刘季高标校:《惜抱轩诗文集》,上海:上海古籍出版社,1992年,第114页。

肩的。姚鼐辞官执教，必然要对弟子的文章有所指教，却很少对自作之文发表评论，今梳理姚鼐与陈用光等尺牍，发现姚鼐对自己所作的几篇传状文较为满意。笔者先对传状这一文体稍作辨析，再来看看姚鼐传状文的成就和影响。

第一节 "私传安可废乎"

曾国藩在《经史百家杂钞序例》中道："传志类：所以记人者，经如《尧典》《舜典》，史则本纪、世家、列传，皆记载之公者也。后世记人之私者，曰墓表，曰墓志铭，曰行状，曰家传，曰神道碑，曰事略，曰年谱，皆是。"①曾国藩是把本纪、世家、列传以及墓表、墓志铭、行状、家传、神道碑、事略、年谱等统统归为"传志者"，其中前者为公，后者为私。姚鼐《古文辞类纂》将此记人之文又分为两类，一者为传状类，一者为碑志类。这就把"体本于《诗》，歌颂功德，其用施于金石"的碑志类者与源于史传的传状文相区别。吴曾祺《文体刍言》将传状类文分为传、家传、小传、别传、外传、补传、行状、合状、述、事略、世家、实录等十二类，基本与姚鼐的观点相同，与曾国藩"泛化"的传记文章有所不同。

有学者认为，"司马迁《史记》创立'列传'，标志着我国传记文学传统的正式形成"②。《史记》中的人物传记，在记载曲折复杂的历史事件，真实而生动地再现政治斗争、社会百态的同时，也刻画出许多性格鲜明的人物形象，从而使得这部历史著作具有很强的文学性。除史传外，中国历史上的传记文尚有杂传传统，那些"率尔而作，不在正史"的杂传，篇幅短小，叙事粗略，往往选取最能表现传主精神面貌的某些片段来展示人物特征，如刘向的《列女传》等。那些"藏之私家"的家传、"叙次甚略"的小传、"单述轶事"的别传和外传，则是杂传的变体。此外，尚有自传，"主于表身世，明著作，躬行记载"，又以司马迁

---

① 李瀚章编撰，李鸿章校刊：《曾文正公全集》第十册《经史百家杂钞》，北京：中国书店，2011年，第3页。
② 吴承学、刘湘兰：《传状类文体》，《古典文学知识》，2009年第2期。

《太史公自序》为代表,传主的个性、才情、意趣表现得较为充分。

刘勰《文心雕龙·书记》道:"状者,貌也。体貌本原,取其事实,先贤表谥,并有行状,状之大者也。"①行状是记述传主籍贯、世系、生平概略的一类文体。行状与传记有相同之处,即皆是对传主生平经历的记述;两者又有不同之处,即行状多为死者立传、议谥、撰写碑志提供材料。正是这种用途的差异,导致行状多只褒不贬,这与传记可褒可贬的写法,有鲜明的差异。除常见的行状外,又有逸事状,此类行状专取传主最有代表性的逸闻轶事加以描写,因有所剪裁,更显作者匠心,文章也不同于平平叙述的行状,而显得错落有致,别具美感。这类文章的代表有柳宗元的《段太尉逸事传》、方苞《左忠毅公逸事》等。

姚鼐在《古文辞类纂序目》对"传状类"概括道:"传状类者,虽原于史氏,而义不同。刘先生云:'古之为达官名人传者,史官职之。文士作传,凡为圬者、种树之流而已。其人既稍显,即不当为之传,为之行状,上史氏而已。'余谓先生之言是也。虽然,古之国史立传,不甚拘品位,所纪事犹详。又实录书人臣卒,必撮序其平生贤否。今实录不纪臣下之事,史馆凡仕非赐谥及死事者,不得为传。乾隆四十年定一品官乃赐谥,然则史之传者,亦无几矣。余录古传状之文,并纪兹义,使后之文士得择之。昌黎《毛颖传》,嬉戏之文,其体传也,故亦附焉。"②在姚鼐看来,传状类文体,虽然从史传而来,但因文学与史学的分化,其义已有所不同。刘大櫆曾言,在古代为达官名人立传,那是史官的职责;至于文士作传,只是韩愈《圬者王承福传》、柳宗元《种树郭橐驼传》这样的文章。如果此人地位稍显尊贵,文士即不当为其作传,而是为其作行状,上备史官采择而已。刘大櫆所言,大体是符合传状文发展历史的,姚鼐也是认同刘大櫆观点的,但又看到了其中的发展变化,故而又有补充。姚鼐以为,古代事简,国史立传,并不拘于品位,而其所记之事较为详备。实录这种

---

① 刘勰著,范文澜注:《文心雕龙注》,北京:人民文学出版社,1958年版,第459页。
② 姚鼐纂集,胡士明、李祚唐标校:《古文辞类纂》,上海:上海古籍出版社,1998年,第10~11页。

文体,早期兼记人臣之事,且对其生平贤否加以序论。今天的实录,"所书皆天子之事",已经成为专记帝王起居行事的文类。只有那些获得国家赐予谥号及为国事而亡的人,史馆才会为其立传,而其他人则无此殊荣。乾隆四十年(1775),朝廷规定,官至一品,才可赐谥号,但即使是这样,一品大员之中能够由史馆为其修传的亦不多见。姚鼐纂辑《古文辞类纂》时,选择了一些"古传状之文",并将其一些基本法则记录下来,让后来的文士加以择取。至于所录的《毛颖传》,姚鼐以为这是韩愈的嬉戏之文,这种文章代传不绝,故亦附录传状文之下。

从上文可知,姚鼐关于传状文的理解是充满矛盾的,一方面是文士"不为国史人物立传",另一方面则是史馆立传的种种限制。虽然随着史学与文学观念的日益清晰,史学家与文学家的分工越加明确,但对于传状这一文体,史官明显占据正统和主动地位,文士则束手束脚退居其次。这表面上看是史、文相争,实质上是官、私之争,代表官方的史馆,以其绝对的优势长期压制着文士传状文的书写行为。既然能够入史传的只是极少数的高官名人,那么中上层人物传能否留给文士作呢?答案亦是否定的。如上所引,刘大櫆即指出"其人既稍显,即不当为之传,为之行状,上史氏而已"。正是因为稍显者,尚有进入史馆列传的可能,文士亦不得作传,这充分显示出文士对史官的退让。文士可为者,仅为那些稍显者作行状。行状原来是由官方组织编写的,后来演变为由亡者的后辈、门生、友人来编写。行状是死者生平经历的概述,主要是为死者立传、写志提供材料,所以可剪裁、发挥的空间不大。这种平平记述,又无多少空间可供发挥的行状,文士又不乐意为之。如翻检《惜抱轩诗文集》,其中竟无一篇行状文章,有的则是"其子以公行状求桐城姚鼐为公墓铭"[①]。既然"达官名人""其人既稍显"皆不可为传,那就只剩下为"厄穷隐约"者作传了,这也就是刘大櫆所谓"文士作传,凡为圬者、种树之流而已"。查看《古文辞类纂》,其中"传状类"所录文甚少,仅两卷十八篇。为免去读者

---

① 姚鼐《中议大夫太仆寺卿戴公墓志铭并序》,见《惜抱轩诗文集》,上海:上海古籍出版社,1992年,第353页。

翻检之劳,笔者将其录于下:韩愈《赠太傅董公行状》《圬者王承福传》,附录《毛颖传》,柳宗元《种树郭橐驼传》,苏轼《方山子传》,王安石《兵部知制诰谢公行状》,归有光《通议大夫都察院左副都御使李公行状》《归氏二孝子传》《筠溪翁传》《陶节妇传》《王烈妇传》《韦节妇传》《先妣事略》,方苞《白云先生传》《二贞妇传》,刘大櫆《樵髯传》《胡孝子传》《章大家行略》。这十八篇传状文,其中行状三篇,即《赠太傅董公行状》《兵部知制诰谢公行状》《通议大夫都察院左副都御使李公行状》,正对应"其人既稍显"类,其余皆可归为传记,其传主则多是陶节妇、王烈妇、韦节妇、胡孝子等类。尤可注意的是,《圬者王承福传》《种树郭橐驼传》这样并非纪实而明显带有寓意的传记文章,其传主的身份亦是圬者、种树者流,可见韩愈、柳宗元这样的文章大家亦未能突破"不为国史人物立传"的规矩。

关于"私人作传"的问题,顾炎武《日知录》"古人不为人立传"条道:"列传之名,始于太史公,盖史体也。不当作史之职,无为人立传者,故有碑、有志、有状而无传。梁任昉《文章缘起》言,传始于东方朔作《非有先生传》。是以寓言而谓之传。《韩文公集》中传三篇:《太学生何蕃》《圬者王承福》《毛颖》。《柳子厚集》中传六篇:《宋清》《郭橐驼》《童区寄》《梓人》《李赤》《蝜蝂》。《何蕃》仅采其一事,而谓之传。王承福之辈皆微者,而谓之传。《毛颖》《李赤》《蝜蝂》,则戏耳,而谓之传,盖比于稗官之属耳。若段太尉则不曰传,曰逸事状。子厚之不敢传段太尉,以不当史任也。自宋以后,乃有为人立传者,侵史官之职矣。"①有研究者指出,"作为第一份详细讨论'私人作传'的文献","既经顾炎武这样的大学者提出,就难免对之后的私传作者造成压力,而成为清代'私人作传'问题的讨论基础","顾氏的倡议乃是对中晚明文人集中传志猥滥现象的一种反驳"②。按照顾炎武的说法,"古人不为人立传"实际上是对私传的一种绝对打压,有为人立传者,即是侵史官之职。方苞则认为:"家传

---

① 顾炎武著,陈垣校注:《日知录校注》,合肥:安徽大学出版社,2007年,第1071页。
② 林锋:《明清时期的"私人作传"之争》,《文学遗产》,2018年第5期。

非古也,必厄穷隐约,国史所不列,文章之士乃私录而传之。"①在方苞看来,为"厄穷隐约"者立传乃是文章之士所可为者,这实际上对顾炎武"古人不为人立传"的突破,与姚鼐在《古文辞类纂序目》中的言论已较为接近。姚鼐关于古今史官立传对比的潜台词是,既然史传传主的范围已经缩小,私传的范围理应有所扩大。姚鼐在《方恪敏公家传》中甚至认为:"唐时凡入史馆者,必令作名臣传一,所以觇史才。今史馆大臣传,率抄录上谕吏牍,谓以避党仇誉毁之嫌,而名臣行迹,遂于传中不可得见。然则私传安可废乎?"②这实际上是对史馆大臣的不满,对史官作传专业性和权威性的怀疑,为文士创作私传争取合法地位。众所周知,《古文辞类纂》编成于乾隆四十四年(1779)秋七月,而据郑福照《姚惜抱先生年谱》,《方恪敏公家传》当作于"年七十一至八十五",这正反映出姚鼐关于传状文认识的变化过程,即从"不为国史人物立传"到"私传安可废"。

第二节　姚鼐颇为得意的一组传状文

姚鼐关于私传的认识与其创作实践密不可分,可以说正是在创作中,姚鼐加深了对于传状文的理解,也积累了传状文写作的经验,更是创作出不少优秀的传状文。

一、尤有史笔的《朱竹君先生传》

姚鼐《与陈硕士》尺牍言:"顷见吴中王铁夫集中有《跋惜抱集》一篇,此君乃未识面之人,而承其推许,使人有知己之感。其论鄙作所最许者序事之文,甚爱《朱竹君传》,而不甚喜考证之作。愚意谓以考证累其文,则是弊耳;以考证助文之境,正有佳处,夫何病哉?铁夫必欲去之,亦偏见耳。"③此札作于嘉

---

① 方苞《答乔介夫书》,见《方苞集》,上海:上海古籍出版社,2009 年,第 138 页。
② 姚鼐著,刘季高标校:《惜抱轩诗文集》,上海:上海古籍出版社,1992 年,第 312 页。
③ 姚鼐:《惜抱轩尺牍》卷六,清道光三年(1823)刻本。

庆十一年(1806),姚鼐因王芑孙推许其文,故有知己之感,遂与王氏订交。今从王氏《渊雅堂全集》中寻得《书惜抱轩文集》一篇,转录如下:"予间从他处见桐城姚郎中姬传所为志铭杂文,虽不多,苟一见,必把读五六遍不能去手。因思睹其全集,访之士大夫间不获也。久之,始传得所刻《惜抱轩集》者,观之其文,简澹而清深,翛然有得于性情之际。其于古人若明清盏酒之涗而成味焉,不独能载其乡先生之流风馀绪也。暇日,偶以其集持示友人玉君筠圃,筠圃遂别自精钞一部弆藏之,以原刻未有序,虚其前属予题识。予于并世诸公独爱姬传及建昌鲁君絜非之作,絜非与予相厚善,姬传至今未识也。然予之好其文又过于絜非,此事之不可解者,而筠圃亦然,何为者耶?世人亲见扬子云禄位容貌,鲜不忽焉,而顾有如予与筠圃两人者?!虽予与筠圃禄位容貌又不逮姬传,其传钞爱诵无足为姬传轻重,要可以见文字有概乎人心之所同,然者则不必待其人而后行。凡大贤君子或不时出,而如予与筠圃其人者,世宜不乏,然则欧公所谓勤一世以尽心文字间者,盖可无悲。而如予与筠圃之孤而无与于世者,皆不宜中道而遽以自止。凡学焉而急世之知,世不知则沮且隳焉,彼固无所自得者存焉。尔所谓《惜抱轩集》十卷,前三卷亦多考订家言,自记序以后文始惊绝。《朱竹君》一传,尤有史笔。乾隆甲寅九月书于京师。"① 王芑孙在此札中首言喜读姚鼐之文,又以"简澹而清深,翛然有得于性情之际"概括姚鼐文章的特色和成就。后面言其不喜考订之作,又特别挑出《朱竹君先生传》一篇,认为此篇"尤有史笔"。正是姚鼐看到王芑孙《书惜抱轩文集》这篇文章,才写信与陈用光谈论其对于王氏此文的看法。虽然姚鼐并不认同王氏否定考订之文的"偏见",甚至认为"以考证助文之境,正有佳处",但关于《朱竹君先生传》为佳作的观点,姚鼐是颇有知己之叹的。

《朱竹君先生传》确实为姚鼐的代表作品之一。此文被置于《惜抱轩文集》卷十人物传记首篇,曾国藩《复吴南屏》以为此篇"义精而词俊,复绝尘表",王先谦《续古文辞类纂》收录此篇。王云五等《涵芬楼古今文钞简编》"传

---

① 王芑孙:《渊雅堂全集·惕甫未定稿》卷二三,清嘉庆刻本。

状类"亦收录此篇,今人陈振鹏、章培恒主编《古文鉴赏辞典》对此篇亦有赏析①。笔者结合姚氏此文,稍作分析。

文章第一段行文简洁,概论朱筠的名字、籍贯及仕途履历,此为传记文应有之项。第二段写朱筠奏请开四库馆之事,此为朱氏生平大事,应当浓墨重彩。此部分,姚鼐围绕朱筠与刘文正公(统勋)、于文襄公(敏中)的交往,写出朱氏的性格特点。朱筠先是为刘文正公所知,但在开四库馆修书一事上,两人有不同看法,朱筠并不因为刘文正的知遇之恩而言听计从,反而在于文襄公的支持下据理力争;四库馆开,朱筠不仅不拜谒于文襄公,"又时以持馆中事与意迕",以致于文襄公"大憾"。"一日见上,语及先生。上遽称许'朱筠学问文章殊过人',文襄默不得发,先生以是获安",由此可见,朱筠与于敏中的矛盾之深,冲突之激烈。通过这一段描写,一位不阿私情的耿介之士的形象呼之欲出。接下来一段,姚鼐重点写朱筠与亲朋生徒的交往,"称述人善,惟恐不至,即有过,辄覆掩之,后进之士,多因以得名","为学政时,遇诸生贤者,与言论若同辈,劝人为学先识字,语意谆勤,去而人爱思之",都可以看出朱筠诚恳待友、提携后进的品格。这与前一段正形成鲜明对比,朱筠的不媚于上、爱护于下的品格得到充分展现。姚鼐传记文继承了方苞所谓"常事不书"②的风格,写人物时常择取其生平大节,最能表现人物性格特点,此或即王芑孙所激赏的"尤有史笔"之所在。至于王氏所概括的"简澹而清深,翛然有得于性情之际"的文风,在《朱竹君先生传》中亦有表现。如通过日常琐事的描写,"室中自晨至夕,未尝无客。与客饮酒谈笑穷日夜,而博学强识不衰,时于其间属文"等,增添了文章的情趣韵味。至于最后一句"余间至山中崖谷,辄遇先生题名,为想见之焉",尤显文风纡徐深婉,一唱三叹,耐人寻味,从中正可以领略姚鼐文章"神韵"之所在。

---

① 《古文鉴赏辞典》收录姚鼐文六篇,为清人第一,除《朱竹君先生传》外,尚有《〈古文辞类纂〉序》《左仲郛浮渡诗序》《登泰山记》《游媚笔泉记》《袁随园君墓志铭》。
② 方苞《书汉书霍光传后》,见《方苞集》,上海:上海古籍出版社,2009 年,第 62 页。

二、期以流传的《吴殿麟传》

姚鼐《与鲍双五》尺牍言:"又近作《殿麟先生传》,写一本寄阅之。若为镌撰述,亦可便附入矣。"①由此可见,姚鼐对此传亦颇满意。其文不长,兹录之于下:

> 吴殿麟,歙人也,其名定,字殿麟。少时事亲谨,三年之丧如礼。自期功及师友丧,饮食起居,必变于常,非如世人之苟且也。家本贫,至老贫甚,然廉正有守,屡乡试不售。嘉庆初,有司以孝廉方正举之,赐六品服。时谓是科举者,惟殿麟差不愧其名云。
>
> 刘海峰先生之官于徽州也,殿麟从学为诗文;海峰归枞阳,又从之枞阳。两淮运使朱孝纯,亦海峰弟子也,请姚鼐主扬州书院,会殿麟亦有事扬州,附鼐舟,于是相从最久。其为人忠信质直,论诗文最严于法。鼐或为文辞示殿麟,殿麟所不可,必尽言之。鼐辄窜易或数四,犹以为不,必得当乃止。
>
> 殿麟暮年归歙不复出,专力经学,希为诗文也。歙中学者言经,自江慎修、戴东原辈,大抵所论主考证事物训诂而已,而殿麟乃锐意深求义理,注《易》《中庸》各一编。盖殿麟于文及学,其立志皆甚高,远出今世。虽其才或未必尽副其志,然可谓异士矣。卒年六十六,有子四人。②

吴定为鲍桂星师,为姚鼐友,为刘大櫆弟子,因着这些渊源,姚鼐作《吴殿麟传》,且示之鲍桂星。《惜抱轩尺牍补遗》一卷,收录姚鼐与吴定的尺牍九封③,这为理解姚鼐与吴定的生平交往提供了一手资料。

---

① 姚鼐:《惜抱轩尺牍》卷四,清道光三年(1823)刻本。
② 姚鼐著,刘季高标校:《惜抱轩诗文集》,上海古籍出版社,1992年,第309~310页。
③ 易向军主编《安徽省图书馆馆藏桐城派书目解题》称《惜抱轩尺牍补遗》"收《与吴殿麟》书信八篇",实则漏数一篇。此为姚鼐与吴定的书信,确信无疑。这批信札后为张镜菡收藏,张玮校刊。《惜抱轩尺牍补遗》为手抄本,楷书,页七行,行十九字,安徽省图书馆有藏本。

吴定显然不是英雄人物,更没有什么丰功伟绩,甚至"屡乡试不售",连举人功名亦未得,是众多读书人中较为平凡的一员。这样的人,是否可以立传,又该怎么立传?方苞《与孙以宁书》曾言:"古之晰于文律者,所载之事,必与其人之规模相称。"①其意为人物传记中所记载的事迹,一定要与所记之人的行为规范、事业格局相对称。就吴定而言,姚鼐首记其廉正有守,有司以孝廉方正举之;次记其与刘大櫆、朱孝纯、姚鼐等交往,特表其"为人忠信质直,论诗文最严于法";最后盖棺论定,认为其于文及学,"其立志皆甚高,远出今世",又言"虽其才或未必尽副其志,然可谓异士矣"。这篇不长却有层次的传文,应该是和吴定其人的规模是相称的。桐城派文人,特别是方苞、姚鼐等,为人作传坚持写实,尤其在涉及传主评价时,力争客观,如姚鼐对于好友吴定的评价"其才或未必尽副其志",即志大才小。关于这一点,姚鼐在与吴定的尺牍中表露得更明确:"鼐恃相知之深,于大作遂妄加涂抹。窃谓兄学识有余,而才不足,故为文思甚深而失之滞,辞甚洁而失之枯。更用力去此二病,则全善矣。"②

在方苞看来,除了"所载之事,必与其人之规模相称",还要"所载之事不杂"③,"千百世后,其事之表里可按,而如见其人"④。要做到这些,作者还需要择取最能体现传主精神的事例,如姚鼐为了突出吴定"为人忠信质直,论诗文最严于法"的特点,举例说"鼐或为文辞示殿麟,殿麟所不可,必尽言之。鼐辄窜易或数四,犹以为不,必得当乃止"。我们从姚鼐与吴定往来的尺牍中即可知道,姚鼐为鲍桂星之父作《鲍君墓志铭并序》即听从吴定的意见做了些修改⑤。吴定亦对姚鼐的择善而从心存感激,陈用光《姚先生行状》载:"居扬州时,与歙吴殿麟定同居梅花书院,尝以所作视殿麟,殿麟以为不可,即窜易至

---

① 方苞著,刘季高校点:《方苞集》,上海古籍出版社,2009 年,第 136 页。
② 文见《姚鼐尺牍辑补》,《古籍整理研究学刊》,2019 年第 2 期。
③ 方苞《书萧相国世家后》,见《方苞集》,上海:上海古籍出版社,2009 年,第 56 页。
④ 方苞《书汉书霍光传后》,见《方苞集》,上海:上海古籍出版社,2009 年,第 62 页。
⑤ 姚鼐《与吴殿麟》道"鲍君志文当遵教增数字",见《姚鼐尺牍辑补》,《古籍整理研究学刊》,2019 年第 2 期。

数四,必得当乃止。殿麟,海峰弟子也。殿麟尝语用光曰:'先生虚怀取善,虽才不己若者,苟其言当,必从之。'"①可以说,姚鼐在凸出好友"忠信质直"个性的同时,也被后人视为虚怀善取,如蔡冠洛《清七百名人传》:"(姚鼐)平生虚怀善取,在扬州与吴定居最久,有所作以示定,定所不可,辄窜易至数四,必得当乃已。"②这恐怕又是姚鼐未意料到的事了。

三、尽心结撰的《礼恭亲王家传》

刘大櫆游京师时曾为礼亲王府座上客,或许因着这层关系,姚鼐得交礼亲王。礼亲王永恩卒后,昭梿曾请姚鼐为其作家传。姚鼐在与陈用光的尺牍中言:"鼐近作《礼亲王传》,录一本与石士阅之,似尚可。"③由此可见,姚鼐对《礼恭亲王家传》是较为满意的。

《惜抱轩尺牍》收《上礼亲王》一书,《惜抱轩尺牍补编》收录《上礼亲王书》一封,第一封信是家传写成后所作之信,第二封是收到礼亲王府赏赐袍、褂等物时所作的回信。从第一封信即可知,姚鼐对撰写先恭王家传极其重视,先是"闻命震赧,不知所对",后面则是"勉自濡翰,经阅旬时,再三窜定,粗成一篇"。这篇用时约一年的家传④,写来颇费周折。姚鼐尺牍中有《与吴敦如》七封,其中有三封谈到了家传的写作问题,摘录如下:

> 得礼邸书,即为恭王拟作一文字,然其间有数条,须更审问者,今寄来,奉恳为细细问清,更将元稿寄鼐改定后,乃复缮清以寄礼邸。再藩邸之传,本应史臣裁著,非职元不当为。若云家传,亦觉不妥。意欲改为神道碑文,但加一铭词耳。望见礼邸更一商之。至所

---

① 严云绶、施立业、江小角主编:《桐城派名家文集③陈用光集》,合肥:安徽教育出版社,2014年,第23页。
② 蔡冠洛编纂:《清代七百名人传》,《清代传记丛刊》本,台北:明文书局,1985年,第196册第368页。
③ 姚鼐:《惜抱轩尺牍》卷六,清道光三年(1823)刻本。
④ 礼恭王永恩卒于嘉庆十年二月十九日,根据郑福照《姚惜抱先生年谱》载,《礼恭亲王家传》作于嘉庆十一年。

载详略之宜如何,抑更须增减耶?①

鼐四月底作一书,并礼藩传稿,奉寄商订,付陈既亭。乃伊行至扬州,以水大,畏而返,又留吾书于扬城,故今另钞寄。鼐见虞道园为当时宗室撰碑志,皆略述其前世功德。盖遐远之人,生未见国史者多矣。而宗室先世之事,必于国家关系,岂可草略?今故先拟一稿,所未明之事,祈为查清。若吾兄于此亦未明晓,便希见礼邸询问,问得后,批于元稿,却转寄鼐窜改,定本缮清,鼐乃敢为启以寄复礼邸也。②

礼邸家传至,据以窜定恭王之传,观之庶为明晰矣。今并一启,即恳持入邸内,以呈今王,想便可刻入旧函后也。③

从上面三封尺牍看,姚鼐不止一次向在京城礼部为官的吴赓枚寻求帮助,请其向礼亲王府询问恭王生平事迹,又询以文体、问以详略等,足见一篇传记作来甚为不易。需要注意的是,姚鼐认为藩邸之传本应为史臣裁著,显示出对官修史传的退让,或又因"为异姓作家传,非礼也",姚鼐认为冠以"家传"亦为不妥。姚鼐提出改为神道碑文,亦未被王府采纳,这或许还是因为亲王的身份,最终以"家传"冠名。昭梿《啸亭续录》关于《姚姬传文集》评价道:"姬传先生古文,简洁秀玮,一出方、刘正轨,实为近代所罕见有。其平生以考据自命,然记近事,反有差讹。如《许祖京神道碑》误福康安封号为诚嘉毅勇公,《赵文哲墓志铭》误书大学士温福为温敏,若此者指不胜屈。当时虽无所伤,传之日久,反有根据碑版以证史误者,故表出之。"④可见,谨慎如姚鼐者,亦有记载不确之处,特别是为并不熟悉之人作志。姚鼐不惮京城之远,以怕周折之烦,必待传主生平周知,详略得宜,数易其稿而成,足见《礼恭亲王家传》为其尽心结撰之作。

---

① 姚鼐:《惜抱轩尺牍》卷三,清道光三年(1823)刻本。
② 姚鼐:《惜抱轩尺牍》卷三,清道光三年(1823)刻本。
③ 姚鼐:《惜抱轩尺牍》卷三,清道光三年(1823)刻本。
④ 昭梿撰,何英芳点校:《啸亭杂录》,北京:中华书局,1980年,第505页。

此文除了详细考订、精于剪裁外,亦颇得姚鼐文章神韵之笔法。如第二段主要叙述永恩读书骑射日益精厉,文武兼备,引其自言"上马挟箭,下马持笔,吾分内事也"以为证;第三段写永恩与皇帝"时相与忤",虽被疏远,但迎送唯谨,引其自言"此亦臣子所以效靖共也"为证;第四段写永恩以笔墨为娱,虽常不济,却遇人甚厚,又引其自言"吾虽贫而忝居王位,忍言利乎"为证。上述三段又以这三句自言之语作结,尤有神韵。无怪乎昭梿评姚鼐之文"其纪事体多模仿庐陵,殊多神逸"①,"古文遒劲简炼,类归震川,而雅淡过之"②。

吴德旋以为姚鼐"于学无所遗而尤工为文,其文高洁深古出自司马子长、韩退之,而才敛于法,气蕴于味,断然自成一家之文也"③。《清史稿》则以为"所为文高简深古,尤近欧阳修、曾巩"④。姚莹则以为:"文品峻洁似柳子厚,笔势奇纵似太史公。若其神骨幽秀、气韵高绝处,如入千岩万壑中,泉石松风,令人泠然忘返,则又先生所自得也。或谓文学六一,余意不尔。集中文以记、序、墓志为最,铭辞不作险奥语,而苍古奇肆,音节神妙,殆无一字凑泊。昔范蔚宗自称其《后汉书》论赞,以为奇作,吾于先生碑铭亦云。文章最忌好发议论,亦自宋人为甚,汉、唐人不然,平平说来,断制处只一笔两笔,是非得失之理自了,而感慨咏叹,旨味无穷。此盖文章深老之境,非精于议论者不能,东坡所谓绚烂至极也。先生文不轻发议论,意思自然深远,实有此意,读者言外求之。"⑤以上各家说法虽有抵牾之处,但又各有道理,如吴德旋以"才敛于法,气蕴于味"概括姚鼐文章之特色,《清史稿》以"高简深古"形容姚鼐为文特点,两者之间自有相通之处。姚莹论姚鼐之文最详,其中"旨味无穷""深老之境""言外求之"大抵又与"气蕴于味""高简深古"相通相似。可见,姚鼐之文在某一方面或似司马迁,或似韩愈,或似柳宗元,或似欧阳修,或似曾巩,

---

① 昭梿撰,何英芳点校:《啸亭杂录》,北京:中华书局,1980年,第298页。
② 昭梿撰,何英芳点校:《啸亭杂录》,北京:中华书局,1980年,第447页。
③ 严云绶、施立业、江小角主编:《桐城派名家文集①姚范集、方东树集、吴德旋集》,合肥:安徽教育出版社,2014年,第877页。
④ 赵尔巽等:《清史稿》,北京:中华书局,1977年,第13396页。
⑤ 姚莹撰,黄季耕点校:《识小录 寸阴丛录》,合肥:黄山书社,1991年,第132~133页。

但"绵邈有神""殊多神逸"却是姚鼐古文的独特之外。上列姚鼐颇为得意的诸篇传记,多能体现姚氏文章这方面的特点,这又是分析姚鼐其他文章所不能替代的,故而应当给予特别关注。

第三节 姚鼐传状文的影响

曾国藩《经史百家杂钞序例》开篇即道:"姚姬传氏之纂古文辞,分为十三类。余稍更易为十一类:曰论著,曰词赋,曰序跋,曰诏令,曰奏议,曰书牍,曰哀祭,曰传志,曰杂记,九者,余与姚氏同焉者也。曰赠序,姚氏所有而余无焉者也。曰叙记,曰典志,余所有而姚氏无焉者也。曰颂赞,曰箴铭,姚氏所有,余以附入词赋之下编。曰碑志,姚氏所有,余以附入传志之下编。论次微有异同,大体不甚相远,后之君子,以参观焉。"①曾国藩开篇即提到姚鼐《古文辞类纂》对其编纂《经史百家杂钞》的影响,但对姚鼐关于文体的分类又有所更易。其中重要的一点即把姚鼐的传状类改为传志类,被曾国藩改造过的传志类又把《古文辞类纂》的碑志类包含了进去,也就是说曾国藩眼中的传志类实际上包含了姚鼐纂录的传状和碑志两类。曾国藩合并的理由是两者皆"所以记人者"。实际上,刘勰《文心雕龙》就将"诔碑""史传"分列,虽然两者有相同的成分,但自古以来碑志与史传的文体功能、文章体制都相差甚大,实为两种不同的"记人"文体。从《经史百家杂钞》传志类选目看,其上编一、二、三皆来自《史记》《汉书》《后汉书》《三国志》的本纪、世家、列传,其下编主要是蔡邕、韩愈、欧阳修、王安石的墓志及归有光的几篇传记。姚鼐曾言"余撰次古文辞,不载史传,以不可胜录也"。曾国藩将经、史、百家钞录,自然显示"杂"的一面。细看《经史百家杂钞》传志类下编,其选录文章,与《古文辞类纂》中传状、碑志类文章大体相似,即以韩愈、欧阳修、王安石等墓志为主,曾国藩选录的几篇传记即是归有光的几篇代表作,这与姚鼐的承接之迹甚明。此后,

---

① 李瀚章编撰,李鸿章校刊:《曾文正公全集》第十册《经史百家杂钞》,北京:中国书店,2011年,第2页。

黎庶昌《续古文辞类纂》虽取"传状类"之名,但实际选录的则为史书中的列传,显然是明承姚鼐"传状"之名,暗继曾国藩"传志"之实。王先谦《续古文辞类纂》取"传状类"之名,与姚鼐关于"传状文"的认识亦较为一致,姚鼐本人《朱竹君先生家传》《张逸园家传》《张贞女传》亦被收录其中。除姚鼐外,吴定、张惠言、姚莹、管同、梅曾亮以及曾国藩的传记文亦被选录其中。蒋瑞藻《新古文辞类纂》亦取"传状类"之名,选录薛福成、黎庶昌、张裕钊、吴汝纶、贺涛等人传记作品。可以说,姚鼐《古文辞类纂》对于后世古文选本的影响较大,其关于"传状类"文体的认识,也为此后大多数选家所认同。

姚鼐并非仅有批评家、选家的头衔,其创作出大量优秀的古文作品,为后世古文作者,特别是桐城后学提供了借鉴和参考。具体到传状类文体,《惜抱轩文集》卷十存传记十二篇,《惜抱轩文集后集》卷五存传记十篇,数量可观。桐城后学中有马其昶、姚永朴等热衷传记创作。据《桐城耆旧传序目》载,马其昶广征载籍,荟萃旧闻,记述乡里先正的遗事,撰成《桐城耆旧传》一书。该书收录人物九百多人,收录的时限则为明至清末。关于此书创作的缘起,马其昶称"因念姚先生所称,黄、舒之间,山川奇杰之气蕴蓄且千年,宜其遏极而大昌。又窃怪今者风流歇绝,何前后旷不承邪?"①马其昶等人希望通过纂录先正遗事,使得师友渊源得以承继,以感发兴起后世之人。关于此书的作法,马其昶又言,"余维传记之作,必归诸驯雅,窃取迁、固之遗法,始足赓扬盛美,诱迪方来"②。马其昶是以司马迁及班固史笔之法来撰写先贤遗事。《桐城耆旧传》成书有个过程,其草创于光绪十二年(1886)春,成书于光绪三十三年(1907)秋八月乙丑,即所谓"草创至今逾岁廿"。正是因为"馆中多暇",正在修《清史稿》的马其昶才能取《桐城耆旧传》的前稿重新修撰。可见,自草创至成书,《桐城耆旧传》始终以"迁、固之遗法"为编创指南。但是我们今天看到的《桐城耆旧传》并非光绪三十三年撰成的书稿,后来又做了修改,马其昶在光绪三十四年(1908)三月的"又记"中对此有详细说明:"曩吾为此传,用阮文

---

① 马其昶《桐城耆旧传序目》,见《桐城耆旧传》,合肥:黄山书社,2013年,第1页。
② 马其昶《桐城耆旧传序目》,见《桐城耆旧传》,合肥:黄山书社,2013年,第2页。

达公拟国史《儒林传》例,采掇旧文,悉注所出。尝侍吴先生,语及之,先生曰:'此百衲衣也,宁复有佳文乎?且所贵立言君子者,为其有鉴裁孤识,安见出于人者之必可征?今方欲传信后世,奈何先不自信也?夫著述者之行远与否,亦视其文好丑耳。徇俗以败吾意,无为也。'自是,遂翻然改图,事皆有征,词必己出,犹以成书期迫刊落未尽为憾。逾年,重编目次,追忆前语,书此以谂同志。"①正是接受了吴汝纶的建议,马其昶对《桐城耆旧传》又做了修改。吴汝纶这段话着重强调"佳文""立言""文好丑"等方面,是从文的角度立论,这是对马其昶拟《儒林传》做法的一种反驳和补充。接受吴汝纶的建议后,马其昶在"馆中多暇"之际,从史法、文笔两端入手,修改《桐城耆旧传》,以期做到"事皆有征,词必己出"。如《桐城耆旧传》中的《左忠毅公传》,马其昶历叙左光斗生平大节,以"先是"交代左光斗与傅櫆交恶,为后面左光斗入狱埋下伏笔,以"初"字引起左光斗对史可法青眼有加和托付大事,在文章的最后,"马其昶曰"一段则说明此文取自戴名世《左忠毅公传》而有所删改,并借机对戴名世的遭遇有所感慨。又如《张逸园传》,在分条叙述张若瀛生平经历后,"马其昶曰":"《惜抱轩集》有《逸园家传》。余观其名园之意,知其老不忘世用也。尝怪:张氏家风皆内自守,外不陵物取胜,而公独著强毅之节;张氏仕宦多至大官,而公独屈于县令:贤者固未易测邪!乃颇采姚先生文著于篇。"②这段评论,除了交代文献的出处,还通过"尝怪"引发感慨,指出张若瀛有强毅之节,仅屈居县令,此与张氏宽柔取大官,殊不相类。这就把张若瀛的性格特点写出了。

姚永朴著有《旧闻随笔》,如其自序所云,"永朴少侍先大夫宦辙于江右、于湖北,过洞庭之际,必语以先正遗归。其后游吴、粤、燕、齐间,所至辄交贤豪长者,客窗剪烛,采获尤多,岁月侵寻,倏焉老大"③,这也就是"旧闻"的由来。全书主要记载明清两代名人的嘉言懿行,目的是为了在这"邦基之杌陧"

---

① 马其昶《桐城耆旧传序目》,见《桐城耆旧传》,合肥:黄山书社,2013年,第10页。
② 马其昶撰,彭君华校点:《桐城耆旧传》,合肥:黄山书社,2013年,第287页。
③ 姚永朴《旧闻随笔序目》,见《旧闻随笔》,合肥:黄山书社,2011年,第1页。

时,"诏我后生",以有裨世教。因此,虽曰"随笔",实有"用心"①。《旧闻随笔》为文颇注意材料的拣选、结构的安排,以及语言的推敲,使得难言之情、难状之态,都在常见的话语中得到展现。张仁寿以为,《旧闻随笔》"较之同邑马其昶的纪传体《桐城耆旧传》,浙人吴振棫的笔记《养吉斋丛录》,虽详慎不如,而生动远远过之,不愧桐城派散文中的佳作"②。笔者亦择录两篇,稍作分析。其《翁覃溪学士》载:"大兴翁覃溪学士(方纲)长于书法,而小字尤工。明万历中龙溪李羲民(宓)尝缩临褚本《兰亭序》,细若蝇头,勒石万松山房。公取定武落水本审定四十余处,更书之,风神不失毫厘。世传公于每岁元旦,必用西瓜子仁书四楷字,五十后曰'万寿无疆',六十后曰'天子万年',七十后曰'天下太平'。或曰公每于一粒胡麻子上作'一片冰心在玉壶'七字,可谓神技矣。曹文正尝以诗就正于公,公因其但馆阁体,未为佳,涂改不稍恕。俟别录出,始加墨焉。时文正已大贵矣,人谓公与人之忠,文正虚心服善,皆不可及。"③上述文字并非《翁覃溪学士》的节选而是全部,翁方纲生平可写之事甚多,这篇文字主要就是突出翁方纲的书法成就,后面的例证也基本都是围绕"长于书法,而小字尤工"展开。需要注意的是,这篇文章有很多细节,比如"四十余处"、用西瓜子仁书楷字及楷字的内容、在胡麻子上作字及作字的内容等,仿佛亲见,给读者可信之感。笔者再节选《左文襄公》一段:"一日,剑华辞归,公留之畅饮,因言:'儒生眼界不可不宽,勿谓今人不如古人,如我经营陕西、甘肃、新疆数省,始固不敢必功之成,乃数年间竟酬所志。'言及此,忽掀髯笑曰:'卫、霍不足侔也。'因又言:'从古筹边者,皆以屯田为至计,我何独不然?第我未尝以此见于奏疏文告者,盖一明言,则自部臣以下,必以其事为重大而难之,故吾但尽吾心力所得为者而已,不必张皇也。'"④如果说,描写翁方纲长于书法时,仿佛作者亲见,那么这一段描写则仿佛作者亲闻,好像姚永朴亦是

---

① 姚永朴《旧闻随笔序目》落款的时间为"己未春三月",也就是1919年五四运动爆发的前夕。
② 张仁寿《初版校注前记》,见《旧闻随笔》,合肥:黄山书社,2011年,第2页。
③ 姚永朴著,张仁寿点校:《旧闻随笔》,合肥:黄山书社,2011年,第73页。
④ 姚永朴著,张仁寿点校:《旧闻随笔》,合肥:黄山书社,2011年,第133页。

当时与宴会者。姚永朴高明的地方在于,通过左宗棠自己的言论,把其自负、务实的特点表现出来了。

姚永朴关于史体与传记的区别曾有一段概括:"昔范蔚宗谓司马氏文直而事核,班氏文赡而事详。夫曰'直'与'核',词固无取于繁,即所谓'赡'与'详'者,亦必略于细故,乃能著其大端,盖史体然也。若夫传记之所记载,多得之放矢之余,事不必宏,人无求备,苟可资乎观感,夫何惜于网罗?"[①]在姚永朴看来,无论是司马迁的直而核,还是班固的赡而详,都要求行文时略于细故,著其大端,这是史体的要求。对于传记而言,其所追求的是展现传主生平的某一方面,某一特点,不必面面俱到,故而可有细笔呈现。实际上,马其昶虽用纪传体作《桐城耆旧传》,但在修改时,加以自己的"鉴裁孤识",讲求"佳文",这就向姚鼐的传记文靠近了一步。姚永朴的《旧闻随笔》在取材、结构、用语上更接近姚鼐的传记,只是更短小、更灵活些。需要说明的是,马其昶、姚永朴生活的时代已与姚鼐不同,姚鼐在"私人作传"的问题上,认为私传不可废,积极为私传的合法性辩护,而马其昶、姚永朴基本上还是沿袭姚鼐等人开拓的道路前行。在马其昶、姚永朴完成他们的传记前,梁启超在《李鸿章传·序列》中说"此书全仿西人传记之体",而这被视为"中国具有现代意义的传记文的诞生"[②]。

[①] 姚永朴《旧闻随笔序目》,见《旧闻随笔》,合肥:黄山书社,2011年,第1页。
[②] 夏晓虹:《觉世与传世——梁启超的文学道路》,北京:中华书局,2006年,第130页。

第八章 姚鼐"以诗为文"述论

在桐城派的研究中,研究者对于桐城派作家"以文为诗"有较多的关注,而对"以诗为文"论述较少①。无论"以文为诗",还是"以诗为文",都需要建立在诗文创作实绩的基础上,显然并不是对每一位桐城派作家都可以用这两句概括作指导,分析其诗文。姚鼐诗文兼擅,被视为桐城派集大成者,笔者此前已论述其"以古文之法,通之于诗",本章则重点讨论姚鼐如何"以诗为文"。

第一节 "以文为诗"与"以诗为文"

与好友王文治分别后,姚鼐作《别梦楼后次前韵却寄》道:"送子拏舟趁晚晴,沙边瞑立听桡声。百年身世同云散,一夜江山共月明。宝筏先登开觉路,锦笺余习且多情。馒头半个容吾与,莫道空林此会轻。"②此诗的前两句已写尽题意,即朋友分别后的思念之情。插入"百年身世同云散",接以"一夜江山共月明",既何等突兀,又何等灵活,大有黄庭坚"落木千山天远大,澄江一道月分明"诗句风味。吴孟复先生对此诗稍作分析后指出:"方姚所讲'古文义

---

① 吴孟复先生《桐城文派述论》在论"桐城文派"与"桐城诗派"时论及此问题,周中明先生《姚鼐研究》亦论及姚鼐的"以诗为文"。
② 姚鼐著,刘季高标校:《惜抱轩诗文集》,上海:上海古籍出版社,1992年,第604页。

法',实即篇章语言规律,所谓以文为诗,亦在选材与结构上,因而层次繁富,内涵充实。"①随后,吴先生又借此对"以文为诗"有所发挥:"必如此,乃能拓大诗境,以适应新变的时世。清末黄公度、梁启超、沈曾植、陈三立、范当世,皆承用其法。故钱基博谓'惜抱之诗,方兴未艾'。"②按照吴孟复先生的理解,可以把"以文为诗"的"为"字改为"济"字,即"以文济诗",把文章层次繁富、内含充实的优点接济于诗,如此方能拓展诗境,以应世变。

如果把"以文为诗"的这套理论加以改造,便可得到"以诗为文"或"以诗济文"的一些解释,即以诗的灵动和神韵救济文章的板滞和缺乏气韵的弊端。吴孟复先生对此亦有简单概括:"'桐城诗派'之特点之一是以古文之法为诗,而其影响于文者,则是以诗的神韵特别是以'不说出'写'说不出'之妙,用于文中,使散文诗化。"③何谓"以'不说出'写'说不出'之妙"?吴先生没有做进一步阐释,要想把这些问题说清楚,非结合具体例子不可。

姚鼐在《赠钱献之序》的结尾言:"嘉定钱君献之,强识而精思,为今士之魁杰,余尝以余意告之而不吾斥也。虽然,是犹居京师庞淆之间也。钱君将归江南而适岭表,行数千里,旁无朋友,独见高山大川乔木,闻鸟兽之异鸣,四顾天地之内,寥乎芒乎,于以俯思古圣人垂训教世、先其大者之意。其于余论,将有益合也哉?"④钱献之为姚鼐所取之士,但久处京师,转而投靠汉学阵营,姚鼐自然有所不满,并希望钱献之能回到宋学阵营。如何将此意传达出来,需要一个契机,钱君南下,姚鼐即作此序以赠之。姚鼐在此序的前部分以时代为序,历数汉、魏、晋、唐、宋、元、明、清诸儒得失,以为宋儒得圣人之真旨,群经略有定说,而清代学者欲舍程、朱而宗汉儒,此为"枝之猎而去其根,细之搜而遗其巨",褒贬之意甚明。按照这样的文章思路写下去,此篇赠序将是一篇论学之文,但是在结尾处,姚鼐一转笔锋,以诗一般的语言写出钱君南

---

① 吴孟复:《桐城文派述论》,合肥:安徽教育出版社,2001年第2版,第37页。
② 吴孟复:《桐城文派述论》,合肥:安徽教育出版社,2001年第2版,第37页。
③ 吴孟复:《桐城文派述论》,合肥:安徽教育出版社,2001年第2版,第39页。
④ 姚鼐著,刘季高标校:《惜抱轩诗文集》,上海:上海古籍出版社,1992年,第111页。

下所见之景。姚鼐的本意为,京城多争名夺利之徒,不免有门户之见,离开京城是非之地,目见高山大川,耳闻鸟兽之音,感受大自然的辽阔,其心胸自然开阔,就不会为汉学考据之功所蛊惑,也就能理解他的论说。显然,姚鼐的这种表达是具体的、形象的、委婉的,又是动人的,把难以直说的题旨吐露出来。姚鼐之所以能传难言之意,又含不尽之意于言外,是因为其避实就虚,以景语接情语,这显然是借鉴了诗歌创作之法。

姚鼐又曾为歙县金榜的《礼笺》作序,其《礼笺序》开篇道:"有入江海之深广,欲穷探其藏,使后之人将无所复得者,非至愚之人,不为是心也。《六经》之书,其深广犹江海也。自汉以来,经贤士巨儒论其义者,为年千余,为人数十百。其卓然独著、为百世所宗仰者,则有之矣。然而后之人犹有能补其阙而纠其失焉,非其好与前贤异,经之说有不得悉穷,古人不能无待于今,今人亦不能无待于后世,此万世之公理也。吾何私于一人哉?大丈夫宁犯天下之所不韪,而不为吾心之所不安。其治经也,亦若是而已矣。"①这篇序文开篇即用了一个比喻,即把《六经》比作大海,把研治《六经》者比作入海探求宝藏之人。大海之宝藏难以尽得,《六经》之深意自然亦难以尽掘。古往今来,不少仁人志士在探求《六经》旨意的道路上前仆后继,乐此不疲。因此之故,就学术研究而言,"古人不能无待于今,今人亦不能无待于后世",正可谓是万世之公理。有了这样的逻辑基础和理论总结,再来评价金榜及所作的《礼笺》,金榜自然也就只是众多入海探宝者之一,《礼笺》也只是众多探得《礼经》大义的作品之一。很显然,这是一种先将结论告知的表达策略,实际情况则是姚鼐读《礼笺》后形成了一些基本的判断,即后文所言:"鼐取其书读之,有窃幸于愚陋夙所持论差相合者,有生平所未闻得此而俯首悦怿,以为不可易者,亦有尚不敢附者。"②《礼笺》所载有与姚鼐所论暗合的,也有令姚鼐"俯首悦怿"的。当然,也有令姚鼐不敢苟同的。正是这样的阅读体验,决定了姚鼐序言中要表达的内容(部分肯定)。但如何表达,高明者与一般作者又有不同。在

---

① 姚鼐著,刘季高标校:《惜抱轩诗文集》,上海:上海古籍出版社,1992年,第60页。
② 姚鼐著,刘季高标校:《惜抱轩诗文集》,上海:上海古籍出版社,1992年,第61页。

一个形象的比喻后,姚鼐终于喊出"吾何私于一人哉",这不仅让求序者金榜容易接受,更让读者心悦诚服。本来牵扯门户之见的论学之文,就这样被姚鼐写得形象生动,气韵俱佳。另外,论者以为,方苞学胜,刘大櫆才胜,姚鼐识胜。此类文章最能体现出姚鼐个性鲜明、议论通达、见识高明。

　　姚鼐曾为左世经(仲郛)《浮渡诗》作序,结尾道:"昔余尝与仲郛以事同舟,中夜乘流出濡须,下北江,过鸠兹,积虚浮素,云水郁蔼,中流有微风击于波上,其声浪浪,矶碛薄涌,大鱼皆耷然而跃。诸客皆歌呼,举酒更醉。余乃慨然曰:'他日从容无事,当裹粮出游,北渡河;东上太山,观乎沧海之外;循塞上而西,历恒山、太行、大岳、嵩、华,而临终南,以吊汉、唐之故墟;然后登岷、峨,揽西极,浮江而下,出三峡,济乎洞庭,窥乎庐、霍,循东海而归,吾志毕矣。'客有戏于余者曰:'君居里中,一出户辄有难色,尚安尽天下之奇乎?'余笑而不应。今浮渡距余家不百里,而余未尝一往,诚有如客所讥者。嗟乎!设余一旦而获揽宇宙之大,快平生之志,以闲执言者之口,舍仲郛吾谁共此哉!"①此《左仲郛浮渡诗序》亦是一篇较为特别的文字,文中仅有"凡山之奇势异态,水石摩荡,烟云林谷之相变灭,悉见于其诗,使余恍惚若有遇也"数句稍稍言及左氏之诗。虽然《左众郛权厝铭并序》称左氏"勤学喜为诗",但从"诗成视余,(姚鼐)辄以意指其瑕类"看②,左氏诗歌成就并不高。如何为"少而志相善"的友人诗集作序?又如何为此序作结?姚鼐回忆起昔日与左氏同舟的经历,是夜月明,云水郁蔼,微风击波,鱼跃水面,受此景感召,姚鼐发愿游历天下的奇观,以尽其志。而获揽宇宙之大,畅快平生之志,结伴而行的人,则又非左世经莫属。姚鼐虽不特论左氏之诗,但从"舍仲郛吾谁共此哉"一句看,左氏其人之心胸、气概,自是一流。至此,前面的诗一般语言的铺陈,都有了归结。这大概就是吴孟复先生所言的"以'不说出'写'说不出'之妙"。

　　通过以上三篇序文的解读,我们对姚鼐"以诗为文"的情形稍作总结:与

---

① 姚鼐著,刘季高标校:《惜抱轩诗文集》,上海:上海古籍出版社,1992年,第44～45页。
② 姚鼐《左众郛权厝铭并序》,见《惜抱轩诗文集》,上海:上海古籍出版社,1992年,第183页。

"以文为诗"相似,"以诗为文"是应对古文写作困境的创新之举,是在坚守文体规范和要求的前提下,尝试不同文体的相互救济。后人以"神韵为宗"概括姚鼐文章的特色,而为姚文增神添韵的恰恰是诗歌的灵动和韵致之美。

第二节 姚鼐同题诗文相较对读

姚鼐留有大量的诗文作品,其中一些为同题之作,考察这样一些同题诗文,无疑有助于增强我们对于"以文为诗"和"以诗为文"这两个话题的理解。如,姚鼐辞官后应朱孝纯之请,赴泰安游赏,创作出《登泰山记》等游记散文。几乎同时,姚鼐还写下了《岁除日与子颖登日观观日出作歌》,全诗抄录见下:

> 泰山到海五百里,日观东看直一指。万峰海上碧沉沉,象伏龙蹲呼不起。夜半云海浮岩空,雪山灭没空云中。参旗正拂天门西,云汉却跨沧海东。海隅云光一线动,山如舞袖招长风。使君长髯真虬龙,我亦鹤骨撑青穹。天风飘飘拂东向,拄杖探出扶桑红。地底金轮几及丈,海右天鸡才一唱。不知万顷冯夷官,并作红光上天上。使君昔者大峨眉,坚冰蹬滑乘如脂。攀空极险才到顶,夜看日出尝如斯。其下濛濛万青岭,中道江水而东之。孤臣羁迹自叹息,中原有路归无时。此生忽忽俄在此,故人偕君良共喜。天以昌君画与诗,又使分符泰山址。男儿自负乔岳身,胸有大海光明暾。即今同立岱宗顶,岂复犹如世上人。大地川原纷四下,中天日月环双循。山海微茫一卷石,云烟变灭千朝昏。驭气终超万物表,东岱西峨何复论?①

很显然,这首诗与《登泰山记》为同题之作。此诗"泰山到海五百里"至"并作红光上天上"九句,所描写的正是日出前至日出后的景象,即《登泰山记》中"戊申晦,五鼓,与子颖坐日观亭待日出"至"绛皜驳色,而皆若偻"所描

---

① 姚鼐著,刘季高标校:《惜抱轩诗文集》,上海:上海古籍出版社,1992年,第464页。

写之景。但和《登泰山记》比起来，这首诗仅为一首普通的诗作。《岁除日与子颖登日观观日出作歌》所写之事、所描之景、所抒之情，并不复杂，这样的诗用长篇，并不特别适合。比如写景，"海隅云光一线动，山如舞袖招长风"，颇为生动形象，但随即接以"使君长髯真虬龙，我亦鹤骨撑青穹"，虽显得有层次感，但切断了对观日之景的描述，而这正是容易出彩的地方。反观《登泰山记》，其关于日出一段描写："极天云一线异色，须臾成五采。日上，正赤如丹，下有红光动摇承之。或曰：'此东海也。'回视日观以西峰，或得日，或否，绛皜驳色，而皆若偻。"①其中正面描写日出即"极天云一线异色，须臾成五采。日上，正赤如丹，下有红光动摇承之"数句，抓住了太阳涌出地表的瞬间之景。此段描写之后，亦加了一句"或曰：'此东海也'"，暂时中止了观日之景的描写。如何评价这插入之句？在姚鼐那个时代的人看来，太阳是从远方的东海升起的，之所以"下有红光动摇承之"，是因为水汽熏蒸之故。如此，这插入的一句算是对以上描写的补充说明，且有了前面完足的观日描写，插入"或曰"，亦于文气无伤。此文的神来之笔还在于"回视日观以西峰，或得日，或否，绛皜驳色，而皆若偻"数句，此已不是观日出，而是观日出之后的山景，这摇曳之景，正出自姚鼐摇曳之笔，含有不尽韵味。这种神来之笔正是"以诗为文"结出的良果。

姚鼐集中除了同题的写景之作，尚有不少同题吊唁之作，如有《哭陈东浦方伯三十二韵》，又有《江苏布政使德化陈公墓志铭并序》；有《哭孔信夫次去岁观伎韵君自遗书乞余铭墓》，又有《孔信夫墓志铭并序》；有《挽袁简斋四首》，又有《袁随园君墓志铭并序》等。此外，姚鼐与友人的一些酬唱赠答诗，也可以和墓铭、碑传对读，如《别梦楼后次前韵》可与《中宪大夫云南临安府知府丹徒王君墓志铭并序》对读，《朱白泉观察以其先都统公指画登山虎见示因题长句》可与《副都统朱公墓志铭并序》对读，《奉答朱竹君筠用前韵见赠》可与《朱竹君先生传》对读，《怀刘海峰先生》可与《刘海峰先生八十寿序》对

---

① 姚鼐著，刘季高标校：《惜抱轩诗文集》，上海：上海古籍出版社，1992年，第220页。

读等。

我们来看姚鼐吊唁袁枚的同题诗文,《挽袁简斋四首》其一道:"早应词科称玉堂,出临大邑见文章。流传政牍吴歈里,得助诗才蒋阜旁。官罢买田如好畤,身亡起冢在桐乡。只怜行乐平生地,门掩西洲澹夕阳。"①其中"早应词科称玉堂"指袁枚为广西巡抚金鉷推荐参加博学鸿词科事,《袁随园君墓志铭并序》载:"君之少也,为学自成。年二十一,自钱塘至广西,省叔父于巡抚幕中。巡抚金公鉷一见异之,试以《铜鼓赋》立就,甚瑰丽。会开博学鸿词科,即举君。时举二百余人中,惟君最少,及试报罢。"②此是突出袁枚少年即有文才。"出临大邑见文章"指袁枚为官有政绩,此亦为《袁随园君墓志铭并序》所载:"君始出,试为溧水令。其考自远来县治,疑子年少无吏能,试匿名访诸野,皆曰:'吾邑有少年袁知县,乃大好官也。'考乃喜,入官舍。在江宁,尝朝治事,夜召士饮酒赋诗,而尤多名迹。江宁市中,以所判事作歌曲,刻行四方。君以为不足道,后绝不欲人述其吏治云。"③这一段叙事又把挽诗中"流传政牍吴歈里"包含进来。诗中所写辞官买田等事,在墓志铭中亦有交代。从上面的对比中可以看出,诗与文为两种不同的文体,一尚虚,一务实;一重抒情,一偏叙事;一是一句一意,一为一段一意;一为意接,一为语接。更有甚者,诗句之间有意不相接者,诗思跳跃,需读者补充而后完成对诗歌的阅读体验。与此相反,作文者颇忌一事未明又起一事,讲求的正是密针线的功夫。钱澄之曾著文以论述诗文之不同:"诗也者,文事中之最精者也。凡文字中数百十言所不能尽者,诗以一句尽之,一句中常有数转;凡文字须数百十言转者,诗惟以一字转:故其事至难,而其法甚巧。"④有与钱氏论调相似者,以诗为酒,文则为米;以诗为精钢,文则为白铁,等等。以上论述都是看到了诗文体裁的不同,体量和篇幅的差异。设若,七言八句 56 字的篇幅,仍似文章般平平道

---

① 姚鼐著,刘季高标校:《惜抱轩诗文集》,上海:上海古籍出版社,1992 年,第 607 页。
② 姚鼐著,刘季高标校:《惜抱轩诗文集》,上海:上海古籍出版社,1992 年,第 202 页。
③ 姚鼐著,刘季高标校:《惜抱轩诗文集》,上海:上海古籍出版社,1992 年,第 203 页。
④ 钱澄之《诗说赠魏丹石》,见《田间文集》,合肥:黄山书社,1998 年,第 147 页。

来,诗歌这种文体就没有存在的必要,这是理解钱澄之"诗也者,文事中之最精者"的逻辑起点。但很显然,不能以"文事中之最精者"的诗歌来代替甚或取代古文的存在。以姚鼐吊唁袁枚的同题诗文看,如《挽袁简斋四首》其一,因为篇幅所限,传主的很多事迹被剪裁掉了,在一句一事的提炼中,很多史实和细节被排斥在外。就同时代的人而言,诗歌的这种精炼尚可领会,后世的读者则定要借助于其他资料方能完成某种程度的复原。钱澄之所言"诗以一句尽之","诗惟以一字转",于上诗皆未见,可知需得一流诗作方能达此境地,殊不易得。与挽诗相比,《袁随园君墓志铭并序》则做到了尽之、转之。所谓"尽之"即叙述详赡,比如说及袁枚的文才,"早应词科称玉堂"一句是无论如何都不能尽之的,而《袁随园君墓志铭并序》则以袁枚作《铜鼓赋》立就、应博学鸿词时年最少为例,则尽之也。所谓"转之"即翻转腾折,"只怜行乐平生地,门掩西洲澹夕阳",此句于全诗为转折之句,但亦非"一字转之"。《袁随园君墓志铭并序》在述袁枚文才后,特别是在"时举二百余人中,惟君最少"这样的赞美后,接以"及试报罢",此真是四字转之。给读者的感受是,袁枚只是青年才俊,并不能与鸿儒硕学相比肩。在说及袁枚吏治之才时,挽诗有"出临大邑见文章"表之,而下一联的"流传政牍吴歙里"则让我们隐约觉得亦和政事有关。但此已是另一联,即使有转,也非"一字转之"。我们再看《袁随园君墓志铭并序》所叙,先是父疑子少无吏能,接以百姓称道"乃大好官",此是一转;在江宁令任上,朝治事,夜则召士饮酒赋诗,有名迹,但又不同寻常,故而市井以歌曲传四方,袁氏后来亦"绝不欲人述其吏治云",其中有褒亦有贬,此又是一转。可见,好的文章不但能尽意,亦能翻转腾折。这又不仅是"文似看山不喜平"的文法要求,更是对于传主生平事迹的真实反映。

上面重点分析了《挽袁简斋四首》其一,后面三首则从不同的角度诠释了袁枚的生平,如第二首:"文集珍传一世间,兼闻海外载舟还。千篇少孺常随事,九百虞初更解颜。灶下媪通情委曲,砚旁奴爱句斓斑。浑天潭思胡为者,纵得侯芭亦等闲。"①此写袁枚诗名甚高,至有海外使者求其书者。其三云:"馆阁江湖并盛名,胸苞今古手持衡。当关报客无朝暮,下笔嘘枯有性情。群辈角巾从郭泰,公侯小巷候君卿。希光时彦今多少,篱溷辛勤怅赋成。"②此言袁枚喜交接友人、提携后进。其四云:"半世秦淮作水嬉,沙棠舟送玉箫迟。锦灯耽宴韩熙载,红粉惊狂杜牧之。点缀江山成绮丽,风流冠盖竞攀追。烟花六代消沉后,又到随园感旧时。"③此说袁枚诗酒风流、浮世享乐。如将这样一组诗与《袁随园君墓志铭并序》对读,则可以看出两者表达的内容相近,内容丰富多彩,人物形神兼备。可以说,组诗的形式弥补了单诗的局促、单薄。其中"灶下媪通情委曲,砚旁奴爱句斒斓""锦灯耽宴韩熙载,红粉惊狂杜牧之"等句,以典故的形式把袁枚的形象表现得极有层次又丰富生动,这是诗歌的长处。我们再看《袁随园君墓志铭并序》,除上面所分析的"尽之""转之",其中亦有以"不说出"写"说不出"之妙者。如"尽其才以为文辞歌诗,足迹造东南山水佳处皆遍,其瑰奇幽邈,一发于文章,以自喜其意。四方士至江南,必造随园,投诗文无虚日。君园馆花竹水石,幽深静丽,至棂槛器具皆精好,所以待宾客者甚盛"④。这段描述为我们塑造了一位好游赏、好宾客、好世俗享受的袁枚形象。其中虽无贬低之词(不说出),但读来总觉得袁枚非传统士大夫般甘于清贫乐道(说不出),一切都太繁华、太热闹、太尽兴,甚至有些奢侈,正如姚鼐后面所概括的"世谓百余年来,极山林之乐,获文章之名,盖未有及君也"。这是褒,还是贬?如此,文章的神韵味道也就出来了。

上面重点将《岁除日与子颖登日观观日出作歌》长诗与《登泰山记》、《挽袁简斋四首》组诗与《袁随园君墓志铭并序》做对比,有助于加深我们对"以诗为文"话题的理解。诗、文为两种不同文体,有不同的特质,与诗相较,文章更能做到叙事详赡(尽之),又能辗转腾折(转之),姚鼐文章中的那些逸出之笔,

---

① 姚鼐著,刘季高标校:《惜抱轩诗文集》,上海:上海古籍出版社,1992年,第607页。
② 姚鼐著,刘季高标校:《惜抱轩诗文集》,上海:上海古籍出版社,1992年,第607页。
③ 姚鼐著,刘季高标校:《惜抱轩诗文集》,上海:上海古籍出版社,1992年,第607页。
④ 姚鼐著,刘季高标校:《惜抱轩诗文集》,上海:上海古籍出版社,1992年,第202页。

时常具有诗句的灵动之美,文章的"不说出",或曰"不说破",更为姚鼐的古文增添了韵味。

第三节 "神理气味"与"格律声色"

姚鼐编有《古文辞类纂》一书,因分类纂集古文和辞赋,故有是称。姚鼐《古文辞类纂序目》在历叙十三类文体源流后,总结道:"凡文之体类十三,而所以为文者八:曰神、理、气、味、格、律、声、色。神、理、气、味者,文之精也;格、律、声、色者,文之粗也。"①姚鼐以"神、理、气、味、格、律、声、色"为"所以为文者",又以前四为文之精,后四为文之粗,这些经常在品评鉴赏诗歌时所用到的语词,竟然成了为文的要诀。我们在谈论姚鼐"以诗为文"这个话题时,必须要对上述关键词做一番检讨②。

一曰神。所谓"神"即神韵。神韵可指人的神采和风度,也可以指文艺作品的情趣韵致。清人王士禛为诗提倡"神韵说",最喜《二十四诗品》所谓"不著一字,尽得风流",又标举严羽"羚羊挂角,无迹可求",追求诗歌中可意会不可言传的某种情思和内涵,而非形式方面的特点。如何才能使作品获得神韵?工笔细描,不可;错彩镂金,似亦不可。偶现的"一鳞半爪",或能够传龙之神韵。具体到诗文作品中,也就是通过某些细节、某些片段来表现整体的韵致神态。笔者以姚鼐的古文作品为例对此稍作解说。如《吴荀叔杉亭集序》道:"余尝譬今之工诗者,如贵介达官相对,盛衣冠,谨趋步,信美矣,而寡情实。若荀叔之诗,则第如荀叔而已。荀叔闻是甚喜。"③正是有了前面几句做铺垫,"荀叔之诗,则第如荀叔而已"这句看似什么也没说的大白话反倒有了深意("不著一字,尽得风流"),而"荀叔闻是甚喜"寥寥数字则又可以看出

---

① 姚鼐纂集,胡士明、李祚唐标校:《古文辞类纂》,上海:上海古籍出版社,1998年,第19页。

② 吴孟复先生于《桐城文派述论》对此八字亦有讨论,本文对吴先生之说有借鉴、有拓展,补充实例,特此说明。

③ 姚鼐著,刘季高标校:《惜抱轩诗文集》,上海:上海古籍出版社,1992年,第45页。

吴烺的胸襟、气度和意趣("一鳞半爪,神龙得现")。

二曰理。所谓"理"即合乎物理。物理又可以分为事理、情理,事理指自然变化的规律、事物发展的规律,情理则指社会伦常、人心道义等。如何将这种玄乎的理与文相结合? 简而言之,为文要识于理,又要合于理。具体说来,那些不符合自然变化、事物发展规律的文章,自然不是好文章。姚永朴曾引魏禧语道:"然文章格调有尽,天下事理日出而不穷。识不高于庸众,事理不足以关系天下国家之故,则虽有奇文,与《左》《史》、韩、欧阳并立无二,亦可无作。"①姚永朴所突出的"识高",即是要能把握天下事理,这是写出好文章的先决条件。至于"合于理",则是要将那些违心立论、伤风败俗、哗众取宠、夸张失实、低级趣味之文一扫而光。如《礼笺序》中"古人不能无待于今,今人亦不能无待于后世",此即万世之公理(识于理);遵循此理,姚鼐以为金榜的《礼笺》有与己平素所论暗合的,有令己"俯首悦怿"的,也有让姚鼐不敢苟同的,这样的评论即立心不苟,而非哗众取宠、夸张失实,以示好于求序之人(合于理)。

三曰气。所谓"气"即气韵生动。气本意为云气,于人而言即胆气,于文而言则指气势。孟子提倡胸中存浩然之气,"其为气也,至大至刚,以直养而无害,则塞于天地之间。其为气也,配义与道;无是,馁也"②。正是因为孟子胸中常存浩然之气,才能"见大人则藐之",傲视王侯。如何将气与文关联起来? 苏辙《上枢密韩太尉书》道:"辙生好为文,思之至深,以为文者,气之所形,然文不可以学而能,气可以养而致。孟子曰:'吾善养吾浩然之气。'今观其文章,宽厚宏博,充乎天地之间,称其气之小大。太史公行天下,周览四海名山大川,与燕、赵间豪俊交游,故其文疏荡,颇有奇气。此二子者,岂尝执笔学为如此之文哉? 其气充乎其中而溢乎其貌,动乎其言而见乎其文,而不自知也。"③在苏辙看来,孟子之文宽厚宏博,司马迁之文疏荡有奇,这是他们的

---

① 姚永朴撰,许振轩校点:《文学研究法》,合肥:黄山书社,2011年,第125页。
② 杨伯峻译注:《孟子译注》,北京:中华书局,2005年,第62页。
③ 苏辙著,陈宏天、高秀芳校点:《苏辙集》,北京:中华书局,1990年,第381页。

"气"不同所致,只要气充其中,动乎言而见乎文。刘大櫆以为"古人行文至不可阻处,便是他气盛"①,故有不少骏利明快之作,如《与吴殿麟书》等,排比铺陈,挥斥出之。姚鼐与刘大櫆不一样,其虽有"胆气",文章亦有"直说"处,更多的则是抑扬吞吐,而非磅礴出之。这种含而不露,不是"客气",而是追求一种气韵生动。如姚鼐《张逸园家传》对内监横肆、首辅纵恶皆有揭露,但都是围绕张若瀛(逸园)刚毅之风写来,数笔带过,并不见声嘶力竭之态。

四曰味。所谓"味"即意味、风味、兴味、滋味,常在酸咸之外。味最早应当指美味、味道。孔子在齐闻《韶》,三月不知肉味。这就把味道、美味与音乐作品关联起来了。钟嵘《诗品·序》言:"五言居文词之要,是众作之有滋味者也。"②与四言相较,五言诗增大了诗歌表现的容量,更有助于表达复杂的事物和情感,故而钟嵘推崇五言,以为有滋味。钟嵘还对当时的玄言诗提出批判,以为"理过其辞,淡乎寡味"。如果理过其辞、文质不符,作品就会失去审美感染力,这些都是无味之作。姚鼐有不少论学的文章,其中一些并不枯燥,反而能给人以美的感受,如姚鼐在《赠孔㧑约假归序》的结尾言:"今夫豫章松柏,托乎平地,枝柯上干青云;依于危碛,岸崩根拔而绝,土附之不足也。"③姚鼐是想告诫孔广森"慎其所以自附者而已",也就是要远离那些只讲"博闻、明辨"而不讲"言忠信,行笃敬"的汉学阵营,只因用了一个贴切的比喻,文章即少了些枯燥,多了些滋味。

五曰格。所谓"格"即规格、格式、规范、标准。格为形声字,从木,从各,各亦声。"各"意为十字交叉之形,树干与树枝形成十字交叉之形,因有横竖枝条,有了边界,故而有法式、标准、规格之意。《礼记·缁衣》称:"言有物而行有格也。"龚自珍《己亥杂诗》道:"我劝天公重抖擞,不拘一格降人才。"这都是用为法式、规格义的例证。万物有格,文亦有格。文格大致又可分为两途:

---

① 刘大櫆著:《论文偶记》,北京:人民文学出版社,1959年,第4页。
② 钟嵘《诗品·序》,见郭绍虞主编《历代文论选》第1册,上海:上海古籍出版社,2001年,第309页。
③ 姚鼐著,刘季高标校:《惜抱轩诗文集》,上海:上海古籍出版社,1992年,第110页。

一是从根本上规定哪些文可作、哪些文不可作,如姚永朴引李治"五不当为"之说,一不苟作,二不徇物,三不欺心,四不蛊俗,五不可示子孙者不作①;二是为文要审文体、辨语体,示人以规范。于前者而言,人品高,文格才能高,姚鼐《荷塘诗集序》言:"古之善为诗者,不自命为诗人者也。其胸中所蓄,高矣、广矣、远矣,而偶发之于诗,则诗与之为高广且远焉。"②这也就是"语言文字,人品攸关"意。于后者而言,《古文辞类纂》中大量选录各体典范之文,就是要审文体、辨语体,示人以规范。如"序跋类","惟载太史公、欧阳永叔表志叙论数首,序之最工者也。向、歆奏校书各有序,世不尽传,传者或伪,今存子政《战国策序》一篇,著其概。其后目录之序,子固独优已"③。这就把司马迁《十二诸侯年表序》、刘向《战国策序》、欧阳修《唐书艺文志序》、曾巩《战国策目录序》列为序跋类的典范之作。

六曰律。所谓"律"即法律、规范、标准、规则,有约束防范之意。姚永朴说:"'格'者导之如此,'律'者戒之不得如彼。"④格是倡导,律为防范。实际上格律互训,都有守规矩、重纪律意。文亦有律,文律即文法,也就是作文之法。具体而言,各类体裁有固定的要求,每篇文章要讲求谋篇布局,至于起承转合、用字、遣词造句,也有一定的规范。桐城派作家多有从教经历,学高为师,文为示范,故桐城文章颇合古汉语的语法规范。如姚鼐《登泰山记》"余以乾隆三十九年十二月,自京师乘风雪,历齐河、长清,穿泰山西北谷,越长城之限,至于泰安"一段,有动词乘、历、穿、越、至等,笔者对这几个动词稍作分析。风雪是可以乘的,庄子就御风而行,苏轼则乘风归去,而"乘风雪"比"冒风雪"则少了旅途的艰辛之感,这又是符合姚鼐当时心境的。历,经历、经过意,齐河、长清为山东境内两座县城,过县城用"历"字恰当。穿,指通过洞孔、缝隙、低洼之地,此为泰山西北谷地,故用"穿"字。越,有跨过、跳过意,长城高出地

---

① 姚永朴撰,许振轩校点:《文学研究法》,合肥:黄山书社,2011年,第143页。
② 姚鼐著,刘季高标校:《惜抱轩诗文集》,上海:上海古籍出版社,1992年,第50页。
③ 姚鼐纂集,胡士明、李祚唐标校:《古文辞类纂》,上海:上海古籍出版社,1998年,第3页。
④ 姚永朴撰,许振轩校点:《文学研究法》,合肥:黄山书社,2011年,第134页。

表,故用"越"字。至,表到达意,泰安为最终目的地,故用"至"字。从上面姚鼐用字的分析中,可体会桐城文法、文律之细。

七曰声。所谓"声"即声音、声响。声有大小、长短、疾徐、刚柔、高下之分。语句的长短、声调的高下、语速的快慢、声音的轻重,能够反映出说话人的神情、态度,甚至能反映出说话人的性格特点。文章由语言文字构成,字句为音节之矩,音节为神韵之迹。一句之中,或多一字,或少一字;一字之中,或用平声,或用仄声,皆会导致音节迥异。姚鼐非常重视"声"之于文的作用,认为作文不知声音总为门外汉,"大抵学古文者,必要放声疾读,又缓读,只久自悟。若但能默看,即终身作外行也"①。姚鼐对弟子的文章评价道:"所寄来诗文,皆有可观,文韵致好,但说到中间,忽有滞钝处,此乃是读古人文不熟。急读以求其体势,缓读以求其神味。得彼之长,悟吾之短,自有进也"②。姚鼐倡导"因声求气",再由气以通神,此为桐城文章的要诀之一。如上举"自京师乘风雪,历齐河、长清,穿泰山西北谷,越长城之限,至于泰安"一段,乘、历、穿、越,相承而下,一口气急读,正可以感受到姚鼐出京之速、见友之急、看景之切。

八曰色。所谓"色"即颜色、色彩。色有青、黄、赤、白、黑之分,又有浓、淡之别。"两只黄鹂鸣翠柳,一行白鹭上青天","日出江花红胜火,春来江水绿如蓝","红酥手,黄藤酒,满城春色宫墙柳",古诗文中色彩艳丽的句子实在不少。此仅就字句言之。就整篇诗文或某一作家的诗文作品看,亦有色彩,"谢诗如出水芙蓉,颜诗似镂金错采",说的是谢灵运的诗如同刚出水的芙蓉,清新自然;颜延之的诗如同精心雕琢的工艺品,浓艳绚丽。姚鼐曾言"文章之精妙,不出字、句、声、色之间"③,足见姚鼐亦颇重文章之"色"。姚鼐追求的"色"并非绚丽之色,而是要"色华而不靡",是一种绚烂之极的平淡,是一种澄

---

① 姚鼐《与陈硕士》,《惜抱轩尺牍》卷六,清道光三年(1823)刻本。
② 姚鼐《与陈硕士》,《惜抱轩尺牍》卷六,清道光三年(1823)刻本。
③ 姚鼐《与石甫侄孙》,《惜抱轩尺牍》卷八,清道光三年(1823)刻本。

清无滓的美,而"澄清之极,自然而发其光精"①。笔者以《古文辞类纂》所录柳宗元《至小丘西小石潭记》为例稍作解释,其中有"潭中鱼可百许头,皆若空游无所依。日光下澈,影布石上,怡然不动;俶尔远逝,往来翕忽,似与游者相乐"数句②,虽不着一色,但气体澄清之极,自然能焕发光精,远胜浓墨重彩之笔。

姚鼐在指出"所以为文者八"后,进一步指出"苟舍其粗,则精者亦胡以寓"? 可见精粗之间并非截然划分,甚至只有得之粗,才能进之精。如前所论,因声才能求气,有气才能通神。从格、律、声、色讲起,以味、气、理、神为高级形态,通常用来学诗、论诗的话语被转化成作文、评文的法则,这显然又是姚鼐打通诗文界线,追求诗文互济的努力和尝试。

---

① 方苞《古文约选序例》,见《方苞集》,上海:上海古籍出版社,2009年,第614页。
② 姚鼐纂集,胡士明、李祚唐标校:《古文辞类纂》,上海:上海古籍出版社,1998年,第594页。

交游研究

第九章 《惜抱轩尺牍》：开启姚鼐研究的管钥

姚鼐称："书说类者，昔周公之告召公，有《君奭》之篇。"①姚鼐认为，书之为体，始于周公之告《君奭》。正是因为沟通交流的需要，所以"书"这种文体产生了。"三代政暇，文翰颇疏。春秋聘繁，书介弥盛。绕朝赠士会以策，子家与赵宣以书，巫臣之遗子反，子产之谏范宣，详观四书，辞若对面"②。可见，"书"这种文体的产生和发展多与军国大事相关。随着沟通交流范围的扩大，"书"这种文体开始"下移"，为一般文士所采用，"至私家往来，沿用简牍，则盛于嬴秦以后，李陵之答苏武，杨恽之报会宗，马援之诫子，朱浮之诘彭宠，朴茂渊懿，宏我两京"③。简而言之，"书"可以分为两种类型：一类为因公事而作，另一类可归为因私情而为。这种因私情而作之"书"，不仅在数量上远远超过因公事而作的"书"，而且以其情感充沛、形式不拘、文采斐然，而给人以美的享受。早期的"书"多是写在木板、竹简上的，这种因私情而作的"书"，后又常被称作"尺牍"。姚鼐为清代文章大家，与亲友、弟子尺牍颇多，在当时和后世产生较大的影响。姚鼐尺牍为典型的学人尺牍，其中不仅有较多的有

---

① 姚鼐纂集，胡士明、李祚唐标点：《古文辞类纂》，上海：上海古籍出版社，1998年，第6页。
② 刘勰著，范文澜注：《文心雕龙注》，北京：人民文学出版社，1958年，第455～456页。
③ 民国古稀老人序《唐宋十大家尺牍》，转引自赵树功著：《中国尺牍文学史》，石家庄：河北人民出版社，1999年，第3页。

关清代学术研究的史料,而且详细记载了姚鼐与子弟的交往,为桐城派发展演变之考察,提供了一个真实而独特的观察视角。

姚鼐诗文作品流传较广,《惜抱轩全集》(中国书店1991年版)、《惜抱轩诗文集》(上海古籍出版社1992年版)搜罗较全,唯尺牍一类遗漏尚多。据姚鼐弟子陈用光《惜抱轩尺牍序》可知,姚鼐本无意存留此类文章,陈用光除了将姚鼐与己的尺牍妥善收藏,还辗转求得姚雉及管同等人所藏姚鼐手札。可以说,正是陈用光"护惜先生文字",才使得《惜抱轩尺牍》流传至今,成为研究姚鼐甚至桐城派的重要资料。

姚鼐归田前之书,《惜抱轩尺牍》(以下简称《尺牍》)只存《与刘海峰先生》一篇,《尺牍》中其余皆归田后作,但其实数当远不止此。《惜抱轩尺牍》不仅收录了姚鼐与家人的"琐琐事",而且以"论学及为文之宗旨为多"。《尺牍》八卷,其中前三卷为与同里故旧及后进书,第四卷为与门人书,第五、六、七卷为与陈用光等新城陈氏之书,仅第八卷为与族姻及家人书。

《惜抱轩尺牍》最早的刊本由陈用光编辑、陈氏学生郭汝骢刊刻于道光三年(1823)。后杨以增延请高伯平重为校勘,手写上版,"字体浑穆,使此书益可钦玩",杨氏刊本内封题"咸丰五年九月刊成",书口镌"海源阁",故称"海源阁"本。此后又有长沙本,"顾皆依用陈编,别无增辑"。桐城徐宗亮刊刻《惜抱轩尺牍补编》二卷,皆为陈用光所编《惜抱轩尺牍》所未收,但因经兵燹,辗转抄撮而成,稍显零乱,内容亦以家书为多。盖因《惜抱轩尺牍》能示学人以门径,光绪三十四年(1908),广智书局以铅字排印;宣统元年(1909),文明书局以此书与《尤西堂尺牍》《方望溪尺牍》三种合刊之;宣统二年(1910),国学扶轮社刊印;民国十六年(1927),新文化书社刊印,加以标点,但内容有所减少,亦无陈用光序及郭汝骢跋。民国二十五年(1936),随着珂罗版技术的推广,商务印书馆刊出陈用光辑、孙陛甫收藏的《惜抱轩手札》,此为姚鼐尺牍原貌的直接影印,具有较高的版本及书法美学价值。除以上所列,姚鼐尺牍可见者尚有《惜抱轩尺牍补遗》《姚惜抱先生家书》，以及其他零星可见者①。

第一节 《惜抱轩尺牍》论学论文取向

陈用光以姚鼐的《九经说》及诗文集等皆已付梓，而尺牍无存，因访求与姚鼐有交谊者，又复录姚鼐之子姚雉及管同等所藏之尺牍，编成《惜抱轩尺牍》八卷。关于《尺牍》刊刻之由，陈用光弟子郭汝聪在是书的跋中交代甚明：

> 桐城姚姬传先生，今世之韩昌黎、欧阳永叔也。其《诗文集》及《经说》，海内士大夫得之者，以为至宝。汝聪己卯应京兆试，试卷为陈石士夫子所荐。因谒夫子，得读先生集。尝自愧谫劣，未能涉其涯涘也。夫子复以先生尺牍见示，谓汝聪曰："此虽随手简牍，而其中论学论文语，开发学者神智，视归震川尺牍有过之无不及也。学者苟能由是而有悟于学，则不啻亲炙先生之馨欬矣。"汝聪受而读之，日夕不能释手，遂请于夫子，付诸剞劂，俾得公于斯世之同好者。刻既竣，夫子命跋其后，因敬述其原委，以志私淑之意。时道光二年岁次壬午八月朔日也。山右后学郭汝聪谨跋。②

郭汝聪此段跋文涉及的内容较多，除道出《尺牍》刊刻之由来，重点突出了《尺牍》的学术价值："其中论学论文语，开发学者神智，视归震川尺牍有过之无不及也。"姚鼐作为桐城派的集大成者，论学为文在当时都有一定影响，这些在《九经说》《古文辞类纂》《今体诗钞》等著作中都有体现。姚鼐的讲学、论文之语除见诸上举著作，亦散见于姚鼐与他人的尺牍之中。关于这一点，梅曾亮亦有所揭示，其序《惜抱轩尺牍》言："夫学之通蔽，文之雅俗深浅，先生

---

① 如上海图书馆藏姚鼐《与袁树》手札，安徽省博物院藏姚鼐《复林仲骞书》手稿，《香书轩秘藏名人书翰》收姚鼐《与王竹屿》书札，《小莽苍苍斋藏清代学者书札》收姚鼐《与何砚农兰士》手札，《袁氏藏明清名人尺牍》收姚鼐《与祝芷塘》手札，此外《王文治诗文集》中收姚鼐与王文治书信两封等。

② 郭汝聪《惜抱轩尺牍跋》，见《惜抱轩尺牍》，清道光三年(1823)刻本。

所论辨,既屡见之文集矣。今尺牍所论,虽体制不同,而其义则微显互证,可相辅而益明。"①今以《惜抱轩尺牍》观之,其中讲学、论文之取向,约可分为以下两端。

一、抑汉扬宋的学术取向

姚鼐在《赠钱献之序》中说:"明末至今日,学者颇厌功令所载为习闻,又恶陋儒不考古而蔽于近,于是专求古人名物、制度、训诂、书数,以博为量,以窥隙攻难为功,其甚者欲尽舍程、朱而宗汉之士。枝之猎而去其根,细之搜而遗其巨,夫宁非蔽与?"②姚鼐对于汉宋之争,持抑汉扬宋的学术取向,在其文集中时有表露。正如梅曾亮所言,"学之通蔽",姚鼐已"屡见之文集",但《尺牍》因体制不同,正可"微显互证","相辅而益明"。

《尺牍》中涉及汉宋之争亦颇多,其《与陈硕士》言:"戴东原言考证,岂不佳?而欲言义理,以夺洛、闽之席,可谓愚妄不自量之甚矣。"③姚鼐在四库馆汉宋之争中的孤立处境及辞官归乡的举措与戴震有较大的关系。姚、戴交恶实际上是两种不同学术观点的交锋。姚鼐在《再复简斋书》中将包括戴震在内的一些学者"身灭嗣绝"归因于其反对程、朱而"为天之所恶"的结果。汉学为何不为姚鼐所取,姚鼐《与陈硕士》的尺牍中指出:"真汉儒之学,非不佳也,而今之为汉学乃不佳。偏徇而不论理之是非,琐碎而不识事之大小。哓哓聒聒,道听途说,正使人厌恶耳。且读书者,欲有益于吾身心也。程子以读史书为玩物丧志。若今之为汉学者,以搜残举碎、人所少见者为功,其为玩物不弥甚耶?"④姚鼐又从用功之劳与所得多寡的角度,认为当习宋学而弃汉学:"汉儒所言《易》学,推衍取象之故,非精心穷之,不能得其解也。班固所云'少穷一经,白首始能言'也。及能言而却于圣人之旨未当,不若读程、朱之书,用功

---

① 梅曾亮《惜抱轩尺牍序》,《惜抱轩尺牍》,清道光三年(1823)刻本。
② 姚鼐著,刘季高标校:《惜抱轩诗文集》,上海:上海古籍出版社,1992年,第111页。
③ 姚鼐:《惜抱轩尺牍》卷六,清道光三年(1823)刻本。
④ 姚鼐:《惜抱轩尺牍》卷六,清道光三年(1823)刻本。

之劳同,而所得者大且多也。近世为汉学者,初以人所鲜闻而吾知之,以该博自喜,及久入其中,自喜之甚而坚据之。以至迂谬纷乱,不能自解……凡为经学者,所贵此心阃通明澈,不受障蔽。近时为汉学者,不深则不能入,深则障蔽生矣。"①这就以无益于身心和劳多而功少两方面,从根本上否定了汉学的价值,这无疑是向热衷汉学的学子泼了一盆冷水。

关于汉、宋孰优孰劣,姚鼐评论颇多。《尺牍》中所论既成系统,又有特点。其可注意者,有两点:一是《尺牍》中对汉宋之争的看法是一个动态变化的过程。《尺牍》所录绝大部分为姚鼐辞官离京之后所作,这使得姚鼐对汉宋之争真正有所反思。从对戴震的"愚妄不自量之甚"的评价,认为汉学"哓哓聒聒,道听途说,正使人厌恶",到"夫为学不可执汉、宋疆域之见,但须择善而从。此心澄空,自得恬适",正可以看出这一转变过程。二是《尺牍》在论述汉宋之争更强调论证技巧,以理服人。如上举《与陈硕士》尺牍中指出"读书者,欲有益于吾身心也","不若读程、朱之书,用功之劳同,而所得者大且多也"。作为宋学的推崇者,"鼐时以此语学者,亦颇有信向吾说者"。待风气一转,汉学渐趋淡漠,宋学又重新被重视,姚鼐的学说亦逐渐被人接受。

二、义理、考据、辞章兼顾的为文之道

义理、考据、辞章三者之间的关系,姚鼐在《尺牍》中有更详尽的论述,这种论述也更容易被理解。姚鼐感慨,"近世所重,只考证、词章之事,无有精求义理者"②,在《与陈硕士》尺牍中指出:"经学用功,诚为要务。窃谓学者,以潜心玩索,令胸中有浸润深厚之味,不须急急于著述,斯为最善学也。至于作文作诗,亦以此意通求之为佳耳。"③姚鼐这里强调经学义理对"境界"的涵养作用,有此"浸润深厚之味",自能超出寻常。关于"义理"之说,姚鼐显然受到方苞"义法"说的影响,但姚鼐在《与陈硕士》尺牍中指出:"震川论文深处,望

---

① 姚鼐:《惜抱轩尺牍》卷七,清道光三年(1823)刻本。
② 姚鼐《与陈硕士》,《惜抱轩尺牍》卷七,清道光三年(1823)刻本。
③ 姚鼐:《惜抱轩尺牍》卷七,清道光三年(1823)刻本。

溪尚未见,此论甚是。望溪所得,在本朝诸贤为最深,而较之古人则浅。其阅太史公书,似精神不能包括其大处、远处、疏淡处,及华丽非常处。止以'义法'论文,则得其一端而已。然文家'义法',亦不可不讲,如梅崖便不能细受绳墨,不及望溪矣!"①姚鼐在肯定"义法"的基础上,开始思考和追求"义法"之外的东西。首先是"理"与"辞"的关系。姚鼐在与陈用光的尺牍中认为,"昌黎云:'词不足不可以成文。'理是而词未谐,故是病也"②。"凡言理不能改旧,而出语必要翻新。佛氏之教,六朝人所说,皆陈陈耳。达摩一出,翻尽窠臼,然理岂有二哉?但更搬陈语,便了无意味,移此意以作文,便亦是妙文矣"③。"文章之精妙,不出字、句、声、色之问,舍此便无可窥寻矣"④。这些对"辞章"重视的论说,正突出了姚鼐不同于方苞的文学家的本色。其次是"考据"与"文"的关系。姚鼐在与弟子的尺牍中多次指出,"以考证累其文,则是弊耳;以考证助文之境,正有佳处。夫何病哉?铁夫必欲去之,亦偏见耳"⑤。姚鼐在《与陈硕士》的尺牍中认为管同古文殊有笔力,而腹中"书卷""学问"不足,亦可看出姚鼐关于"学问"与"为文"关系的见解。姚鼐进而认为:"文章一事,而其所以为美之道非一端,命意、立格、行气、遣辞,理充于中,声振于外,数者有一不足,则文病矣。"⑥只有兼备义理、考据、辞章,才能创作出立意正、论述密、文辞美的好文章。

《尺牍》中还有关于"摹仿与脱化""博观与约取""积学与灵感""雅与俗""正与变""通与塞"等文学创作命题的讨论,多有非常独到的见解。可以说,姚鼐讲学论文的见解主张,基本上都可以从《尺牍》中寻找到佐证,《尺牍》中姚鼐与弟子等人的交流正是姚鼐平生论学、论文之道的浓缩和精华。

---

① 姚鼐:《惜抱轩尺牍》卷五,清道光三年(1823)刻本。
② 姚鼐:《惜抱轩尺牍》卷六,清道光三年(1823)刻本。
③ 姚鼐:《惜抱轩尺牍》卷七,清道光三年(1823)刻本。
④ 姚鼐《与石甫侄孙》,《惜抱轩尺牍》卷八,清道光三年(1823)刻本。
⑤ 姚鼐《与陈硕士》,《惜抱轩尺牍》卷六,清道光三年(1823)刻本。
⑥ 姚鼐《与陈硕士》,《惜抱轩尺牍》卷七,清道光三年(1823)刻本。

第二节 《惜抱轩尺牍》论学论文特点

《尺牍》所论不仅可以和姚鼐其他文章相辅互证,而且有"教人也诚"、深信于人心的特点。与诗文相比,《尺牍》论文论学显示出以下几方面的特点。

首先,《尺牍》论文观点鲜明,直指他人之得失,显示出爱憎分明的立场和态度。姚鼐"色夷而气清,接人极和蔼,无贵贱皆乐与尽欢"①。"有儒者气象"的姚鼐有时却言辞激烈地批评他人,姚鼐在与鲍双五的尺牍中道:

> 又有《今体诗钞》十八卷,衡儿曾以呈览未?今日诗家大为榛塞,虽通人不能具正见。吾断谓樊榭、简斋,皆诗家之恶派。此论出必大为世怨怒。然理不可易,非大才不足发明吾说,以服天下。意在足下乎?②

姚鼐于诗人中推崇杜甫、韩愈和黄庭坚,偏习"宋调",同时又赏"唐音"。姚鼐兼取唐宋的诗论观点在其诗文中常有表露,但《尺牍》中直接指出"镕铸唐宋"为其论诗宗旨,则显得更为明确与直接。具有儒者风范的姚鼐通常不肯臧否人物,这里却"断谓樊榭、简斋,皆诗家之恶派"。厉鹗为浙西词派代表词人,亦长于写诗。《清代学者象传》称其:"为诗精深峭洁,截断众流,于新城、秀水外自树一帜。"③厉鹗读书搜奇嗜博,喜用典故,又喜钩深摘异,善于刻画小境界,虽状景工整,却幽夐清冷。袁枚为诗以性灵为宗,专法白居易、杨万里,以鄙俚浅滑为自然,以尖酸佻巧为聪明,以谐谑游戏为风趣,以粗恶颓放为豪雄,以轻薄卑靡为天真,以淫秽浪荡为艳情。可以说,厉鹗与袁枚正代表着幽夐与俗薄两个极端。姚鼐在与鲍双五的尺牍中明确指出厉鹗、袁枚皆为诗家"恶派",态度是鲜明的,语气是强烈的。这种批评是不会在诗文集

---

① 陈用光《姚先生行状》,见《桐城派名家文集③陈用光集》,合肥:安徽教育出版社,2014年,第23页。
② 姚鼐著:《惜抱轩尺牍》卷四,清道光三年(1823)刻本。
③ 叶衍兰、叶恭绰编:《清代学者象传合集》,上海:上海古籍出版社,1989年,第178页。

中表露出来的,因为姚鼐知道"此论出必大为世怨怒",所以也就只能在与子弟的尺牍中表达自己的观点了。可见,正是在尺牍这种相对私密的文体中,姚鼐能鲜明地提出自己的真实观点,直指他人得失,而不会有太多忌讳。

其次,《尺牍》所言论文之法,多从亲身体会得之,具有较强的可学性。虽然姚鼐在《答徐季雅》中认为"文章之事,有可言喻者,有不可言喻者",又在《与陈硕士》中指出"文家之事,大似禅悟",但是《尺牍》中所论之法多具有可学性。姚鼐在与管同的尺牍中指出:

> 今人诗文不能追企古人,亦是天资逊之,亦是途辙误而用功不深也。若途辙既正,用功深久,寸古人最上一等文字,谅不可到,其中下之作,非不可到也。昌黎不云"其用功深者,其收名远"乎?近世人习闻钱受之偏论,轻讥明人之摹仿,文不经摹仿,亦安能脱化?观古人之学前古,摹仿而混妙者,自可法;摹仿而钝滞者,自可弃。虽杨子云亦当以此义裁之,岂但明贤哉?①

姚鼐首先指出,要想达到古人诗文所取得的成就,必须做到"途辙正"和"用功深久"两方面。要想"途辙正",就要模仿前人。姚鼐还明确地指出模仿前人的方法:"须专摹拟一家,已得似后,再易一家。如是数番之后,自能镕铸古人,自成一体。"②这是姚鼐亲身体验得出的结论,姚鼐正是从模仿明"七子"入手而最终体兼唐宋之美。姚鼐尺牍交往对象多为亲友子弟,所以往往"教人也诚",是"鸳鸯绣了从教看,且把金针度于人"。

再次,《尺牍》汲取和综合他人的论学、论文观点,显示出一种融通的态度。姚鼐之所以能够成为桐城派之集大成者,与姚鼐注重汲取和综合他人的谈艺观点,表现出一种融通的态度有一定的关系。这在《尺牍》中表现得更加明显。桐城三祖,以姚鼐的成就和影响最大,这与姚鼐善于向前辈、时人学习相关。方苞论文标举"义法"说,认为:"义即《易》之所谓'言有物'也,法即

---

① 姚鼐著:《惜抱轩尺牍》卷四,清道光三年(1823)刻本。
② 姚鼐《与伯昂从侄孙》,《惜抱轩尺牍》卷八,清道光三年(1823)刻本。

《易》之所谓'言有序'也。义以为经而法纬之,然后为成体之文。"①姚鼐承袭了方苞的"义法"说,但又认为文章不应仅仅讲求义法,而应有更高层次的追求,进一步突出命意、立格、气、辞、理、声对文章之美的作用。姚鼐对诗文的"声"是较为重视的,这显然是接受了刘大櫆的观点。刘氏在《论文偶记》中言:"神气者,文之最精处也;音节者,文之稍粗处也;字句者,文之最粗处也;然论文而至于字句,则文之能事尽矣。盖音节者,神气之迹也;字句者,音节之矩也。神气不可见,于音节见之;音节无可准,以字句准之。"②姚鼐总结方苞和刘大櫆的论文观点,提出作文当于"神、理、气、味、格、律、声、色"求之,显示出集大成的胸襟。姚鼐在与亲友子弟论文时,往往综合众人的观点,为子弟提供较为全面的学习榜样。《尺牍》中体现通融并举的论学、论文观点也就不难理解了。

最后,《尺牍》论文,态度谦和,情深意切,并对后学寄以深切期望。如姚鼐在回复管同的尺牍中道:

> 前月得寄书并诗文,快慰不可胜。相别三年,贤乃如此进耶!古文已免俗气,然尚未造古人妙处。若诗则竟有古人妙处,称此为之,当为数十年中所见才俊之冠矣。老夫放一头地,岂待言哉!……诗文皆已评阅,兹寄还,以三隅反,贤必能之矣。年谊疏而师生重,以后书札,勿以年谊称也。吾所著未刻者难钞寄,已刻而贤未得者,可以指明以便觅寄。③

作为"姚门四杰"的管同深得姚鼐赞赏,姚鼐先是分别评价了管同的诗、文成就;接着示以学习的对象,即诗歌不应仅仅局限于王士祯《五七言古诗钞》,应当宗法李、杜,文应当继续学习韩愈、欧阳修等人;还指出管同的诗歌成就要比古文成就大,应当在诗歌上多下功夫。更是称赞管同为数十年中所

---

① 方苞《又书货殖传后》,见《方苞集》,上海:上海古籍出版社,1983年,第58页。
② 刘大櫆著:《论文偶记》,北京:人民文学出版社,1959年,第6页。
③ 姚鼐:《惜抱轩尺牍》卷四,清道光三年(1823)刻本。

见才俊之冠,声称"老夫放一头地",并主动赠送自己的论著,关爱、呵护、赞赏之情溢于言表。姚鼐不仅指出管同诗文尚待改进之处,还态度亲切、循循善诱,姚鼐可谓善于"传道授业解惑"者。姚鼐在与人论学、论文时,常带有期盼之情:"鼐于文事粗识门径,而才力不足尽赴其识。譬诸李翱、皇甫湜,岂不欲为退之之文耶?而才不能赴其所识。鼐是以更望诸年少者。假令更有韩、欧之才出,而世第置吾于独孤及、穆修之伦,则吾心所大快矣。"①这样的语调论文、论学,自然容易被他人所接受。

总之,尺牍这种多在亲友间传播的文体,较之镂版行世的诗文,更带有较强的私密性。也正是因为相对的私密性,尺牍往往具有真实性、少虚假之言的特点。同时,由于姚鼐长期坐馆授徒,决定了尺牍所含的内容,多是论学、论文之语。而所论内容的真实性、可学性以及与子弟尺牍时表现出来的通融态度、期许心理,都使得姚鼐的观点易于被接受,易于在亲友子弟之间传播。这当然也有利于扩大姚鼐及桐城派的影响。

第三节 《惜抱轩尺牍》剩义发微

姚鼐不仅自己与门人、亲友书札往还,过往密切,而且注重引导,有意加强门人、亲友之间的相互了解、相互帮扶,这在《尺牍》中同样有非常详尽的记载。以姚鼐与陈用光尺牍为例:

> 都中晤覃溪先生、吴谷人、汪存义、鲍双五辈,可为各道相忆。②
>
> 近江宁有管同秀才,其古文殊有笔力。其人贫甚,在河南坐馆。寄数文来,今时中所希见。其年廿六,异日成就,未可量耳。③
>
> 常州有恽子居,文亦有可观。闻淞江姚春木选国朝文,然此不

---

① 姚鼐《与王惕甫》,《惜抱轩尺牍》卷二,清道光三年(1823)刻本。
② 姚鼐:《惜抱轩尺牍》卷五,清道光三年(1823)刻本。
③ 姚鼐:《惜抱轩尺牍》卷六,清道光三年(1823)刻本。

过如《唐粹》《宋鉴》之类,备一朝之人才典章,不可以为论文之极致。①

方植之在胡果泉中丞处坐馆。刘明东决意闭户一年,用功读书,此其意可谓善矣。彼已刻诗一部,然吾嫌其早,此后或当更有进境耳。②

近人才衰耗,吾乡张阮林好学之士而不寿,真可惜也。夫为学不可执汉、宋疆域之见,但须择善而从。此心澄空,自得恬适。鼐时以此语学者,亦颇有信向吾说者。但其人才力不能宏大,又多以境遇艰窘,不能专肆力于学,故人才不见振起,兹为可怅耳。③

姚鼐向陈用光谈及小"方、刘、姚"的读书、坐馆情况,赞扬恽敬、管同的文笔,又指出管同等人贫困。姚鼐又把管同介绍给鲍桂星:"此生诗文俱佳,乃少年异才,若行部至,可呼与语,或便招入幕,亦佳事也。"④由于陈用光后来显贵,更是成了姚门后学的枢纽,与鲍桂星、姚元之、吴德旋、姚莹、管同、梅曾亮等互有往来。管同更因陈用光典试江南而中试。姚门弟子的沟通,极大地增进了姚门弟子之间的感情、友谊,增强了桐城学人群体的凝聚力。这一切都由姚鼐所开启,而又为《尺牍》所详载。

吴汝纶在《孔叙仲文集序》中说:"郎中君(姚鼐)既没,弟子晚出者为上元梅伯言,当道光之季最名能古文,居京师,京师士大夫日造门问为文法。"⑤吴汝纶说出了梅曾亮及姚门其他弟子在桐城派发展壮大过程中的影响。实际上,除陈用光、梅曾亮外,尚有姚莹、邓廷桢等积极传播姚氏之学⑥。《尺牍》

---

① 姚鼐:《惜抱轩尺牍》卷七,清道光三年(1823)刻本。
② 姚鼐:《惜抱轩尺牍》卷七,清道光三年(1823)刻本。
③ 姚鼐:《惜抱轩尺牍》卷七,清道光三年(1823)刻本。
④ 姚鼐:《惜抱轩尺牍》卷四,清道光三年(1823)刻本。
⑤ 吴汝纶撰,施培毅、徐寿凯校点:《吴汝纶全集》第一册,合肥:黄山书社,2002年,第55页。
⑥ 具体阐述可参考王达敏《姚鼐与乾嘉学派》一书第八章"桐城学人群体的形成"的相关研究成果。

影响了与姚鼐交往的门人、亲友等,而这些门人弟子又将《尺牍》示与他人,以为引路学灯。这一点在陈用光弟子郭汝骢为是书所写的跋中交代甚明。笔者再举一例,看《尺牍》对桐城派后学的积极影响。桐城派之进一步发扬光大实有赖于曾国藩。《清儒学案小传·惜抱学案》:"桐城学派始于望溪,至惜抱标义理、考据、辞章三者并重为宗旨。当乾嘉汉学极盛之际,断断以争,为程、朱干城,久之信从始众。湘乡继起,表章尤力,其说益昌。汉、宋门户之见,虽难尽化,持平之论,终犂然有当于人心焉。"①乾嘉以后学风渐变,汉学独尊的局面有所改变,姚鼐"义理、考据、辞章三者并重"的思想渐为人所重。曾国藩更是对"义理、考据、辞章"三者并取的思想表示极大认同。曾国藩虽非姚鼐门下嫡传弟子,却非常推尊姚鼐,把姚鼐的文奉为"百年正宗",将其七言律诗尊为"国朝第一家"②。曾国藩在《圣哲画像记》中言:"国藩之粗解文章,由姚先生启之也。"③关于曾国藩是如何探求学问道路的,姚永朴言:"先生(戴钧衡)得乡举北上,曾文正询古文法,先生以《惜抱轩尺牍》授之,文正由是精研文事。"④如果没有曾国藩的大力弘扬,桐城派也许就不会形成具有全国性影响的文学流派。曾国藩是由《惜抱轩尺牍》而识"上池源头",又与梅曾亮游,"乃得益进"。从这一角度而言,《尺牍》对桐城派的进一步发展壮大是具有特别意义的。除了得益于古文之教,通过对《惜抱轩尺牍》的揣摩学习,曾国藩对姚鼐尺牍交往对象当较为熟悉,这才有其《欧阳生文集序》中关于桐城派传布的精确概括。

刘勰《文心雕龙·书记》赞曰:"文藻条流,托在笔札。既驰金相,亦运木讷。万古声荐,千里应拔。庶务纷纶,因书乃察。"⑤万古以来的名声因书传扬,千里之外的事务因书而受影响并被推动。刘勰所论意在突出因公事而

---

① 徐世昌纂,周骏富编:《清儒学案小传》,《清代传记丛刊》第6册,台北:明文书局,1985年,第283页。
② 吴汝纶《与萧敬甫》,见《吴汝纶全集》第3册,合肥:黄山书社,2002年,第258页。
③ 曾国藩:《曾国藩全集》(修订版)第14册,长沙:岳麓书社,2011年,第152~153页。
④ 姚永朴著,张仁寿点校:《旧闻随笔》,合肥:黄山书社,2011年,第190页。
⑤ 刘勰著,范文澜注:《文心雕龙注》,北京:人民文学出版社,1958年,第460~461页。

作、关乎国家大事之"书"的作用和功效。以姚鼐与子弟、亲友的尺牍观之,虽都是论学、论文及"琐琐事",但使得姚鼐的论学、论文见解被更多人接受,桐城派在更大的范围得到发展。同时,我们还应当看到,中国文学批评载体的多样性和本身独特的价值。相对于西方逻辑性和系统性都很强的论著,尺牍这种较为随意、零散的"片语",却依然有着特别的魅力和较高的价值。

今天,我们研究桐城派,应该给予姚鼐及其弟子以充分的重视,对乾嘉时期桐城派给予特别的关注,因为这是桐城派所以能够立派、所以能够成为全国有影响流派的基石和关键之所在。姚鼐尺牍不仅具有丰富的诗文创作和批评史料价值,还以其详细记载了姚鼐与子弟等的交往以及传播桐城派道统与文统的种种努力,成为桐城派研究的重要资料。从某一角度而言,《惜抱轩尺牍》诚可谓开启姚鼐与乾嘉时期桐城派研究的管钥。

第十章　姚鼐尺牍交往与桐城派的壮大

大凡举事有所成就者,多可从天时、地利、人和等方面来总结原因、分析结论。以姚鼐为代表的桐城派如何成为影响清代文坛的重要流派,这与时代学术风气的转变相关①,与桐城派文人长期占据东南文教之地相关②。笔者更注重发掘姚鼐与桐城派发展壮大中"人和"的因素,下面将作些具体分类阐述。

如何从"人和"的角度来考察桐城派的发展、壮大及流变的过程?笔者认为,尺牍这一载体是了解人际关系的一种绝好的方式。仔细翻看姚鼐《惜抱轩尺牍》中所收尺牍,会经常发现这样一种现象,即姚鼐虽在书院,但身边苦无人交谈,常常有孤独落寞之感:

> 皖中殊静于江宁,寂寞则素性所能耐,贱体亦未至甚狼狈也。但恐老翁理无久壮耳。③

---

① 嘉道之际,庙堂渐渐崇尚宋学,汉学收敛,这有利于桐城派的进一步传播。
② 刘大櫆、姚鼐、姚莹、方东树、梅曾亮等都有执教江南的经历,尤其是姚鼐长期坐馆金陵,主讲钟山书院二十余年,对东南文教影响甚大。陈用光督学浙江,邓廷桢巡抚安徽,姚莹设幕扬州,对于扩大桐城派的影响是非常有益的。具体论述可参阅王达敏先生《姚鼐与乾嘉学派》第222页。
③ 姚鼐《与陈硕士》,《惜抱轩尺牍》卷六,清道光三年(1823)刻本。

> 今正寂如僧房矣。既无人共语,亦不复能读书,默坐终日。朝食则饭,晡食则粥,其脾衰亦似简斋之暮年。正以无厚味之伤,故不似其常泄泻耳。已寒,惟珍重。①
>
> 鼐老病时有,然不至甚。寂寞无可与语者,殊使人闷闷耳。秋热犹可畏,珍重珍重。②
>
> 鼐近亦平安,但岑寂无与语耳。③
>
> 试后人散,书院中亦自岑寂,吾近亦难于看书,常默坐而已。④

所谓"姚门四杰""姚门五大弟子",或者加上孔广森、陈用光、张聪咸、马宗琏等,亲从姚鼐问学的时间并不长。这本是容易理解的,因为这些姚门子弟需要谋生活,或科考、或坐馆、或做官等,他们多数不可能长时间于书院从姚鼐问学。那么,他们靠什么继续保持与老师的联系,或者说继续向姚鼐请教?尺牍。除了当面的请教之外,姚鼐与姚门和亲友间交流的一个重要途径就是尺牍往还。如果说,书院的教育是集中的、公开的、显性的,那么尺牍的交往是分散的、私人的、隐性的,这两种方式相互结合、相互补充,这样才能较为全面地揭示姚鼐与亲友、弟子授受往来的真实情况。

这表明,除关注书院对于桐城派发展的重要意义外,我们亦当关注尺牍这种交流沟通的载体。同时,需要特别注意的是,尺牍作为交流沟通的载体,生动、翔实地记载了双方交流的内容,从而成为桐城派研究的第一手资料。

《荀子·富国》称:"故禹十年水,汤七年旱,而天下无菜色者,十年之后,年谷复熟而陈积有余。是无它故焉,知本末源流之谓也。"⑤这里的"源流"是指事物的起源、发展和流变。按照事物发展的规律,任何事物总有个起因、发展、壮大、衰歇的过程。笔者在上面的论述中,已经简单地说出桐城派的发

---

① 姚鼐《与陈硕士》,《惜抱轩尺牍》卷六,清道光三年(1823)刻本。
② 姚鼐《与陈硕士》,《惜抱轩尺牍》卷六,清道光三年(1823)刻本。
③ 姚鼐《与陈硕士》,《惜抱轩尺牍》卷七,清道光三年(1823)刻本。
④ 姚鼐《与石甫侄孙莹》,《惜抱轩尺牍》卷八,清道光三年(1823)刻本。
⑤ 方勇、李波译注:《荀子》,北京:中华书局,2011年,第156页。

展、壮大有个过程,又有意发掘这个过程中"人和"的因素。"人和"的因素中又可简单地分成三类:一类为相师友者,一类为与辩论者,一类为从受教者。其中第一类为姚鼐学习、取法者,如刘大櫆、戴震等;第二类为姚鼐批判、辩驳者,如袁枚、翁方纲、钱大昕等;第三类为从姚鼐受教者,如鲁九皋、姚莹、姚元之、鲍桂星等,下面就以姚鼐为中心,结合姚鼐及其师友、子弟尺牍来展开论述。

第一节 嘤其鸣矣,求其友声
——姚鼐与师友者尺牍

乾隆十五年(1750),姚鼐中江南乡试,次年赴京城应礼部试,虽然直至乾隆二十八年(1763)六应礼部试中式,但由此开启姚鼐游学京师、结交天下豪杰的大门。据学者考证,"乾隆十九年甲戌(1754)春,戴震因避仇家构陷,只身北上,策蹇都门。约到乾隆二十二年(1757)冬日出都,戴震在京度过了近四个春秋"①。戴震(1724—1777),字东原,又字慎修,号杲溪,休宁隆阜(今安徽黄山屯溪区)人,清代著名语言文字学家、哲学家、思想家,著有《孟子字义疏证》等。姚、戴二人同处京师,戴震学高天下,姚鼐甚为钦佩。从姚氏所作《赠戴东原》诗可以看出姚鼐对戴氏的推崇之情:"新闻高论诎田巴,槐市秋来步落花。群士盛衰占硕果,六经明晦望萌芽。汉儒止数扬雄氏,鲁使犹迷颜阖家。未必蒲轮征晚至,即今名已动京华。"②姚鼐此诗所言"名已动京华",既是推扬之言,又是实写,这从当时戴氏与纪昀等汉学家交往及修《四库全书》可知。另外,从这首诗亦可以看出姚鼐与戴震相处之欢,正是有这样的前提,姚鼐才有呈书拜师,乞列门墙之举。姚鼐拜师之札,今已不存,今从《戴东原文集》寻得《与姚孝廉姬传书》,此札对于检讨戴震与姚鼐的交往颇为重要,笔者先将此信录于下:

---

① 王达敏:《姚鼐与乾嘉学派》,北京:学苑出版社,2007年,第14页。
② 姚鼐著,刘季高标校:《惜抱轩诗文集》,上海:上海古籍出版社,1992年,第520页。

日者,纪太史晓岚欲刻仆所为《考工记图》,是以向足下言欲改定。足下应词非所敢闻,而意主不必汲汲成书,仆于时若雷霆惊耳。自始知学,每憾昔人成书太早,多未定之说。今足下以是规教,退不敢忘,自贺得师。何者?凡仆所以寻求于遗经,惧圣人之绪言闇汶于后世也。然寻求而获,有十分之见,有未至十分之见。所谓十分之见,必征之古而靡不条贯,合诸道而不留余议,巨细必究,本末兼察。若夫依于传闻以拟其是,择于众说以裁其优,出于空言以定其论,据于孤证以信其道,虽溯流可以知源,不目睹渊泉所导,循根可以达杪,不手批枝肄所歧,皆未至十分之见也。以此治经,失不知为不知之意,而徒增一惑,以滋识者之辨之也。

先儒之学,如汉郑氏,宋程子、张子、朱子,其为书至详博,然犹得失中判。其得者,取义远,资理闳,书不克尽言,言不可尽意。学者深思自得,渐近其区,不深思自得,斯草薉于畦而茅塞其陆。其失者,即目未睹渊泉所导,手未披枝肄所歧者也。而为说转易晓,学者浅涉而坚信之,用自满其量之能容受,不复求远者闳者。故诵法康成、程、朱不必无人,而皆失康成、程、朱于诵法中,则不志乎闻道之过也。诚有能志乎闻道,必去其两失,殚力于其两得,既深思自得而近之矣,然后知孰为十分之见,孰为未至十分之见。如绳绳木,昔以为直者,其曲于是可见也;如水准地,昔以为平者,其坳于是可见也。夫然后传其信,不传其疑,疑则阙,庶几治经不害。

仆于《考工记图》,重违知己之意,遂欲删取成书,亦以其义浅,特考核之一端,差可自决。足下之教,其敢忽诸?至欲以仆为师,则别有说。非徒自顾不足为师,亦非谓所学如足下,断然以不敏谢也。古之所谓友,固分师之半。仆与足下,无妨交相师,而参互以求十分之见,苟有过则相规,使道在人不在言,斯不失友之谓,固大善。昨辱简,自谦太过,称夫子,非所敢当之,谨奉缴。承示文论延陵季子处识数语,并《考工记图》呈上,乞教正也。①

此札题下标有小字"乙亥",故可知此札作于乾隆二十年(1755)。学界往往以这篇书札作为姚鼐"拜师见拒"的证据,但仅从此书看,戴震与姚鼐并未交恶,甚至并没有不愉快之处。姚鼐"意主不必汲汲成书"与戴震"每憾昔人成书太早,多未定之说"以及为学当求"十分之见"的主张非但不相矛盾,反而十分相似。戴震在此书中提到的"十分之见",颇能够代表戴震所追求的研究学问的理想境地。解决问题,应当有根有据,有条有理,要追古查今,把道理讲得详尽透彻,不留争议,这样的解释才能称得上定论。而那种"依于传闻以拟其是,择于众说以裁其优,出于空言以定其论,据于孤证以信其道",即依据传闻而发表见解,或在不同见解中选择一种见解,或因缺少事实而说空话,或只依据一个证据便妄下结论,这些观点正是因为"不目睹渊泉所导","不手批枝肄所歧",所以皆未至十分之见,其结论未必能站住脚。这应当看作戴震对学术追求的一次真诚告白,凡有志于治学者,必当心有戚戚焉,姚鼐自不例外。为何戴震要将姚鼐拒于门墙之外?乾隆二十年(1755),戴震年三十三,姚鼐年二十五,年岁相差不大;戴震此时仅为一县学生②,姚鼐则早在五年前中江南乡试。戴震无论从年岁还是从科第看,皆非姚鼐拜师的最佳人选,姚鼐所看重的是戴震之学,而戴震则认为此时其学尚未能有"十分之见"。这从其关于《考工记图》的修订即可看出,"亦以其义浅,特考核之一端,差可自决",显然没有后期"轿中人"的那份自信③。这样看来,戴震于信中所言"仆与足下,无妨交相师,而参互以求十分之见,苟有过则相规,使道在人不在言,斯不失友之谓,固大善",未必不是坦诚之语。

当然,此时"交相师"的友好,并没有延续很长时间,待姚鼐体察到自己宋学的立场与汉学家之根本不同,特别是入四库馆后这种感觉愈加强烈,最终

---

① 戴震撰,张岱年主编:《戴震全书》第六册,合肥:黄山书社,1995年,第372~373页。
② 戴震乾隆二十七年(1762)举乡试。
③ 段玉裁在《戴东原集序》中言:"先生之言曰:'六书、九数等事,如轿夫然,所以舁轿中人也。以六书、九数等事尽我,是犹误认轿夫为轿中人也。'"

以辞去纂修官这种决绝的方式与汉学阵营对抗。此后,姚鼐授馆各地,设帐收徒,在与弟子陈用光的书信中言:"戴东原言考证岂不佳?而欲言义理,以夺闽、洛之席,可谓愚妄不自量之甚矣!"①姚鼐甚至在《再复简斋书》中将包括戴震在内的一些学者"身灭嗣绝"归因于其反对程、朱而"为天之所恶"的结果。可见,戴震对程、朱的否定,是崇奉宋学的姚鼐坚决不能容忍的。

实际上,在京师与汉学家的交往对姚鼐的一生治学为文都产生了巨大而深远的影响,多年后姚鼐作《书考工记图后》,以为"推考古制信多当,然意谓有未尽者","东原时始属稿此书,余不及与尽论也。今疑义蓄余中,不及见东原而正之矣,是可惜也"②,此亦是求"十分之见"。另外,姚鼐与孔㧑约论禘祭文、与张聪咸论"大别"一条,亦是求"十分之见"。甚至,姚鼐追求"神、理、气、味、格、律、声、色"之文,亦可以说是求"十分之见"的另一种表现,只不过是从治学转而为作文。

姚鼐终身奉刘大櫆为师。《惜抱轩尺牍》第一篇即为《与刘海峰先生》,陈用光在此尺牍后有按语:"用光所录先生尺牍皆归田后札也,惟此为官京师时书。其手迹存伯昂编修处,用光以《墨池堂帖》一部易之,并禠入吾十卷中。兹取以冠篇首云。"③陈用光"取以冠篇首"④,正见出陈氏为深知姚鼐者,亦可见刘大櫆对于姚鼐的积极影响。笔者将此尺牍录下:"久未启候,昨得舍弟信来,云三老伯自归家后,起居甚好,但不喜入城耳。城中诚无佳处,然枞阳亦颇尘嚣,三老伯居之,果能适意耶?朝夕何以自给?闻在徽州时有足疾,今已愈未?乡间亦复有可与共语者不?鼐于老伯忽忽不见,遂二十年。偶一念及,令人心惊。自少至今,怀没世无称之惧,朝暮自力,未甘废弃。然不见老伯,孰与证其是非者?鼐于文艺,天资学问,本皆不能逾人。所赖者,闻见亲

---

① 姚鼐:《惜抱轩尺牍》卷六,清道光三年(1823)刻本。
② 姚鼐著,刘季高标校:《惜抱轩诗文集》,上海:上海古籍出版社,1992年,第76~77页。
③ 姚鼐:《惜抱轩尺牍》卷一,清道光三年(1823)刻本。
④ 《惜抱轩尺牍》第一卷以《与刘海峰先生》为第一篇,其后与人书四篇分别是与纪昀两书,与翁方纲、朱珪各一书,再后之尺牍为《上礼亲王》,可见,陈氏没有以学术影响抑或权势地位为序来编纂《惜抱轩尺牍》,此亦可以看出陈氏对师道(姚鼐受文学于刘大櫆)的尊重。

切,师法差真。然其较一心自得,不假门径,邈然独造者,浅深固相去远矣。犹欲谨守家法,拒斥谬妄。冀世有英异之才,可因之承一线未绝之绪,倔然以兴。而流俗多持异论,自以为是,不可与辨。此间闻言相信者,间有一二,又恨其天分不为卓绝,未足上继古人,振兴衰敝。不知四海之内,终将有遇不耶?鼐丙戌年春,曾有两字奉寄,并诗一册,呈乞阅定者,前岁在武昌,作奉《怀诗》并书,均未知达否?近作诗文颇多,聊录数诗纸后,老伯可观鼐才力进退也。老伯诗文集中,愚见亦有数处欲相商者,此非面见不可详悉。其本子、款式、雕刻俱不佳。他日有意谋为老伯另刻也。自家伯见背之后,鼐无复意兴,此间尤无可恋。今年略清身上负累,明年必归。杖履无恙,从此长相从矣。因便略陈,不尽。二月二十三日,上海峰三老伯大人,通家侄姚鼐顿首。"①

刘大櫆(1698—1780),安徽桐城东乡(今安徽枞阳)人,为"桐城三祖"之一。早年有志于世,科举不顺,"退而强学栖迟山陇间"。刘大櫆好诗文,以才气著称。他论文强调"义理、书卷、经济",追求艺术形式上的神气、音节、字句之美。刘大櫆曾得方苞赞赏,又与姚范交往颇深。姚鼐在《刘海峰先生八十寿序》中对于其从刘氏求学有详细描述:"鼐之幼也,尝侍先生,奇其状貌言笑,退辄仿效以为戏。及长,受经学于伯父编修君,学文于先生。游宦三十年而归,伯父前卒,不得复见。往日父执往来者皆尽,而犹得数见先生于枞阳。先生亦喜其来,足疾未平,扶曳出与论文,每穷半夜。"②这也正好对应了姚鼐在《与刘海峰先生》尺牍中所言的"鼐于文艺,天资学问,本皆不能逾人。所赖者,闻见亲切,师法差真"。姚鼐突出和强调的正是由刘大櫆传之而来的文统。

恽敬《上曹俪笙侍郎书》指出:"姚姬传之学,出于刘海峰;刘海峰之学,出于方望溪。"③恽敬为刘大櫆弟子,又是阳湖派创始人之一,由他指出"桐城三

---

① 姚鼐《与刘海峰先生》,《惜抱轩尺牍》卷一,清道光三年(1823)刻本。
② 姚鼐著,刘季高标校:《惜抱轩诗文集》,上海:上海古籍出版社,1992年,第115页。
③ 恽敬:《大云山房文稿》初集卷三,《四部丛刊》影清同治本。

祖"之授受关系，真实可信。其实细味姚鼐《刘海峰先生八十寿序》中言，亦可看出姚鼐承方、刘之后而自举之意："曩者鼐在京师，歙程吏部、历城周编修语曰：'为文章者，有所法而后能，有所变而后大。维盛清治迈逾前古千百，独士能为古文者未广。昔有方侍郎，今有刘先生，天下文章，其出于桐城乎？'"①关于此篇寿序，陈平原先生有非常精彩的阐释："文章共三段，第一段借友人询问，分辨是否天下文章在桐城；第二段讲刘大櫆以一布衣走京师，得到方苞的激赏；第三段呢？'鼐之幼也，尝侍先生'。先是总说，其次方、刘，再次刘、姚，至此，桐城文派的轮廓已跃跃欲出。着眼的是自家的文学史定位，却以'寿序'名目出现，将私人交情与历史叙述交织在一起，此处可见姚鼐的功夫。"②显而易见，如果这个文统里没有刘大櫆，则无法贯通③，因而刘大櫆对整个桐城派而言，意义非常。

此札言"前岁在武昌"，查姚鼐生平，乾隆三十五年（1770），姚鼐充湖南乡试副考官，过武昌，登黄鹤楼，则可知此札作于乾隆三十七年（1772）。此时姚鼐尚居京城。姚鼐尺牍中流露出离京归乡之念，或与其四库馆孤立处境相关。尺牍中，姚鼐大谈"文艺"之事，肯定"家法"，拒斥谬妄及流俗异论，并希望得英异之才，振兴衰敝。乾隆三十九年（1774），姚鼐借病辞官，授徒江南，传扬古诗文。此尺牍正可见姚鼐离京之志，亦可见其借"文艺""倔然以兴"之心。

姚鼐居京读书备考之时，广交文友，其中王文治为姚氏生平好友之一。王文治（1730—1802），字禹卿，号梦楼，江苏丹徒人。乾隆二十五年（1760）以殿试一甲三名进士及第，授翰林院编修，后出为云南临安府知府，以事免归。

---

① 姚鼐著，刘季高标校：《惜抱轩诗文集》，上海：上海古籍出版社，1992年，第114页。
② 陈平原：《从文人之文到学者之文：明清散文研究》，北京：生活·读书·新知三联书店，2017年，第206～207页。
③ 姚鼐《恬庵遗稿序》言："乡之前辈以文章称而年与鼐接者十余人。鼐自童幼，受书一室，足希出户，苟非尝至吾家者，率不得见。若望溪宗伯、袭参司业、南堂、息翁诸先生，异乡学者见其诗文，或生爱慕，恨莫接其形容，而恶知生同里闬者，固亦若是也。"可知，姚鼐与方苞并无直接交往。

王文治为当时著名书法家、诗人,书名与刘墉、梁同书、翁方纲相当,诗歌则与袁枚、赵翼、蒋士铨并称,著有《梦楼诗集》《快雨堂题跋》等。所谓"姚朱王相契"即指姚鼐、朱孝纯、王文治相交甚得之事①。姚鼐通过刘大櫆结交朱孝纯,王文治则通过姚鼐结交朱孝纯,姚、朱、王三人相交一时传为美谈。王文治为姚鼐青年时代所交朋友,曾诗酒唱和,任性使情,姚鼐有《八月十五日与朱子颖孝纯王禹卿文治集黑窑厂》诗记三人同游黑窑厂事。《清稗类钞》记此事道:"一日,天寒微雪,偕过黑窑厂,置酒纵谈,咏歌击节,旁若无人。明日,盛传都下。"②可见,姚鼐并非始终是弟子们在寿序、祭文、墓表、志铭中所描述的"色怡气凝"的形象,须知老病贫苦的杜甫亦有"忆年十五心尚孩,健如黄犊走复来。庭前八月梨枣熟,一日上树能千回"的少年顽皮之态。与此相应,姚鼐京师期间,特别是与朱孝纯、王文治唱和之诗,多颇有豪情,亦并非偏擅阴柔之风所能概括。可以说,研究姚鼐的诗文成就及艺术特色,不应忽视姚鼐居京时期的诗文创作,而尤其要重视姚鼐与朱孝纯、王文治的交往。

今遍查《惜抱轩诗文集》《惜抱轩尺牍》等,并未见姚鼐与王文治书信;《王文治诗文集》亦未收王氏与姚鼐信札,但《王文治诗文集》卷首则收录姚鼐与王文治信札两封,弥足珍贵,可补姚鼐尺牍散佚之失。今先录第一首于下:"鼐顿首,今岁两次奉书,欲求大集,不知去冬已承见赐。昨日下午乃并手书接到,急展读之,觉其情深意厚,使人魂销气尽,往复不能自已。虽鼐接待最久,读时用心较他人不同,然此要即是先生独得古人作诗本旨,超出凡众处,亦即是先生能变情种为大悲、以缠绵为般若处也。东浦方伯见语云:'梦楼劝人学佛,意思恳挚,如其身事,最不可及。'此理吾更通之以论诗。窃以为独得妙解,是耶? 非耶? 其间应酬之作未免存之过多,然亦是鼐一人之见。鼐不能作大家,即更不许他人以大家自待,不欲其金玉与砂石俱存,斥鷃之论,不

---

① 具体论述参见本书第十二章《姚鼐与师友门人交游考略》第一节"姚鼐与辽东朱氏交游考"。

② 徐珂:《清稗类钞》,北京:中华书局,1986年,第3613页。

当以较鹏鲲耳。笑笑。"①

从此札看,此前姚鼐尚未看到王文治诗集,据姚鼐《食旧堂集序》可知,乾隆四十二年(1777),朱孝纯于扬州俾人抄王文治诗十卷,曰《食旧堂集》。则可知此札当书于作序之前,亦当在姚鼐主讲扬州梅花书院期间,即乾隆四十一年(1776)秋至四十二年(1777)五月前。这封尺牍被整理者放在王文治诗文集之前,显然有揭櫫王文治诗歌创作成就及特色之意。姚鼐这里所言"觉其情深意厚,使人魂销气尽,往复不能自已",当指王诗中那些具有豪宕雄伟风格的古体及乐府歌行,也即《海天游草》《南诏》《洮河》诸集所收优秀作品。王昶《蒲褐山房诗话》称:"时全侍讲魁、周编修煌,奉使琉球,挟以俱往,故其诗一变,颇以雄伟见称。"②此即言王文治随翰林侍读全魁等出使琉球事,这一时期诗歌创作被收入《海天游草》。王豫《京江耆旧集诗话》言:"侍读天才豪纵,音节洪亮。《南诏》《洮河》诸集中雄杰瑰丽之篇,不愧唐音。"③王文治曾任云南临安知府,因中缅之间战事爆发,羽书征檄,督运军粮等,《南诏》等即收录此类诗歌。这是称赞王文治诗歌中雄奇豪放的一面。《昆明逢朱子颖六十韵》道"尘务丛如猬,官书杂似麻。边烽俄倥偬,羽檄更纷挐"④,这一切让这位翰林院出来的知府感到不适应,于是初任太守、年未四十的王文治即称病解官了,并且开始禅修。这种由追求事功转而修习佛理的举动必然会影响王文治的诗歌创作。这也就是姚鼐在这封尺牍中所言"先生能变情种为大悲、以缠绵为般若处"。关于这种转变,姚鼐在《食旧堂集序》中感慨:"然先生豪纵之气,亦渐衰减,不如其少壮。然则昔者周历山水,伟丽奇变之篇,先生自是将不复作乎!"⑤但后来姚鼐又修正了自己的看法,这在姚氏与王文治的另一封尺牍中有明确吐露:"前日一书系骆氏家人取去,不知达否? 连日与东浦、坳堂评论大集,以为远过时流,必传无疑。此是平心核论,毫无标榜之意,

---

① 王文治著,刘奕点校:《王文治诗文集》,北京:人民文学出版社,2014年,第7页。
② 转引《王文治诗文集·前言》,北京:人民文学出版社,2014年,第15页。
③ 转引《王文治诗文集·前言》,北京:人民文学出版社,2014年,第15页。
④ 王文治著,刘奕点校:《王文治诗文集》,北京:人民文学出版社,2014年,第194页。
⑤ 姚鼐著,刘季高标校:《惜抱轩诗文集》,上海:上海古籍出版社,1992年,第43页。

后生闻者,亦颇以为允。而佳处尤在《快雨》《无余》诸集中,是鼐作序之后,反觉序所云不如少壮之论为未当耳。何时更见,驰仰不具。"①从这封尺牍看,姚鼐当时已看到《快雨堂集》《无余阁集》诸作,而据《无余阁集》前小序可知,此为王文治五十岁后的作品,又从"连日与东浦、坳堂评论大集"可知,则此必在姚鼐主讲江宁钟山书院之际,再结合《梦楼诗集》刊刻情况,则此札或当作于乾隆六十年(1795)刻成《梦楼诗集》稍后。或即王氏刊成《梦楼诗集》,以其赠姚鼐、陈奉兹、方昂等人,姚鼐读后作书与王文治。姚鼐在这封尺牍中首先肯定了王文治诗必传于后,进而认为王诗后出专精,《快雨堂集》《无余阁集》诸作超出《海天游草》《南诏》《洮河》诸集。王文治晚年书法以平淡天真为贵,其诗歌创作也由瑰丽变为平淡,这种变化源于血气之衰与禅修之进,学界一般认为王文治的诗歌创作与其书法创作的中年之变是不成功的②,但姚鼐一反前说,我们如何看待这种变化? 这主要是因为姚鼐受王文治等影响"笃信"佛学,进而影响其文学批评③。

　　姚鼐与王文治、朱孝纯在京师的交往,正如朱孝纯《送王梦楼先生出守临安》所言:"高歌不知更漏促,酒痕往往污衣裘。"④酒、诗歌,成为三位血气方刚的友人挥洒狂傲的媒介,也使得他们在京师赢得最初的声名。此后,姚鼐与朱孝纯、王文治或离或合,皆互通消息、相互勉励,特别是朱孝纯以两淮盐运使驻扬州期间,三人同游焦山等地,再续诗酒之会。姚鼐《题梦楼集》诗曰"与君交久无如我,并到头童白颔髭"⑤,这对相交半世纪的好友,始终相互提携,姚鼐在《食旧堂集序》及上面两封尺牍中都推扬王文治诗歌创作的成就,而王文治则对姚鼐以禅悟诗颇有影响。

　　《桐城文学渊源考 撰述考》收录王芑孙,将其置于卷二,卷二以方苞为

---

① 王文治著,刘奕点校:《王文治诗文集》,北京:人民文学出版社,2014年,第7页。
② 具体论述可参考刘奕《王文治诗文集·前言》。
③ 具体论述可参考周中明先生《姚鼐研究》第十章《姚鼐"老年惟耽爱释氏之学"之我见》。
④ 朱孝纯:《海愚诗钞》,见《清代诗文集汇编》第388册,上海:上海古籍出版社,2010年,第222页。
⑤ 姚鼐著,刘季高标校:《惜抱轩诗文集》,上海:上海古籍出版社,1992年,第597页。

首,"此卷专记师事及私淑方苞诸人",而关于王芑孙的介绍为:"少闻锺励暇传方苞经说、古文之学,习其议论。后交刘大櫆、鲁九皋、秦瀛、彭绍升、汪缙等,以文学相切劘,自谓古文之学,必极其才力,而后可载于法,必无所不有,而后可以为大家。"①王芑孙(1755—1817),字念丰(又作沣),号惕甫,一号铁夫,又号楞伽山人,长洲(今江苏苏州)人。乾隆五十三年(1788)召试举人,官华亭教谕,工书法,著《碑版广例》《楞伽山房集》等。《桐城文学渊源考 撰述考》以为王芑孙私淑方苞,又交刘大櫆,唯独没有言及王芑孙与姚鼐相交之事。考虑到王芑孙主要活动在乾嘉时期,与姚鼐同时稍后,又都主要在江南活动,两人当有交集。查王氏《渊雅堂全集》,其中收《与姚姬传先生书》两封,且在此两书后附录姚鼐答王芑孙之书,这对于考察姚鼐与王芑孙的交往以及桐城派的传播颇有助益,先将王芑孙与姚鼐书信引于下:

> 芑孙憒学寡陋,其少也,窃闻桐城之绪言,忽若心开;长而诵先生之文,又若身亲见之。其后久在京师,及行四方,凡并世所称有道能文者,后先接对,或意外遭之,而独最所钦迟最所歆慕。方将量腹勺流分其九里之润,如先生者,其踪迹差池,动辄相左,迄不得一望履舄进其无賸之文,以受匠成于斤斧,其默默怅惋之私,积数十年遂至于今。中间行李往来,非无将书之便,自念生平无知妄作所流播者已尝就质于先生,即先生所著书次第刊行亦次第求而读之矣。至于盛德之光所不言,而饮人者,自非朝夕几杖之下,进以观法,退以自镜,精神之所接,意趣之所流,类非他人所能传,亦非楮墨所可寄。以此每欲发书,临发辄止。
>
> 前岁辱先生亲书寄扇,笔力超迈,了不见老人衰惫之态。昨次子嘉福往拜床下,兼蒙垂询,拳拳及于恶札。今不揣鄙劣,手写近作二通,漫尘余览。芑孙之齿少先生二十余岁,诗文字画顾已衰退,若此蒲柳松柏受诸天者,固不可同日道抑。程子所谓"不学便老",而

---

① 刘声木撰,徐天祥校点:《桐城文学渊源考 撰述考》,合肥:黄山书社,2012年,第113页。

衰其行业之无闻,而身名之不立,终将自陷于泯泯之中。大贤君子所宜愍恻而引翼扶掖之者,先生亦何以教之乎?遣状不谨,诸惟亮察。①

为了对比,笔者再将姚鼐与汪芑孙的书信录于下:

十月二十四日,姚鼐顿首奉书铁夫先生侍史:昔桓谭有言:"凡人忽近而贵远。"以鼐之不才,又于今世,固所谓"禄位容貌,不能动人"者,而先生独盛称之,载诸文集。是其取舍远乎流俗之情,而鼐获不弃于贤哲,有不待乎后世之子云也,岂非幸哉!举世滔滔,知己宁可再遇,而相去四五百里,无因缘一见。久欲奉一书于左右,而忽忽未及为;昨贤子至,乃承赐书先之,展诵喜跃不可胜,而又以自惭其疏惰也。冬寒惟兴居万福!

先生文章之美,曩得大集,固已读而慕之矣;今又读碑记数首,弥觉古淡之味可爱,殆非今世所有。夫古人文章之体非一类,其瑰玮奇丽之振发,亦不可谓其尽出于无意也;然要是才力气势驱使之所必至,非勉力而为之也。后人勉学,觉其累积纸上,有如赘疣。故文章之境,莫佳于平淡,措语遣意,有若自然生成者,此熙甫所以为文家之正传,而先生真为得其传矣。

诗之与文,固是一理,而取径则不同。先生之诗,体用宋贤,而咀诵之余,别有韵味,由于自得,非如熙甫文佳而诗则平浅者所可比也。至于尊书亦殊妙,所寄册,当装以为世宝,固不复奉还。略论其欣仰之意,闻之以为有当否?

鼐今岁在江宁过腊,归期尚未能决。昔年尝一游苏州,极思其风景;若再获东来,一瞻容仪,则大快平生矣。但不知得果此缘否?贤子在此,且当时得通书。率复不具。②

---

① 汪芑孙:《渊雅堂全集·惕甫未定稿》卷八,清嘉庆刻本。
② 姚鼐著,刘季高标校:《惜抱轩诗文集》,上海:上海古籍出版社,1992年,第289~290页。

陈用光于姚鼐此札后补记:"辛未十月杪,接到惕甫录记。"故可知两人通信时间在嘉庆十六年(1811)。此时,姚鼐继续主讲钟山书院,王芑孙则可能居苏州。王芑孙所言"窃闻桐城之绪言",或即指"少闻锺励暇传方苞经说、古文之学",如此即首先拉近了与姚鼐的距离。后面则一再表露由于自己的疏懒导致"最所钦迟最所歆慕","其默默怅惋之私,积数十年遂至于今"。需要注意的事,首先打破这种不通消息局面的竟是姚鼐,也即王芑孙信中所言"前岁辱先生亲书寄扇"。姚鼐长王芑孙二十四岁,年已八十的姚鼐久为东南硕儒,为何主动送书扇给王氏?笔者从姚鼐与陈用光的信中找到了答案:"顷见吴中王铁夫集中有《跋惜抱集》一篇,此君乃未识面之人,而承其推许,使人有知己之感。其论鄙作所最许者序事之文,甚爱《朱竹君传》,而不甚喜考证之作。愚意谓以考证累其文,则是弊耳;以考证助文之境,正有佳处,夫何病哉?铁夫必欲去之,亦偏见耳。其文章不愧雅驯,亦今之奇士矣。"①从上面材料可知,乾隆五十九年(1794),王芑孙于京师曾作《书惜抱轩文集》,以为姚鼐文章"简澹而清深,翛然有得于性情之际",甚至以为超越其乡先生之流风余绪。王芑孙作此文,姚鼐并不知晓,直到嘉庆十一年(1806),姚氏才看到王氏此文,这让姚鼐有知己之感,并称许王氏为奇士。又过了五年,因王氏之子嘉福拜姚鼐于江宁之际,姚氏才有投桃报李之举,赠之以扇。王芑孙则在得到赠扇后第一时间寄书姚鼐,备述数十年推崇之意。从姚鼐的回信看,姚鼐以王氏为知己,并申久欲通信之愿。紧接着,姚鼐即与其谈论文章之事,如文章之境非一类而以平淡为佳,文章创作要自然生成不可勉力为之,诗文固是一理而取径不同等。在姚鼐看来,王氏碑记有古淡之味,王氏之诗咀诵有味,此为可爱之作;而对于瑰玮奇丽之作,须得才力气势驱使之,不可勉力为之。很显然,姚鼐对王芑孙大有好感,将为文之法,择要告之,而王氏将姚鼐此书附录于己书之后刊刻传世,也表明两人相处之融洽,关系友好。此后,王芑孙与姚鼐又有通信,王氏在信中言"芑孙不幸有傲一世名,顾独心折于先生,自量所

---

① 姚鼐:《惜抱轩尺牍》卷六,清道光三年(1823)刻本。

知所能,犹不足以居先生弟子之列",又言"苞孙幼子嘉禄今年十五,补诸生,下科将自挈之以就乡试,自可与先生相见"①,实际上是想以其子从姚鼐学,表示对姚鼐的推崇之意。

笔者从姚鼐师友中选取刘大櫆、戴震、王文治、王芑孙四人②,活动范围则涵盖京师游历、扬州教授、主讲钟山,时间跨度有数十年,考察了姚鼐与师友的书信交往。我们看到姚鼐从辞章到考据再回到辞章的转变,看到了姚鼐从请教者到商讨者再到教授者的转变。姚鼐通过与师友的尺牍往还,结交了朋友,扩大了影响,加深了理解,获得了支持,正如《诗经·小雅·伐木》所言"嘤其鸣矣,求其友声。相彼鸟矣,犹求友声;矧伊人矣,不求友生"③,寻求志同道合的师友,成为姚鼐及桐城派发展的第一步。

第二节　余岂好辩,不得已也
——姚鼐与辩论者尺牍

梅曾亮在《姚姬传先生八十寿序》中形容姚鼐道:"清言徐动,濠梁之意已生;真想在中,羲皇上人不远。"④毛岳生则言:"宾接后进,色怡气凝。教弟子必先行谊,故士出,辄端悫有文。"⑤李兆洛《桐城姚氏姜坞惜抱两先生传》称"惜抱先生清明在躬,蓄云泄雨,文章为光,岳于天下"⑥,姚莹则言"先生貌清而癯,而神采秀越,风仪闲远,与人言终日不忤",又借王昶之言称姚鼐"蔼然

---

① 王芑孙:《渊雅堂全集·惕甫未定稿》卷八,清嘉庆刻本。
② 姚鼐与康基田(1728—1813)、朱珪(1731～1807)、谢启坤(1737—1802)、汪志伊(1743—1818)等多有书信往来,限于篇幅,不再赘述。
③ 程俊英、蒋见元著:《诗经注析》,北京:中华书局,1991年,第454页。
④ 梅曾亮著,彭国忠、胡晓明校点:《柏枧山房诗文集》,上海:上海古籍出版社,2005年,第395页。
⑤ 毛岳生《姚先生墓志铭》,见《清代诗文集汇编》第570册,上海:上海古籍出版社,2010年,第176页。
⑥ 李兆洛:《养一斋集·文集》卷十五,清道光二十四年(1844)增修本。

孝弟,践履纯笃,有儒者气象"①。就是这样一位有儒者气象的姚鼐,亦有与他人展开辩论的时候。其中较有意味的当是姚鼐与袁枚的三书,即《惜抱轩诗文集》中《答袁简斋书》《再复简斋书》《再复简斋书》,现在择其部分,录之于下:

> 前日承询妇人无主之说,当时略以臆对。归后复读赐书,检寻传记以考其实。盖以士大夫礼言之,非特妇人无主,虽男子于庙固亦无主也。以天子、诸侯言之,则自汉以后,妇人于庙中有主,而周以前,则或有或无,未敢决焉。古人所重者尸祭。其以神者尸为要,主非所必不可无也。郑康成注《祭法》,谓士大夫之庙无主,惟天子诸侯庙乃立主。其说颇为今学者所骇,而考之于古则实然。②

> 《穀梁》疏载糜信引卫次仲云:"宗庙主皆用栗,右主八寸,左主八寸。"此亦言妇人于庙中有主,然不知次仲所言,古礼耶?抑第汉事耶?是犹不能明也。③

> 两札下问,愚浅不能具答,略以所明者上陈:古人以玄为服采之盛。《礼》所云冕服,皆玄也。衣正色,裳间色,谓之贰采。惟军礼乃上衣下裳同色,故曰袀服。……儒者生程、朱之后,得程、朱而明孔、孟之旨,程、朱犹吾父师也。然程、朱言或有失,吾岂必曲从之哉?程、朱亦岂不欲后人为论而正之哉?正之可也,正之而诋毁之,讪笑之,是诋讪父师也。且其人生平不能为程、朱之行,而其意乃欲与程、朱争名,安得不为天下之所恶。故毛大可、李刚主、程绵庄、戴东原,率皆身灭嗣绝,此殆未可以为偶然也。愚见如是,惟幸教之。④

通读三书,我们可以发现一个有意思的现象,即姚鼐是以汉学之法,即

---

① 姚莹《朝议大夫刑部郎中加四品衔从祖惜抱先生行状》,见《桐城派名家文集⑥姚莹集》,合肥:安徽教育出版社,2014年,第91页。
② 姚鼐著,刘季高标校:《惜抱轩诗文集》,上海:上海古籍出版社,1992年,第98~99页。
③ 姚鼐著,刘季高标校:《惜抱轩诗文集》,上海:上海古籍出版社,1992年,第100~101页。
④ 姚鼐著,刘季高标校:《惜抱轩诗文集》,上海:上海古籍出版社,1992年,第101~102页。

"检寻传记以考其实",又多引用汉学大师郑玄的观点来论证自己的看法,这对于崇宋抑汉的姚鼐来说是颇耐人寻味的。姚鼐在与汉学家论辩时,如与弟子孔广森书等,搬出的是程、朱;姚鼐在与不守礼法、诗酒风流的袁枚辩论时搬出来的是郑玄等。这能够看出姚鼐比袁枚等受汉学的影响要大些。当然,为了表明自己是崇宋抑汉的,所以姚鼐在《再复袁简斋书》的结尾部分又把宋学抬出,把当时有名的汉学家大骂了一通。这似乎不仅是在骂汉学家,还对不尊程、朱礼法的袁枚有警醒之意①。

有意思的是,姚鼐与擅长辞章之学的袁枚谈论古礼考证之学,与汉学家翁方纲讨论的却是诗文创作②。姚鼐作有《答翁学士书》,其文节录于下:"昨相见,承教勉以为文之法。早起又得手书,劝掖益至,非相爱深,欲增进所不逮。曷为若此?鼐诚感荷不敢忘!虽然,鼐闻今天下之善射者,其法曰:'平肩臂,正胆,腰以上直,腰以下反句磬折,支左诎右。其释矢也,身如槁木。苟非是,不可以射。'师弟子相授受,皆若此而已。及至索伦蒙古人之射,倾首、欹肩、偻背,发则口目皆动。见者莫不笑之,然而索伦蒙古之射远贯深而命中,世之射者常不逮也。然则射非有定法亦明矣。夫道有是非,而技有美恶。诗文皆技也,技之精者必近道,故诗文美者命意必善。文字者,犹人之言语也,有气以充之,则观其文也,虽百世而后,如立其人而与言于此;无气,则积字焉而已。意与气相御而为辞,然后有声音节奏高下抗坠之度,反复进退之态,采色之华。故声色之美,因乎意与气而时变者也,是安得有定法哉!"③

翁方纲(1733—1818),字正三,一字忠叙,号覃溪,晚号苏斋。书法家、文

---

① 姚鼐认为"毛大可、李刚主、程绵庄、戴东原,率皆身灭嗣绝,此殆未可以为偶然也",这种严厉的口吻,甚至有些恶毒讥笑的意味,似在温文尔雅的姚鼐那里是绝无仅有的。袁枚虽妻妾成群,美食美居,但一直没有子嗣,故以其从父弟袁树子袁通为子,暮年侧室才得一子。在与袁枚的信中提及子嗣的事,或是对其有所讽谏。因为尽管汉学家和袁枚不同,但是反程、朱则是一贯的。另外,姚鼐的弟子孔广森、张聪咸以及外甥马宗琏都改学汉学,又皆早亡,这种巧合,或许会加深姚鼐对汉学的反感。
② 即姚鼐所作《答翁学士书》,翁方纲诗文创作成就亦颇高,这里为了和袁枚对比,称其为金石学家。
③ 姚鼐著,刘季高标校:《惜抱轩诗文集》,上海:上海古籍出版社,1992年,第84~85页。

学家、金石学家。直隶大兴(今属北京)人。乾隆十七年(1752)进士,授编修。历督广东、江西、山东三省学政,官至内阁学士。论诗持"肌理说",著有《粤东金石略》《苏米斋兰亭考》《复初斋诗文集》等。翁方纲论文亦如论诗,注重一定的法则,讲求一定的章法。姚鼐回复翁方纲的这首尺牍正是针对翁氏的"法"而来,姚鼐认为为文如同射箭,"非有定法亦明矣"。但是这并不意味着其可以任意而为,首先是诗文美者命意必善;其次要有气充之,即要能如"立其人而与言于此";再次在意与气相御的基础上而为辞,其辞要有"声音节奏高下抗坠之度,反复进退之态,彩色之华"。这显然是融通而又极有见识的一篇文论,为文要立意善,要有精气神,要注意辞采,当是姚鼐创作的甘苦之言。尤为值得注意的是,姚鼐驳翁方纲为文有"定法"说的时候,以汉人之射箭与索伦蒙古射箭相对比,设喻恰当,对比鲜明,描述精彩,亦庄亦谐,增强了文章的说服力,也给人文学美的享受。翁方纲《复初斋集外文》有《与姬传郎中论何李书》《再与姬传郎中论何李书》,从这两书看,约与姚鼐《答翁学士书》作于同时,即姚鼐居京为官后期。翁方纲在与姚鼐书中对姚鼐"于诗则曰宜法何、李"表示极大不满,希望姚鼐"尽弃其夙闻,于何、李之为诗者而易辙"①。翁方纲两书言辞激烈,大有必改姚鼐前此所习之意。反观姚鼐与翁方纲书,在坚持己见的同时,并无强人所难之举。

除袁枚、翁方纲外,姚鼐与钱大昕、凌廷堪等汉学家亦有辩论。钱大昕(1728—1804),字晓征,又字及之,号辛楣,晚年自署竹汀居士,江苏嘉定(今属上海)人,清代著名史学家、汉学家,著有《十驾斋养新录》《廿二史考异》《潜研堂集》等。今查《惜抱轩诗文集》及《惜抱轩尺牍》,并未见两人有直接的书信往来,但在《复谈孝廉书》中提到了钱大昕,现将此信节录于下:"某顿首,星符先生足下:前辱以辛楣先生说秦三十六郡事,与仆二郡说异,示以相较,甚喜! 比未及详答,今更考寻,知少詹言亦未审也。按《秦始皇纪》'分天下为三十六郡',在其二十六年;迄三十三年,略取陆梁地为桂林、象郡、南海,是已为

---

① 翁方纲《与姬传郎中论何李书》,见《翁方纲题跋手札集录》,桂林:广西师范大学出版社,2002年,第544~545页。

三十九郡;至秦亡时,或更有分合,不知凡若干郡也。子骏、孟坚盖已不能详知,姑举其初,曰:'本秦京师为内史,分天下作三十六郡。'下遂及'汉兴'云云。其说实有未备,不可拘守也。仆考秦、楚间郡名,得四十余。《汉·地志》郡、国其有注云'秦置'者,凡三十六。少詹所举,谓始皇所分三十六郡即是也,而桂林三郡在其中。其外《史记》纪秦昭襄王置黔中郡矣。《陈涉世家》云:'比至陈,陈守、令皆不在。'则知有陈郡矣。'丁疾等围东海守庆于郯。'则知有东海郡矣。《项羽纪》:'赵将司马卬定河内,故立为殷王,王河内。'盖秦有河内郡也。'田安下济北数城。'《留侯世家》:'孺子见我济北。'是济北亦秦郡,故曹参定济北郡也。至于鄣、东阳、胶东、胶西、博阳、城阳、衡山诸郡,皆名见楚、汉之交者。此或秦置耶?或楚、汉置耶?举未可知。将以推始皇二十六年分三十六郡之数,惟南海、桂林、象郡必不当数之,少詹误耳。"①

谈泰,字阶平,一字星符,上元(今属江苏南京)人。性嗜学,尤精天文历算,少詹钱大昕数与往复辩论,极称重之。谈泰中乾隆五十一年(1786)举人,晚为南汇县教谕,临终时犹手不释卷,所著书凡三十种。从姚鼐的这封信看,谈泰是分别看到姚鼐与钱大昕关于秦始皇三十六郡建置考论的不同意见,并将钱氏的见解告知姚鼐,姚鼐作此书以答之。有意思的是,谈泰又将姚鼐的见解告知钱大昕,钱大昕亦报之以书,其《答谈阶平书》:"得足下书,道及姚礼部驳仆《汉书考异》中'说秦三十六郡'一条。仆所据者班孟坚《志》本文,以《志》解《志》,非敢臆造。礼部执《史记》分郡在始皇二十六年,而略取南海诸郡乃在三十三年,不当列于三十六郡之数,似矣。仆试即以《史记》质之……"②可见,姚鼐与钱大昕虽然在秦置郡县数量的问题上有不同看法,但毕竟没有直接对话,其中的原因之一当是没有看到对方的著作,而仅仅依凭谈泰的传言,而传言未必可靠。当钱大昕在陈用光处看到姚鼐所著之书,即作《与姚姬传书》,兹录之于下:

---

① 姚鼐著,刘季高标校:《惜抱轩诗文集》,上海:上海古籍出版社,1992年,第96~97页。
② 陈文和主编:《嘉定钱大昕全集》第九册,南京:江苏古籍出版社,1997年,第598页。

昨于新城陈公子硕士所，读所著《庐江九江二郡沿革考》，以今县推见汉疆域，所谓"君子之言，信而有征者矣"。惟以庐江为衡山改名，则犹有未慊于心者。夫淮南之分为三，在文帝十有六年，曰淮南、曰庐江、曰衡山，皆秦九江郡地，在战国则皆楚地也。秦之九江郡，跨江南北，楚、汉之际，以江南地析置豫章郡，而黥布封淮南兼得之。淮南厉王因布故封，文帝封厉王诸子，尽以故地还之，故庐江国兼有豫章郡，得与楚交通也。景帝平吴、楚，徙庐江王赐于衡山，而庐江、豫章俱为汉郡，其衡山之为王国如故也。武帝元狩元年，王赐以谋反诛，而国除为衡山郡，其三年，以衡山地置六安国，自后遂无衡山之名。《景十三王传》封胶东王寄少子庆为六安王，王故衡山地。《汉志》叙衡山沿革于六安下，不系于庐江下，明乎衡山之与庐江无涉也。庐江之为郡，在孝景初，自后别无废、省之人。伍被说淮南王安云："南收衡山，以击庐江。"是衡山与庐江绝非一地，今欲并而合之，难矣。

　　黥布初封，《史》称九江、庐江、衡山、豫章郡皆属焉。考其时吴芮徙封长沙，以其地益布，而芮故都邾，则当兼得江夏地。厉王子勃封衡山，亦当兼有邾、轪、蕲春诸县。至武帝建六安国，分土始狭，非复衡山之旧。光武初，因省六安入庐江，若西京，则衡山自衡山，庐江自庐江，未尝合而为一也。读史之病，在乎不信正史，而求之过深，测之太密。班孟坚志郡国沿革精也，间有未备，以纪传考之，无不合也。孟坚所不能言，后儒阙其疑可矣。谓汉初之庐江在江南，武帝时已罢，昭、宣之间改衡山为庐江，皆孟坚所未尝言；所据者仅"庐江出陵阳"一语，然陵阳乃鄣郡之属县，非淮南故地，恐难执彼单辞以为定案也。先生当代宗师，一言之出，当为后世征信。敢献所疑，幸明以示我。①

---

① 陈文和主编：《嘉定钱大昕全集》第九册，南京：江苏古籍出版社，1997年，第601～602页。

钱大昕所言《庐江九江二郡沿革考》即《惜抱轩诗文集》中《汉庐江九江二郡沿革考》，两人皆将文章收入文集之中，可见二人各执己见，并未被对方所论折服。钱大昕尤长史学，这从其著作即看出①，姚鼐亦曾言"近时史学，无过钱辛楣"，可见对钱大昕史学成就的推重，但紧接着又言"吾有所辨论，殆足俪之"②。姚鼐何以有此自信？如前所论，姚鼐虽拜戴震为师不成，但受戴震影响，研治地理之学。除《汉庐江九江二郡沿革考》外，姚鼐文集中尚有《郡县考》《项羽王九郡考》，《惜抱轩笔记》《九经说》中亦有一些关于舆地之学的讨论。其在《泰山道里记序》中言："余尝病天下地志谬误，非特妄引古记，至纪今时山川道里远近方向，率与实舛，令人愤叹。"③足见姚鼐确实用心舆地之学。笔者在这不对姚鼐与钱大昕所论孰对孰非做评论④，但从钱大昕书信所言"先生当代宗师，一言之出，当为后世征信。敢献所疑，幸明以示我"看，钱氏对自己的学问颇为自信，并希望就此问题继续讨论下去。姚鼐则没有继续

---

① 钱大昕除《廿二史考异》，尚有《三史拾遗》《元史氏族表》《通鉴注辩正》《诸史拾遗》《元史艺文志》等。

② 姚鼐《与陈硕士》，《惜抱轩尺牍》卷六，清道光三年（1823）刻本。

③ 姚鼐著，刘季高标校：《惜抱轩诗文集》，上海：上海古籍出版社，1992年，第253页。

④ 关于此问题，今人亦有讨论，如辛德勇《秦始皇三十六郡新考》（《文史》2006年第1期）对秦"分天下为三十六郡"考证甚详，关于此论辩背景转录如下：《史记·秦始皇本纪》记载，始皇二十六年，初并天下，"海内为郡县，法令由一统"。于是，秦始皇"分天下以为三十六郡"，采用整齐划一的行政方式，统治全国各地。这在中国历史上，是与"车同轨、书同文"意义同等重要的政治举措，并成为后世郡县政区沿革起始的基点。传世史籍中明确记述这三十六郡的名称，始见于刘宋裴骃的《史记集解》。其后，唐朝官修的《晋书·地理志》、北宋欧阳忞的《舆地广记》、南宋王应麟的《通鉴地理通释》、元人方回续撰《古今考》，以及胡三省注《资治通鉴》，直至明末清初顾祖禹的《读史方舆纪要》等重要著述，均一直沿用这一说法。因此，裴骃所说，显然是传统的主流观点。对于秦始皇三十六郡的这种认识，从清代康熙年间考据学兴起时开始，发生转折；到乾嘉时期，考据学兴盛之后，更完全变换成为另一种局面。清代考据学者治学，有一条基本途径，就是摆脱后人注疏述说的束缚，直接分析最早的文献记载，做出自己的裁断，用其代表性人物钱大昕的话来说，就是"言有出于古人而未可信者，非古人之不足信也，古人之前尚有古人，前之古人无此言，而后之古人言之，我从其前者而已矣"。依循这样的途径，刘宋裴骃的说法，其出现时代显然已经较晚，是否可靠，便需要重新审视。学者稽考的结果是绝大多数人普遍认为，裴骃所说不足以信据。关于此问题，尚可参考谭其骧发表于1933年的《汉百三郡国建置之始考》等。

与钱大昕展开探讨,其在《与陈硕士》的尺牍中言:"至其必欲以秦桂林四郡,置初立三十六郡之内,及不许庐江郡本在江南,窥其意似有坚执己见不复求审事实之病。四郡之立在三十六郡后,见于《本纪》甚明,何须更辨?若庐江则《招魂》固云'路贯庐江',又云'哀江南'矣。古庐江在江南,而后移于江北。犹豫章在江北而后移于江南。今之九江浔阳,皆从江北移而江南者也。夫何足异?鼐尝谓辨论是非,当举其于世甚有关系不容不辨者。若此数郡,所论不过建置前后之异耳。得亦何足道,不得亦何足道?于世事之治乱,伦类之当从违,夫岂有所涉哉?《庄子》云'有争气者,勿与辨也',鼐于辛楣先生处,已不更作复,聊与吾石士言之耳。"①笔者认为,姚鼐此论并非仅仅对弟子有所解释说明,更多的是从根本上否定这些于世不甚有关系的话题,"得亦何足道,不得亦何足道",即话题本身意义并不大,更不愿与他人斗气。

同样还是舆地的问题,姚鼐还与其弟子张聪咸辨大别山,针对张聪咸将《复姚姬传夫子论大别书》刻集流布,姚鼐除了对张氏的观点有所批判②,还在《与刘明东》的尺牍中言:"地理乃史学中之一端,须足行多所历,方能了了。或觅得一当今之全图,有百里方格者,时悬于前,其间虽有小误,大体不失。若止于史志上,终不能分明也。张阮林辨吾论大别,谓南北通道,淮南、江北甚多,岂可但云北峡关及信阳三关。却不思此通道虽多,而山高径迂,不便行军,其可通车辙易饷运者,只吾邑及信阳耳。吾已以书告之,而彼执不回,且以所辨刊本。吾昔论秦三十六郡无象郡等四郡,钱莘楣谓其不然。吾更不与辨。谓此等是非于身心家国初无关涉,哓哓致辨,夫亦何为?故今于阮林更不复论,以待读书明地理者自能悉其说耳。想明东在县,已见阮林所刻,于此

---

① 姚鼐:《惜抱轩尺牍》卷五,清道光三年(1823)刻本。
② 姚鼐《与张阮林》道:"至于'大别'一条,虽本地志,然地志此处说最不可通,必不可从。鼐《九经说》已论之矣。楚北境连山障蔽,其通行道路,西则义阳三关,即《左传》之城口大隧、直辕、冥阨也;东则必至吾乡之北峡关乃可通行,若三关之东、北峡之西,山高嶂叠,鸟路艰险,南北用兵不能取径,惟元之伐宋一出于麻城木陵关耳。若澮水所出,则又在麻城之东。若吴从此路,必须行今罗田、黄州界内,山高路迂,是自敝也。且济汉而陈,自小别至于大别,如足下说则其陈牵连一千余里,此其说尚可通乎?"

一条,能豁然乎?"①抛开所论论题的对错,姚鼐强调地理之学需多实地考察,需求全图观之,这应当比一味以地志所载考之较为科学合理,且显得通达。

有论者以为姚鼐考据之学不精②,那么如何评价姚鼐颇重舆地之学,并与他人辩论之事?从上面的论述可知,姚鼐的舆地之学除重地志等书籍外,尚重实地考察,又重观察地图,在此基础上加以己断。用姚鼐自己的话说,"其间虽有小误,大体不失"。由此,可以总结姚鼐治学特点,有学者道:"姚鼐以古文说经,免却了考据家的繁碎缴绕,简洁倒是有了,所用证据却未必充分、确凿,因而其所阐发之义理就难免显得标新立异,而缺乏坚实厚重,令人难以置信。在考据家的眼里,这就仍是空疏。"③实际上,任何学问都需要建立在研究者判断的基础上,姚鼐这种避免烦琐考据,以相对简洁、通明的方法考证物理,未必没有市场。如陈用光发扬其师之学道:"欧阳子曰:经非一世之书也。前人成说,有可以为左证者,有不可以为左证者。儒者学古,以其自得义理兼所目验事实,参互考订,归于一是。必欲于前人成说一字不敢移易,是今人所嗤为'应声虫'者也。虽依附郑、孔,安能免门户之见哉!"④陈用光的驳论应该能代表一部分学者的心声。就今天关于秦置郡县的研究成果看,姚鼐的说法有不足之处,钱大昕的观点亦值得商榷,如以钱大昕所论驳斥姚鼐所论,正可谓"五十步笑百步"。实际上他们的研究都是接近历史真相的"中间物"。如以此结论反观姚鼐与钱大昕等汉学家的辩论,姚鼐则显得气定神闲,反倒是汉学家以为真理在我,大有辩论不休之意。姚鼐重视舆地之学给其文学创作也带来新的气象,最明显的则是姚鼐的游记散文创作,如《登泰山记》"泰山之阳,汶水西流;其阴,济水东流;阳谷皆入汶,阴谷皆入济;当其南北分者,古长城也。最高日观峰,在长城南十五里"一段,其对于泰山周边

---

① 姚鼐:《惜抱轩尺牍》卷四,清道光三年(1823)刻本。
② 王达敏先生《姚鼐与乾嘉学派》一书第七章《义理、文章、考证三者兼收说新论》所列"遭遇尴尬",历说姚鼐《九经说》等著作遭逢冷落之事。
③ 王达敏:《姚鼐与乾嘉学派》,北京:学苑出版社,2007年,第177页。
④ 陈用光《寄姚先生书》,见《桐城派名家文集③陈用光集》,合肥:安徽教育出版社,2014年,第59页。

的水文地理都有清楚的交代,令读者如观图册,了然于心,这也可以证明姚鼐"以考证助文之境,正有佳处"的观点。

从上面梳理的材料可以看出,姚鼐论辩的对象包括前辈、同辈,也有后学①,论辩者有擅长辞章之学的诗人,亦有专擅考据的学者。姚鼐秉持着"有争气者,勿与辨也"的论辩态度,但又"外和而内介,义所不可,确然不易其所守"②。正是在辩论中,姚鼐逐渐形成其学术思想,而"不易其所守"又赋予了姚鼐开宗立派的学术品质。

第三节 同声相应,同气相求
——姚鼐与受教者尺牍

姚鼐辞官归里后,先后主讲扬州梅花书院、歙县紫阳书院、安庆敬敷书院、江宁钟山书院,近四十年。"所至,士以得及门为幸,与人言终日不忤,而不可以鄙私干;有来问,必竭意告之,汲引才俊如不及,虽学术与先生异趣者,见之皆亲服。"③如以今天的职业分类看,姚鼐首先应当是一位教师,在教授之余,从事《古文辞类纂》《今体诗钞》等教材的编纂,同时应一些达官及友人的邀请撰写一些墓志铭,间或吟咏诗歌以抒己怀。应当说,姚鼐与受教者关系的探讨是研究姚鼐乃至乾嘉时期桐城派的重要路径。

给姚鼐作传者为凸显姚鼐文名,列举这样一个例子:"新城鲁挈非以文名江右,始受学建宁朱梅崖,梅崖于当世之文少许可,独心折先生。挈非乃渡江造访,使诸甥陈用光等问业焉。"④鲁九皋(1732—1794),原名仕骥,字挈非,号乐庐,又因书室额文"山木居士",故人称"山木先生",新城(今江西省黎川县)

---

① 姚鼐与凌廷堪、孔㧑约等亦有辩论,限于篇幅不再展开论述。
② 吴德旋《姚惜抱先生墓表》,见《桐城派名家文集①姚范集、方东树集、吴德旋集》,合肥:安徽教育出版社,2014年,第877页。
③ 李元度:《国朝先正事略》卷四三,清同治刻本。
④ 李元度:《国朝先正事略》卷四三,清同治刻本。

人。乾隆三十年(1765)拔贡,三十六年(1771)进士,曾任山西夏县知县,著有《山木居士集》等。鲁九皋于乾隆四十五年(1780)前后自赣入皖从姚鼐学。此后,姚鼐与鲁九皋尺牍往来,多言及古文创作,他们对古文理论的探讨,丰富了关于中国古代风格论的认识,且看姚鼐的《复鲁絜非》:"鼐闻天地之道,阴阳刚柔而已。文者,天地之精英,而阴阳刚柔之发也。惟圣人之言,统二气之会而弗偏,然而《易》《诗》《书》《论语》所载,亦间有可以刚柔分矣,值其时其人,告语之体,各有宜也。自诸子而降,其为文无弗有偏者。其得于阳与刚之美者,则其文如霆,如电,如长风之出谷,如崇山峻崖,如决大川,如奔骐骥。其光也如杲日,如火,如金镠铁。其于人也,如凭高视远,如君而朝万众,如鼓万勇士而战之。其得于阴与柔之美者,则其文如升初日,如清风,如云,如霞,如烟,如幽林曲涧,如沦,如漾,如珠玉之辉,如鸿鹄之鸣而入廖廓。其于人也,漻乎其如叹,邈乎其如有思,暖乎其如喜,愀乎其如悲。观其文,讽其音,则为文者之性情形状举以殊焉。且夫阴阳刚柔,其本二端,造物者糅而气有多寡进绌,则品次亿万,以至于不可穷,万物生焉。故曰:'一阴一阳之为道。'夫文之多变,亦若是也,糅而偏胜可也,偏胜之极,一有一绝无,与夫刚不足为刚,柔不足为柔者,皆不可以言文。今夫野人孺子闻乐,以为声歌弦管之会尔;苟善乐者闻之,则五音十二律,必有一当,接于耳而分矣。夫论文者,岂异于是乎?宋朝欧阳、曾公之文,其才皆偏于柔之美者也。欧公能取异己者之长而时济之,曾公能避所短而不犯,观先生之文,殆近于二公焉。抑人之学文,其功力所能至者,陈理义必明当,布置取舍、繁简廉肉不失法,吐辞雅驯不芜而已。古今至此者,盖不数数得。然尚非文之至,文之至者,通乎神明,人力不及施也。先生以为然乎?"①

  姚鼐此文为古今论风格诸作最精彩者之一,所以不惜长篇转引。关于阴阳之论,《老子》及《周易》中已经言之,这本是先民对自然之道的一种直观反应,经过抽象及哲理化之后,则带上万物原始的意味,即万事万物都是在这一

---

① 姚鼐著,刘季高标校:《惜抱轩诗文集》,上海:上海古籍出版社,1992年,第93~94页。

阴—阳交互作用下衍生出来的。刘勰《文心雕龙·体性》对风格的问题有进一步的讨论:"才有庸俊,气有刚柔,学有浅深,习有雅郑,并情性所铄,陶染所凝,是以笔区云谲,文苑波诡者矣。故辞理庸俊,莫能翻其才;风趣刚柔,宁或改其气;事义浅深,未闻乖其学;体式雅郑,鲜有反其习:各师成心,其异如面。若总其归途,则数穷八体:一曰典雅,二曰远奥,三曰精约,四曰显附,五曰繁缛,六曰壮丽,七曰新奇,八曰轻靡。"①刘勰虽将其分八体,但实际还是从二元对立的思维出发,如"典雅"与"新奇"为一对,"远奥"与"轻靡"为一对,"精约"与"繁缛"为一对,"显附"与"壮丽"为一对。刘勰对"繁缛""轻靡""新奇"及"显附"是持批评态度的,这又与纠正当时的文风有一定关系。齐梁之后,又有一些风格的论述,如杜甫以"座中薛华善醉歌,歌词自作风格老"②来褒扬薛华的诗作。及至司空图著《诗品》则又详分"雄浑"等二十四类,逐一做阐释;至清袁枚又为《续诗品》,实际则偏离了文学风格的探讨,而重在论作诗之苦心,可以看出他的论诗宗旨。

关于姚鼐此论,则从天地之道论起,认为文章是天地的精华,也应以阴阳刚柔论之。接着列举了阴阳刚柔文章的不同特色,由这种阴阳刚柔之不同而分化出各不相同的文章,"糅而偏胜可也,偏胜之极"则不足以为文。最后则建议对方根据才性之不同,或"取异己者之长而时济之",或"能避所短而不犯"。

姚鼐在这里强调了阴阳刚柔的结合,指出了作家的个性(才)与风格形成的关系。风格不仅仅是形式的问题,往往和作家的才性和经历相关。这些都是较为深刻的观点。姚鼐此尺牍不同于以往的关于风格论述的文章,其用生动形象的比喻来深入浅出地说明理论问题,这是此文的一大特色。实际上,关于文章风格的论述,无论是刘勰还是姚鼐,都深受中国二元对立思维模式的影响,刘勰是文论家,姚鼐是诗人,刘勰关于风格的分类更详细些,姚鼐关

---

① 刘勰著,范文澜注:《文心雕龙注》,北京:人民文学出版社,1958年,第505页。
② 杜甫《苏端薛复筵简薛华醉歌》,见《杜诗镜铨》,上海:上海古籍出版社,1998年,第127页。

于风格的表述则极为生动形象。就这篇尺牍而言，语言生动，声韵铿锵，色彩鲜明，气势流宕，在姚文中亦是属于少有的雄健恣肆篇章。

姚鼐在《复鲁絜非》中言："盖虚怀乐取者，君子之心；而诵所得以正于君子，亦鄙陋之志也。"①正是鲁九皋的"虚怀乐取"之诚，引发了姚鼐的"诵所得以正于君子"之志，这才有了上面这篇关于讨论文章风格的美文。姚鼐在《夏县知县新城鲁君墓志铭并序》中言及鲁絜非对于江西新城古文日盛的贡献道："君古文虽本梅崖，而自傅以己之所得，持论尤中正。里居授其学于子弟及乡之俊才，又授于其甥陈用光，且使用光见鼐。盖新城数年中古文之学日盛矣，其源自君也。"②因鲁九皋及陈用光与姚鼐亲近之故，诸鲁亦得从姚鼐请教，姚鼐亦诲人不倦："某顿首宾之世兄足下：远承赐书及杂文数首，义卓而词美，今世文士，何易得见若此者。某之谫陋，无以上益高明，'求马唐肆'，而责施于悬磬之室，岂不愧甚哉？顾荷垂问，宜略报以所闻。《易》曰：'吉人之词寡。'夫内充而后发者，其言理得而情当，理得而情当，千万言不可厌，犹之其寡矣。气充而静者，其声闳而不荡。志章以检者，其色耀而不浮。邃以通者，义理也。杂以辨者，典章、名物凡天地之所有也。闵闵乎！聚之于锱铢，夷怿以善虚，志若婴儿之柔。若鸡伏卵，其专以一，内候其节，而时发焉。夫天地之间，莫非文也。故文之至者，通于造化之自然。然而骤以几乎，合之则愈离。今足下为学之要，在于涵养而已！声华荣利之事，曾不得以奸乎其中，而宽以期乎岁月之久，其必有以异乎今而达乎古也。以海内之大而学古文最少，独足下里中独盛，异日必有造其极者。然后以某言证所得，或非妄也。足下勉之！"③

鲁缤，字宾之，号静生，新城人（今江西黎川县），嘉庆二十二年（1817）进士。师事从兄鲁九皋，受古文法，其为文隽杰廉悍，专志于朱仕琇之体，撰有《鲁宾之文钞》等。姚鼐曾在另一封复信中指出"承示古文佳甚，其气凌厉无

---

① 姚鼐著，刘季高标校：《惜抱轩诗文集》，上海：上海古籍出版社，1992年，第93页。
② 姚鼐著，刘季高标校：《惜抱轩诗文集》，上海：上海古籍出版社，1992年，第193~194页。
③ 姚鼐《答鲁宾之书》，见《惜抱轩诗文集》，上海：上海古籍出版社，1992年，第103~104页。

前,虽极能文之士,当避其锋也",此番又告诫他"今足下为学之要,在于涵养而已",进一步指出"声华荣利之事,曾不得以奸乎其中,而宽以期乎岁月之久,其必有以异乎今而达乎古也"。这显然是有针对性地为其把脉,希望其古文之作能更上一层楼。除了鲁缜,鲁九皋之子鲁嗣光亦从姚鼐问学。鲁嗣光,字习之,另字韩门,乾隆五十七年(1792)中举。幼从其父学习古文作法,博通经史。曾校正《礼记》《尔雅》《说文》等书,长于考据,亦善文。为文博核精当,自成一体,确守姚鼐文法,著有《鲁习之文钞》《尚书说》等。鲁嗣光以文请姚鼐批阅,又请姚鼐为其父作墓铭,姚鼐无不尽心,《惜抱轩尺牍》载《与鲁习之嗣光》即为佐证。江西新城有陈、鲁等青年才俊,姚鼐对陈氏、鲁氏都颇为喜爱,授以古文之法,见诸尺牍。陈用光与鲁氏亦时常通信,谈论古文,且引姚鼐等人论文观点,加以讨论。查陈用光《太乙舟文集》所收尺牍,其中与陈、鲁诸子的尺牍亦为数不少,如与鲁嗣光1首,与鲁缜5首,与陈兰祥(为陈用光之侄)6首。兹引陈用光《复宾之书》于下:"以世之为考证学者,务枝叶而忘本根,逐细碎而舍远大,事空文而鲜实用。惧用光乐小道之可观,忘致远之或泥,且心思固僆,则见之文字者气不足以举其词,其有害于古文之学也。……用光方以自愧,谓足下宜策其惰,不谓当舍考证于不为也。且吾师之所谓考证,岂世之所谓考证乎?用光尝因吾师之说而推以合乎宋儒'格物致知'之学,盖今之言学者咸以适用为要矣,而考其见诸事者,或失则重,或失则轻,或畸轻而畸重,或前重而后轻,欲兴利而不知利之所由兴,欲去害而不知害之所由去。……以是知'格物致知'之说之不可易,而循吾师考证之说,则于宋儒之学未必其无所合也。用光之意盖在乎是,固非欲以名物象数之能考证矜其博识也。足下知尊信吾师之说,而所以策用光者,乃举其同趣而异向者以为言似,未察用光之意也。且足下所举阎、朱二家之学亦正有辨,百诗以汉学訾宋学,其词气之偏驳者,非学者所当法也;其考证之精核者,则固古人实事求是之学,不可不法矣。竹垞之为人不足论,其学亦不逮百诗,然博闻强识则今人固未易几也。其文字虽无当于古文之业,然以其该洽,凡言学者往往不能废之。往日,吾乡亦尝有闻山木之风而为古文者矣,然卒之无成者,以其无学也。无学则无以辅其气、定其识。世人以古文学者多空疏,职是故也。且能以考证入文,其文乃益古。吾师尝语用光云:太史公《周本纪赞》所谓'周公葬我毕,毕在镐东南杜中',此史公之考证也。其气体何其高古!何尝如今人繁称博引,刺刺不休、令人望而生厌乎?史公此等境诣,吾师文中时时有之,此固非百诗、竹垞之所能知也。然则以考证佐义理,义理乃益可据;以考证入词章,词章乃益茂美。自今以往,用光愿与足下同切磋于是,以求其成焉耳矣。"①陈用光处处言"吾师",为姚鼐代言,特别是关于"史公之考证"一段,正可为姚鼐"以考证助文之境,正有佳处"的观点做注释。在姚鼐看来,进入古文的考证必须是经过提纯和精简的考证,而不能繁称博引,刺刺不休。其《登泰山记》中"最高日观峰,在长城南十五里"等语,颇有"史公此等境诣"。可以说,陈用光的这封尺牍很好地诠释了姚鼐的学术思想,"无学则无以辅其气、定其识","能以考证入文,其文乃益古",很显然是要才、学、识兼取,义理、考据、辞章兼收,陈用光还号召鲁氏与其"同切磋",以求其成,这自然有益于姚鼐之学在江西的传播。

实际上,随着新城陈氏的兴起,陈氏等传播姚鼐古文之学也不限于江西一地。除不遗余力传扬师学的陈用光外,尚有陈希曾等。陈希曾(1766—1816),字集正,一字香雪,号钟溪,新城人(今江西黎川),用光从子。乾隆五十七年(1792),江西乡试第一,乾隆五十八年(1793)一甲第三名进士及第,官工部右侍郎。师事鲁九皋,受古文法。工诗、古文词,得山水清刚之气,而传以博采,撰《奉使集》一卷。嘉庆十三年(1808),陈希曾出任江南乡试主考官,致书姚鼐,姚鼐则作《复陈钟溪》答之。陈希曾自乾隆五十九年(1794)出任云南乡试副考官,一生屡次主持文柄。先后典试云南、贵州、江南等乡试,提督四川、山西、江南等学政,充任会试同考官。陈希曾历任抡才重任,执掌文事铨选大权。姚鼐在尺牍中指出当时之士子"肆然弃先儒之正学,掇拾诐陋,杂取隐僻",而衡文不能鉴别,"往往录取",导致"转相仿效,日增其弊,此何怪士

---

① 严云绶、施立业、江小角主编:《桐城派名家文集③陈用光集》,合肥:安徽教育出版社,2014年,第64~65页。

风之日坏"的局面。姚鼐殷切希望陈希曾借着视学江东的机会,"变今日文体使之正",希望改变士林"不读宋儒之书""胸尝不免猥鄙,行事尝不免乖谬"的风习,而"必以程、朱之学,为归宿之地"。姚鼐最后还寄上自己的诗文集和《九经说》,希望有助于纠正当世的不良风气。其用意不为不明。

从姚鼐受教者,就地域而言,大致可分为两大部分:一是乡邑桐城等地的俊杰,如姚莹、方东树、刘开、姚元之、姚柬之、姚景衡、方绩、马宗琏、胡虔、徐璈、光聪谐、张聪咸等;二是他乡别省的才士,如陈用光、鲁缤、鲁嗣光、梅曾亮、管同、郭麐、钱沣、秦瀛、毛岳生、吴德旋、孔广森等。笔者前面择选江西一地从姚鼐受教者与姚氏尺牍交往情况,下面则择选乡里俊杰同姚鼐相交的情况。

据姚濬昌《姚石甫年谱》,嘉庆十一年(1806),"惜抱先生主讲敬敷书院,府君(姚莹)岁试居皖中,先生与言学问、文章之事,始得其要归,而为之益力"①。姚永朴《旧闻随笔》载:"按察公(姚莹)弱冠,贫不能应试,从祖惜抱公给资入场。"②姚鼐之于姚莹,除了物质上的接济,指点文章之事,更多的是给予精神上的激励。

查《惜抱轩尺牍》,姚鼐与姚莹尺牍有9首,其内容包括谈论诗文、姚范笔记及诗文编纂、汉宋之争、学说之传播、其他弟子情况及家事琐言。其中颇有价值的地方在于探讨诗文的相关内容:

> 汝所论吾文字,大体得之。汝所自为诗文,但是写得出耳,精实则未。然此不可急求,深读久为,自有悟入。若只是如此,却只在寻常境界。夫道德之精微,而观圣人者,不出动容周旋中礼之事。文章之精妙,不出字句声色之间。舍此便无可窥寻矣。③

> 里中式七人,而吾家无隽者,此亦莫可如何矣。吾《九经说》补刻成,今寄汝二部。岭南或遇一真读书人,可与之。东坡云"要使

---

① 施立业著:《姚莹年谱》,合肥:黄山书社,2004年,第31页。
② 姚永朴著,张仁寿点校:《旧闻随笔》,合肥:黄山书社,2011年,第202页。
③ 姚鼐:《惜抱轩尺牍》卷八,清道光三年(1823)刻本。

此意留遐荒也"。①

汝刻《援鹑堂集》，甚好。应改错字，别纸详之。吾本意自著一笔记，以《援鹑堂笔记》合之。今吾书不成，本分经、史、子、集四部：经部，已大抵入《九经说》内矣；史部，尚成得八九卷可观；而子、集不成能书。八十之年，倦于笔墨，姑置之矣。所钞《援鹑堂笔记》，略有款识，今以寄汝。盖从书头钞所记，若但钞而已，不能成一条说者颇多。其间必须自考论略有增添，使其说周密乃佳，不可草草。所取欲少而精，不欲多而芜。如吾《九经说》内所载三条，则义精而词备矣。汝可以日久缓缓成之。后序妥，前序非子侄所为，吾已作《长岭阡表》，异日或并刻之亦可也。汝诗文流畅能达，是其佳处。而盘郁沉厚之力，淡远高妙之韵，瑰丽奇伟之观，则皆所不能。故长篇尚可，短章则无味矣。更久为之当有进步耳。海内日下人才极乏，后来或有起者，人自勉之。光武云："安知非仆邪？"②

吾孤立于世，与今日所云汉学诸贤异趣。然近亦颇有知吾说之为是者矣。浑潦既尽，正流必显，此事理之必然者耳。至于文章之事，诸君亦未了解。凌仲子至以《文选》为文家之正派，其可笑如此。汝所寄较旧稍有进步，然不能大愈。大抵文章之妙，在驰骤中有顿挫，顿挫处有驰骤。若但有驰骤，即成剽滑，非真驰骤也。更精心于古人求之，当有悟处耳。今科桐城中四举，而姚氏无一人，未知北榜何如耳。③

汝诗文今寄还，所评略如别纸。凡诗文事与禅家相似，须由悟入，非语言所能传。然既悟后，则返观昔人所论文章之事，极是明了也。欲悟亦无他法，熟读精思而已。④

---

① 姚鼐：《惜抱轩尺牍》卷八，清道光三年（1823）刻本。
② 姚鼐：《惜抱轩尺牍》卷八，清道光三年（1823）刻本。
③ 姚鼐：《惜抱轩尺牍》卷八，清道光三年（1823）刻本。
④ 姚鼐：《惜抱轩尺牍》卷八，清道光三年（1823）刻本。

> 所选吾诗,大抵取正而不取变。然观人之才,须正变兼论之,得其真境乃善。夫文章之事,欲能开新境专于正者,其境易穷,而佳处易为古人所掩。近人不知诗有正体,但读后人集,体格卑卑。务求新而入纤俗,斯固可憎厌。而守正不知变者,则亦不免于隘也。《登科记文》,著笔嫌其太重。凡作古文,须知古人用意冲澹处,忌浓重。譬如举万钧之鼎如一鸿毛,乃文之佳境。有竭力之状,则入俗矣。大抵古文深入难于诗,故古今作者少于诗人。然又有能文而不能诗者,此亦自由天分耳。刘明东闭户读书,今年决不出作馆,可谓有志。①

姚莹(1785—1853),字石甫,号明叔,晚号展和,因以"十幸"名斋,又自号幸翁,安徽桐城人。从从祖姚鼐问学。姚莹于嘉庆十二年(1807)中举,次年为进士。此后曾游幕广东,在福建、江苏等任州县地方官。姚莹将"经济"一途引入桐城派,在文章、政事上皆有建树。著有《东溟文集》《后湘诗集》《康輶纪行》等。

以上节选姚鼐与姚莹的部分尺牍,其中最多且有价值的是姚鼐针对姚莹诗文所做的批评和所提的意见。这些意见针对性强,以金针示之,如姚鼐认为姚莹只是"写得出","精实"则不能,所以目前还只是寻常境界。要想有所突破则需要"深读久为",要讲求"悟入",落到实处则是多读多为,要于"字句声色之间"求之。特别是针对姚莹为文畅达却不能顿挫,要姚莹为文"在驰骤中有顿挫,顿挫处有驰骤"。同时,姚鼐还提出了文章"正与变""冲淡与浓重"等话题,期望姚莹能写出具有"盘郁沉厚之力,淡远高妙之韵,瑰丽奇伟之观"的文章。姚莹受姚鼐的影响,以为"文贵沉郁顿挫",并对其进行解释和发挥:"古人文章妙处,全是沉、郁、顿、挫四字。沉者,如物落水,必须到底方着痛痒,此沉之妙也,否则仍是一浮字。郁者,如物蟠结胸中,展转萦遏,不能宣畅;又如忧深念切,而进退维艰,左右窒碍,塞厄不通,已是无可如何,又不能

---

① 姚鼐:《惜抱轩尺牍》卷八,清道光三年(1823)刻本。

自已,于是一言数转,一意数回,此郁之妙也,否则仍是一率字。顿者,如物流行无滞,极其爽快,忽然停住不行,使人心神驰向,如望如疑,如有丧失,如有怨慕,此顿之妙也,否则仍是一直字。挫者,如锯解木,虽是一来一往,而齿凿巉巉,数百森列,每一往来,其数百齿必一一历过,是一来凡数百来,一往凡数百往也;又如歌者,一字故曼其声,高下低徊,抑扬百转,此挫之妙也,否则仍是一平字。文章能去其浮、率、平、直之病,而有沉、郁、顿、挫之妙,然后可以不朽。"[1]"沉郁顿挫"本为杜诗专擅,姚鼐则引之以为文,足见在桐城派这里,诗文是相通的。如何以"沉郁顿挫"为文,姚鼐言之不详,而受到姚鼐启发的姚莹则留下了非常细致的论述,这对于纠正为文浮、率、平、直之病大有助益。

除了探讨诗文之外,姚鼐还与姚莹讨论了姚范的《援鹑堂笔记》的整理刊刻情况、族人的读书进学情况等,同时稍可注意的是,姚鼐希望通过姚莹将自己的学说传到岭南,希望被更多的人所了解。姚鼐还注重姚门子弟之间的沟通,向姚莹介绍刘开的发奋读书的情况。这无疑有助于加强姚门子弟之间的交往。

姚鼐与姚莹的尺牍带有很强的家族和门户观念,这种渴望家族兴盛、文事不衰的心理在姚莹那里得到很好的应和。姚莹此后以文章为吾事、以家族的振起为己任,在沟通和聚拢姚门弟子、在传扬姚氏乃至桐城之学时不遗余力,成为姚鼐之后的桐城派重要人物。

姚鼐另有一些与乡邑弟子的尺牍,其中不乏论文论学的精彩言论,这又在与姚元之的尺牍中表现得较为集中:

> 必欲学此事,非取古大家正矩潜心一番,不能有所成就。近体只用吾选本,其间各家,门径不同。随其天资所近,先取一家之诗,熟读精思,必有所见。然后又及一家,知其所以异,又知其所以同。同者必归于雅正,不著纤毫俗气。起伏转摺,必有法度,不可苟且牵率,致不成章。至其神妙之境,又须于无意中忽然遇之,非可力探。

---

[1] 姚莹著,欧阳跃峰整理:《康輶纪行》,北京:中华书局,2014年,第375~376页。

然非功力之深,终身必不遇此境也。①

近人每云作诗不可摹拟,此似高而实欺人之言也。学诗文不摹拟,何由得入? 须专摹拟一家,已得似后,再易一家。如是数番之后,自能镕铸古人,自成一体。若初学未能逼似,先求脱化,必全无成就。譬如学字而不临帖,可乎?②

此后但就愚《今体诗钞》更追求古人佳处,时以己作与相比较,自日见增长。大抵作诗平易,则苦无味;求奇,则患不稳。去此两病,乃可言佳。至古体诗,须先读昌黎,然后上溯杜公,下采东坡,于此三家得门径寻入,于中贯通变化,又系各人天分。一时如古今体不能并进,只专心今体可耳。③

姚元之(1783—1852),字伯昂,号曼卿,安徽桐城人。嘉庆五年(1800年)庚申科直隶乡试为张问陶所取士,嘉庆十年(1805)中进士,选庶吉士,散馆后授编修。嘉庆十四年(1809)入值南书房。道光十三年(1833)升工部右侍郎,后擢左都御史。道光二十三年,以年老请休归里。姚元之曾问学于姚鼐,为诗文颇有章法,《清史稿》有传。著有《竹叶亭杂记》《荐青诗文集》等。

姚鼐与姚元之为本家(姚鼐称呼姚元之为"从侄孙"),姚元之仕宦早达,有所作为,并有意于诗文,姚鼐当然倾力授之。从上面的几则尺牍看,"摹拟和变化"是较为集中的一个话题。姚鼐认为必须"先取一家之诗,熟读精思",必须"专摹拟一家",待"必有所见""已得似后",才能"再易一家"。如是数番之后,才有可能"镕铸古人",最终"自成一体"。我们可以用下面的图标示之:

模拟第一家→得似,有所见 ⎫
模拟第二家→得似,有所见 ⎬→镕铸古人→自成一体
模拟第三家→得似,有所见 ⎭

---

① 姚鼐:《惜抱轩尺牍》卷八,清道光三年(1823)刻本。
② 姚鼐:《惜抱轩尺牍》卷八,清道光三年(1823)刻本。
③ 姚鼐:《惜抱轩尺牍》卷八,清道光三年(1823)刻本。

姚鼐本人也是从明"七子"入手,通过模拟,其后"镕铸唐宋",最后自成一家的。所以,姚鼐也希望姚元之能通过这样一条学习道路,提高其诗文创作水平。

除了姚莹、姚元之,姚鼐对乡里子弟也多有提携,常加教诲,限于篇幅,笔者在这里稍举几例,如与鲍桂星尺牍:

> 见誉拙集太过,岂所敢承,然镕铸唐宋,则固是仆平生论诗宗旨耳。又有《今体诗钞》十八卷,衡儿曾以呈览未?今日诗家大为榛塞,虽通人不能具正见。吾断谓樊榭、简斋,皆诗家之恶派。此论出必大为世怨怒。然理不可易,非大才不足发明吾说,以服天下。意在足下乎?①

> 江宁有一秀才管同,在其同乡一通判署商邱陈姓家坐馆。此生诗文俱佳,乃少年异才,若行部至,可呼与语,或便招入幕,亦佳事也。②

鲍桂星③(1764—1824),字双五,一字觉生,安徽歙县人。嘉庆四年(1799)进士。历官工部侍郎、翰林学士,因事革职,官终詹事。鲍桂星师从姚鼐,诗古文并有法度。著有《觉生古文》《咏史诗抄》等。

姚鼐《惜抱轩尺牍》中存与鲍桂星尺牍18首,仅次于陈用光及汪志伊。姚鼐与鲍桂星交往,引以为同道,更希望其能在清除不良学风和选拔人才方面有所作为。所以,姚鼐在这里明确指出诗道榛塞,认为厉鹗及袁枚皆是"诗家之恶派",希望鲍桂星能够抵制这种不良的诗坛习气。

鲍桂星仕途显贵,又曾经主河南等地的科举之事,姚鼐希望鲍桂星能够

---

① 姚鼐:《惜抱轩尺牍》卷八,清道光三年(1823)刻本。
② 姚鼐:《惜抱轩尺牍》卷八,清道光三年(1823)刻本。
③ 这里将鲍桂星算作姚鼐同里之人,二人皆为安徽人,不限于桐城一地。

不拘一格择用人才，或饱读诗书之士，或擅长文章之士①。如前面提到的管同，姚鼐认为其诗文俱佳，希望鲍桂星能招其入幕。姚鼐在后来给鲍桂星的信中又关切和褒扬管同道："前言管同，曾来谒阁下乎？昨始求得武进黄仲则诗集读之，固亦有才，然不为绝出，若管生异日成就，或当胜之耳。"②

姚鼐总希望有门人能挑起大旗，抵制当时文坛不良的风气，传扬其为文之道，鲍桂星曾是姚鼐较为看重的一位，姚鼐在与其尺牍中言："在里中，在江宁，总不得一异才崛起者，天资卓绝固难，而用功精专亦难也。意常郁郁，希可共言，安得更对如双五其人者乎？"③这种期盼与上面所引"意在足下乎"何其相似，一为清除当时诗家之恶派，二为选拔有才之士，一破一立，足见姚鼐希望其学说被更多的人接受的急切心情，希望桐城派或者其本人的道统文章得到发扬光大。鲍桂星也确实给予了必要的支持，管同暂时找到了栖身之地，桐城姚氏之学得到进一步传扬。

以上有选择地列出了姚鼐与姚莹、姚元之、鲍桂星等人的尺牍，并对其略做阐释，实际上姚鼐与刘开、方东树、胡虔等同邑门人的尺牍当不少，不过很多没有保存下来。姚鼐与管同等江宁弟子的尺牍已在前处讲解，此处亦省略。

此部分主要从向姚鼐求学的这个角度来考察姚鼐对从其学者的关心和教导。其中可以看出，姚鼐的传道授业解惑之情与学生积极进取之意两者紧密结合，进一步促进桐城派的发展。需要特别指出的是，姚鼐较为注重其学说和诗文作品的传播，姚鼐在给姚莹的尺牍中称可将其著作传之岭南之人，鲍桂星、姚元之则在京城师友间传阅姚鼐的著述，陈用光等则成了姚鼐之学在江西等地传播的津梁。姚鼐本人曾为乡试考官、会试同考官，深知科考对

---

① 姚鼐在与鲍桂星的尺牍中关切道："楚中近有异才不？不知今天下人才，何以若是衰耗。想使者取贤不限一格，或学问，或文章，学问中非一门，文章亦非一门。假如其人能作时文，亦即可取，今世时文之道，殆成绝学矣，由诸君子视之太卑也。夫四六不害为文学之美。时文之体，岂不尊于四六乎？"
② 姚鼐：《惜抱轩尺牍》卷四，清道光三年(1823)刻本。
③ 姚鼐：《惜抱轩尺牍》卷四，清道光三年(1823)刻本。

学风和文风的影响，因此姚鼐总是希望鲍桂星、姚元之、陈希曾、陈用光等人为学官之时注重学风和文风的引导和转变，即崇尚宋学，抑制汉学末流，传播古文。这无疑有助于桐城派的进一步发展壮大。

在目前的桐城派研究中，研究者对于姚鼐的研究相对充分，也颇有成绩，对于姚鼐之于桐城派的发展壮大的意义也多有阐发。但是历史告诉我们，再伟大的个体都不可能一个人推动事物发展。孔子周游列国，宣扬其仁政学说，是带着众多弟子一起的；以黄庭坚为代表的江西诗派，周围也团结了一批见解相似的同人和学习者。以姚鼐为代表的桐城派的发展壮大，更是离不开"姚门弟子"的羽翼和鼓吹，可以说，正是在姚鼐和"姚门弟子"的共同努力下，桐城派才得以发展成为有着全国影响的文学流派，并且绵延两百多年。

本章主要想从姚鼐尺牍交往这一视角来考察桐城派之壮大的某方面原因。如上所论，从姚鼐尺牍交往的对象看，大致可以分为以下三类：相师友者、与辩论者、从受教者。当然，这只是一种合乎逻辑的归类，真实情况要复杂得多，如姚鼐欲拜为师的戴震，最终成为姚鼐的对立者；从姚鼐受教者，如孔㧑约、张聪咸等，后来也多次与其师辩论。但就某一时段而言，姚鼐与相师友者，如刘大櫆、戴震、王文治、王芑孙等，相互启发，相互鼓励，这对于开阔姚鼐眼界、奠定姚鼐学术根基不无裨益；姚鼐与相辩论者，如袁枚、翁方纲、钱大昕等，相互对立，相互辩诘，坚定了姚鼐的立场，也进一步完善了姚鼐的学说；姚鼐与从受教者，如鲁九皋、姚莹、姚元之、鲍桂星等，同声相应，同气相求，对于扩大桐城派的影响，进一步增强群体的凝聚力和提高整个群体的理论和创作水平，无疑具有十分积极的影响。如此这般，桐城派在姚鼐手中进一步发展壮大。

第十一章　陈用光与姚鼐尺牍解读

陈用光二十三岁即从姚鼐求学①，与姚鼐来往最为亲密，传扬姚鼐之学不遗余力。"姚门四杰"中梅曾亮、管同也是经陈用光提携方才科场获捷，就某种意义而言，陈用光对于姚鼐之学乃至姚门的进一步发展有着举足轻重的意义②。我们不妨来看一看梅曾亮所写的《陈石士先生授经图记》一文：

> 桐城姚姬传先生，以名节、经术、文章高出一世。门下士通显者如钱南园侍御、孔㧑约编修，皆不幸早世。而抱遗经、守师说、自废于荒江穷巷之中者，又不为人所从信。惟今侍讲学士陈公，方受知于圣主，而以文章诏天下之后进，守乎师之说，如规矩绳墨之不可逾。及乙酉科，持节校士于两江，两江人士，莫不访求姚先生之传书轶说，家置户习，以冀有冥冥之合于公，而先生之学，遂愈彰于时。盖学之足传，而传之又得其人，虽一二人而有足及乎千万人之势，亦其理然也。……张其学有公，则学于公者，亦必有人如公守师说而

---

①　陈用光早年从其舅氏鲁九皋学，于乾隆五十五年（1790）从姚鼐学于金陵，从此跨入姚门子弟行列。

②　陈用光在姚门弟子中年岁颇长，陈用光生于1768年，方东树生于1772年，管同生于1780年，刘开生于1784年，姚莹生于1785年，梅曾亮生于1786年，学界对陈用光在桐城派发展中的重要地位尚未给予充分重视。

尺寸不逾者。①

陈用光虽较早从姚鼐求学,但迫于科举考试及为宦谋生,却与姚鼐聚少离多。陈用光嘉庆六年(1801)进士及第,道光八年(1828)至道光十一年(1831)任福建学政,道光十三年(1833)至道光十五年(1835)任浙江学政,其他时间多在京城为官。尽管陈用光曾有离开京城来江宁就姚鼐的设想,但最终还是没能付诸实践。

那么,笔者前面指出陈用光是与姚鼐交往最密切者,与上述陈用光的求学为宦之迹是否相矛盾?陈用光在《寄姚先生书》中曾言:"自古师弟子之相授受,固乎亲炙,而其传之能习与否,必视其人之自力。苟终日侍侧而志气不从,则如其未侍焉而已,用光曩者在江宁时是也;苟千里阻隔,而服膺师说而弗懈,则如其日侍焉而已。"②这并非陈用光虚情假意的遁词,其实这从姚鼐与陈用光的尺牍往来中就可知陈用光所言不虚,笔者所言不妄。

《太乙舟文集》卷五录陈用光与他人之尺牍,其中与其老师姚鼐的书信最多,总计有12封。这显然不是陈用光写给姚鼐尺牍的全部③。仅就陈用光文集中保留的十多封与姚鼐的尺牍而言,其中亦有较为丰富的内涵,下面尝试着做些分析。

第一节　师徒尺牍交往还原

尺牍相交指的是通信双方书信往来,一般就一封书信而言,仅能看到一方的意图和意思,若能将往来双方的尺牍对比阅读,将会比较全面地了解双方表达的内容。

---

① 梅曾亮著,彭国忠、胡晓明校点:《柏枧山房诗文集》,上海:上海古籍出版社,2012年,第235～236页。
② 严云绶、施立业、江小角主编:《桐城派名家文集③陈用光集》,合肥:安徽教育出版社,2014年,第53页。
③ 据《惜抱轩尺牍》载,姚鼐总计给陈用光的书信不少于108封,陈用光与姚鼐的书信,约与此数目等,或稍多,当在100封以上。

陈用光寄姚鼐的尺牍仅存12首，绝大多数已经散佚了，通过搜罗、梳理、考辨、推测，基本上能在姚鼐的尺牍中找出与陈用光12封尺牍对应的尺牍。下面按照陈用光文集中尺牍排列顺序，将陈用光与姚鼐尺牍往还情况，分列于下，必要处略做说明和考辨。

表3 陈用光与姚鼐尺牍交往考证表

序号	名　称	内　容	性质	备　注
1	复姚先生书	1.从先生学十年，科举不顺，欲改试京兆；2.经姚鼐推荐，将拜见朱珪	复信	此为得姚鼐（庚申）正月二十二日书的回信。陈用光于乾隆五十九年（1794）庚戌学于先生，见《家仰韩兄文集序》
2	与姚先生书	1.论汉宋之学，认为"朱子之学诚为己"；2.已经拜谒朱珪	去信	姚鼐回复此信，认为"得失进退，听之天而已"；姚鼐此前曾为陈用光作《与朱石君》书，向朱珪推荐陈用光之才学
3	寄姚先生书	1.感叹沉埋于科举之久，欲用力于古文之学；2.请姚鼐为陈氏家园中其大父像作记	去信	姚鼐回复此信，并为之作《陈氏藏书楼记》
4	寄姚先生书	对"人心之危，道心之微"展开述说，并指出汉学家之失	去信	姚鼐回复此信，即姚鼐（庚申）正月二十二日所作的回信
5	寄姚先生书	1.对近日形家书展开评说；2.就《庄子章义》等请教于姚先生	去信	姚鼐回复此信，认为其《四格说》可以避免诸家之繁杂，又指出其《庄子章义》编排不当
6	寄姚先生书	1.问姚鼐为《泰山道里记》作序之事；2.就梅崖、铁夫等人，谈古今文章之得失	去信	姚鼐言《泰山道里记序》为三十年前旧作；认为为文当"必要放声疾读，又缓读，只久之自悟"
7	寄姚先生书	1.为先叔求墓志；2.不南来就馆，欲求御史以乞外郡之地	复信	姚鼐言为文"俗气不除，则无由入门"；向陈用光提及管同、梅曾亮，阻止其出京就馆
8	寄姚先生书	1.论义理、文章、考据；2.欲学明人之集归有光尺牍来集姚鼐书札	去信	姚鼐回信恭喜其子纳妇；指出"真汉儒之学，非不佳也，而今之为汉学乃不佳"
9	寄姚先生书	言九江之沿革	去信	姚鼐略有辨别，又告知"有争气者，勿与辨也"
10	寄姚先生书	以数种著作向先生请教，强调文以传言的重要性	去信	姚鼐对数种图书做了评价
11	寄姚先生书	问《关雎》之乱等问题，并搜罗姚鼐散佚文数篇	去信	姚鼐为其评说《诗》《易》等，并还其所寄文章等
12	寄姚先生书	陈用光御史改翰林，自讼	去信	姚鼐对其劝勉，赠书

从上面陈用光的12封尺牍看,其中有对姚鼐尺牍回复的,但更多的是向姚鼐请教和诉说。请教中多是读书为文之事,诉说的则是科举、生活中的种种烦恼。姚鼐不仅为陈用光引荐名流,授之于诗文之道,还以"得失进退,听之天而已"来宽慰失意中的陈用光。除了总体考证梳理清楚姚鼐与陈用光尺牍往来的情况,一些具体的问题则在下面做进一步的分析。

第二节 被引荐与引荐

姚鼐除了给陈用光提出的问题作答,还经常将陈用光向已经成名的先辈引荐,例如:"正月廿二日,姚鼐谨再拜奉书盘陀先生尚书阁下。新年伏惟台候万福,去岁车骑过桐城,鼐适往乡邨,有阙瞻送,遂令此生更无侍教之日,良以为歉。先生德望日隆,精神日茂,当卒成弼亮之功,以慰四海之愿。则跧伏草泽者,自无不与被骈襛,此私心所仰企者也。至鼐蒲柳之姿,衰羸益甚,仅未卧茵榻耳。有志学道,终无了解,远对先生,但有愧赧。敝门人新城陈用光,本阁下通家子也。其人学为古文,已得途辙。极其所至,足以追配前贤。而行谊学识,端正有规矩,此尤今日才士之所难者。阁下留意人材,必不能掩水镜之鉴。鼐聊为先言之,公当察其不欺耳。春寒犹厉,肃请近安,统惟鉴照,不具。"①

正是因为陈用光在与姚鼐的尺牍中称"石君先生海内所称君子人也,用光虽尝以通家子得谒于皖城,今此北行将谋继见,庶几磨厉所业,以期有用于世"②,请姚鼐从中介绍,姚鼐才给朱珪写了这封推荐信。朱珪(1731～1806),字石君,号南崖,晚号盘陀老人。顺天府大兴县(今北京市)人,乾隆十三年(1748)中进士,曾出任安徽巡抚,又授兵部尚书,后调为吏部和户部尚书。与兄朱筠并称"二朱",为当世名流。姚鼐此信的主要用意是向朱珪推荐陈用

---

① 姚鼐《与朱石君》,《惜抱轩尺牍》卷一,清道光三年(1823)刻本。
② 严云绶、施立业、江小角主编:《桐城派名家文集③陈用光集》,合肥:安徽教育出版社,2014年,第52页。

光。姚鼐除了称陈用光"学为古文,已得途辙",还向朱珪言陈用光"行谊学识,端正有规矩",可谓评价很高。陈用光则因着姚鼐的推荐信拜访了朱珪,其在《与姚先生书》中称:"石君尚书昨已谒见,辱教诲之甚至。用光不为海内君子所摒,固当益缮治其学行,以无重为知我者诟病矣。"①不仅如此,姚鼐还有意让陈用光与鲍桂星等人交往②,这对于陈用光在京师科考、仕进有一定的助益。

陈用光后来科举登第,仕途平顺,先后充河南乡试考官、充会试同考官、顺天乡试同考官、充江南乡试副考官、为福建学政、官礼部右侍郎等。姚鼐亦积极向陈用光介绍和推荐其他姚门弟子,如:

> 此间作古文有荆溪吴仲伦,作诗有江宁管同,又梅总宪有一曾孙,忘其名,才廿一岁,似异日皆当有成就者,亦视其后来功力何如耳。③

> 近江宁有管同秀才,其古文殊有笔力。其人贫甚,在河南作馆。寄数文来,今时中所希见。其年廿六,异日成就,未可量耳。微觉腹中书卷不足,济以学问,不可当矣。④

以上两篇姚鼐寄陈用光的尺牍中,第一篇为陈用光《与姚先生书》的回信,陈用光在尺牍中称"官京师数年,学未能尽而职未能称,外不能效世俗取声势得美仕,而内不能具甘旨终年侍衰亲之侧,与俗汩没,志蹉跎无成"⑤,甚至一度有"南归就先生"之说。陈用光此时已经在京居官,姚鼐除与其商谈文

---

① 严云绶、施立业、江小角主编:《桐城派名家文集③陈用光集》,合肥:安徽教育出版社,2014年,第53页。
② 如姚鼐在给陈用光的信中言:"至都,有鼐同乡新改部之汪崇义及歙新庶常鲍双五,皆佳人,而于鼐素交。不及一一作书,宜往晤之,为鼐致意可也。"姚鼐此信落款时间为"庚申",庚申为嘉庆五年(1800),陈用光是年乡试中式,明年成进士,或与姚鼐京师友人的提携有一定关系。
③ 姚鼐《与陈硕士》,《惜抱轩尺牍》卷六,清道光三年(1823)刻本。
④ 姚鼐《与陈硕士》,《惜抱轩尺牍》卷六,清道光三年(1823)刻本。
⑤ 严云绶、施立业、江小角主编:《桐城派名家文集③陈用光集》,合肥:安徽教育出版社,2014年,第56页。

章,还积极向其引荐管同和梅曾亮等人。另外,第一封尺牍对考证吴德旋赴钟山书院拜谒姚鼐的时间有所帮助。此札提到的梅总宪曾孙即梅曾亮,梅曾亮生于乾隆五十一年(1786),此书言"才廿一岁",则此书作于嘉庆十一年(1806)。如此看来,嘉庆十一年(1806),吴德旋已从姚鼐习古文法,并得到姚鼐的赞赏,而并非如石钟扬先生认为的"这历史性会见当在嘉庆十二年(1807)"①。

关于陈用光乐于翼进后学,他人亦多有评论,其婿祁寯藻《太乙舟文集前序》甚至称"凡游夫子之门者,莫不满所欲以去"②。陈用光对一般求教之人,尚且"无不揄扬微至",其与姚门弟子又有怎样的关系?让笔者先从其与姚门弟子的尺牍交往,略做探讨。先看陈用光《与管异之书》:

> 曩者,惜抱先生亟称足下之才,用光蓄愿见之思者十年于兹矣。两过江宁皆不相值,今夏刘明东来此应顺天试,意明东举于北,而足下举于南,固人间可喜事乎!顾卒皆报罢。科名不足重,惟不得聚居而相与讲习之为怅怅也。昨于鲍觉生先生处知足下方辑吾师笔记,又来索尺牍,顷见与觉生书,又欿然以学不足为言,而未尝以失意于决科为憾,足下信可谓有内心者矣,此固惜抱先生所望于足下者也。夫古文辞传之于世,必才与学兼备而后能有成,才不可强能而学则可勉致。然学有二,其存乎修辞者,异乎南北朝人之所学,为古文而得其途者知之矣;其存乎学而铢积寸累以求其义理,为古文而得其途者。其所得又有浅深之分焉,得于此者深,虽修辞之功不至而固可自立;得于此者浅,虽修辞之功至而未必其能自立也。苏氏、曾氏之于欧阳,才与学兼备者也,继欧阳而庶几及之。李习之、皇甫持正、孙可之学不足而修辞之功至焉者也,继韩而瞠乎其后焉。

---

① 石钟扬《桐城派名家文集·吴德旋集》"整理说明",见《桐城派名家文集①姚范集、方东树集、吴德旋集》,合肥:安徽教育出版社,2014年,第637页。
② 严云绶、施立业、江小角主编:《桐城派名家文集③陈用光集》,合肥:安徽教育出版社,2014年,第516页。

然习之、持正、可之尚足以自立。生宋人之后而学不足征，微特不能
絜习之、持正、可之诸君子，且不能如为南北朝人之所学者之有成
矣。鄙见如是，足下以为然乎？用光弱于才而疏于学，尝愧负吾师
之所传，明东又以贫不能已于游，惟足下暗然一室，贫而力于学，故
愿闻其学之所在，而先以书通其意。①

在"姚门四杰"中，姚鼐最为欣赏的是管同，曾经盛称其为"数十年中所见才俊之冠"，"若以才气论，此时殆未有出贤右者"，"老夫放一头地，岂待言哉"②。但是姚鼐在称赞管同的才气和诗文成就的同时，也劝其"勉力绩学，成就为国一人物也"。姚鼐认为管同才气有余而学问不足，这在姚鼐给陈用光的尺牍中也有相似的表述。姚鼐的这种观点应影响到陈用光，或者陈用光在这一点上与姚鼐有着相同的观点，即管同要积学储宝，一展其才。这也就是陈用光在与管同的尺牍中论说的："古文辞传之于世，必才与学兼备而后能有成。"陈用光殷勤叮嘱管同，不以失意科举为憾，成为其师姚鼐期许的有才之士。道光五年（1825），陈用光典试江南，管同中举后，他大喜道："不以持节校两江士为荣，而以得一异之自喜也。"③管同之中举当与陈用光的极力推荐有一定的关系，这也能看出陈用光对姚鼐弟子的提携。陈用光不唯对管同青眼有加，对姚门的另一位弟子梅曾亮也亲手提携。我们来看一看陈用光给梅曾亮的尺牍：

昨以沈君文及用光复某君札奉览，以为何如？定葊所言派别
非，而其镌刺鄙文处则是，沈君才不及定葊而取途正，则似胜于定葊
也。孙过庭言作字云"先求平正后追险绝"，作文正复如此。未能平
正而遽求险绝，譬之孩提之童而欲举乌获之鼎，效魏犨为距跃曲踊

---

① 严云绶、施立业、江小角主编：《桐城派名家文集③陈用光集》，合肥：安徽教育出版社，2014 年，第 80～81 页。
② 姚鼐《与管异之》，《惜抱轩尺牍》卷四，清道光三年（1823）刻本。
③ 邓廷桢《因寄轩文初集序》，见《桐城派名家文集⑤管同集、吴敏树集》，合肥：安徽教育出版社，2014 年，第 160 页。

也,其不至于绝脰折足者无几矣。然某君所见似尚未及此。其所见未忘乎六朝之绮丽,而震慑乎简斋之炫耀。尔年少,所见未定,固宜有然。用光少时亦尝有此论,尝以此质之吾师,吾师与用光尺牍中所以有"简斋岂世易得之才"云云也。吾师措词,浑人不觉之,不知正答用光论才之说也。用光比年来乃知简斋之才虽横绝,而用之于古文则全无是处,以此服足下所见之卓也。某君执所见不化,难与救正,惟以语足下,当必以为然也。近人于举业能真别白古人家数者少,而臆断其近似者则多。如陶庵、卧子面目亦时仿佛能喜之。足下为应举文,且宜出其面目,以使人知其泽古之功。若欲浑化其体,则非场屋所宜也。①

梅曾亮"少时工骈文",年轻时以诗文见长,后来才转学古文。陈用光在与梅曾亮的尺牍中论说的最核心的问题是"先求平正,后追险绝"。这显然也是针对梅曾亮的具体问题而言的,正像指出管同需要注重积学储宝一样。陈用光为了使得文章有说服力,除了使用比喻的修辞手法,如"譬之孩提之童而欲举乌获之鼎","其不至于绝脰折足者无几矣",还以身说法,说出自己年轻时也是喜欢才华之作,"震慑乎简斋之炫耀",但随着阅历的增长,随着对古文认识的加深,"乃知简斋之才虽横绝,而用之于古文则全无是处"。归根结底,陈用光还是想让梅曾亮先求平正,再求所谓"险绝"和才华。

通过上面陈用光给姚鼐两大弟子的尺牍可以看出,陈用光是既有关切提携之心,又有勉力鼓舞之意。陈用光作为一位年长的师兄,实际上是扮演了老师的部分角色的。陈用光的翼进后学和"宽博朴雅"在姚门子弟那里表现得淋漓尽致。陈用光的这种关爱提携精神以及早达显贵,对于桐城派的进一步发展壮大无疑是有着较大的帮助作用的。如果称方东树、管同、刘开、梅曾亮为"姚门四杰",那么陈用光与姚莹应算得上是"姚门护法"。

---

① 严云绶、施立业、江小角主编:《桐城派名家文集③陈用光集》,合肥:安徽教育出版社,2014年,第81~82页。

这种引荐与被引荐,成了姚门子弟加强交往、增进感情、扩大影响的必要手段,而这种引荐与被引荐又都是由尺牍所承载的,尺牍的独特价值得到充分展现。

第三节 切磋琢磨与教学相长

众所周知,姚鼐是扬宋抑汉的。但是在很长一段时间内,姚鼐的观点不被人所接受,成了被"孤立"之人。但是姚鼐通过聚众讲学,特别是利用书院,向求学之人传授其治学为文之法,稍有成效。但是姚鼐弟子,特别是颇有成就的几位,随姚鼐在书院读书问学的时间并不长。他们之间一个重要的交流媒介就是——尺牍。学生们,特别是陈用光经常向姚鼐请教问题,甚至可以说,正是陈用光等关于"汉宋之争"等问题的请教,进一步深化了姚鼐对于这些问题的认识。正是姚鼐在与陈用光等的讨论中,注意方法的科学、态度的通融,让更多的学生开始逐步接受姚鼐的观点。于是姚鼐之学开始逐步被接受。如关于考据之学,陈用光向姚鼐请教道:

> 本朝之有考据,诚百世不可废之学也。然为其学者,辄病于碎小,其见能及乎大矣,而所著录又患其不辞。用光尝服膺明儒之尊信宋儒,而病其语录之不辞也。……覃溪先生又言:"与其过信汉儒,毋宁过信宋儒。"此非近日诸儒所能为之言也。用光颇悔与覃溪先生踪迹之疏矣。用光比阅近儒陈启源《毛诗稽古编》,其说专与朱子为难,而其考订名物颇有是者。用光向尝辨其据小序以难朱子者数条,今欲尽其说,俟其成,当以质之夫子耳。①

陈用光追随其师多年,自然知道姚鼐在"汉宋之争"的立场及处境。陈用光关于"汉宋之争"的看法基本上和姚鼐是一致的:肯定汉学的价值,但汉学之弊端显而易见,以朱子为代表的宋学则成了学习的对象,任何专门非难朱

---

① 严云绶、施立业、江小角主编:《桐城派名家文集③陈用光集》,合肥:安徽教育出版社,2014年,第57页。

子的学说则成了批判的对象。陈用光在此事上请教姚鼐,实际上进一步促发姚鼐对"汉宋之争"的思考。姚鼐在回复陈用光的尺牍中这样指出:

> 陈集贤之注,诚未为佳。然今匆匆为一书便欲胜彼,恐尚未易言耳。又注书之体欲简严,勿与人争辩。争辩是疏,非注矣。世有注《礼记》,义明了于陈,而文少于陈者,斯乃不刊之书,而陈注乃可废矣。覃溪先生劝人读宋儒书,真有识之言。真汉儒之学,非不佳也,而今之为汉学乃不佳:偏徇而不论理之是非,琐碎而不识事之大小,哓哓聒聒,道听途说,正使人厌恶耳。且读书者,欲有益于吾身心也,程子以记史书为玩物丧志。若今之为汉学者,以搜残举碎、人所少见者为功,其为玩物不弥甚邪。①

姚鼐首先认同陈用光关于陈启源《毛诗稽古编》的说法,但是不主张陈用光与之辩论。在"汉宋之争"的问题上,姚鼐不反对真正的汉儒之学,而反对当时的汉儒,即"偏徇而不论理之是非,琐碎而不识事之大小,哓哓聒聒,道听途说"者,认为真正的学问是有益于身心的,不应该玩物丧志,更不能"以搜残举碎、人所少见者为功"。关于"汉宋之争"的问题,姚鼐在另一封与陈用光的尺牍中指出:"不若读程、朱之书,用功之劳同,而所得者大且多也。近世为汉学者,初以人所鲜闻而吾知之,以该博自喜,及久入其中,自喜之甚而坚据之。以至迂谬纷乱,不能自解。"②

可以说,陈用光的询问引发了姚鼐关于"汉宋之争"的进一步思考。同时,姚鼐为了更好地说明这个问题及让弟子更相信自己的见解,从用功之多少与收获之多寡相对比,让弟子坚持以宋学为主③。

义理、考据、文章三者并重是姚鼐提出的,其在《述庵文钞序》中有较为详细的论述。陈用光与姚鼐的书信,丰富和补充了姚鼐关于此问题的思考。

---

① 姚鼐:《惜抱轩尺牍》卷六,清道光三年(1823)刻本。
② 姚鼐:《惜抱轩尺牍》卷七,清道光三年(1823)刻本。
③ 姚鼐的弟子孔㧑约即弃宋学汉,最终归到汉学的阵营。

第十一章　陈用光与姚鼐尺牍解读

覃溪先生穷经以博综汉学,而归于勿背程朱为主,其识自非近人所及,然其论夫子《经说》谓不当自立议论,说经文字不可以古文,则用光不敢谓然。欧阳子曰:经非一世之书也。前人成说,有可以为左证者,有不可以为左证者。儒者学古,以其自得义理兼所目验事实,参互考证,归于一是。必欲于前人成说一字不敢移易,是今人所嗤为"应声虫"者也。虽依附郑、孔,安能免门户之见哉!朱子之学所以上接洙泗者,固其躬行心得非诸儒所能几及,而其穷经之余又精通文律,故其诂经文义十得七八。用光尝谓东汉人拙于文辞,虽邠卿、康成亦然。凡其说之难通者,皆其拙于文辞所致也。文辞之在人,乃天地精华所发。周秦人无不能文者,诸经虽不可以文论,然固文也,不知文不能文者,则不可以通经。今人读孔、贾疏,未终卷辄思卧,其为说缪葛缭绕,不能启发学者志意,非疏于文事之过耶?然则说经而以古文行之,其有益于后人岂独文字之间而已哉!韩昌黎所注《论语》,惜后世无传本,使其传于世,朱子必亟称之矣。用光恐覃溪先生之说贻误后学,敢私质其说于夫子。①

陈用光在与翁方纲交谈中,翁方纲认为"说经文字不可以古文",这是明显割裂义理、考据和文章的做法,陈氏不以为然。东汉文人拙于文辞,故而导致其说难通,即使是郑玄这样的大儒也在所难免,以至于他们的学说缪辀缠绕不能启发学者志意。而朱熹之所以能上接孔子,除了其"躬行心得非诸儒所能几及",而其"穷经之余又精通文律",文章明白晓畅,容易让更多的人接受,"故其诂经文义,十得七八"。陈用光的这些论述基本与姚鼐的观点相一致,但并非姚门所有弟子都严奉师说,如姚鼐《与陈硕士》尺牍道:"今日乃得去岁仲冬朔所寄书并两文。其《论广仁庄事》,理足而辞达,不求佳而自佳。朱子论昌黎《禘祫议》谓'是世间真文章',吾于石士此文,亦谓然矣。其所议

---

① 陈用光《寄姚先生书》,见《桐城派名家文集③陈用光集》,合肥:安徽教育出版社,2014年,第59页。

诚无间然,想贤兄弟便从言乎? 抑犹未邪? 哀辞则平,大约此等处,不必为文也。《公羊通义》,略阅一过,未及竟,真可谓好学深思者矣。其书足传何疑。然是孔㧑约自为学之意,非吾义也。吾以为诸家传经,诚无不出于七十子。然圣门传者,其说简甚,及传一师,则稍增其说,师多则说愈多。《左传》之出最晚,历师弥众,故文愈繁。今世学者不悟,以谓皆圣人弟子口授之言已。如是而坚信之,安得不谓之过哉? 且汉人各守师法,不肯相通,固已拘滞矣。然彼受业于先师不敢背,犹有说也。吾生于后世,兼读各家之书,本非受一先生之言,而不欲兼以从是,而执一家之言为断,是辟之甚也。㧑约此书,守公羊家之说太过,正吾昔所论,如所谓'吾家臣不敢知国者',此通人之蔽也。然博洽可取之论多矣,岂可不谓之豪俊哉?"①

姚鼐在回复陈用光尺牍的一开始就赞赏陈氏文章"理足而辞达,不求佳而自佳",这是对陈用光能将义理、辞章相结合的一种肯定。在下面的关于孔㧑约《公羊通义》的评价中,尽管姚鼐认为其好学深思,其书足传后世,但是对孔氏的批评大于褒奖,甚至指出这是孔㧑约自为学之意,并非姚鼐所赞同的。导致老师不承认学生所取得的成绩,甚至撇清和自己的关系,其根本原因在于其考据偏离了义理,从宋学走向了汉学的阵营,这当然不能被姚鼐所接受。

陈用光在《寄姚先生书》中曾指为:"先生独举义理、文章、考据三者并重之说以诲示人,而所自著复既博且精,奄有三者之长,独辟一家之境。用光尝谓唐宋诸贤至夫子而集其成焉。盖天地间文字相嬗至今,而必不能不有此境,独非得其正且至者无以发之。"②"奄有三者之长,独辟一家之境",这肯定了姚鼐的成就和贡献,"至夫子而集其成",则将姚鼐抬高至集大成的地位。这段话可以看成是陈用光对义理、文章、考据三者相结合的概括,是对姚鼐义理、辞章、考据三结合理论实践的高度肯定和赞赏。

陈用光《喜得惜抱先生书》其一言:"钟陵回首碧云边,小别春风又一年。

---

① 姚鼐《与陈硕士》,《惜抱轩尺牍》卷七,清道光三年(1823)刻本。
② 严云绶、施立业、江小角主编:《桐城派名家文集③陈用光集》,合肥:安徽教育出版社,2014年,第57页。

尺鲤久迟江上寄,寸心难向梦中传。杜诗韩笔平生事,北马南船住世缘。第一得知眠食健,喜开笑眼读花前。"①陈用光曾不止一次在诗文中提到得到姚鼐尺牍的喜悦之情。陈用光与姚鼐的尺牍往还频繁,历时长久,内涵丰富。通过对陈用光与姚鼐尺牍往返的历史考察,我们发现尺牍成了姚门师生之间引荐与被引荐的工具,尺牍往来还促使姚鼐写出美文并以其为陈氏示范②。通过尺牍交往,姚鼐关于汉宋之争的看法,越来越被人所接受,在尺牍交往议论中,丰富了义理、考据、文章的内容。陈用光在此过程中扮演的是一个请教者、探讨者、吸收者、信奉者、传播者的角色,而尺牍成了非常重要的交流手段。

---

① 严云绶、施立业、江小角主编:《桐城派名家文集③陈用光集》,合肥:安徽教育出版社,2014年,第396页。

② 陈用光与姚鼐尺牍,除了经常请教治学、为文之道,一项重要的内容是请姚鼐作文,今翻检姚鼐诗文集,其中与陈氏所作之文有:《陈约堂六十寿序》《与陈约堂七十寿序》《陈氏藏书楼记》《喜陈硕士至舍有诗见贻答之四十韵》《硕士约过舍久俟不至余将渡江留书与之成六十六韵》《陈硕士藏管夫人寒林小幅》等。关于"求文与示范"的话题,可以参看本书《姚鼐颇为得意的一组传状文》所论。

第十二章 姚鼐与师友门人交游考略

第一节 姚鼐与辽东朱氏交游考

《清稗类钞》"师友类·姚朱王相契"条记:"姚姬传在京师,与辽东朱孝纯子颖、丹徒王文治梦楼最相契。"①可见,姚鼐在京师与朱孝纯、王文治相交好,为时人和后人所乐道。实际上,姚鼐与朱孝纯、王文治的交好并不限于京城时期,姚鼐与朱孝纯,甚至与朱孝纯之子朱尔赓额都颇有交谊,而姚鼐与朱氏父子两代的交往对姚鼐文学创作有一定的影响,特别在游记、题画诗文两种题材作品上较为明显。

1. 朱孝纯

朱孝纯(1729—1785)②,字子颖,号海愚,汉军正红旗人,其先世为山东历城人,后屯戍辽阳左卫,遂为辽东人。乾隆二十七年(1762)壬午科顺天乡

---

① 徐珂:《清稗类钞》,北京:中华书局,1986 年,第 3613 页。
② 叶当前《桐城派前期作家朱孝纯的生平与交游》(《安庆师范学院学报》2016 年第 4 期)纠正了《清史列传》关于朱孝纯生卒年的错误记载,今据叶文改定。朱孝纯字子颖,乃取自《左传·隐公元年》"颖考叔,纯孝也",诸书时误"颖"为"颖",今悉改。

试举人,初任四川简县知县,后擢叙永同知、重庆知府,乾隆三十七年(1772),移守山东泰安,乾隆四十一年(1776),迁两淮都转盐运使,驻扬州。朱孝纯不仅政绩颇著,也是有名的诗人和画家,著有《海愚诗钞》等。姚鼐与朱孝纯的交往主要集中在京城、泰安、扬州三地,下面分别论之。

(1)京师唱和

朱孝纯之父朱伦瀚(1680—1760),为康熙五十一年(1712)武进士,在康熙朝为刑部郎中,雍正朝外任,乾隆朝"八年掌户科,巡视南城;十年升正红旗汉军副都统;十二年调正黄旗,在官凡十有三年,卒于位"①。

朱伦瀚虽为武将,但是颇重文才,与刘大櫆相交,并令诸子从刘氏学。刘大櫆《朱子颖诗序》载:"虽子颖上有两兄,皆从余受学,而其心相矜重,殊不逮于子颖。子颖奇男子也。其胸中浩浩焉常有担荷一世之心,文辞章句非其所能措意,而其为诗古文乃能高出昔贤之上。后数年,子颖偶以七言诗一轴示余,余置之座侧。友人姚君姬传过余邸舍,一见而心折,以为己莫能为也,遂往造其庐而定交焉。姬传以文章名一世,而其爱慕子颖者如此。"②从这篇诗序可知,在朱氏子弟中,孝纯与刘大櫆最为相知。

以刘大櫆为媒,姚鼐读朱孝纯诗而与其订交。关于姚鼐主动结交朱孝纯之事,姚氏在《海愚诗钞序》《朱海愚运使家人图记》等文中亦有记载,如前者言:"子颖为吾乡刘海峰先生弟子,其为诗能取师法而变化用之。鼐年二十二,接子颖于京师,即知其为天下绝特之雄才。"③姚鼐年二十二,即乾隆十七年(1752),是年秋,姚鼐再应礼部试来到京城,当于此时结交朱孝纯。姚鼐不仅与朱氏订交,又将友人王文治介绍给朱孝纯,这在王文治《海愚诗钞序》中有明确记载:"余年二十有五,以选贡入都,欲得交当世之贤豪。其初得桐城

---

① 朱伦瀚:《闲青堂诗集》,见《清代诗文集汇编》第247册,上海:上海古籍出版社,2009年,第673页。
② 刘大櫆著,吴孟复标点:《刘大櫆集》,上海:上海古籍出版社,1990年,第63页。
③ 姚鼐著,刘季高标校:《惜抱轩诗文集》,上海:上海古籍出版社,1992年,第48页。

姚姬传……姬传又为余言子颖,访其家,坐客无毡,而豪气横眉宇间。出所为诗读之,如与李太白、高达夫一流人相晤语也。"①至此,"姚朱王相契",始成鼎足之势。关于三人在京师的交往,姚鼐有《八月十五日与朱子颖孝纯王禹卿文治集黑窑厂》记之:"寒吹动关河,登台白日俄。孤云高渤碣,秋色渡滹沱。海内词人在,尊前往事多。夜来明月上,乌鹊意如何?"②黑窑厂本明造砖瓦废厂,风景殊胜,游人麇集。姚鼐等三人于天寒日暮之际,游黑窑厂,"据地饮酒,相对悲歌至暮","酒酣歌呼,旁若无人",以至于多年后,姚鼐《食旧堂集序》、王文治《海愚诗钞序》都还记述此事,足见年轻时纵酒歌咏之事给他们留下深刻印象。此后,姚鼐为准备乾隆十九年(1754)甲戌会试留京,甲戌会试不第后,姚鼐本欲归里,却未能成行,仍留京师,直至乾隆二十二年(1757),姚鼐四试礼部不第后"授徒四方以为养",于次年秋(1758)离开京师。可见,自乾隆十七年(1752)秋至乾隆二十三年(1758)秋,姚鼐为求功名长时间滞留京城,得与朱孝纯、王文治等继续诗酒相会。除同游黑窑厂外,朱孝纯《中秋日同姚梦谷王禹卿集陶然亭六首》记三人于乾隆二十年同游陶然亭事,王文治于一年后远赴琉球,以《八月十五夜笋厔坐月有忆隔岁同朱子颖姚姬传陶然亭之游》诗追忆此事。从王氏此诗"生平一二贤隽士,诗瓢酒榼到处同"看,姚鼐、朱孝纯、王文治三人在京师中诗酒唱和不断,可惜存者较少。乾隆二十一年(1756),王文治随全魁等出使琉球,次年朱孝纯下江南游历,又次年姚鼐因久困科场而南下返乡,姚鼐与朱孝纯等的京师唱和告一段落。

(2)泰安游赏

姚鼐、朱孝纯、王文治三人分散后,在乾隆二十五年(1760),王文治中一甲三名进士,姚鼐五试礼部不第,朱孝纯丧父,姚鼐为其作《副都统朱公墓志铭并序》。乾隆二十七年(1762),朱孝纯中举,次年,姚鼐成进士。姚鼐《朱海愚运使家人图记》载:"其后公仕蜀中,余仕京师,相隔数年,公返,乃复得见。

---

① 王文治著,刘奕点校:《王文治诗文集》,北京:人民文学出版社,2014年,第725页。
② 姚鼐著,刘季高标校:《惜抱轩诗文集》,上海:上海古籍出版社,1992年,第520页。

公守泰安,余解官至泰安。"①从此文可知,朱孝纯因任官蜀地,与姚鼐等分别数年。

直至乾隆三十六年(1771)冬,朱孝纯调山东泰安知府任,姚鼐才又与其唱和,作《送朱子颖孝纯知泰安府四首》以送之。其二言:"岷嶓东接泰山阳,历历专城待俊良。扫定蛛蝥将偃伯,登封鹅鲽欲来王。禁中伏奏心偏壮,剑外遭回鬓已苍。若会明堂陈治绩,岂忘沂汶古时狂。"②叙朱氏在蜀政绩,同时也期望孝纯能于鲁东再建新功。朱孝纯至泰安后,寄书与姚鼐,姚鼐作《得朱子颖书》:"使君书札发齐州,战伐新经欲白头。出涕潺湲哀万室,独居威望镇诸侯。清秋念我狂尊酒,落日同谁眺郡楼?海内几人功力建,腐儒端合任沉浮。"③此诗当作于乾隆三十八年(1773)秋,此时朱孝纯在泰安平贼乱、治水患,已初有政绩,姚鼐以所守官入四库全书馆。从"腐儒端合任沉浮"看,姚鼐对自己的纂修工作有些"自嘲",或与其在四库馆的尴尬处境有关。

乾隆三十九年(1774)秋,姚鼐借病辞去刑部郎中及现任纂修官,并于年底乘风雪,取道新城、雄县、阜城、平原,赴泰安朱孝纯任所。姚鼐此行创作了大量的诗文,以时间先后看,约有《新城道中书所见》《雄县咏周世宗》《阜城作》《平原咏东方生》《去岁吾邑丧叶花南庶子今秋丧王怀坡吏部皆文行为后学之师又皆鼐丈人行也道中念之追怆竟日作一诗以寄海峰先生》,到达泰安作《于朱子颖郡斋值仁和申改翁见示所作诗题赠一首》,其中有"文章道路识老马,世事沧洲漂白鸥"句,颇有走出四库馆书斋回归辞章之学意。随后,朱孝纯带姚鼐参观晴雪楼,姚鼐作《晴雪楼记》。十二月晦日,在朱孝纯的陪伴下登泰山,于日观亭看日出,姚鼐作《岁除日与子颖登日观观日出作歌》,中有"地底金轮几及丈,海右天鸡才一唱",其中不乏想象之辞。正月初一,朱孝纯偕姚鼐下山,憩于郡斋,姚鼐作《登泰山记》。朱孝纯作《登日观图》,姚鼐作《题子颖所作登日观图》记之。初四,朱孝纯因公事而无暇分身,令聂剑光陪

---

① 姚鼐著,刘季高标校:《惜抱轩诗文集》,上海:上海古籍出版社,1992年,第403页。
② 姚鼐著,刘季高标校:《惜抱轩诗文集》,上海:上海古籍出版社,1992年,第544页。
③ 姚鼐著,刘季高标校:《惜抱轩诗文集》,上海:上海古籍出版社,1992年,第548页。

姚鼐游灵岩,夜宿张峡,姚鼐作《游灵岩记》。又为聂君作《泰山道里记序》。临别之际,朱孝纯作《甲午残腊姚姬传假归过泰安即送其旋里三首》,其三云:"万里枞阳路,吾师老更狂。此生悲遇合,后死惧文章。好去依乡里,还期订散亡。百千年后事,吾亦永相望。"①惜别之情溢于言表。姚鼐则作《次韵子颖送别三首》,中有"谅守平生谊,宁无后见期"句,亦颇见珍重友情之意。姚鼐泰安游赏,文酒之会,日无虚时,美丽的风光激发了姚鼐创作的热情。

(3)扬州教授

乾隆四十年(1775),姚鼐辞京南下,闲居乡里,游浮山、双溪,观披雪瀑,作《游双溪记》《观披雪瀑记》等诗文。乾隆四十一年(1776),朱孝纯由泰安知府调两淮都转盐运使,驻扬州,兴建梅花书院,邀请姚鼐出任山长。是年秋,姚鼐乘舟前往扬州,过无为,泊采石,游金陵,经镇江,达扬州。在船过镇江时,姚鼐作《竹林寺怀王禹卿》表示对老友王文治的怀念,抵达扬州后,因朱孝纯结识了朱二亭,与其谈论诗学。

关于朱孝纯邀请姚鼐主讲梅花书院事,姚鼐在诗文中多次提及,如《谢蕴山诗集序》言"丙申、丁酉之岁,辽东朱子颖转运淮南,邀鼐主梅花书院"②,《食旧堂集序》言"子颖为两淮运使,兴建书院,邀余主之"③,《海愚诗钞序》言"子颖仕至淮南运使,延余主扬州书院"④,《继室张宜人权厝铭并序》言"乾隆四十三年,两淮运使朱子颖,请余主梅花书院,又劝以家住"⑤,《金焦同游图记》言"乾隆丁酉、戊戌之岁,朱思堂运使方在淮南,邀余主扬州书院"⑥,《朱

---

① 《清代诗文集汇编》编纂委员会:《清代诗文集汇编》388册《海愚诗钞》,上海:上海古籍出版社,2009年,第250页。
② 姚鼐著,刘季高标校:《惜抱轩诗文集》,上海:上海古籍出版社,1992年,第54页。
③ 姚鼐著,刘季高标校:《惜抱轩诗文集》,上海:上海古籍出版社,1992年,第43页。
④ 姚鼐著,刘季高标校:《惜抱轩诗文集》,上海:上海古籍出版社,1992年,第48页。
⑤ 姚鼐著,刘季高标校:《惜抱轩诗文集》,上海:上海古籍出版社,1992年,第212页。
⑥ 姚鼐著,刘季高标校:《惜抱轩诗文集》,上海:上海古籍出版社,1992年,第227页。

海愚运使家人图记》言"及公至扬州,邀余主扬州书院,于是相聚者两年"①。可见,姚鼐对朱孝纯请其主讲梅花书院颇存感念之情。

乾隆四十二年(1777),姚鼐主讲梅花书院,是年春,王文治赴扬州,会朱孝纯阅工江上,因同游金焦。姚鼐作《于子颖扬州使院见禹卿遂同游累日复连舟上金山信宿焦山僧院作五言以纪之》,王文治以《次韵和姚姬传于朱子颖运使处相见遂同累日览扬州诸园馆之胜子颖适阅工江上复连舟上金山再宿焦山之作》和之,朱孝纯则作《丁酉暮春同王梦楼先生姚姬传比部止宿焦山为僧担云写山水障子》记之。朱孝纯又有《十月十九日同梦楼先生姚姬传比部泛舟游金山饮僧阁中雨甚归宿小舟三首》,可见姚、朱、王非止一次游金山。多年后,姚鼐《金焦同游图记》亦记三人同游之事。朱孝纯为醇化民风,重修宋双忠祠,又修萧孝子祠堂,并请姚鼐为之撰写碑文并序,又请擅长书法的王文治书刻,忠孝典型得以流传。朱孝纯在扬州时又请人抄王文治诗十几卷,曰《食旧堂集》,姚鼐为之作序。王文治则抄录朱孝纯在扬州期间所作诗,成《海愚诗录》一卷,多年后姚鼐又与王文治共同录订朱氏之诗,成《海愚诗钞》十二卷。乾隆四十三年(1778)夏,姚鼐继室张宜人病逝于扬州,秋八月运宜人柩还乡,王文治作《送姚姬传自扬州归桐城二首》。姚鼐居乡期间,作《寄王禹卿》诗,又应朱孝纯之请作《宝扇楼后记》,记"今子颖之任用,略同于都统公(朱伦瀚)而且滋重矣",并言朱氏异日"俯仰斯楼,循玩吾言,感念国恩之无穷"等②。又,据《古文辞类纂》序,此书初成于"乾隆四十四年秋七月"。此书规模甚大,肇始于姚鼐主讲梅花书院之时,朱孝纯当为此书之纂辑提供颇多帮助。乾隆四十五年(1780),朱孝纯因风痹解职归京,并于五年后辞世,姚鼐、王文治为其编订诗集,多次以文追忆诗酒相从之事。

2. 朱尔赓额

朱孝纯有子朱友桂,字白泉,后改名为朱尔赓额。据《清史稿》本传载,其捐

---

① 姚鼐著,刘季高标校:《惜抱轩诗文集》,上海:上海古籍出版社,1992年,第403页。
② 姚鼐著,刘季高标校:《惜抱轩诗文集》,上海:上海古籍出版社,1992年,第217页。

赀得兵部工事,历官军机章京,累迁郎中,出为江宁粮道,后署安徽布政使,引疾归。朱尔赓额为朱珪及百龄所赏识,随百龄辗转两广、两江等地,署广东督粮道、江南巡盐道等。朱尔赓额性甚刚毅,勇往敢为,后得罪戍守伊犁六年而返。

朱尔赓额除了继承其父的刚毅勇为、好交友,也继承了其父的善画技能。乾隆五十八年(1793),姚鼐应朱尔赓额之请,作《金焦同游图记》,追忆当年与朱孝纯、王文治游金焦二山情形。是记言"其子丹厓来为江宁粮道",又言"丹厓携昔工所为三人同游之图,出以见示"。丹厓即朱尔赓额,此时为江宁粮道,姚鼐则主讲钟山书院,见到友人之子能"伟然继武,重莅江南","悲思之怀,一时交至"。乾隆五十九年(1794),姚鼐作《海愚诗钞序》,论"天地之道,阴阳刚柔而已。苟有得乎阴阳刚柔之精,皆可以为文章之美",又言"今世诗人足称雄才者,其辽东朱子颖乎"①。朱孝纯曾为王文治抄成《食旧堂集》,姚鼐序之;朱孝纯殁后,姚鼐与王文治"同录订之,曰《海愚诗钞》,凡十二卷"②,并皆为之作序③。同年,姚鼐又作《朱白泉观察以仆往昔访其先公运使于泰安时所作诗文各一首同装成卷见示感题》,诗云:"平生交友接龙门,霁雪高山共酒尊。立处不知天下小,坐中只谓古人存。文章海内亡知己,旌节江东见后昆。留得白头如梦过,旧书重展落啼痕。"④由此诗可知,朱尔赓额以姚鼐当年游赏泰山之诗文装卷见示,姚鼐触物伤情,想起当年"霁雪高山共酒尊"的情形,虽然"旌节江东见后昆",但知己已亡,只能"旧书重展落啼痕"。约于此前后,姚鼐又应朱氏之请作《朱白泉观察以其先都统公指画登山虎见示因题长句》《题朱涵斋都统便面洛神兼临十三行二首》,此皆为朱伦瀚书画题诗。其前一首云"我从三世接交亲,留遗墨宝容窥觇,回首登堂四十春"⑤,姚鼐于乾隆十七年(1752)秋结识朱孝纯,此言"四十春",可知此诗正是作于《金焦同

---

① 姚鼐著,刘季高标校:《惜抱轩诗文集》,上海:上海古籍出版社,1992年,第48页。
② 姚鼐著,刘季高标校:《惜抱轩诗文集》,上海:上海古籍出版社,1992年,第49页。
③ 最早为《海愚诗钞》作序者为刘大櫆,此序作于朱氏任泰安知府时,刘氏为朱孝纯和姚鼐之师。
④ 姚鼐著,刘季高标校:《惜抱轩诗文集》,上海:上海古籍出版社,1992年,第589页。
⑤ 姚鼐著,刘季高标校:《惜抱轩诗文集》,上海:上海古籍出版社,1992年,第497页。

游图记》前后。姚鼐此诗又言"三世接交亲",从姚鼐《副都统朱公墓志铭并序》看,姚鼐与朱伦瀚并无多少交往,与姚鼐真正有交往者即朱孝纯、朱尔赓额父子两代。此后,朱尔赓额入广东督粮剿匪,直至嘉庆十六年(1811),百龄为两江总督,调朱尔赓额为江南巡盐道,朱氏才再至江宁。嘉庆十七年(1812),朱尔赓额以家人图请姚鼐作记,姚鼐为作《朱海愚运使家人图记》,深情地回忆了其与朱氏父子两代六十年的交往。稍后,朱尔赓额因参与百龄与河督陈凤翔的斗争而被弹劾,坐罪遣戍伊犁六年。"无能而又贫老"的姚鼐第一时间作《与朱白泉》书,以"兹后复起与不,悉置勿论"劝慰①。两年后姚鼐病逝,姚鼐与朱氏父子六十年的交谊至此落下帷幕。

"京师唱和"使得姚鼐与朱孝纯、王文治等结下深厚友谊,开阔了姚鼐眼界,提高了姚氏的文名,使得姚鼐在京师文坛崭露头角。朱孝纯在姚鼐辞官去馆之时,邀请姚鼐赴泰安游赏,同登泰山,以自然山水慰其情绪,以巨岳大川砺其心志,患难见真情。朱孝纯为两淮都转盐运使时,兴建梅花书院,请姚鼐主讲,帮助姚鼐完成从官场为政到书院从教的转型,这期间姚鼐提出"天下文章,其出于桐城",并编纂出《古文辞类纂》,表现出肩负文脉传承的自觉意识。朱尔赓额延续了朱孝纯与姚鼐的交往,姚鼐在追忆中,又创作出《朱海愚运使家人图记》等佳作。

第二节 姚鼐与灵石何氏交游考

灵石位于山西省中部,居晋中盆地南端,素有"秦晋要道,川陕通衢"之称。相传,隋开皇十年(590),文帝杨坚巡幸开道,得瑞石,遂于谷口置县,因名"灵石"。据《何氏族谱》载,"余族何氏自得姓来,代有闻人蔓延无穷,其居灵邑者自知族明经公始,明经公之先居豫省大石桥旁"②。明经公即灵石何氏始祖何立本,其当从河南迁徙而来。何氏所居之地为灵石县两渡镇,据说

---

① 姚鼐《与朱白泉》,《惜抱轩尺牍补编》卷一,清光绪五年(1879)刻本。
② 何思忠:《何氏族谱·序》,乾隆三十五年(1770)刊本。

古时汾河于此地分为两支,要出入依水而居的村落,必须涉水两次,故曰"两渡"。据文绮《清代灵石何氏家族研究》考证,何氏家族的第九世何溥虽读书不成,却经商有道,"精范蠡计然知术,凡有筹画无不精当者,又善知人用之,各当其材,故常获利数倍"①。灵石何氏家族虽处晋地,亦以经商起家,却非商贾之家,而是典型的科举家族。文绮根据《灵石县志》统计:"整个清代灵石县产生文进士共23人,何家为14人,占全县的60%。全县举人共有101人,何氏家族为28人(包括取得进士功名者),占27.72%。"②这其中第一位进士便是何思钧。

1. 何思钧

何思钧(1736—1801),字季甄,霍州灵石(今山西灵石县)人。因故乡两渡有双溪,故号"双溪"。关于其家世及生平,姚鼐《何季甄家传》有载:"何季甄者,名思钧,霍州灵石人。考讳世基,生三子,思钧为季,故字曰季甄。季甄早孤,依于其兄思温,友敬甚至,勤力于学。乾隆四十年成进士,改庶吉士。纂修《四库全书》,善于其职。四十三年散馆,改部属矣,旋以校书之善,仍留庶常馆。次年授检讨,自是常在书局。……其居灵石北乡有双溪,尝自号双溪。天下称何氏为盛门,以何双溪为宿德矣。"③何氏生平稍可补充,其于乾隆三十五年(1770)庚寅科中山西乡试副榜,乾隆三十六年(1771)辛卯科中乡试举人,乾隆四十年(1775)乙未科三甲八十四名进士。朝考后,授庶吉士,是年冬,充武英殿纂修,旋入四库馆。书局裁撤,何思钧闭门养疴,训子读书,逍遥辇下,所交游者,多为当世知名人士,如浙江会稽章学诚、江苏兴化顾九苞、安徽歙县程瑶田、苏州长洲汪元亮等,并辑录有《檀几丛书录要》《钦定钱录》。

何思钧为姚鼐弟子,关于何氏从姚鼐问学一段,姚鼐《何季甄家传》载之甚详:

---

① 何思忠:《何氏族谱》卷八,乾隆三十五年(1770)刊本。
② 文绮:《清代灵石何氏家族研究》,辽宁大学2013年硕士论文,第15页。
③ 姚鼐著,刘季高标校:《惜抱轩诗文集》,上海:上海古籍出版社,1992年,第151~152页。

> 始吾二十八岁居京师,而季甄之兄令季甄从吾学。其齿幼于吾六年耳,而事吾恭甚,使背诵诸经,植立不移尺寸。其后学日进,而与吾或别或聚。吾在礼部时,季甄得山西乡举而来,相对甚喜。后三年而吾以病将归,季甄适携家居于都。吾入其室,见其子之幼俊,叹曰:"何氏其必兴乎!"然是年别,不复得相见。次年,闻其成进士。又后十二年,闻其两子成进士。又后十三年,闻季甄丧矣。①

从这篇家传看,姚鼐旅居京师时为谋生而授徒,虽然姚鼐此时四应礼部试而不第,年龄仅比何思钧大六岁,但思钧事姚鼐甚恭,甚至"使背诵诸经,植立不移尺寸"。何思钧的这种表现或与家族的教化有关,如《何氏家训》有言:"教子弟如陪家芽,须自幼训诲,使温柔忠厚,恭谨端方,泛爱同人,尊敬长上,一言一动,必有规矩。"②姚鼐于此篇家传中重点突出何思钧待人之恭、处事之敬,正是这种恭敬影响了下一代,以至于姚鼐入其家见其子,有"何氏其必兴"之叹。此后,姚鼐因不得志于官场,不得意于四库馆,辞京南下,与何思钧"不复得相见"。

姚鼐与何思钧师生感情甚好,虽非同处一地,却时常联系,查《惜抱轩尺牍》,得姚鼐与何思钧尺牍四封,今择其要,转录于下:

> 去岁得手书,具悉佳胜。倏春秋再更,遥想增福。惟老病成翁者,更深益齿之感耳。今秋长男持衡幸与乡荐,亦不得不令其束装北来,而以其年少无知,踽踽远道,未免系舐犊之怀。惟吾弟古谊笃情,必能视之如亲子弟。其出门时,愚固已告之,当恭听教命矣。两郎君声誉甚盛,家庆方隆,今秋分校,足征圣心,方将倚用,可胜贺也。令侄辈现在里居,抑来都不?当并安吉耶?愚里居近况,持衡自当详陈,兹不备及。冬寒,保重千万。③

---

① 姚鼐著,刘季高标校:《惜抱轩诗文集》,上海:上海古籍出版社,1992年,第151~152页。
② 何思忠:《何氏族谱》卷七,乾隆三十五年(1770)刊本。
③ 姚鼐:《惜抱轩尺牍》卷四,清道光三年(1823)刻本。

从此札看,应是姚鼐之子姚景衡中江南乡试,欲赴京参加来年春举行的礼部试,姚鼐作此札请其照料。乾隆五十七年(1792),景衡中举,故知此札作于此年。姚鼐于京城中有不少亲故,而单单托请何思钧照看,或许正是看中"惟吾弟古谊笃情,必能视之如亲子弟"。"两郎君声誉甚盛,家庆方隆,今秋分校,足征圣心,方将倚用,可胜贺也",此两郎君即思钧之子何道冲、何道生,此二人同时于乾隆五十二年(1787)丁未科二甲成进士,故姚鼐言"两郎君声誉甚盛,家庆方隆"。何氏兄弟曾由其父何思钧亲自督课,且十分严格,以至于当时"江南名士入京求为弟子师者,莫不知有何氏书塾"①。姚鼐命景衡寓居何家,除了与何氏相交甚好,或许亦有令景衡从何氏学其恭敬、有规矩之意。

  初春惟动定佳胜。贤子剖符九江,若就养而南,便可使衰朽更得接晤矣,但不知高兴来不?鼐顽钝之态如故,今年舍江宁而就皖中,可以不涉江涛矣。衡儿不免北行应试,诸凡诲之。奉寄孟阳小画一轴,粗笺一握,以致相忆而已。余不具。②

从"今年舍江宁而就皖中,可以不涉江涛矣"看,姚鼐此时已辞去钟山书院而就安庆敬敷书院,可知此札作于嘉庆六年(1801)春。嘉庆六年为辛酉恩科,姚鼐令景衡再赴京应礼部试,故又作此书以为感念。尺牍中所言"贤子剖符九江"指何道生任九江知府事,姚鼐以为若何思钧随子南来,便可相见,从中亦可看出两人相见之期。

  春来想动定佳胜。鼐老矣,而吾弟亦非少壮,然想尚未至大衰备耶。去冬多承惠问,又以贱辰在月制之期,将以厚谊,弥增感愧。持衡在京久扰庑下,其南来乃适浙江,谋一馆,今未归也。贤郎居官名誉日盛,欣贺。鼐此月内赴江宁,一切略如故状。特此奉谢并候,

---

① 闵尔昌:《碑传集补》,《清代传记丛刊》本,台北:明文书局,1985年,第121册第419页。
② 姚鼐《与何季甄》,《惜抱轩尺牍》卷四,清道光三年(1823)刻本。

余续报,不具。①

嘉庆五年(1800),姚鼐七十初度,陈用光为作《姚姬传先生七十寿序》,弟子胡虔等祝寿,想何思钧"将以厚谊"亦在此时。姚鼐信中言"去冬多承惠问",可知此信作于嘉庆六年(1801)春。姚鼐此年春从江宁至安庆,此处言月内赴江宁,或有至江宁交割清楚之意。"持衡在京久扰庑下",此言姚景衡居京期间居于何家,从此札看,是科姚景衡仍未获售,是以有南下谋馆之意。

> 凉初近当佳胜。闻五月内,乃体中小不适,今知已愈,犹愿慎护耳。鼐今年移居皖中,去家近,一切粗遣。衡儿乃奉扰过久,至爱亦不言谢矣。兰士太守已进京未?甚念甚念。迩者外吏之难为,日甚一日矣。惟不欲作好官,乃更以为易耳。畿辅水灾之重,夙所未闻,今当各复业矣。城中相知者,未至大受患不?相见无由,率候不具。②

此札言"鼐今年移居皖中",可知是札亦作于嘉庆六年(1801)初秋。此年五月,何思钧沉疴在身,尚与姚鼐尺牍相交。《何季甄家传》载:"季甄存时,常以书问吾甚挚。自京师来者,为吾言:'季甄之家法整饬,老而所养益邃,容肃而气冲,士流有前辈典型之望。其所以训子者,真古人之道也。数十年未尝须臾昼而居内,敕其子皆然。'"③姚鼐命景衡赴京寓何家,或即有看重何氏居家重教之意。从此札看,姚鼐已知何思钧染疾,何道生进京或即为其父病重而来。姚鼐所言"相见无由",盖成谶语,何思钧即于是年病逝京城。

2. 何道冲、何道生

姚鼐《何季甄家传》记:"及《全书》成,与赐宴文渊阁下,而旋以疾请告,屏居训子元烺、道生,两子一年成进士,其后皆以才显,有名内外。"这里的元烺即何道冲,字砚农,一字伯用,山西灵石县人。乾隆五十二年(1787)进士。历

---

① 姚鼐《与何季甄》,《惜抱轩尺牍》卷四,清道光三年(1823)刻本。
② 姚鼐《与何季甄》,《惜抱轩尺牍》卷四,清道光三年(1823)刻本。
③ 姚鼐著,刘季高标校:《惜抱轩诗文集》,上海:上海古籍出版社,1992年,第152页。

官户部江西司主事、山东河南司员外郎、山东广西司郎中等。嘉庆六年(1801),京察一等,"以亲老需侍侧",不就外任。十年,授山东道监察御史。陈用光曾作《何砚农五十九寿诗》。何道生(1766—1806),字兰士,山西灵石县人,为何道冲之弟。乾隆五十一年(1786)乡试举人,乾隆五十二年(1787)成进士。历官工部郎中、山东道御史、九江知府、宁夏府知府。著有《方雪斋诗集》等。嘉庆六年(1801),何思钧卒,姚鼐第一时间给何道冲、何道生兄弟寄去书信一封,以传慰问之情:

> 得持衡书,云尊大人已弃荣养,老怀凄恻,殆不可堪。数十年之相知,于兹永绝。遥想诸世讲值此大痛,哀毁曷胜,犹望以礼自节,以全大孝耳。灵輀何时归里? 鼐作一祭文,以达悲怀,令持衡陈一薄奠,想尚可及也。特此奉唁。砚农、兰士两世讲。姚鼐顿首。十月廿八日。①

此札作于嘉庆六年(1801)。从此札知,姚鼐得姚景衡书,知何思钧已逝,颇为伤感,作此书与何道冲、何道生兄弟,以宽孝子之心。姚鼐在此札中提及作祭文之事,查《惜抱轩诗文集》,未见为何思钧而作的墓志铭等"祭文"之属。再查为何思钧而作的行状、墓表,得王芑孙所撰《诰封朝议大夫累封中宪大夫翰林院检讨何公行状》、吴锡麒《何双溪检讨传》等。何氏兄弟接到姚鼐所作之慰信,作复信一封,并请姚鼐为其父作家传。姚鼐作成《何季甄家传》后寄与何氏两兄弟,并又作书一封:

> 前得书,具审大事办理已毕,甚善甚善。近想阃潭各清安也。所须尊公家传,已为具草,虽不能佳,却字字真实也。鼐衰疲目昏,不能端正写字,如以谓其文可存,或求一善书者书之,便如《闲邪公家传》款也。今将稿本寄上,朝夕惟一切珍重,余不具。②

---

① 此文录自陈烈主编《小莽苍苍斋藏清代学者书札》,北京:人民文学出版社,2013年,第195页。

② 姚鼐《与何砚农兰士》:《惜抱轩尺牍》卷四,清道光三年(1823)刻本。

此信海源阁本《惜抱轩尺牍》置于《与周希甫》后,道光本《惜抱轩尺牍》置于《与何季甄》后,何季甄为砚农、兰士父亲,内容亦相关,当以道光本置《与何季甄》后为是。或许何氏兄弟已得王芑孙、吴锡麒所撰之文,故请姚鼐为其父作《家传》。"虽不能佳,却字字真实也",可见姚鼐对此颇为重视。姚鼐的这篇家传与王芑孙《诰封朝议大夫累封中宪大夫翰林院检讨何公行状》、吴锡麒《何双溪检讨传》相比,保持了桐城文章传主"常事不书"的一贯作法,通过何季甄"事吾恭甚"以及从京师来者对"我"所言,展示了何季甄的"友敬甚至,勤力于学","家法整饬","有前辈典型之望",可谓遗貌取神,最能画出传主之神貌。"何氏其必兴乎!"由何思钧肇始,灵石何氏出了十四位进士,一位武进士①,灵石两渡何家成为清代延誉百年的科举世家,何氏后人在教育子弟时,常常用姚鼐所作《何季甄家传》来传教和鼓励子孙。

图 2　姚鼐撰、孔继涑书《皇清赠武义大夫贵州提标右营游击何公墓志铭》(局部一)

---

①　此武进士即何道深,乾隆二十五年(1760)庚辰科武进士,与何道冲、何道生为兄弟辈。其随大将军明瑞出征缅甸,因寡不敌众而牺牲于战场,姚鼐为此作《赠武义大夫贵州提标右营游击何君墓志铭并序》。如上姚鼐撰、孔继涑书、沈启震跋《皇清赠武义大夫贵州提标右营游击何公墓志铭》拓片,藏于北京大学图书馆古籍特藏库。孔继涑为姚鼐弟子,孔氏与何氏是否有交往,待考。

图2　姚鼐撰、孔继涑书《皇清赠武义大夫贵州提标右营游击何公墓志铭》(局部二)

图2　姚鼐撰、孔继涑书《皇清赠武义大夫贵州提标右营游击何公墓志铭》(局部三)

第三节 姚鼐与麻溪吴氏交游考

《惜抱轩尺牍》卷三收录《与吴惠连》一书、《与吴敦如》七书、《与吴子方》一书,陈用光编辑此编言"此卷皆同里故旧及后进"。可知这一组尺牍的交往对象应当是姚鼐的同里故旧或晚生后进。

1. 吴贻咏

姚鼐《与吴惠连》言:"前得书,具悉近况清贫,尚不至全无酒资乎?时入兰亭邸不?鼐衰老畏作诗,故无以寄之耳。故乡乃不免水患,而闻北方乃忧旱,今已解耶?桐城故事,馆选于同里例不投帖,此犹为朴厚之风,不可使变。世兄乃未达此,故宜告之,都中近得时相对者为佳。珍重千万,不具。"[1]按照史学家陈智超总结的尺牍整理"五认",即认字(释文)、认人(写信人、收信人及信中提到的人)、认时(写信时间和收信时间)、认地(写信地与收信地)、认事(信中内容),我们在认字问题解决的前提下,首先就是要认人。这里要认的人是收信人吴惠连。

吴贻咏,安徽桐城人,乾隆五十八年(1793)癸丑科会元,此见载于《清实录》《清朝进士题名录》《词林辑略》《(光绪)重修安徽通志》等。查各种传记、笔记史料,言及吴贻咏者,略载其生平。江庆柏先生据《清代官员履历档案全编》定其生于乾隆八年(1743),卒年不可知[2],今略作考订。

吴贻咏的卒年,较难确定。今踏破铁鞋,觅得姚鼐《与吴敦如》尺牍一则:

> 尊大人醇德雅才,乡邦共仰。遽尔弃世,悲切士林。况鼐俯仰人间,故人斯尽,痛感曷胜!大孝哀毁,亦何以慰?愿贤兄弟深念担荷之重,自慎遗体而已。此时已奉灵輀登舟不?想过石头时,可申

---

[1] 姚鼐:《惜抱轩尺牍》卷三,清道光三年(1823)刻本。
[2] 江庆柏编著:《清代人物生卒年表》,北京:人民文学出版社,2005年,第319页。

一莫。兹先奉唁,或尚未行也。鼐去冬寄礼邸启并传文,已至都未? 兹略报不具。①

据笔者考证,吴敦如即吴贻咏之子吴赓枚②。如此,姚鼐此信则为吊吴贻咏而作,故知此信所作时间即可确定吴贻咏卒年。又,尺牍中言"鼐去冬寄礼邸启并传文",此"礼邸启"即姚鼐《上礼亲王书》,"传文"即《礼恭亲王家传》。据《礼恭亲王家传》及《清史稿》等材料可知,此礼恭亲王为永恩,卒于嘉庆十年(1805),姚鼐于嘉庆十一年(1806)作成《礼恭亲王家传》③。此札言"去冬",则知此札之作则在嘉庆十二年(1807)。故可推知吴贻咏卒于嘉庆十二年(1807)。

关于吴贻咏的生年,亦值得再探求。李桓《国朝耆献类征初编》、戴璐《藤阴杂记》、法式善《槐厅载笔》及马其昶《桐城耆旧传》都记载了同一史实,即吴贻咏五十八岁中会元。如《藤阴杂记》载:"己未沈归愚尚书六十七入翰林,癸丑吴贻咏五十八岁中会元入翰林。"④吴贻咏为乾隆五十八年(1793)癸丑科会元,是年五十八岁,故可知其生于乾隆元年(1736)。

吴氏生平可简括为:吴贻咏(1736—1807),字惠连,号种芝,安徽桐城人,乾隆四十八年(1783)举人,乾隆五十八年(1793)癸丑科会元,由翰林院庶吉士改刑部主事,历吏部验封司兼文选司主事。著有《种芝堂诗文集》《芸轩馆诗集》等。子吴赓枚,孙吴孙班、吴孙琨等。

吴贻咏为乾隆五十八年(1793)会元,殿试却在三甲第二十七名。按例,三甲赐同进士出身,其后参与馆选。吴贻咏或投帖于姚鼐,姚鼐作此札复之,希望其守朴厚乡风。

---

① 姚鼐:《惜抱轩尺牍》卷三,清道光三年(1823)刻本。
② 具体考订见后文"吴赓枚"条。
③ 郑福照《姚惜抱先生年谱》定《礼恭亲王家传》作于丙寅(1806),孟醒仁《桐城三祖年谱》亦从之。
④ 戴璐:《藤阴杂记》卷一,清嘉庆石鼓斋刻本。

2. 吴赓枚

《桐城耆旧传·吴赀咏》载:"少孤,家贫,值长夏,或至日晡不得食,未尝有戚容。举于乡,年四十八矣。又十年,乃成进士。子赓枚与试,题名至,跃然曰:'子不先父,我固知若逊一筹也。'选翰林院庶吉士,改刑部主事,徙吏部。……赓枚后六年亦成进士,官监察御史。"①马其昶这里描述的与父吴赀咏先后成进士的吴赓枚。吴赓枚,字登虞,号春麓,安徽桐城人。嘉庆四年(1799)进士,朝考选为翰林院庶吉士,任实录馆纂修。后改任礼部主事,升郎中,纂修会典及学政全书。在礼部十余年,遇事议论必依据《礼经》并参合国制。后任山东道及江西道监察御史。后因母丧,回籍守制,遂不出。主讲歙县、安庆等地的书院,学者称"春麓先生"。著有《吴御史奏稿》《惜阴书屋文集》《惜阴书屋诗钞》等。今《惜抱轩尺牍》存《与吴敦如》尺牍七篇。吴赓枚字登虞,《清人室名别称字号索引》等皆不载吴赓枚另有"敦如"字。笔者以为"登虞""敦如"桐城方言读音相近,又查姚鼐与吴敦如尺牍七封,所载事迹与吴赓枚生平若合符节,故可补吴赓枚另字"敦如"。

吴赓枚与姚鼐的交往亦与其父相似,得进士后,以帖投乡先辈,姚鼐则作尺牍答之:"得书,略知近状,迩惟侍奉益佳胜也。鼐屏居草泽,岂当复论西清旧体?前鲍觉生投帖,鼐更不以名帖复答之。足下益为烦矣,故谨璧尊谦也。故乡淫雨为患,居屋皆困于浸湿,薪米皆贵,殊令人忧。京师未知何状,甚望尊大人得一差,又望台中得一实缺,朝夕惟珍重,余不具。"②吴赓枚与鲍桂星同为嘉庆四年(1799)进士,从"前鲍觉生投帖,鼐更不以名帖复答之。足下益为烦矣,故谨璧尊谦也"可知,吴赓枚亦与鲍桂星同,以帖投姚鼐,姚氏作答。此札或作于嘉庆四年(1799)。

---

① 马其昶撰,彭君华校点:《桐城耆旧传》,合肥:黄山书社,2013年,第192页。
② 姚鼐《与吴敦如》,《惜抱轩尺牍》卷三,清道光三年(1823)刻本。

又吴赓枚为吴贻咏之子,《安徽历史名人词典》载其生于乾隆十五年(1750)①,如其父生于乾隆元年(1736),则吴赓枚出生年月恐误。

姚鼐与吴赓枚尺牍相交,主要是因为吴氏居京城在礼部供职,姚鼐为作《礼恭亲王家传》而请其从中传信及查问资料。如"得礼邸书,即为恭王拟作一文字,然其间有数条,须更审问者,今寄来,奉恳为细细问清,更将元稿寄鼐改定后,乃复缮清以寄礼邸"②,又如"盖遐远之人,生未见国史者多矣。而宗室先世之事,必于国家关系,岂可草略?今故先拟一稿,所未明之事,祈为查清。若吾兄于此亦未明晓,便希见礼邸询问,问得后,批于元稿,却转寄鼐窜改,定本缮清,鼐乃敢为启以寄复礼邸也"③。不以京城为远,不以辗转询问为烦,这一方面能看出姚鼐对《礼恭亲王家传》写作之重视,必得翔实材料以为可④,另一方面也印证了吴赓枚"遇事议论必依据《礼经》并参合国制"沉稳尊礼的性格特点。

此后,姚鼐与吴氏偶有尺牍相交,吴贻咏去世,姚鼐以信悼念,并慰孝子之心。吴赓枚亦时与姚鼐往来,并求姚鼐为题史阁部书后,姚鼐作《跋史阁部书后》,其文曰:"鼐之六世从祖湘潭公,为明神宗时清吏。其长女适吴氏,夫亡守节育孤,后与兄同遭流寇之乱,骂贼死义。史阁部抚皖时,高其谊,请于朝旌之。夫人子尔玉公,今侍御赓枚之高祖也,于史公忧归时,以启陈谢,史公复之。书藏吴氏,今侍御以见示。鼐惟史公千古伟人,抚皖时吾乡尤被其赐,民敬祀之,至今不衰;而吾五世祖姑节烈之风,光于两氏家乘,又因史公之言而弥显。展读手书,敬感交至,因题其后云尔。"⑤从此文可知,姚氏之女为

---

① 《安徽历史名人辞典》编辑委员会编:《安徽历史名人辞典》,合肥:安徽教育出版社,2008年,第688页。

② 姚鼐《与吴敦如》,《惜抱轩尺牍》卷三,清道光三年(1823)刻本。

③ 姚鼐《与吴敦如》,《惜抱轩尺牍》卷三,清道光三年(1823)刻本。

④ 姚鼐殷勤所问,或即"礼恭亲王讳永恩,其始封礼烈亲王讳代善,太祖高皇帝第二子也,推戴太宗,有大功于社稷。子惠顺王讳祜塞,未嗣爵先卒。惠顺王子讳杰书,嗣爵为王,是为康良亲王。生康悼亲王讳椿泰,悼王生康修亲王讳崇安。修王之子,则恭王也"一段。推姚鼐之意,此段文字当为《礼恭亲王家传》所必有,虽可简洁,但必征信。

⑤ 姚鼐著,刘季高标校:《惜抱轩诗文集》,上海:上海古籍出版社,1992年,第287页。

吴氏之妇,姚女以骂贼死,史可法请朝廷旌表;史公又曾答吴氏后人以书,吴氏后人存史可法书并请姚鼐跋之。姚鼐作成此文后,以书并文寄给吴赓枚,其书如下:

> 去冬闻转官御史,欣慰欣慰。令弟至,益知近祉之详,新年想增福也。鼐昏敝日甚,看文作书甚艰,此固其宜尔。欲归又未得去,兹以为恨耳。所命题史阁部书后,此为两姓光荣之事,附名其间,诚所愿矣。但耄病不文,虽作题无可观耳。另纸呈阅,可附于史公书后不?衡儿得泰兴,尚未能赴任。江南春寒犹甚,恐京师未必若此也。草草略报,不具。①

据郑福照《姚惜抱先生年谱》,嘉庆二十年(1815),先生长子景衡提补泰兴县知县(亦见《与陈硕士》),故可知此札当作于嘉庆二十年(1815)。此时,姚鼐已85岁,行将走到生命尽头。其不惮年高,勉力为文,是因为看重与吴氏的情谊,"此为两姓光荣之事"。又从此札可知,吴赓枚转官御史当在嘉庆十九年(1814)。

3. 吴孙珽

姚鼐在《与吴敦如》的尺牍中言:"去冬郎君回,得手书,具审佳胜,奉侍万福为慰。鼐里居亦如常。郎君美才而立志,真佳儿矣。里中少年,风气殊不善,此独不为所染,杰出之士,异日必继家声,乃翁虽贫,亦差足乐矣。"②可见,吴敦如之子吴孙珽奉父命曾拜谒过姚鼐,且姚鼐对其评价甚高。吴孙珽,字子方,一字伯揩,安徽桐城人,著有《不知不愠斋诗钞》等。吴孙珽曾以书向姚鼐请教,姚鼐作书答之,其书如下:

> 承惠书千余言,意甚深美,而辞蔚然。此天下之才,岂仅吾乡之彦哉。顾衰敝鄙陋,无以称后来才俊之求,兹为愧耳。书内言鼐辟

---

① 姚鼐《与吴敦如》,《惜抱轩尺牍》卷三,清道光三年(1823)刻本。
② 姚鼐《与吴敦如》,《惜抱轩尺牍》卷三,清道光三年(1823)刻本。

汉,此差失鼐意。鄙见恶近世言汉学者多浅狭,以道听途说为学,非学之正,故非之耳,而非有辟于汉也。夫言学何时代之别?"多闻,择善而从",此孔子善法也,岂以时代定乎?博闻强识,而用心宽平,不自矜尚,斯为善学。守一家之言则狭,专执已见则陋,鄙意弟若此而已。子方以谓当乎不耶?心气耗竭,目复昏眊,奉答不能详备,惟达其大旨,谅其不逮。暑热珍重,尊大人前道候,余不具。①

作为乡后学,吴子方以"千余言"向姚鼐请教,不可谓不诚;姚鼐与吴子方祖孙三代皆有交谊,亦以诚待之。在面对后学称其"抑汉扬宋"时,姚鼐很多时候否定"辟汉"之说,主张博闻强识,用心宽平,不自矜尚,这才是善学。这是怕有门户之见。门户之见对于初学者,尤其不利。这足见姚鼐为学通融之道,教学宽平之心。姚鼐去世后,吴孙珽作《哭姚惜抱先生》:

> 光风入座物皆春,浩渺江天又隔尘。
> 硕望东南摧一老,斯文中外属何人?
> 太邱风轨瞻先路,永叔文章悟后身。
> 千里书来成绝笔,不堪掩泪对霜旻。②

从此诗看,吴孙珽对姚鼐甚为推举,比之欧阳修。"千里书来成绝笔"可能指姚鼐《与吴子方》一书,也可能是姚鼐因寄《跋史阁部书后》一文与吴赓枚的那一篇书札。总之,姚鼐直至生命的最后一年,尚与吴氏有书信往来,且对吴孙珽青眼有加,殷勤教诲。

《桐城文学渊源考 撰述考》不载吴贻咏、吴赓枚,以吴孙珽为刘大櫆再传弟子:"师事鲍桂星,受古文法。为文隽旷,远出尘俗,兼通六书。""吴孙珽始工为诗,续兼治古文,撰著百余篇,气盛理明,意境俊逸可喜。本'八家'义法,兼综经史大旨,诸子百家得失异同。"③可见,吴孙珽诗文俱佳。吴孙珽与姚

---

① 姚鼐《与吴子方》,《惜抱轩尺牍》卷三,清道光三年(1823)刻本。
② 潘忠荣主编:《桐城明清诗选》,合肥:安徽美术出版社,2011年,第164页。
③ 刘声木撰,徐天祥校点:《桐城文学渊源考 撰述考》,合肥:黄山书社,2012年,第141页。

莹、刘开、张阮林、光聪谐、左朝第、徐璈等游,以"文章道义相与磨砺",为姚莹等所谓"吾党之盛"代表人物之一。

又,姚莹《吴子方遗文序》记载:"子山最少,最先亡。后六年,阮林继亡。又八年而君亡。君之始亡,明东尝作传,未几,明东亦亡矣。"①吴子山嘉庆十三年(1808)亡,后六年张阮林亡,又八年吴子方亡,故定吴子方亡于道光二年(1822)。刘开卒于道光三年(1823),正与姚莹所记"未几明东亦亡"相契合。《(光绪)重修安徽通志》载,吴孙珽"卒年仅四十一"②,故又可推知吴孙珽生于乾隆四十七年(1782)。

第四节 姚鼐与曲阜孔氏交游考

山东曲阜为夫子故里,文风昌盛,人才辈出。乾隆三十三年(1768)戊子,姚鼐出任山东乡试副考官,策问五首③,孔继涑、孔广森乡试得举。乾隆三十六年(1771)辛卯,姚鼐充恩科会试同考官,淮安程晋芳、曲阜孔广森、昆明钱沣、历城周书昌、余姚邵晋涵、涪州周兴岱等皆登第。郑福照《姚惜抱先生年谱》云:"先生两主乡试,一为会试同考官,多得气节通经士。"④自负碧眼人的姚鼐对曲阜孔氏,特别是孔广森颇为青睐,孔氏叔侄对姚鼐亦尊崇有加,师徒交往颇多。

1. 孔继涑

王培荀《乡园忆旧录》载:"孔继涑号谷园,曲阜圣裔,十岁工书,聘张文敏公照女。未娶卒。文敏以书法名天下,谷园学之能乱真,翁婿最相契。……

---

① 严云绶、施立业、江小角主编:《桐城派名家文集⑥姚莹集》,合肥:安徽教育出版社,2014年,第26页。
② 何绍基:《(光绪)重修安徽通志》卷二二三,清光绪四年(1878)刻本。
③ 姚鼐著,刘季高标校:《惜抱轩文集》,上海:上海古籍出版社,1992年,第129页。
④ 郑福照《姚惜抱先生年谱》"(乾隆)三十六年辛卯先生年四十一岁"条,清同治七年(1868)桐城姚濬昌刻本。

与兄友爱最笃,兄官户部,以事戍边,谷园鬻产赎回。侄入翰林旋卒,身为经纪,忧劳困顿,以致疾病。"①孔继涑(1727—1791),字信夫,号谷园,山东曲阜人,孔子后裔,为孔广森之叔父。从王培荀记载看,孔继涑善书法,精鉴别,重亲情,守伦常。自乾隆三十三年(1768)乡试为姚鼐所取,孔继涑虽未能成进士,却一直与姚鼐保持相对较为密切的交往。据姚鼐《书夫子庙堂碑后》所言"闻今安徽巡抚闵公家藏古拓残文,自集其字为纂言。孔继涑为钩本勒石,以一本赠余"看,孔氏曾以所刻《夫子庙堂碑》赠姚鼐,为姚氏品鉴之玩。又从姚鼐《孔信夫舍人自扬州拏舟见访将自此适苏州章淮树观察邀与共观家伎因作此送信夫》诗看,孔继涑此次南下至扬州,专程赴江宁看望姚鼐,梢有逗留,又赴苏州。诗曰:"樱笋成时燕入堂,当轩阴重草初长。共扶白发三千丈,来看金陵十二行。滟座玉船倾若下,指涂蒲席向吴阊。明朝萍迹都成忆,耳识仍增记绕梁。"②此诗描绘了乾隆五十六年(1791)春末夏初之时,孔继涑访姚鼐于金陵,共于章攀桂席上饮酒乐事,"共扶白发三千丈"言年事已高,计此时姚鼐61岁,孔继涑则65岁。令姚鼐难以预料的是,此次欢会,竟成永别,《惜抱轩尺牍》录《与孔某》一书,转录于下:

> 去岁秋间,承尊大人来江宁,聚居两日,略慰数十年相忆之情,不谓自此遂成永诀。顷来江宁,见世兄讣告,及尊大人遗书,读之沉痛内结,老泪不禁。回思往昔相对,都如梦寐,悲哉!悲哉!鼐今岁二月,始获安葬先人,故至此最迟。展阅来书,才数日耳,而遣足来取复书,计欲为尊大人撰一文字,不可仓卒便就,而此足亦不能留待,今先遣之奉复。其行略已摘钞留本,其元本谨以寄还。俟鼐所作文字得成,当觅便另寄。朝夕之间,孝履惟节哀慎护,勿忘先志。谨此唁慰,余不备及。③

---

① 王培荀:《乡园忆旧录》卷三,清道光二十五年(1845)刻本。
② 姚鼐著,刘季高标校:《惜抱轩诗文集》,上海:上海古籍出版社,1992年,第573页。
③ 姚鼐:《惜抱轩尺牍》卷四,清道光三年(1823)刻本。

孔某,陈用光等以为他是"信夫之子"。据《孔信夫墓志铭并序》载,孔继涑无子,"以户部少子广廉嗣",该尺牍或即姚鼐寄孔广廉之信。从此信看,孔继涑有遗书,或即有请姚鼐为其作志之愿。姚鼐读此遗书,"沉痛内结,老泪不禁",而回想以往相交,都如梦寐。接连两个"悲哉"更可以看出姚鼐丧此良友内心之悲。姚鼐稍待收拾心情后,即作《孔信夫墓志铭并序》,节录于下:

> 乾隆三十三年,余主山东乡试,得君及君兄户部之子广森。时广森才十七岁,而君年四十余,名著海内久矣。其后广森得第为检讨,以经学称,三十五岁而殒。君之少也,值上释奠阙里,尝充讲书官。及为举人,累会试不第,纳赀为中书舍人,未就职。又值上东巡,于中水行宫召使作书,及进,上称善。然竟不获仕,终于曲阜。
>
> ……其后户部不乐家居,客游杭州以没,检讨哀痛遽殒,不数年而君又继之。嗟乎!君与检讨之生,世第一家也,又以文学才艺名著天下,余一旦遇之,二三十年间,见其死亡至尽;虽其文采风流不可磨灭,而志意加郁乃更有甚于常人者,其可悲为何如也?①

姚鼐作墓志,常常于墓主生平考订清楚,择选一两件典型事例,以反映墓主生平。姚鼐此篇墓志抒情成分显然有所增加,甚至喊出"其可悲为何如也"。这正是因为遇到才华横溢的圣人之后,"二三十年间,见其死亡至尽",才导致姚鼐"志意加郁乃更有甚于常人"。姚鼐作此墓志前后,又有诗哭之,其诗为《哭孔信夫次去岁观伎韵君自遗书乞余铭墓》:"公子声高鲁庙堂,为余江水溯流长。石铭归托名千载,玉版前留墨数行。鹏臆恍知从物化,人情未可叩天阊。清樽急管同听处,依旧乌衣上玳梁。"②此诗与《孔信夫舍人自扬州拏舟见访将自此适苏州章淮树观察邀与共观家伎因作此送信夫》为同韵之作,但一喜一悲,况味不同,姚鼐虽刻意宽慰,毕竟难掩悲怀。

---

① 姚鼐著,刘季高标校:《惜抱轩诗文集》,上海:上海古籍出版社,1992年,第190~191页。
② 姚鼐著,刘季高标校:《惜抱轩诗文集》,上海:上海古籍出版社,1992年,第574页。

2. 孔广森

孔广森(1753—1786)①,字众仲,一字㧑约,号顨轩,堂名仪郑,以希追踪郑玄。山东曲阜人。孔子六十八代孙。尤精《公羊春秋》,多独到之见。擅骈文,论者以为兼有汉魏、六朝、初唐之胜。清代骈文八大家之一。著有《公羊春秋经传通义》《仪郑堂骈体文》等。乾隆三十三年(1768),年甫十七岁的孔广森中乡试成举人,三年后,又中乾隆三十六年(1771)辛卯恩科会试成进士,作为圣人之后,天资聪颖的孔广森备受关注。姚鼐为孔广森乡试考官,又充其会试同考官,自然以得此高才为乐事,并对孔氏寄予极高的期望。

乾隆三十八年(1773),孔广森因亲疾请假归省,姚鼐作《赠孔㧑约假归序》以送之。这篇文章颇能看出姚鼐对孔广森的爱护之心,如"天下不以为孔氏荣,而以为朝廷庆,虽余固亦乐之也",又言"余诚无状,然爱㧑约之深,殆未有若余者"。以会试取得孔子后裔广森当为朝廷之庆,其对广森的爱护之情溢于言表。但正是在这样的一篇赠序中,姚鼐转而又言:"夫器莫大于不矜,学莫善于自下,害莫深乎侮物,福莫盛乎与天下为亲。言忠信,行笃敏,本也;博闻、明辨,末也。今夫豫章松柏,托乎平地,枝柯上干青云;依于危碕,岸崩根拔而绝,土附之不足也。以天下爱敬孔氏,而加以㧑约之贤,未尝不益重也,慎其所以自附者而已!"②姚鼐在表达"爱㧑约之深,殆未有若余者"后,又正色地说了这样一段颇有训诫意味的话,特别是最后一段以松柏比栋梁之材,劝其"慎其所以自附者",似大有深意。原来,在京城崭露头角的孔广森很快得到其他学者的延揽,这其中就包括与姚鼐异趣的汉学家戴震等。《清史稿》本传言:"广森聪颖特达,尝受经戴震、姚鼐之门,经、史、小学,沉览妙

---

① 据陈冬冬《清代学者孔广森生卒年考》考证,"孔广森生于乾隆十七年十二月初八(1753年1月12日),卒于乾隆五十一年十一月初八日(1786年12月28日)",《江海学刊》,2018年第4期。

② 姚鼐著,刘季高标校:《惜抱轩诗文集》,上海:上海古籍出版社,1992年,第109~110页。

解。"①《国朝汉学师承记》言"少受经于东原氏"②,《畴人传》言"少曾师事休宁戴震,因得尽传其学"③。很显然,从孔广森的求学经历看,姚鼐自当为其师,孔广森亦终生尊姚氏为师。《清史稿》以戴震置于姚鼐之前,阮元、江藩等人甚至直接将姚鼐之名去掉,仅存戴震之名,以示孔广森得汉学之传。这主要是因为,在京城时,孔广森又拜于戴震门下。姚鼐作《赠孔㧑约假归序》,正值四库馆初开,姚鼐以所守官入局,与汉学家的学术之争逐渐激烈。姚鼐见自家弟子为汉学家裹挟而去,颇为不快,故而在这篇赠序中言"言忠信,行笃敏,本也;博闻、明辨,末也",教其不可本末倒置,又言"慎其所以自附",不无劝勉之意。

乾隆三十九年(1774),姚鼐借病辞去刑部郎中及现任纂修官,辞京南下。此后应朱孝纯之邀,主讲扬州梅花书院,姚鼐正式开启书院教授生涯。孔广森因"丁内艰,陈情归养,筑仪郑堂读书期间"④。孔广森作书姚鼐,求姚氏为其仪郑堂赐文,姚鼐得其书后,以书答之,摘录于下:

> 鼐于前岁,得㧑约所寄于宣诛,后曾两次作书,奉寄入都。今扬州寄去岁秋间惠书,乃知前两书俱未达也。鼐前在扬州,闻㧑约遭艰还里时,鼐亦正有妇丧,匆匆归来,急切无附书处,遂阙唁慰,今计时已终制矣。未审㧑约已入都补官不?近状佳不?鼐数年来情绪颇劣,小邑寡可言者,作文字颇多,又不能写寄。昨承索《仪郑堂记》,便即撰成,钞于别纸,㧑约观之,亦不异共一夕谈笑也。想便可烦贤叔书成刻石耳。鼐纂录古人文字七十余卷,曰《古文辞类纂》,似于文章一事,有所发明。恨未有力,即与刊刻,以遗学者。⑤

从此信看,孔广森求姚鼐为其作《仪郑堂记》,姚鼐复信并寄上所作《仪郑

---

① 赵尔巽等:《清史稿》,北京:中华书局,1977年,第13207页。
② 江藩:《国朝汉学师承记》卷六,清嘉庆十七年(1812)刻本。
③ 阮元:《畴人传》卷四八,清《文选楼丛书》本。
④ 阮元:《畴人传》卷四八,清《文选楼丛书》本。
⑤ 姚鼐《与孔㧑约》,《惜抱轩尺牍》卷四,清道光三年(1823)刻本。

堂记》。乾隆四十三年(1778),姚鼐主讲梅花书院,是年闰六月朔日,继室张宜人卒于扬州。就"鼐前在扬州,闻㧑约遭艰还里时,鼐亦正有妇丧"看,孔㧑约丧母亦当在此时。孔广森守制期间筑堂读书,《仪郑堂记》作于乾隆四十五年(1780)春二月,则此札亦应作于此时。

王达敏先生《姚鼐与乾嘉学派》一书言:"三俊(孔广森、张聪咸、马宗琏)初事辞章,为姚鼐慧眼奖拔而次第登上学坛。但在学术视野开阔之后,他们均为汉学所潜移默化,而离姚鼐渐行渐远。姚鼐对三俊的改辕心态复杂:既爱其才,又不满其识小。他企盼他们为学能识其大,不要在汉学中溺而不归。但三俊对姚鼐之教置若罔闻,对汉学一往情深。"①姚鼐在《赠孔㧑约假归序》中就提醒孔广森慎所自附。孔广森筑仪郑堂,以继轨郑玄自期。与书信的寒暄慰问不同,姚鼐在《仪郑堂记》中,对其大施棒喝,选录片段于下:

> 汉儒家别派分,各为专门,及其末造,郑君康成总集其全,综贯绳合,负闳治之才,通群经之滞义,虽时有拘牵附会,然大体精密,出汉经师之上。又多存旧说,不掩前长,不覆已短。观郑君之辞,以推其志,岂非君子之徒笃于慕圣,有孔氏之遗风者与?郑君起青州,弟子传其学既大著;迄魏王肃,驳难郑义,欲争其名,伪作古书,曲传私说,学者由是习为轻薄,流至南北朝。世乱而学益衰。自郑、王异术,而风俗人心之厚薄以分。嗟夫!世之说经者,不蕲明圣学诏天下,而顾欲为己名,其必王肃之徒者与?②

如果说居京期间,孔广森受到汉学阵营的延揽,对汉学颇为用心。此时戴震已卒③,广森又居乡读书,其仍"心仪郑氏之学",这就是广森自觉的学术追求了。姚鼐在称赞郑玄的经学成就后,谴责王肃为争名而作伪,使得风俗人心颓败。姚鼐认为,世之说经者应当以阐明圣学昭示天下为己任,而非欲

---

① 王达敏:《姚鼐与乾嘉学派》,北京:学苑出版社,2007年,第211页。
② 姚鼐著,刘季高标校:《惜抱轩诗文集》,上海:上海古籍出版社,1992年,第215~216页。
③ 戴震卒于乾隆四十二年(1777)。

为私名而立异说。姚鼐谴责王肃,显然意在批评当世的汉学家。姚鼐"希望孔广森不要为郑玄经学所限,要舍华取实、扩道涵艺,抓住为学之本"①。总体而言,姚鼐对孔广森沉迷于汉学有所不满,又期望其能迷途知返,"以孔子之裔,传孔子之学",也就是姚鼐所说的"世之望于㧑约者益远矣"。

在接到姚鼐的《仪郑堂记》及回信后,孔广森作《上坐主桐城姚大夫书》,其文颇长,又以骈文撰成,其中既有"伏惟夫子大人,立言不朽,下笔为经,受书于河洛之间,讲学于濂伊之表,斟裁体要,二百年吏部之文,含吐风神,六一翁庐陵之集"等句,对姚鼐道德文章给予充分肯定,特别指出了姚鼐习唐宋八家中韩、欧之文。此书关于自己则言:"广森藉承谈末,经示端倪,以为湘水波澜,称言绝妙,春旗杨柳,无字可删,既举斯隅,自觉其切,遂得粗知偶事,强附骈声"②。孔广森明确提出自己偏爱骈文③,这显然也与以古文著称于世的姚鼐异趣。

今姚鼐《惜抱轩诗文集》中收有《孔㧑约集石鼓残文成诗》《复孔㧑约论禘祭文》等诗文。先看《孔㧑约集石鼓残文成诗》,姚永朴以为"似皆归里所作"④。从"一朝联缀使完善,坠玉零珠同贯组""乃知翰林有奇智,炼石星躔如可补"等诗句看,姚鼐对孔㧑约集石鼓残文是颇为赞赏的。同时,该诗也写出了"嗟君好古如食跖,快读奇字尝如吐",表明孔㧑约好古的特点。姚鼐此诗因受到题材的影响,也显得古意斑斓。再看《复孔㧑约论禘祭文》,郑福照《姚惜抱先生年谱》定此书作于姚鼐年三十至五十之间,似嫌太泛,应亦姚鼐辞官南下之后所作。禘,古代帝王、诸侯举行各种大祭的总名。凡祀天、宗庙大祭与宗庙时祭均称为"禘"。姚鼐认为孔广森的《禘说》"其论甚辨,而义主郑氏",并表示对此有不同看法。经过详细的论证后,姚鼐指出:"当明时,经

---

① 王达敏:《姚鼐与乾嘉学派》,北京:学苑出版社,2007年,第212页。
② 孔广森:《仪郑堂骈俪文》卷一,清㟏轩孔氏所著书本。
③ 孔广森与袁枚、孙星衍、洪亮吉、刘星炜、曾燠、邵齐焘、吴锡麒一起被称为"清代骈文八大家"。
④ 姚鼐著,姚永朴训纂,宋效永校点:《惜抱轩诗集训纂》,合肥:黄山书社,2001年,第157页。

生惟闻宋儒之说,举汉、唐笺注屏弃不观,其病诚隘;近时乃好言汉学,以是为有异于俗。夫守一家之偏,蔽而不通,亦汉之俗学也,其贤也几何?若夫宋儒所用禘说,未尝非汉人义也,但其义未著耳。夫读经者,趣于经义明而已,而不必为己名;期异于人以为己名者,皆陋儒也。㧑约以为然乎?"①明人举书不观,其病诚隘,汉学守一家之偏,其蔽不通,此二者同归于俗,相差无几。姚鼐再一次表明,读经在于明义,不必为己名,这正是汉学家为陋儒的根源所在。姚鼐在此札结尾言"鼐于义苟有所疑,不敢不尽,非有争心也。苟不当,愿更教之,得是而后已"。这种口气颇为严肃,大有必分高下对错之意,显然可以看出姚鼐在涉及学术讨论时一以程、朱为宗的坚定立场。

姚鼐曾作《寄孔㧑约》一诗,诗云:"岱山枞桧郁嵯峨,硐户秋风吹女萝。早厌雕虫卑入室,迟归金马且槃阿。萌芽颇叹言诗少,枝叶惟嫌拟易多。千古著书非近用,庙堂伊郁独弦歌。"②从诗意看,此诗亦当作于孔㧑约辞京居乡期间。"早"与"迟"对,"少"与"多"对,"早"言其倾心雕虫之学,"迟"言其不归京城翰林院,"言诗少"或指为辞章之学,"拟易多"当指其为考据之功。姚鼐对这样一位聪颖特达的学生总是既鼓励又规劝,希望其能迷途知返,重归宋学。乾隆五十一年(1786),年仅三十五岁的孔㧑约"居大母与父丧,竟以哀卒"。姚鼐作《哭孔㧑约三十二韵》诗,其诗如下:

> 孔梦兴畴昔,斯文失在兹。世从乖大义,家尚诵闻《诗》。
> 旧德诚遥矣,通家愿附之。壁中书若授,坐上客何辞?
> 往岁南宫直,东征使节持。《鹿鸣》君始赋,骏骨窃先知。
> 庾信升朝岁,扬雄好赋时。翰林真不忝,家法亦胡亏?
> 文富《韩陵》石,书摹《邹峄碑》。谈经工折角,好学复深思。
> 海宇承无事,官庭大有为。九流雠秘省,三俊接彤墀。
> 博诵先王语,当求孔氏师。二刘今几见,后郑独勤仪。

---

① 姚鼐著,刘季高标校:《惜抱轩诗文集》,上海:上海古籍出版社,1992年,第92~93页。
② 姚鼐著,刘季高标校:《惜抱轩诗文集》,上海:上海古籍出版社,1992年,第563页。

老氏藏书室,儒林习礼帷。庙堂君竟返,延阁士奚资?
道德惭途说,文章劣管窥。燕居频接膝,狂论每无疑。
处处同杯酒,殷殷爱履綦。逮闻辞禁闼,先已病茅茨。
岱岳分天峻,江流控地卑。龟阴人去少,舒口雁来迟。
鹏鸟妖斜日,龙蛇在岁支。风流前日会,天意百年期。
橘幼灵均颂,兰摧长史悲。岂教为异物,真见瘗琼枝。
铭鼎几先德,沾袍辨异辞。书成宁饼肆,身泯罢馈斯。
适就《潜夫论》,希闻智者规。九原终不达,一卷更投谁?
髟髻秋增白,双髦昔对垂。止余名篆在,启箧涕交颐。①

三十二韵的长诗,这在姚鼐诗集中并不多见,其耗费精力之多,并不亚于一篇墓志。"往岁南宫直,东征使节持。《鹿鸣》君始赋,骏骨窃先知",写姚鼐为山东乡试副考官时,孔广森乡试中举。"先知"之语,尤显姚鼐有识人之明。此后叙写孔广森科场连捷,为翰林而有声誉。"后郑独勤仪",此句姚鼐注云:"君作仪郑堂,尝乞余为记。""逮闻辞禁闼,先已病茅茨",写孔广森辞翰林居乡读书侍亲事。"岂教为异物,真见瘗琼枝"则写孔氏英年早逝。"九原终不达,一卷更投谁"此句后注"余以《经说》寄君甫去,计不及见",可见姚鼐始终与弟子讨论学术文章。最后两联则以沉痛之笔写出痛失弟子之悲。尽管姚鼐后来在与陈用光的信中对孔广森所著《公羊通义》表示不满,认为此书"是孔扔约自为学之意,非吾义","守公羊家之说太过","此通人之弊"②,但其爱才、惜才之心未曾稍减。

第五节 姚鼐与新城陈氏交游考

曾国藩《欧阳生文集序》言:"其不列弟子籍,同时服膺,有新城鲁仕骥絜

---

① 姚鼐著,刘季高标校:《惜抱轩诗文集》,上海:上海古籍出版社,1992年,第565页。
② 姚鼐《与陈硕士》,《惜抱轩尺牍》卷七,清道光三年(1823)刻本。

非、宜兴吴德旋仲伦。絜非之甥为陈用光硕士。硕士既师其舅,又亲受业姚先生之门。乡人化之,多好文章。硕士之群从,有陈学受艺叔、陈溥广敷,而南丰又有吴嘉宾子序,皆承絜非之风,私淑于姚先生。由是江西建昌有桐城之学。"①曾氏概括地梳理出桐城派在江西的传播情况。在江西传播姚鼐之学者,首推陈用光,而姚鼐与新城陈氏相交则要从陈用光的祖父陈道、父亲陈守诒算起。

1. 陈守诒

陈守诒(1731—1809),字仲牧,号约堂,又号半痴翁。乾隆三十六年(1771)进士,曾任安徽太平知府、河南陈州知府。乐于助人,曾于京师设黎川新馆,便利士子往来。陈守诒之父为陈道(1707—1760),字绍洙,号凝斋。乾隆九年(1744)举人,乾隆十三年(1748)进士。陈道以父母年高,无人侍奉,故未进仕途,居乡事亲。陈道除读书外,时常辅佐父亲在乡办慈善事业,当时江西、福建一带的学者多与其游②。陈守诒继承父志,于乡里设义仓、置义田,仁心可见。姚鼐以为"望其状,知其为人足嗣父兄"。针对其种种义举,姚鼐感慨道:"盖急于济人者,固承其家风使然,而亦君天性也。"陈守诒任太平守时,百姓褒扬道:"太守之抚吾民,如其邦族焉。"③陈守诒不仅能急人之难、友爱乡邻、继承父志,还期望将这种家风传于其子陈用光,其在与陈用光的家书中言:"称职为难,当日夕奋勉,不改秀才家风,方慰我念。读书当守祖训'切实有用'四字,不徒涉猎为能也。汝性颇进浮华,宜急改之。交游尤宜慎重,不可滥交也。"④足见其对子继承家风的殷切期盼。

姚鼐《陈约堂六十寿序》言,"始者予在京师,获知于新城陈观察伯常,得

---

① 曾国藩:《曾国藩全集》(修订版)第14册,长沙:岳麓书社,2011年,第204页。
② 陈道生平事迹见朱仕琇《诰赠中宪大夫分巡金衢严道加一级赐同进士出身新城陈君墓表》,《梅崖居士文集》卷一五,乾隆四十七年(1782)刻本。
③ 姚鼐《陈约堂六十寿序》,见《惜抱轩诗文集》,上海:上海古籍出版社,1992年,第117页。
④ 陈用光《先考行状》,见《桐城派名家文集③陈用光集》,合肥:安徽教育出版社,2014年,第18页。

闻其考凝斋先生之贤,其后遂拜凝斋先生于南昌,粹乎君子德人之容也。后予再入京师,乃遇约堂先生,为观察之弟,仕于兵部,望其状,知其为人足嗣父兄矣,而顾不常见"①。从此寿序可知,姚鼐最早获知于陈守诒之兄陈守诚,后游南昌拜访陈道,及姚鼐再次入京为官才与陈守诒相识。但居京期间,姚鼐与陈守诒交往并不多。约乾隆四十五年(1780),陈守诒妻弟鲁絜非自江西来安庆向姚鼐问学②,以所作文示姚鼐,其中记有陈守诒在乡里为义田、义仓恤民之事十余端。这进一步印证了姚鼐于京师时形成的对于陈守诒的印象:仁心如此。

数年后,姚鼐赴江宁主讲钟山书院,与陈守诒相遇,相谈甚欢。乾隆五十五年(1790)秋,陈守诒令其子陈用光从姚鼐游。是年冬,陈守诒之母杨太夫人去世,姚鼐当有悼慰之信,今集中失收。乾隆五十七年(1792),姚鼐长子姚景衡中江南乡试,陈守诒以书为贺,姚鼐作书答之:

> 久别相思甚切。九月间赐书,鼐在江宁,未及接读,顷始见钞稿,具审垂注,又荷俾郎君校刻鄙文,感荷之余,弥深愧赧矣。即吉之后,里居自为上策。今之时事,难于肩任,识必及之矣。第恐事势迫人,有不能不更婴簪组者耳。秋闱犬子倖得与名,甚为逾分,今将其硃卷上寄求教。郎君远大之器,暂蹶未足忧。鼐明岁固仍居钟山,可以聚居,但无以益之耳。贱状近悉如常,惟老态日增矣。冬寒,因使率候近祉,余不具。③

从此信看,陈守诒曾令陈用光校刻姚鼐之文,此即十卷本姚鼐文集。姚鼐以内有须删订者,不欲传播。即吉,谓居丧期满。古代除去丧服后才能参与吉礼,故称。陈母杨氏卒于乾隆五十五年(1790)冬,此时陈守诒尚在守制期间。陈守诒与姚鼐信中当言及明年令陈用光随姚鼐读书事,故姚鼐言明年

---

① 姚鼐著,刘季高标校:《惜抱轩诗文集》,上海:上海古籍出版社,1992年,第193页。
② 姚鼐《夏县知县新城鲁君墓志铭并序》,《惜抱轩诗文集》,上海:上海古籍出版社,1992年,第193页。
③ 姚鼐《与陈约堂》,《惜抱轩尺牍》卷五,清道光三年(1823)刻本。

尚在钟山书院,"但无以益之耳"。乾隆五十八年(1793),陈用光奉命来从姚鼐学①。陈用光前来,携陈守诒手书一封,并束脩若干,姚鼐得陈氏手书后,作书答之:

> 三月杪,郎君抵江宁,敬审起居万福。接手书,见推太过,愧赧愧赧。又荷承隆仪,益增愧矣。郎君在此,于鼐真成家人,虽淡泊而安恬之甚,所嫌鼐胸臆浅陋,恐无以副其千里来从之意,第倾其所有以与之而已。闻伯母大人佳城已定,而时日不合,稍展复土之期。石士不能记其山向,有人来望寄知也。闻吾兄弹冠复出之志,尚在进退之间,窃计近日宦途,愈觉艰难,裹足杜门,未可谓非善策。但里居亦大不易,苟非痛自节省,痛改潭府积习,则其势不能久居,有迫之而出者矣。想吾兄亦必筹计及此,然毋乃有牵系俗情,不能自克者乎?鼐贱体衰惫,然较往昔接对时,不甚相悬,不知尚有再晤之日不?朝夕慎护,率报不备。②

从上面这封手书可见,姚鼐对陈用光非常喜爱,"于鼐真成家人","第倾其所有以与之而已",虽姚氏子弟亦不过如此。因陈母杨氏已卒而未葬,颇懂堪舆之术的姚鼐又给出安葬建议。大约从陈用光之口得知,陈守诒将有出仕之念,姚鼐劝其"裹足杜门""痛自节省",从这些言语可知,姚鼐与陈守诒颇为熟稔,已非京城淡淡之交所能比。从这些言语亦能看出,姚鼐实在厌倦官场,故而才如此劝人。此后,陈守诒因家用艰窘不得已而出仕,取道江宁专门与姚鼐面晤,陈用光或随其父行到任所,后又折回江宁带来手书一封,姚鼐作书答之:

> 前月获侍须臾,旌斾遽发,方切企仰。郎君至,复荷手书存注。又询知近履万福,无任欣忭。德门多才,家学累袭,当为四海不多觏

---

① 陈用光《袁简斋尺牍跋》"及癸丑,从姚先生游,居金陵半载",见《桐城派名家文集③陈用光集》,合肥:安徽教育出版社,2014年,第115页。
② 姚鼐《与陈约堂》,《惜抱轩尺牍》卷五,清道光三年(1823)刻本。

之族。而郎君之来此者,则又仙芝琪树之尤盛者也。虽鄙夫得见之,为心志怡怪者累日,况抚诸膝下者哉。顾以衰年陋学,无所发之,求马于唐肆,真使虚此行造耳。愧赧愧赧。见会榜录,知贤侄孙获隽,英少鹊起,欣贺曷任。渐热,伏惟慎护。兹因郎君行还附候,不宣。①

此札言"见会榜录,知贤侄孙获隽",陈守诒侄孙为陈希曾,乾隆五十八年(1793)进士,故知此札作于是年。陈守诒守制结束后,当谋出仕,由此封书信可知,是年春夏之间,陈氏北上,或为复出做准备,此可补陈守诒生平事迹。姚鼐此信言"德门多才,家学累袭,当为四海不多觏之族",非为过誉之词,这从陈氏子弟科场连捷即可知晓。此后,陈守诒与姚鼐时有书信往来,请姚鼐为其母作墓志,姚鼐为之,并作书以答:

> 前月得手教,具审近祉为慰。吾兄精神犹健,出而宣绩勤民,亦其宜也。但不知拟的于何时赴都门耶?郎君在此一年,愧不能大有以益之,自是日进于广大,亦复在其自拓耳。鼐舟行归里,必经大江,石士自以由浙回家为便,故不可同行也。承命书伯母大人墓志,拙书不足观,强为之耳。而江宁刻手甚低,故令携至苏、杭,乃上石耳。鼐同乡章淮树观察,于选择一事,实为精造,故烦为伯母择大葬之期,定于明年腊月廿二,想贤昆季便可遵之,不须更移动也。吾兄若再临敝省,则鼐犹得藉以瞻对,不则恐将终身暌隔矣。临书悢悢,无以为怀。朝夕惟保重,余不宣。②

此札作于乾隆五十九年(1794)。此年,陈守诒居丧期满出仕,陈用光随姚鼐求学一年,姚鼐亦舟行归里。应陈氏之请,姚鼐为其作《建昌新城陈母杨太夫人墓志铭并序》,此序重点讲述了新城陈氏为名门望族,科举世家,而杨太夫人有功也。"夫曰乾隆戊辰科进士封资政大夫讳道。子五:曰分巡金衢

---

① 姚鼐《与陈约堂》,《惜抱轩尺牍》卷五,清道光三年(1823)刻本。
② 姚鼐《与陈约堂》,《惜抱轩尺牍》卷五,清道光三年(1823)刻本。

严道守诚、太平府知府守诒、举人候选内阁中书守中、江苏按察使守训、举人候选中书守誉。女三,婿曰举人内阁中书杨尚铉、监生涂志纤、鲁勷。孙二十四。曾孙二十七。玄孙三。……太夫人顾目见其孙观、曾孙希祖皆成进士,为部主事。孙煦、吉、冠,曾孙希曾,皆为举人,而希曾为江西乡试榜第一,太夫人没后三年,以第三人及第为编修。其余多文学可观者。"①陈家的兴盛与杨太夫人的贤淑有关,姚鼐本想以陈氏之兴来反衬陈母之贤,却直接为读者展示了陈氏后代芝兰玉树、科场连捷的兴盛局面。

此后陈守诒任河南陈州知府,时时与姚鼐通信,又曾以书求姚鼐为其家藏书楼作记。陈道曾购书万卷,以遗子孙,诸子为专作楼,"以贮手泽",楼旁为子孙读书之所。陈守诒为传其家学家风,请姚鼐作记,姚鼐欣然答应,作《陈氏藏书楼记》付之,并言"然则百年之后,数海内藏书家,必有屈指及新城陈氏者矣,吾安得不乐而为之记",送上良好祝愿。

陈守诒与姚鼐同岁,嘉庆五年(1800),姚鼐七十初度,陈守诒馈赠以礼,姚鼐作书答之,其书曰:"使至,得赐书,并以犬马贱辰,过蒙厚谊,岂胜感荷也。今岁硕士获捷,良为可喜,推其行运,宜联步南宫矣。知其奉命,即于今年进京,诚为得计。吾兄解组之时,即贤子升朝之日。于进退之宜,不亦两得乎?鼐贱状尚复如故,来岁移主敬敷书院。此小人怀土之利耳。"②是年陈用光中举人,明年(1801)成进士,"宜联步南宫",果如姚鼐所言。嘉庆六年(1801),姚鼐因畏涉江涛,而改主安庆敬敷书院。面对陈守诒的"厚谊",姚鼐作《陈约堂七十寿序》酬之,可谓投桃报李。此前,姚鼐曾作《陈约堂六十寿序》,两寿序为同一人所作,姚鼐要犯中求避,重点铺写陈守诒归老新城、诸子声名鹊起,能继家声。如"今约堂一家群从,列官清要,效才内外,为国器者既众矣;而约堂甫遂归田之志,即两子奋翼之初,是一家俊民之兴,蔚焉勃焉,未有极也。此天下相知,所以咸为约堂庆,而约堂亦不能不熙然以自喜者

---

① 姚鼐著,刘季高标校:《惜抱轩诗文集》,上海:上海古籍出版社,1992年,第197~198页。
② 姚鼐《与陈约堂》,《惜抱轩尺牍》卷五,清道光三年(1823)刻本。

已"①。此文最后,姚鼐以自己年亦七十,预与陈守诒相约徜徉于山水之间。

居乡的陈守诒以读书养老为乐,姚鼐与新城陈氏的交往渐渐集中在陈用光那里。嘉庆十三年(1808),陈守诒病逝,姚鼐作书慰问孝子,又应陈用光之请作《中宪大夫陈州知府陈君墓志铭并序》。其铭曰:"仁人之族,固靡暴也。愉懿有士,其可好也。亲贤乐义,鞠无告也。不拥其赀,施以好也。众欲其存,耆未耄也。郁其余庆,傒久报也。"②概括出陈守诒"亲贤乐义""施以好也"的家风和天性,并希望积善之家有余庆也。

2. 陈用光

陈用光(1768—1835),字硕士,一字实思、石士,江西新城(今江西省黎川县)人。嘉庆五年(1800)中顺天乡试,嘉庆六年(1801)进士。授编修,官至礼部左侍郎,提督福建、浙江学政。尝为其师姚鼐、鲁仕骥置祭田,以学行重一时。工古文辞,著有《太乙舟文集》《太乙舟诗集》等。陈用光早年从舅氏鲁仕骥学,鲁仕骥曾于乾隆四十五年(1780)前后自江西赴安庆向姚鼐问学。因着这层关系,后人在言及陈用光学术渊源时一般称"硕士既师其舅,又亲受业姚先生之门"。姚鼐《陈约堂六十寿序》称"约堂命自少子用光硕士来从予学为古文",可见陈用光从姚鼐学是奉其父之命。从姚鼐《九月八日偕叶治三陈硕士从弟仪筐侄彦印谒明孝陵游览灵谷寺晤其方丈僧祗园》可知,乾隆五十五年(1790)秋,陈用光已来江宁从姚鼐游。其实,在此之前,陈用光已通过书信的方式向姚鼐求教,如《惜抱轩尺牍》中收录的姚鼐给陈用光的第一封尺牍:

> 再得书,知侍奉清佳为慰。骤热遂甚,衰羸乃殊畏之,臂痛亦未大愈,故艰作书也。震川论文深处,望溪尚未见,此论甚是。望溪所得,在本朝诸贤为最深,而较之古人则浅。其阅太史公书,似精神不能包括其大处、远处、疏淡处及华丽非常处,止以"义法"论文,则得

---

① 姚鼐著,刘季高标校:《惜抱轩诗文集》,上海:上海古籍出版社,1992年,第297页。
② 姚鼐著,刘季高标校:《惜抱轩诗文集》,上海:上海古籍出版社,1992年,第356页。

其一端而已。然文家"义法",亦不可不讲。如梅崖便不能细受绳墨,不及望溪矣!台山则似于此事更远,想其所得,自在禅悦,而不能移其妙于文内。其时文,大不及二林居作也。简斋已归,而溉亭于此月初四丧矣。此间朴学,舍此更无人,甚可哀惜。吴殿麟赴扬州二十日矣,不知今赴镇江不耳。孔信夫去后,未有信来,此间大僚无不被罪,使人哀叹世间。台山允初所事,岂非大得耶?所存窗稿阅其半,然所论已尽,今便以寄还。采之文尚未阅出。呈尊大人名帖,乞为候安。兹因使还略报,余当俟面悉耳。六月初七日,庚戌。①

庚戌为乾隆五十五年(1790),孔信夫于乾隆五十五年(1790)赴江宁拜谒姚鼐并卒于是年,此信提到"孔信夫去后,未有信来",亦可印证此信作于此时。从这封尺牍可见,姚鼐对陈用光的请教有言必答,在信中对艺林人物颇有评论,如"震川论文深处,望溪尚未见"、"如梅崖便不能细受绳墨,不及望溪矣"、"台山则似于此事更远"等。史传言姚鼐具有儒者气象,口不臧否人物,似这般谈论,在姚鼐诗文集中,绝少发现,因此亦能见出尺牍一体具有私密性和对象性的特点。一些不宜公开谈论的话题,在尺牍中得以传播,这应当引起研究者的重视。

乾隆五十七年(1792),陈用光校刻姚鼐文集十卷,姚鼐与信,令其勿刊赠他人,因为"如《史文靖墓志》,鼐已删去,不入集矣。文既非佳,亦恐招怨,其余亦有类是者"。姚鼐以为"大抵《经说》不妨先传,诗文宜俟身后耳"。在此信中,姚鼐又言:"鼐明岁自不能去金陵,石士能来聚居,岂非至乐?"②乾隆五十八年(1793),陈用光从姚鼐学,居江宁半载。

乾隆五十九年(1794),陈用光舅父鲁仕骥卒,次年姚鼐作《夏县知县新城鲁君墓志铭并序》。约于同年,姚鼐又作《题陈硕士母鲁恭人端居课子图》,

---

① 姚鼐《与陈硕士》,《惜抱轩尺牍》卷五,清道光三年(1823)刻本。
② 姚鼐《与陈硕士》,《惜抱轩尺牍》卷五,清道光三年(1823)刻本。

其诗云:"我识夫人夫,朝衫托京国。继遇夫人弟,幅巾江水北。自始逮今兹,春秋三十易。"①姚鼐与陈守诒相识于姚鼐中进士后,此诗言"春秋三十易",故当在此前后。

除时常通信,以书请教外,嘉庆元年(1796),陈用光欲再访姚鼐②。姚鼐则作《喜陈硕士至舍有诗见贻答之四十韵》,回忆当年从己读书之事,"怀此三改岁,述别自癸丑"。癸丑为乾隆五十八年(1793),陈用光于钟山书院从姚鼐学,言三岁,此时正为嘉庆元年(1796)。"今夏寄书说,定当访哀叟",可见此次访师是早已约定之事。"俯仰人间世,感叹及贤舅。我出铭墓文,尔读目泫洇"。由此句可见,陈用光舅父鲁仕骥新亡,姚鼐所撰鲁氏墓志始成。姚鼐与陈用光在桐城稍住后,即前往江宁书院,路途阻风,姚鼐赋诗《阻风三山夹因偕陈硕士及儿侄游三华庵庵内牡丹颇盛而僧不知惜也》,陈用光则以《随惜抱夫子由庐江买舟往金陵至泥汊守风》记之。姚诗"岩松坞竹俯江皋,小槛凭虚散郁陶",稍显受阻之闷;陈诗"扁舟小泊得佳趣,终日清谈生道心",则颇为轻松自得。陈用光于钟山书院随姚鼐读书,大约于是年秋归乡辞别,作有《寄怀惜抱师敬步赠别四十韵》。此诗依《喜陈硕士至舍有诗见贻答之四十韵》而成,其中有"秋声落高阁,白日澹疏柳。淮阳望江南,千里一回首"句,又有"事师以事亲,此意敢终负"句,惜别之情、爱戴之意,溢于言表。

因谋生及科考,陈用光与姚鼐总是聚少离多,因此师徒二人分外珍惜每次相聚的机会,但并不是每次相约总能相见。《惜抱轩诗集》卷五存《硕士约过舍久俟不至余将渡江留书与之成六十韵》,其中有"吾曩游南昌,钜邑观闳奢。显庆帝子阁,西山明列娲。去之四十年,题字行涎蜗"等句,姚鼐曾于乾隆二十三年(1758)落第后游南昌,此言四十年,则可知此诗作于嘉庆三年(1798)前后。姚鼐此时言"东望钟阜云,风帆待江涯。欲发不能决,挢首背负

---

① 姚鼐著,刘季高标校:《惜抱轩诗文集》,上海:上海古籍出版社,1992年,第489页。
② 陈用光《买舟为桐城之游将随惜抱先生往钟陵肄业赋呈四律》中有"片帆江口及春开,千里师门去兴催。彭蠡浪花平桨过,皖公山翠入船来"诗句,所言似是春日启程,与《喜陈硕士至舍有诗见贻答之四十韵》所言冬景似不相接,待考。

鬓",可以看出姚鼐欲留不能留、欲走又不舍的矛盾心理。当初"俄闻子将来,笑口成喎斜"的期待,现在变成一种焦虑,再演变成种种猜想,"岂以积雨多,篱舍限泥途? 抑或恋厕牏,日侍欣清嘉?"①无独有偶,陈用光因行舟错过与姚鼐相聚的情况亦有之,《太乙舟诗集》卷一有《重九至皖口知姚姬传先生已归桐城不得谒作此寄怀》诗,其中有"佳节一以过,客行殊未闲。远梦碧嶂外,离思青云端。唯应南飞雁,衔书时往还"。因相见不成,只能将这种相思寄诸信札。姚鼐也以尺牍表示对师徒不得见的遗恨:"今秋鼐以借书院与臬台暂归,而石士适于此时过皖,遂不得见。行后十日,鼐始至,闻之甚可怅恨。"②

科考对于封建举子来说无疑是一件大事,对于出身科举世家的陈用光尤其如此。从《建昌新城陈母杨太夫人墓志铭并序》可知,陈用光祖父陈道为进士,伯父陈守诚为进士,父亲陈守诒为进士,陈守诚四子陈观为进士,陈守诚长孙陈希祖为进士,陈希祖之弟陈希曾为江西乡试第一,后为乾隆五十八年(1793)探花③。置身于如此兴盛的科举世家,特别是侄辈陈希祖、陈希曾皆早成进士,陈用光科考压力甚大。与陈用光一起承受这份压力和焦虑的还有他的老师姚鼐。《惜抱轩尺牍》中不少给陈用光的书信都十分关心其科考情况,兹摘录数条:

> 今冬鼐必在里,望石士与鲁世兄秋闱得隽,计偕过桐城时可快悟也。④

> 秋闱小屈,宜勿置胸中也。⑤

---

① 陈用光《过桐城谒惜抱师敬呈二律》其一:"四载经帷别,三千客路长。言寻莱子养,重过郑公乡。山色醒尘梦,诗怀入草堂。昔年陪赏处,列岫倚清苍。"此诗下注:"戊午岁曾随师游龙眠山。"从此诗注看,嘉庆三年(1798),姚鼐又曾携陈用光游龙眠山。或姚鼐写下《硕士约过舍久俟不至余将渡江留书与之成六十韵》诗后,陈用光即到达,遂共游龙眠山,待考。
② 姚鼐《与陈硕士》,《惜抱轩尺牍》卷六,清道光三年(1823)刻本。
③ 廖太燕《遗落的文化世家:江西新城陈氏考述》有详细考述和补充,《地方文化研究》,2017年第2期。
④ 姚鼐《与陈硕士》,《惜抱轩尺牍》卷五,清道光三年(1823)刻本。
⑤ 姚鼐《与陈硕士》,《惜抱轩尺牍》卷五,清道光三年(1823)刻本。

见《江西全录》，石士乃又被屈，使人愤慨。然却愿石士恬然，勿以撄怀也。①

从上面摘录的尺牍可以看出，姚鼐对陈用光参加科考十分关心，在未考时寄以期望和鼓励，在落榜后加以劝勉和安慰，在屡试不中时表达自己的不平，但又希望弟子恬然，可谓忧与忧同。

九月在江宁，见《京兆题名录》，知获隽，甚为欣快。②

月半得京钞，知荣与馆选，欣慰之至。兹尤足慰尊大人之心矣。③

嘉庆五年(1800)，陈用光乡试中举，姚鼐几乎是第一时间即得知陈用光乡试中式之事，前者看《江西全录》而悲愤，今者见《京兆题名录》而欣快，皆为陈用光故也。陈用光乡试中式之年，正是其父陈守诒悬车之际，正可谓父退子进，两相宜也，这正是姚鼐《陈约堂七十寿序》中所表达的内容。嘉庆六年(1801)，辛酉恩科开考，陈用光以二甲六十名赐进士出身，选翰林院庶吉士，故姚鼐言"知荣与馆选，欣慰之至"，可谓乐与乐同。需要补充的是，姚鼐为陈用光父作寿序的同时，陈用光则为其师作《姚姬传先生七十寿序》。

因嘉庆六年(1801)辛酉为恩科，嘉庆七年(1802)壬戌科为正科，按例下一科进士入院，上一科则散馆，陈用光散馆后的去向又引起姚鼐的高度关注，其给陈用光的信言："夏间得邸钞，知已留馆，甚可喜。"④此札作于嘉庆七年(1802)。从此札可知，陈用光散馆后得以留馆任职，按例应为翰林院编修，此为清显易升之职，故姚鼐言"甚可喜"。在姚鼐看来，留京授职则优于外放知县等，盖因其体制不同于他官而升迁较易。又翰林官所能担任之差使，主要为会试、乡试之考官及各省学政，此种衡文主试之任，衣钵相传，造成科甲出

---

① 姚鼐《与陈硕士》，《惜抱轩尺牍》卷五，清道光三年(1823)刻本。
② 姚鼐《与陈硕士》，《惜抱轩尺牍》卷五，清道光三年(1823)刻本。
③ 姚鼐《与陈硕士》，《惜抱轩尺牍》卷六，清道光三年(1823)刻本。
④ 姚鼐《与陈硕士》，《惜抱轩尺牍》卷六，清道光三年(1823)刻本。

身者相互标榜,是为提高身价之机会。

但陈用光运气不佳,迟迟不得外放为考官。京师本是大不易居之地,百物腾贵,万人如海,此时的陈用光生活陷入困顿之际,欲南下就姚鼐于江宁。姚鼐出于全面考虑,以书阻止陈用光的草率南下之举,其书摘录于下:

> 连得数书,具悉近况为慰。竟欲出京南来,吾固欣与石士相见,以解思忆之情矣。然为石士计之,亦有难者。若只是一身携两仆至此,则便于吾处住可矣,何必买屋? 若携家而来,计家口不少,岂三百金之宅所能容耶? 又不知石士此时,已将分授产业,已费去无一存耶? 抑尚留少许,差足为生计乎? 此间住家,约须有二千金。买一田一宅,乃可粗为常居之策。然度石士有二千金,亦当且留京,以待丁卯,或得一差,不须急为出京之谋。以此思之,须更熟议。不可造次,令进退难也。①

此札作于嘉庆十年(1805)。据《清史列传》载,陈用光于嘉庆十三年(1808)始充河南乡试正考官,而此前一直以编修之清闲京官为任,入不敷出,难以久居京城,故而陈用光有南下就姚鼐相依之意。姚鼐此札为阻其仓促离京之举,颇似家书,深为其计,稍显琐碎,关切之情溢于言表。姚鼐寄书信阻止陈用光仓促南下后,陈用光又有回信,今从《太乙舟文集》中觅得《与姚先生书》,摘录于下:

> 用光非不知慕古者,顾官京师数年,学未能尽而职未能称,外不能效世俗取声势得美仕,而内不能具甘旨终年侍衰亲之侧,与俗汩没,志嗟跎而无成,年荏苒以增齿,尝自念古人之学富矣,欲跂而及之,宜加其学焉。用光窃闻先生长者绪论,既知其途矣,而人事之牵缀,性情嗜好之不得所制,中瘠而思,既悔而旋迷者屡矣。既无所得于此,遂欲解俗之鞿以求吾所谓志者,是以去年有南归就先生之说。

---

① 姚鼐《与陈硕士》,《惜抱轩尺牍》卷六,清道光三年(1823)刻本。

顾家累既重,舟车之资未易具,官京师饘粥之资,其亲友资助之者每岁须得千余金,若遽尔言旋,无以对亲友。且婚嫁之事又至矣。微先生言得馆之难,今固且隐忍于此,而未能行也。古之人未有不以行道为志者,用光幸居馆中治文字,无政事之责,然求其所谓禄养者而不可得也。五六月间当求得御史以为乞外郡之地,此于古人之义远矣,然今之居馆中者大都如是,道之可行也,与吾学未有以称之。用光固惟此之为策耳,承先生为筹出处之道,故敢述其近状。①

陈用光于此信中先述居京师之情况,即学未能尽、职未能称、未得美仕、未侍衰亲,正是这一系列的不称意、不得志,让陈用光有一种"志嗟跎而无成,年荏苒以增齿"的挫败感。陈用光拟南归投靠姚鼐,但这种想法很快就被现实否定了,家累既重,归资难筹,婚嫁踵至,这些都让陈用光不能遽尔言归。姚鼐则劝其"然实无术,节啬而已,安能量出而为入耶"、"今年河道艰阻,京师百物必愈贵,居者愈难,石士不至甚悫耶",则又时时给予关心。嘉庆十三年(1808),"诸差不与"的陈用光终于得任河南学差。姚鼐几乎又是第一时间作书与陈用光,表达祝贺之情:"昨闻石士得河南试差,欣慰之至。今岁典试者较佳,文风其将一正乎?鼐近平安,八月拟归家。雪香侍郎来,必携有寄札,然鼐恐不能待其出闱矣。兹因杨蓉裳之行,草寄,余不具。"②此信较短,可见是在传书者不可待的情况下,姚鼐草草而成,但足以传递出对陈用光典试河南的欣喜之情,并寄托其端正文风的期望。此后的陈用光逐步摆脱这种艰窘的状态,仕途也逐渐顺利,姚鼐此类关切的文字也就少了。

投桃报李,姚鼐对陈用光的关切之情则换得陈用光对老师的爱戴之意。陈用光以传承老师衣钵自居,多次刊刻姚鼐著作。今查《太乙舟文集》,其中有《惜抱轩经说后序》《庄子章义后序》《惜抱轩尺牍序》《重订姚先生四书文选》等。《惜抱轩经说》应当为《惜抱轩九经说》,包括"《易说》一卷、《尚书说》

---

① 严云绶、施立业、江小角主编:《桐城派名家文集③陈用光集》,合肥:安徽教育出版社,2014年,第56页。
② 姚鼐《与陈硕士》,《惜抱轩尺牍》卷六,清道光三年(1823)刻本。

三卷、《诗说》一卷、《周礼说》一卷、《仪礼说》一卷、《礼记说》二卷、《春秋说》一卷、《论语说》一卷、《孟子说》一卷",凡十二卷,陈用光认为"先生《经说》出足以正人心而卫圣道,虽比功于孟韩可也,程朱复起不易吾言矣。至其文词之古,则后之学者自得之,兹不论,论其大者云"①。此当为《惜抱轩经说》早期刻本,与今传本十七卷不同,或为陈氏刻于十卷《文集》稍后,或即朱则伯嘉庆元年(1796)所刻十二卷本《九经说》。嘉庆十六年(1811),陈用光校刻《庄子章义》于湖北,其《庄子章义后序》言:"先生之伯父范尝合诸家本互有考证,余本二先生之说,而于其训诂之难了者取陆氏《释文》以诠释之。近人卢抱经文弨之说亦间有取焉。属楚北诸君为鸠资以付梓,乃序其所见如此云"②。其中《惜抱轩尺牍》由陈用光编辑,陈用光弟子郭汝骢刊刻于道光三年(1823)。可以说,正是有赖于陈用光的"护惜先生文字",才使得《惜抱轩尺牍》流传至今,成为姚鼐甚至桐城派研究的重要资料。乾隆四十五年(1780),姚鼐选明隆万、天崇及国朝四书文二百余篇,授敬敷书院诸生课读,以《钦定四书文》为主,而增后来名家及小题文。《重订姚先生四书文选》言,"用光奉命来视浙学,乃重订是选以与浙中士子相讲习"③。据《清史列传》《清代职官年表》,陈用光于道光十三年提督浙江学政,十五年回京,则可知《重订姚先生四书文选》最有可能刊刻于道光十三年(1833),或道光十四年(1834)。"《经说》今增成十六卷,今寄存石士处,或死后为刻之"④,"诗古文亦间作,然鼐不欲增刻,

---

① 严云绶、施立业、江小角主编:《桐城派名家文集③陈用光集》,合肥:安徽教育出版社,2014年,第104页。

② 陈用光如此编排《庄子章义》,姚鼐有不同看法,其在给陈用光的尺牍中言:"《庄子章义》,如钞来本却不妥帖。盖鼐本是随意记于书上,未为著书计,不欲草略矣。而石士又以己意所取者,杂入鼐记之间,则不成体例。如内有取先伯之说,载先伯名,此岂鼐书所当尔?或另作一书,名其书首,勿书鼐名。而于每条取说者,却提出名,与诸贤一例则妥矣。其圈点必不可入刻,刻是时文陋体也。但自于前序内,云分章依鼐,此则为说无病耳。"

③ 严云绶、施立业、江小角主编:《桐城派名家文集③陈用光集》,合肥:安徽教育出版社,2014年,第108页。

④ 姚鼐《与陈硕士》,《惜抱轩尺牍》卷六,清道光三年(1823)刻本。

待死后论定,当有人为刻一全部"①,姚鼐曾多次表示由陈用光为其刻全书,陈用光亦以此事为己任,虽然最后并未能完成此事,但亦足见陈用光传姚鼐作品、承其师学的种种努力。

自乾隆五十五年(1790),陈用光拜谒姚鼐于江宁,至嘉庆二十年(1815),姚鼐病逝钟山,这二十五年间,陈用光是与姚鼐交往最为密切的弟子。因科考、谋生等原因,师徒二人则又聚少离多,书信则成为他们交流的媒介。《惜抱轩尺牍》收姚鼐给陈用光尺牍百余封,《太乙舟文集》收陈用光给姚鼐尺牍十二封。这些是研究姚鼐与陈用光交往的重要材料。通过尺牍相交,陈用光时时向姚鼐请教诗文创作等事,师徒二人有时候还互赠以诗,酬唱互答。如姚鼐《与陈硕士》言"承三月二日见寄书及诗,诗大有风韵,可诵味,因勉次韵,今寄",陈用光以诗投寄姚鼐,姚鼐次韵酬答,查《惜抱轩诗文集》,见《次韵答陈石士二首》《又二首》,择录其一于下:

其一

懿子垂缨鼓箧年,遗经勇绍昔儒传。
一登云阁亲藜火,十见春城改禁烟。
远梦江湖浮桂楫,旧居池馆积苔钱。
萧疏黄发钟陵下,镇有相思望日边。②

今依韵查得陈用光《太乙舟诗集》原诗《奉怀惜抱夫子七律二首》,录其一于下:

其一

不侍经帷遂十年,年年书札隔江传。
昨宵梦载元亭酒,几日春生白下烟。
流寓欲题招隐句,卜邻未就买山钱。

---

① 姚鼐《与鲍双五》,《惜抱轩尺牍》卷四,清道光三年(1823)刻本。
② 姚鼐著,刘季高标校:《惜抱轩诗文集》,上海:上海古籍出版社,1992年,第629页。

龙江一棹何时放，心在钟山带草边。①

一个是"镇有相思望日边"，一个是"心在钟山带草边"，两诗合读，大有"两处春光同日尽，居人思客客思家"意味，只不过居人成了老师，客则为京师仕宦的弟子陈用光。翻看《惜抱轩尺牍》，姚鼐常以得到陈用光尺牍而喜，陈用光诗集中则存有数首《喜得惜抱先生书》诗，其中之一为："钟陵回首碧云边，小别春风又一年。尺鲤久迟江上寄，寸心难向梦中传。杜诗韩笔平生事，北马南船住世缘。第一得知眠食健，喜开笑眼读花前。"②弟子得知老师食安睡稳即感到欣喜，诗中传达的感情既朴素又真切，较为感人。

姚鼐去世后，陈用光时常以多种方式怀念姚鼐，比如为姚鼐置办祭田③、刊刻姚鼐的著作、传播姚鼐的教育和文学理念④，对同门管同、梅曾亮等人的关爱和提携等⑤。陈用光还将对姚鼐的思念诉诸文字，其诗文集中就有《寄哭惜抱夫子五十韵》《己卯礼闱追忆惜抱先生》《姬传先生遗言以赵承旨书待漏院记墨迹寄用先感志一诗》《惜抱先生讳日诣钟山书院怆述》等，其中最后一首写得尤为深沉："都讲堂非问字来，入门一步一徘徊。香焚讳日心尤痛，座隔春风梦亦哀。永忆遗言期待漏，前时赠尺许量才。洒将带草边傍泪，翻

---

① 严云绶、施立业、江小角主编：《桐城派名家文集③陈用光集》，合肥：安徽教育出版社，2014年，第395页。

② 严云绶、施立业、江小角主编：《桐城派名家文集③陈用光集》，合肥：安徽教育出版社，2014年，第396页。

③ 陈用光《姚姬传师祭田记》载其以八百金为姚鼐置祭田事。

④ 梅曾亮《陈石士先生授经图记》称："桐城姚姬传先生，以名节、经术、文章高出一世。门下士通显者如钱南园侍御、孔扐约编修，皆不幸早世。而抱遗经、守师说、自废于荒江穷巷之中者，又不为人所从信。惟今侍讲学士陈公，方受知于圣主，而以文章诏天下之后进，守乎师之说，如规矩绳墨之不可逾。及乙酉科，持节校士于两江，两江人士，莫不访求姚先生之传书轶说，家置户习，以冀有冥冥之合于公，而先生之学，遂愈彰于时。盖学之足传，而传之又得其人，虽一二人而有足及乎千万人之势，亦其理然也。"

⑤ 道光五年(1825)，陈用光典试江南，得管同，其与邓廷桢言："不以持节校两江士为荣，而以得一异之自喜也。"

羡明东侍夜台。"①再次来到钟山书院,却物是人非,一步一徘徊,这种难以言喻的心痛,反而让陈用光羡慕刘开,因为物化的刘明东则可以在夜台侍奉恩师姚鼐。

---

① 严云绶、施立业、江小角主编:《桐城派名家文集③陈用光集》,合肥:安徽教育出版社,2014年,第397页。

附录

一、姚鼐堪舆思想研究

通览姚鼐《惜抱轩诗文集》及《惜抱轩尺牍》等,特别是《惜抱轩尺牍》,其中记载着大量的姚鼐关于堪舆之术的论见。所谓"堪舆",古时为占候卜筮之一种,后专指看地相风水。从事此职业者,一般俗称"风水先生"。"堪舆家每视地,辄曰某形某像,以定吉凶"①。关于堪舆之术的兴起,明人宋濂《〈葬书新注〉序》称:"堪舆家之术,古有之乎?《周礼》墓大夫之职,其法制甚详也,而无所谓堪舆家祸福之说,然果起于何时乎?盖秦汉之间也。"②秦汉之后,作为一种半为官方认可的礼术,潜行朝野之间,那些贪图长生享乐的帝王以及讲究繁文缛节的士大夫,重视葬地经营,即便是曹操这样的豪杰霸主,也重视葬事的安排③。上自帝王,下至百姓,对葬事葬地的关注,几成一种常态。姚鼐作为传统士大夫,不仅研究堪舆之学,留有著述,而且躬行其中,愈老弥笃。

---

① 钱泳:《履园丛话·形家言》,《清代笔记小说大观》第4册,上海:上海古籍出版社,2007年,第3739页。
② 宋濂:《宋学士文集》卷二七,《四部丛刊》影明正德本。
③ 曹操在临终《遗令》云:"使著铜雀台……于台堂上安六尺床,施缞帐,朝晡上脯糒之属,月旦、十五日,自朝至午,辄向帐中作伎乐。汝等时时登铜雀台,望吾西陵墓田。"详见严可均:《全三国文》上册,北京:商务印书馆,1999年,第82页。

1. 姚鼐堪舆思想溯源

《荀子·富国》言:"故禹十年水,汤七年旱,而天下无菜色者……是无它故焉,知本末源流之谓也。"① 就源流论,姚鼐堪舆思想的形成,主要与传统丧葬文化、先贤达人、时辈友人及乡俗民风的影响有关,下面分别论之。

中国文化历来有重视丧葬祭祀的传统,《礼记·祭义》云:"事死者如事生,思死者如不欲生。"② 敬事死者就要像其还活着一般,要迎合其生前所喜好。《礼记·祭统》又云:"祭者,所以追养继孝也。孝者,畜也。顺于道,不逆于伦,是之谓畜。是故孝子之事亲也,有三道焉:生则养,没则丧,丧毕则祭。"③ 所谓"孝"就是"畜",就是蓄积延续敬养长辈的习惯;重视丧葬祭祀就是弥补先前未尽的供养而延长孝敬长辈的时间。生养,没丧,丧后继之以祭,确实把为孝之道,在制度和形式上延续下来了。

外在的丧葬祭祀形式,实际体现的是礼的内涵,荀子《礼论》对此有很好的阐发:"礼者,谨于治生死者也。生,人之始也;死,人之终也。终始俱善,人道毕矣。故君子敬始而慎终。终始如一,是君子之道,礼义之文也。夫厚其生而薄其死,是敬其有知而慢其无知也,是奸人之道而倍叛之心也。君子以倍叛之心接臧谷,犹且羞之,而况以事其所隆亲乎!"④ 生是人生的开始,死是人生的终结。开始和终结都处理得很完善,为人之道也就完备了。所以君子严肃地对待生、慎重地对待死,对待死与对待生一样,此为君子的原则,也是礼的体现。重视活的时候,轻视死的时候,这是敬重活时有知觉而轻视死后无知觉,这是奸人的处世原则,此为叛逆的思想。君子用背叛的思想对待小孩尚且感到耻辱,更何况对待自己的父母呢?荀子"终始俱善""敬始而慎终"

---

① 方勇、李波译注:《荀子》,北京:中华书局,2011年,第156页。
② 孙希旦撰,沈啸寰、王星贤点校:《礼记集解》,北京:中华书局,1989年,第1211页。
③ 孙希旦撰,沈啸寰、王星贤点校:《礼记集解》,北京:中华书局,1989年,第1237页。
④ 方勇、李波译注:《荀子》,北京:中华书局,2011年,第308页。

的思想,也契合了中国以家庭为单位、以血缘为纽带的社会结构,因而对后世产生了较大的影响。在具体论述丧礼时,荀子指出:

> 故丧礼者,无它焉,明生死之义,送以哀敬而终周藏也。故藏埋,敬藏其形也;祭祀,敬事其神也;其铭、诔、系世,敬传其名也。①

在荀子看来,丧礼没有其他意思,就是表明生死的意义,用悲哀肃敬的心情去送别,最后周到地把死者埋掉。接下来,荀子提到了"藏埋,敬藏其形",这应该是文献记载中较早提到葬地之事,正是因为要"敬藏其形",所以才要重视葬地的选择;正是因为重视葬地的选择,所以才有堪舆术的产生。

姚鼐对于"礼"是颇有研究的,这从姚鼐与他人的讨论中就可以看出,比如姚鼐《复孔撝约论禘祭文》及姚鼐答袁枚的三书,基本上都是在讨论"礼"的问题,特别是答袁枚的三书。比如《再复简斋书》:"夫圣人制礼,其始必因乎俗,故曰礼俗。祭之有尸,始盖亦出于上古之俗,而圣人因以为礼,此亦仁孝之极思。"②姚鼐对"三礼"及荀子的《礼论》必然是熟悉的。毫无疑问,荀子礼的思想对姚鼐产生了很大的影响。这是姚鼐注重葬事文化的思想来源之一。

除了传统礼学对于姚鼐的影响之外,先贤达人、时辈友人对于姚鼐堪舆思想的形成也有一定的影响。众所周知,姚鼐极为崇拜司马迁的文章,并深受其影响。司马迁喜欢考察风俗,采集传说,《史记·太史公自序》称其"二十而南游江、淮,上会稽,探禹穴,窥九疑,浮于沅、湘;北涉汶、泗,讲业齐、鲁之都,观孔子之遗风,乡射邹、峄;厄困鄱、薛、彭城,过梁、楚以归"③。司马迁《史记》中以楚汉之争最为精彩,而对于楚汉之争中的名将韩信,《史记·淮阴侯列传》言:"吾如淮阴,淮阴人为余言,韩信虽为布衣时,其志与众异。其母

---

① 方勇、李波译注:《荀子》,北京:中华书局,2011年,第315页。
② 姚鼐著,刘季高标校:《惜抱轩诗文集》,上海:上海古籍出版社,1992年,第101页。
③ 司马迁撰,裴骃集解,司马贞索隐,张守节正义:《史记》,北京:中华书局,1959年,第3293页。

死,贫无以葬,然乃行营高敞地,令其旁可置万家。余视其母冢,良然。"①这段记述除了可以印证上面提到的司马迁喜欢考察风俗、采集传说的观点,一个"良然"似也可以看出司马迁认同韩信为其母择"高敞地"以葬的做法。司马迁在自述身世时言:"无泽生喜,喜为五大夫,卒,皆葬高门。喜生谈,谈为太史公。"②司马迁在述司马氏之世系时,有意加上"皆葬高门"一句,颇能看出司马迁对葬地是颇为重视的。姚鼐熟习司马文章,对此不可能不知晓。

姚鼐在文学方面受司马迁影响,在思想方面则受朱熹的影响甚大。朱熹在《礼记》《司马氏书仪》等的基础上,博采众长,经过设计、简省,拟定了一套适用于民间的冠、婚、丧、祭和居家日用相关的礼仪制度,成为中国封建社会后期的民间通用礼。朱熹还直接参与探究风水堪舆及葬卜择地的活动:朱熹为长子朱塾卜地,为自己卜葬,甚至还曾上奏要求为宋孝宗遗体另择吉地。其《山陵议状》言:"若以术言,则凡择地者,必先论其主势之强弱、风气之聚散、水土之浅深、穴道之偏正、力量之全否,然后可以较其地之美恶。"③姚鼐以朱子思想为圭臬,是维护朱子理学思想的代表,自然也颇受朱子关于冠、婚、丧、祭及居家日用相关礼仪制度看法的影响。

除了受古人影响之外,就姚鼐交友而论,其中不少友人是热衷堪舆之学的,这从姚鼐与他们的讨论中即可看出:

> 去冬汪稼门中丞,邀往观其新葬其夫人于白岭地,殊为佳妙。系其长子所自定,亦人家坟山,以九百金得之。作回龙局,朱雀千峰极奇秀,天殆将大兴是族邪?相好诸君,在邑中经营此事,皆寡所得,而倦怠之情乘之矣。④

---

① 司马迁撰,裴骃集解,司马贞索隐,张守节正义:《史记》,北京:中华书局,1959年,第2629~2630页。
② 司马迁撰,裴骃集解,司马贞索隐,张守节正义:《史记》,北京:中华书局,1959年,第3286页。
③ 朱熹:《晦庵先生朱文公文集·山陵议状》,见《朱子全书》,上海:上海古籍出版社;合肥:安徽教育出版社,2002年,第730页。
④ 姚鼐《与胡雒君》,《惜抱轩尺牍》卷三,清道光三年(1823)刻本。

汪稼门即汪志伊(1743—1818),安徽桐城人,字莘农,号稼门。汪志伊曾任江苏巡抚、闽浙总督,其清除海盗,颇有政绩。姚鼐与汪志伊为同乡,《惜抱轩尺牍》存姚鼐给汪氏尺牍 20 封,几无不谈,交谊颇深。姚鼐对汪稼门夫人的葬地非常赞赏,认为其葬地"殊为佳妙""妙绝人间",并进一步认为"天意殆大兴其门""天殆将大兴是族"。除汪志伊外,姚鼐与章攀桂、胡虔、姚元之、陈用光等亦颇有关于堪舆之术的讨论。"同声相应,同气相求",经常与这些朋友讨论葬事葬地,这自然对姚鼐堪舆思想的形成产生潜移默化的影响。

最后,笔者从乡风民俗方面着眼,论其对姚鼐堪舆思想形成的影响。姚鼐所属的桐城之地,与徽州相距不远,两地风俗亦颇有相通者。徽州地区受传统文化影响很深,"生在苏州,死在徽州"的民间俗语,就颇能反映出徽州特别重视丧葬之事。徽州丧葬程序繁琐,仪式隆重。罗盘的出现,更为堪舆提供了直接的工具,加上程朱理学的鼓吹,"徽州地区卷起了一股寻购'龙脉吉穴'的狂潮,人尚健在时即营造坟穴者有之,死后因未觅到'真穴'而停柩于原野十年乃至数十年暴露骨骸者有之,为争觅'真穴龙脉',不惜倾家荡产诉诸庭讼乃至诉诸武力者更有之"[①]。姚鼐曾在徽州紫阳书院授徒,自然也容易受到徽州堪舆之术的影响。桐城受到徽州之影响,亦颇重视葬事,桐城殡葬改革所引起的关注[②],可以有力地说明桐城至今亦是颇为重视葬事的。姚鼐于此民俗之中,关注葬事、研究堪舆之术,自然也就在情理之中了。

以上从受传统葬礼文化、先贤达人、时辈友人及乡俗民风影响的角度,分析姚鼐堪舆思想形成的原因,下面对姚鼐堪舆思想进行文化解读。

2. 姚鼐堪舆思想文化解读

姚鼐颇重堪舆之术,不仅与亲友围绕藏地之事多有探讨,而且著有《四格

---

① 卞利:《明清时期徽州地区堪舆风行及其对社会经济的影响》,《安徽大学学报》,1991年第3期。

② 关于桐城殡葬改革之事,引起较多的关注和争论,具体可参看《殡葬改革必推行,老人自杀不可有》,载《环球时报》,2014 年 5 月 28 日。

说》,以阐择地之法。姚鼐除为自己择地,为父母亲人择地,还为请托之人择地,至老不更,躬行其中。笔者认为姚鼐的堪舆行为与一般的术士是截然不同的,而是打上了儒家思想的烙印,下面试做分析。

(1)孝友观念的表现

姚鼐经常为亲友经营葬事,躬行其中,不遗余力。这从记载姚鼐生活琐事的尺牍中即可看出。笔者以姚鼐为张樊川经营葬地为例,说明姚鼐对朋友重情重义:

> 惟为樊川先生营葬事,尚未成。吾所欲者,业主不售;或业主肯售,而吾意以为不堪用,遂转致滞阁,觉此事转办转难矣。其费为之营放,颇有增益,然不敢以此为卸责之道也。①
>
> 鼐为樊川谋葬地,亦尚未得,殊为耿耿。②
>
> 鼐衰罢日甚,不任劳苦。念往昔,既承司成之事矣,安得不与归结?而重与跋涉,力又不堪,是以竟以所自留之地,交出以葬。③
>
> 樊川宅兆之事,营求三年,劳而无效。今年弟尤觉衰惫,势不可堪跋涉之事,而受任必不可空谢。乃以弟昔所买老牛集一处,本留为自藏者,移与之。弟前获此地甚巧,于是余银甚多,为之置田及备葬费外,尚宽然有余。已决于本年十一月初九日子时安葬。葬后,惟田亩永留供祭,张氏子孙,不得转售。④

张樊川,桐城人,与朱珪、纪昀等有交,姚鼐亦有诗记之,以大司成致仕。从上文看,必是姚鼐等人承诺为张樊川安葬,所以才有此践诺之行。姚鼐深知为他人寻墓地是费时、费力之事,"非跋涉不可,徒看书无益"。为张樊川的墓地,姚鼐不仅需要实地考察,有舟车劳顿之苦,而且需要与业主商谈出售价

---

① 姚鼐《与汪稼门》,《惜抱轩尺牍》卷一,清道光三年(1823)刻本。
② 姚鼐《与胡雒君》,《惜抱轩尺牍》卷三,清道光三年(1823)刻本。
③ 姚鼐《与江怀书》,《惜抱轩尺牍》卷三,清道光三年(1823)刻本。
④ 姚鼐《与汪稼门》,《惜抱轩尺牍》卷一,清道光三年(1823)刻本。

格,真是劳力劳心。在"营求三年,劳而无效"之后,姚鼐遂将"本留为自藏"的"老牛集一处"墓地"移与之"。姚鼐受友人之托,为他人择墓地,在尽心尽力之后,本可以罢手不管,但是为了履行对朋友的承诺、重视朋友间的情谊,竟然将自留的墓地转出。姚鼐看重友情还表现在,与其他同道为张樊川择定了葬日,备其葬费,剩余钱财用于置田供祭。有始有终,真可谓重然诺的古之君子。这与以获利为目的的术士相比,自然不可同日而语,显然是其受到儒家重友情、重然诺思想影响的表现。

姚鼐于朋友之间,重然诺、讲情谊,于亲人之间则讲人伦、重孝道,这一点在葬事问题上亦有较为突出的表现,下面聊举数例。

> 鼐今岁二月,始获安葬先人,故至此最迟。①

> 愚于十月还家,将前妇人葬于竹园窠,来春却葬亡弟于铁门,以了吾身之事而已。晴牧于此可谓能劳心苦力矣,而未得一妥帖地方,以毕心愿,此事固是难耳。今秋冠海自家向江阴去,过金陵共聚两夜,似其意于寻地亦懈矣。②

> 我去年买得老牛集王氏竹林庄地,去铁门四里。昨竟取得蟹黄佳土,明春决于此地安葬。以今年犯三煞不可用也。汝家黑凹岭山,我看来甚可用,但无钱办此事。吴四爷虽许借给葬费,而未可信,将来仍须汝寄用耳。吾已将十一弟及冯儿夫妇葬于铁门,便为伊终身大了结,痛何可言。吾亦衰惫之甚,未知于世当有几岁月。③

从以上几例可以看出,姚鼐于家人葬事多有操劳。姚鼐对其先人安葬之薄、安葬之迟,耿耿于怀,直至去世前仍念念不忘。关于姚鼐先人安葬之迟,恐不是无力经营之故,多数是没有找到合适的葬地。姚鼐不仅为其先人筹措安葬之地,还为其前妇、其弟及子侄辈择选葬地。葬地之不可得,往往是经营

---

① 姚鼐《与孔某》,《惜抱轩尺牍》卷四,清道光三年(1823)刻本。
② 姚鼐《与张虬御》,《惜抱轩尺牍补编》卷二,清光绪五年(1879)刻本。
③ 姚鼐《与马鲁成甥》,《惜抱轩尺牍》卷八,清道光三年(1823)刻本。

数年才得一地,偶有葬地,也可能因为价格甚高而罢手,如"现有一处,形势既佳,去铁门四里,又出路可售矣。而索价七百金,遂为之束手"。其与《与马鲁成甥》尺牍言:"我必欲于今冬葬坟,至于得地与不,此自属天数,非人力所能为也。"①因此,姚鼐有时将得地与否当作天意,虽孜孜以求,却不执着于此。可以看出,姚鼐在家人葬地的选择上费心费力,这固然是其堪舆思想在作祟,但从中不难体会到浓浓的亲情,这其中更多的应理解为对孝友观念的看重和护持。

(2)科举兴家的期盼

古人往往将死与生联系起来,活着的人为自己或亲友经营葬地,主要还是为他们的后人着想,希望他们的后人能够事业发达、人丁兴旺。这尤其表现在一些读书人之间。姚鼐也是如此。

姚鼐在与他人的信中经常透露出对别人葬地的关注,那些得吉地的,自然成了姚鼐羡慕的对象:

> 今冬在稼门中丞家住,见其鱼轩葬白岭地妙绝人间,天意殆大兴其门邪。②

如前所述,姚鼐对汪志伊夫人之葬地非常赞赏,认为其葬地"殊为佳妙""妙绝人间",正是因为葬地之佳,所以才进一步推论"天意殆大兴其门邪""天待将大兴是族邪"。可见姚鼐是笃信先人葬地与子孙运势两者之间有某种内在联系的。

姚鼐自己也多为亲友看选葬地,认为有些葬地的选择确实对其后人有着积极的影响,这在与胡虔的尺牍中有较为明确的表露。

> 三月于铁门葬舍弟,而五月遂得一侄孙,妄意又欲自夸矣,奉闻

---

① 姚鼐:《惜抱轩尺牍》卷八,清道光三年(1823)刻本。
② 姚鼐《与马雨耕》,《惜抱轩尺牍补编》卷二,清光绪五年(1879)刻本。

发一大笑也。①

> 赵甥得第分部,近颇有誉,吾为其父定十五里坊之墓者矣,亦可发一笑也。②

家族兴盛,人丁兴旺,这是多数中国人的理想。在他们看来,家族的兴盛,似乎有一种神秘的力量在庇护着,而这又与其祖先有着某种联系。所以对其祖先葬地的选择就显得尤为重要,祖先占据了"风水宝地",自然也就更加能够庇佑后人。关于这一点,姚鼐是深信不疑的,比如在与姚伯昂从侄孙的书信中道:

> 术家言吾家大凹口,乃下元山向。故入下元,科第差胜。其说殆可信耶。③

伯昂,即姚元之。姚元之出身于书香门第,曾问学于族祖姚鼐。嘉庆五年(1800)庚申科直隶乡试为张问陶所取士,嘉庆十年(1805)中进士,选庶吉士,散馆后授编修,嘉庆十四年(1809)入直南书房。道光十三年(1833)升工部右侍郎,后擢左都御史。从姚元之的生平可以看出,他是走科举之路的典型。考察姚鼐家族的情况,"科第差胜"绝非虚言,而是真切地概括出其家族的特点。姚鼐本人自不必说,姚鼐的伯父姚范,亦走科举之路的典型。姚范(1702—1771),于雍正十三年(1735)选拔贡太学④,乾隆元年(1736)顺天乡试第二人中式,乾隆七年(1742)第三人成二甲进士改庶吉士,后散馆授编修,充武英殿经史馆校刊官兼三礼馆纂修官。而姚范之重孙姚莹,亦走科举之路。姚莹于嘉庆十二年(1807)中举,次年为进士。此后曾游幕广东,在福建、江苏任州县地方官。政绩与文章并著。姚莹之后,则有姚幕庭、姚永朴、姚永概等,也以读书为任,其中姚永朴中顺天乡试举人,姚永概为江南乡试解元。可

---

① 姚鼐《与胡雒君》,《惜抱轩尺牍》卷三,清道光三年(1823)刻本。
② 姚鼐《与胡雒君》,《惜抱轩尺牍》卷三,清道光三年(1823)刻本。
③ 姚鼐《与佰昂从侄孙》,《惜抱轩尺牍》卷八,清道光三年(1823)刻本。
④ 一说雍正七年(1729)选拔贡太学,拙作《姚范年谱简编》已辨之,见《古籍研究》总第59期,安徽大学出版社2013年版。

以说,姚氏家族是典型的科举式家族。这一切按照术家之言,是因为葬地的风水所致,姚鼐虽戏称"其说殆可信耶",实际上却是颇为相信及重视的。

(3)亲友之间的谈资和治生的手段

为了更直观地了解姚鼐对于葬地情况的描述,我们可以引用姚鼐为陈用光题《鹿源地图》的一段:

> 得地乃是至难之事,不可不细心审定。如此图形势,夫岂不佳? 所恐纸上地上,有不尽合。又其间有非图画所能著者。据图看本山,似是木星,其落穴处,能坦开,窝钳则是,斗峻则非矣。其明堂作排衙,龙虎其杪,要有细脚交牙,使水流之行,则是;无脚,则水牵直出,则非矣。其内堂系当面合襟……若此数条木不合法则,是昔日本是看错,则弃之,不足惜矣。①

通过上面一段文字,我们大致可以知道葬地的选择是一件较为复杂的活动,不仅需要多识,也需要实地考察,才能做出相对准确的判断,即寻到好的葬地。从这段论述看,姚鼐大概属于"形派"而非"理派",但似乎对"理派"方位生克亦有借鉴。从姚鼐给他人的书信可以看出,信中除了与亲友子弟论文论学之语,主要就是对于择选葬地的讨论:

> 卜葬大是要事,然不须多看近人书。言峦头,则疑龙,《撼龙入式歌》已尽之矣。言理气,则如叶、蒋、范之书,皆不必看,徒烦人意。鼐故作《四格说》,欲人舍繁而取简耳。奈何更取纠缠乎?②

> 又闻大葬事,因起茔旧瘗藏之物变坏,故不用,固是。然又恐其山地非劣,而结茔处所定穴误,则尚未可弃。此更须明眼决之耳。③

姚鼐关于葬地风水的著作《四格说》,今不见,当是在总结"形派"与"理

---

① 姚鼐《与陈硕士》,《惜抱轩尺牍》卷七,清道光三年(1823)刻本。
② 姚鼐《与陈硕士》,《惜抱轩尺牍》卷七,清道光三年(1823)刻本。
③ 姚鼐《与陈硕士》,《惜抱轩尺牍》卷七,清道光三年(1823)刻本。

派"旧说的基础上加以删减凝练而成,其中或又加入姚鼐堪舆实践的经验总结。帮助他人择选葬地,甚至有时代他人买卖葬地,成为一种治生的手段,在姚鼐那里也是如此。这与代人撰写墓志铭的情况大致相近,如姚鼐即从陈用光及汪志伊处得到相应报酬。

姚鼐在《惜翁遗嘱》中言:"人生必死,况吾年八十五,死何憾哉? 先君殡敛多薄,吾棺价不得过七十,绵不得过十七斤,诸事称此。丧事勿用鼓乐。相好来助事者,勿治酒食,便饭而已。上船只用应用职事,繁文无取。汝兄弟不可以财物之事,而生芥蒂。无忘孝友。"①姚鼐在《与师古儿》尺牍中又言:"丧事称家之有无,不须讲体面,此不为孝,久阁枯棺乃是不孝也。"②姚鼐虽然重视葬事,但不表示姚鼐是厚葬者,姚鼐自择的葬地也慷慨地转给了朋友,并要求子嗣不能因为葬地无着而久搁枯棺,这又能看出姚鼐通达的一面。姚鼐的堪舆活动,深深地打上儒家思想的烙印,其归结点仍是希望子孙后代能够继续走读书科举之路,而不奢望飞黄腾达。这或许是姚鼐作为一位读书人最真诚、最单纯的愿望。

3. 姚鼐堪舆思想批判

如上所述,尽管堪舆之风盛行,但并非家家如此、人人奉行。与姚范、姚鼐两代皆有交谊,又与姚鼐同主东南文教的袁枚,则对堪舆墓葬持有不同的看法,对此弊端有着清醒的认识,其在《与张司马》的尺牍中对堪舆葬事有着全面的解读和有力的批判:

> 惑于风水之说,扪险探幽,劳瘁靡已,致病体日增,仆窃以为过矣!……《青囊》一书,皆术者之妄词,古之圣贤,未有闻焉。《周礼》墓大夫无相阴阳之说;孔子问于聊曼父之母,即合葬于防;王季之

---

① 姚鼐:《惜抱轩尺牍》卷八,清道光三年(1823)刻本。
② 姚鼐《与师古儿》,《惜抱轩尺牍补编》卷二,清光绪五年(1879)刻本。

墓,为溹水所啮,无损周家气运。元人《就日录》云:"凡见理明之人,五行鬼神,皆不能拘。"今人仁孝,万不及古人之一,而于葬亲之郑重,则十倍焉。其若是者何哉?为死者之心缓,而为生者之心急故也。此心不可以对天,亦不可以对地。柳仲涂曰:"善葬之家必不昌。"其言有至理,足下当深思之。①

袁枚《与张司马》这封尺牍首先批评朋友张司马"惑于风水之说",以至于"病体日增"。接着指出《青囊》一书都是术者的妄词,又以《周礼》无载、孔子不信、周运无损为例,认为"五行鬼神,皆不能拘"。袁枚更是深刻地批评了当时的乱象:仁孝不及古人,葬亲之重则超古十倍。更是由此现象得出"为死者之心缓,而为生者之心急"这样的诛心之论。袁枚进一步说有此之心,不可以对天,不可以对地,希望他的朋友应当深思之。

袁枚为了进一步说明此问题,"附上历古来风水源流数则,以开足下之惑":"自来言《葬经》者,不始于郭璞。《史记》樗里子言:'后世当有天子之宫夹我墓。'《汉书》刘向奏王氏坟在济南者,树皆交柯连叶,上高出屋,有立石起柳之象。《袁安传》:书生指某地曰:'葬后世出三公。'孙钟遇三少年乞瓜,为指葬地。《三国志》管辂过毋丘俭坟曰:'白虎衔尸,朱雀悲哭。'孙坚祖坟,有五色云蔓延数里。此言阴宅风水之始也。吕才驳之,司马温公驳之,最为明快。若伊川之驳《葬经》,言'培其本根,而枝叶自盛',此非驳之,乃助之也。理学先生,往往惑于风水,将平日义利之辨,一旦抹煞,不知世之父母肥而子孙瘦,父母寿而子孙夭者甚多。在生前一气相感,根本无补于枝叶,而况死后之枯骷乎!"②袁枚这里采取先扬后抑、欲擒故纵的方法,将《史记》《汉书》《三国志》等正史偶然所载并被数术家引以为据的材料简单罗列,然后以他人驳之为继,足见其对数术风水之言的抵触和批判之意。袁枚又将批判的矛头直指理学先生,讽刺其平日中讲求"义利之辨",而一旦言及风水富贵则一笔抹

---

① 袁枚著,范寅铮校注:《小仓山房尺牍》,长沙:湖南文艺出版社,1987年,第130页。
② 袁枚著,范寅铮校注:《小仓山房尺牍》,长沙:湖南文艺出版社,1987年,第130~131页。

煞。接着更是嘲笑那些父母肥而子孙瘦者,生前尚不能有所庇护,哪里还能奢望死后之枯骨的保佑呢？这一段论述亦是非常犀利,进一步批判了风水葬事之言。袁枚随后即以举例子的方式对堪舆之术展开批判。以《后汉书》《隋书》《新唐书》等正史中的例子从正反两方面来对迷信葬事风水的言行进行辩驳。如黄巢、李自成及李渊皆被尽发祖坟,但是前两者兵败身亡而后者卒成帝王之业。最后得出结论:"凡史册所载,风水之不验者多,验者少。今人信其少者,忘其多者,殊不可解。"①如此辩驳,与上一段形成呼应,最具有说服力,也最具有批判力。从整篇文章看,文章结体严谨而又不失风趣,欲擒故纵而又张弛有度,有正面批评,又有诛心之论。这是我们看到的关于堪舆之术批判最有力的文章之一。

显而易见,袁枚对那些惑于堪舆术的人,特别是其中一些理学家是持批判态度的。与宋学家相对立的汉学家,也对堪舆等"数术类"颇有微词:"术数之兴,多在秦汉以后。要其旨,不出乎阴阳五行,生克制化。实皆《易》之支流,傅以杂说耳。……星土云物,见于经典,流传妖妄,浸失其真。然不可谓古无其说,是为占候。自是以外,末流猥杂,不可殚名。史志总概以'五行'。今参验古书,旁稽近法,析而别之者三：曰相宅相墓、曰占卜、曰命书相书。并而合之者一,曰阴阳五行。……皆百伪一真,递相煽动。……故悠谬之谈,弥变弥夥耳。然众志所趋,虽圣人有所弗能禁。其可通者存其理,其不可通者姑存其说可也。"②在"术数类"中,真正令汉学家赞赏的是"数学","惟数学一家,为《易》外别传","务究造化之源"。相宅、相墓、占卜、算命、看相之类,则被他们视为"百伪一真""悠谬之谈"。袁枚及一些汉学家对热衷于堪舆之术者的批判是非常尖锐的,虽然不一定是针对姚鼐等,但也可以看出即使在当时亦有不少人士对此持有清醒的认识,并非全部笃信堪舆之术。他们的批判又在一定程度上对遏制堪舆之风的盛行有着积极的影响。

即使是朱熹及门人关于阴阳风水的言行,在当时和后世亦引发儒者的诘

---

① 袁枚著,范寅铮校注：《小仓山房尺牍》,长沙：湖南文艺出版社,1987年,第132页。
② 纪昀等纂：《钦定四库全书总目》,北京：中华书局,1997年,1419页。

难与批评，被视为大儒之疵，为迂诞之说①。如同朱熹，姚鼐于堪舆之术颇重人伦孝友，而非为自己及后人的富贵利达去祈求荫泽。葬者，藏也。藏先人之遗体必然想求其安固久远，使得其形体全而神灵得安，这都是注重儒家人伦血统观的直接体现。当然，这其中希望得到祖宗的庇佑，使得子嗣兴旺发达，以至于不惜人力、物力以求所谓"真穴龙脉"，则是迷信之说，必须破除，必须加以批评②。

  我们在对堪舆之术进行批判的同时，也需要指出，姚鼐与朋友弟子交流堪舆之术，客观上有利于聚拢一批传统的士大夫，如章攀桂、汪志伊、胡虔、姚元之、陈用光等，这无疑有利于桐城派影响的进一步扩大。姚鼐突出"科第差胜"的术家之语，希望科举兴家之风得以传续，在家族内形成凝聚之力，姚鼐之后则有姚莹、姚幕庭、姚永朴、姚永概等薪火相传，客观上也有利于桐城文脉的延续。另外，笔者认为堪舆术对姚鼐研究地理沿革之学有所助益，对姚鼐创作游记散文有一定的积极影响。比如《登泰山记》等游记散文中对于泰山地理方位的交代清楚明了、景物描写极具方位感等，这当得益于姚鼐地理学、堪舆术研究之效。至于堪舆术与姚鼐文学学术关系的进一步阐发，则是另外一个话题了。

---

① 肖美丰：《朱熹风水堪舆说初探》，《齐鲁学刊》，2010 年第 4 期。
② 汪志伊等人亦颇重堪舆之术，姚鼐以为其得地，并进一步认为"天意殆大兴其门耶"，而实际情况是其后汪志伊以偏执获咎，褫职永不叙用，至今安徽桐城仍有汪氏子孙永不为官之说。

二、姚鼐书学思想研究

桐城派作为中国文学史上延续时间最长、参与人数甚多、影响范围较大的文学流派,具有丰富的学术内涵和研究价值,正成为学术研究的热点和增长点。桐城派中,文章大家辈出,姚鼐、曾国藩、张裕钊等人的书法成就亦引人瞩目。作为典型的帖学书家,姚鼐"书逼董玄宰,苍逸时欲过之"[1],甚至被推为清代书家第一流。古文宗伯与书学大师合二为一,姚鼐为学界提供了窥探书学、文章学沟连交通之道的绝佳案例。

姚鼐传世的书法作品包括楹联、题跋、尺牍等,其中又以尺牍存量最为丰富。就尺牍交往而言,姚鼐寄给陈用光的最多,《惜抱轩尺牍》收姚鼐给陈用光尺牍百余封,今可见陈氏藏札影印件56封(给刘大櫆、周兴岱、陈松各1封,给陈守诒2封,给王芑孙3封,其余48封为给陈用光尺牍),约15000字,行草兼具,雅洁可观。姚鼐手札在当时就引起学界重视,法式善、王芑孙、鲍桂星等即从文章、书学两方面给予赞赏,如鲍桂星言:"右陈石士太史所藏姚惜抱先生手简第十卷也,先生工古文,而书法超逸。太史从之最久,所得亦最多。长笺短楮无虑数十百,装池成卷,洵艺林一钜观,而先生性情学术文章胥

---

[1] 马宗霍:《书林藻鉴·书林记事》,北京:文物出版社,2003年,第220页。

于是可见焉。"①笔者以姚鼐手札为主体,结合姚鼐论文论学等其他材料,以求观其书学、文学相通之道。

1. "不模拟,何由得入"

姚鼐十分推崇董其昌书法,其《论书绝句五首》其三道:"雄才或避古人锋,真脉相传便继踪。太仆文章宗伯字,正如得髓自南宗。"②董其昌用墨讲究,用笔精到,书法作品呈现出萧散自然之美,平淡中见出悠远,这种古雅平和之韵,深契姚鼐的审美追求。姚鼐以董其昌为师,其书法在整体布局上呈现简淡、疏朗之美,字距、行距较宽,婉转流畅,风神萧散。但是,学董其昌者,往往带有靡弱、柔媚的弊病,这也是帖学派追求方正光洁的效果使然。姚鼐正是看到这一弊端,在学董其昌的同时,避免其秀媚、靡弱的缺陷,又以米芾、蔡邕为师。其实董其昌对米芾即非常尊崇,其《画禅室随笔》称:"米海岳书,无垂不缩,无往不收。此八字真言,无等等咒也。"③董其昌如此欣赏米书,受其影响,姚鼐对米书亦青眼有加。姚鼐曾评论某人"米书不佳,俗弱略无米家超俊之气"④,但米书中跌宕纵横的气势,还是给姚鼐很大的影响,姚鼐书法中那种欹纵变化的气势即得益于米书。与康熙帝推崇董其昌不同,乾隆帝推尚赵孟頫,赵孟頫晚年又以李邕为师,姚鼐同样以赵孟頫为介学习李邕。王文治在《快雨堂题跋·宋拓云麾碑》中言"以荒率为沉厚,以欹侧为端凝,北海所独"⑤,即指出李邕书法中结字开张度大、中宫收紧、骨力劲健的特点。除了现存桐城博物馆的《临李北海缙云三帖》外,姚鼐的一些手札也体现出用墨饱满、线条灵动活泼却又劲健有力的特点。姚鼐除取法上述书家外,又参以

---

① 姚鼐撰,陈用光辑,孙陟甫收藏:《惜抱轩手札》,上海:商务印书馆,民国二十五年(1936),第4册第38页。
② 姚鼐著,刘季高标校:《惜抱轩诗文集》,上海:上海古籍出版社,1992年,第564页。
③ 董其昌《画禅室随笔》,见《历代书法论文选》,上海:上海书画出版社,2012年,第539页。
④ 姚鼐《与齐梅麓》,《惜抱轩尺牍》卷二,清道光三年(1823)刻本。
⑤ 王文治著,刘奕点校:《王文治诗文集》,北京:人民文学出版社,2014年,第587~588页。

颜真卿之笔法,救帖学书家线条过于光滑、缺乏质感美的通病。吴德旋《初月楼论书随笔》载:"大令狂草,尽变右军之法而独辟门户,纵横挥霍,不主故常。姚刑部姬传谓:'如祖师禅,入佛入魔,无所不可。'"①可见,姚鼐高度赞赏王献之突破藩篱、独辟蹊径的精神。姚鼐也在转益多师中逐渐形成自己的书学风格。

姚鼐为古文大师,诗文成就甚高,其对古文创作的态度与书学观有相似之处,如对钱谦益批评道:"近世人习闻钱受之偏论,轻诋明人之模仿,文不经模仿,亦安能脱化?观古人之学前古,模仿而浑妙者自可法,模仿而钝滞者自可弃,虽杨子云亦当以此义裁之,岂但明贤哉?!"②姚鼐提出诗文创作应当注重模拟,"凡学诗文之事,观览不可不泛博",同时还就如何取法前贤,给出了具体的学习途径:"近人每云作诗不可摹拟,此似高而实欺人之言也。学诗文不摹拟,何由得入?须专摹拟一家,已得似后,再易一家,如是数番之后,自能镕铸古人,自成一体。若初学未能逼似,先求脱化,必全无成就。譬如学字而不临帖,可乎?"③仅从用墨技巧等讲,书法艺术的学习必须依靠临摹,不少书法大家终生临帖,如姚鼐友人王文治,姚鼐在为其所作《快雨堂记》中言:"禹卿作堂于所居之北,将为之名。一日得尚书书'快雨堂'旧匾,喜甚,乃悬之堂内,而遗得丧,忘寒暑,穷昼夜,为书自娱于其间。或誉之,或笑之,禹卿不屑也。"④王文治的这种孜孜临帖的书学之道,必然会对姚鼐产生一定的影响。

从上面所述可以看出,姚鼐对"模拟"十分看重,认为只有通过模仿才能"得入",才能寻得门径,同时,这种模仿应该是转益多师的,"已得似后,再易一家",正如姚鼐书学董其昌,又学米芾、蔡邕、颜真卿、二王等。姚鼐的模仿不是为求形似,而是希望"数番之后"能够"镕铸古人,自成一体"。正如姚鼐给陈用光的尺牍所言:"文家之事,大似禅悟,观人评论圈点,皆是借径,一旦

---

① 吴德旋:《初月楼论书随笔》,见《桐城派名家文集①姚范集、方东树集、吴德旋集》,合肥:安徽教育出版社,2014年,第964页。
② 姚鼐《与管异之》,《惜抱轩尺牍》卷四,清道光三年(1823)刻本。
③ 姚鼐《与伯昂从侄孙》,《惜抱轩尺牍》卷八,清道光三年(1823)刻本。
④ 姚鼐著,刘季高标校:《惜抱轩诗文集》,上海:上海古籍出版社,1992年,第219页。

豁然有得,呵佛骂祖,无不可者。"①姚鼐"诗从明七子入,卒之兼体唐宋,模写之迹不存"②,文则取法唐宋八家,远绍史迁,成为有清一代著名的诗文大家。姚鼐在书学上亦博采众家之长,融入自己的创作中,最终形成遒劲浑朴、天然恬淡的独特风格。综上所述可以看出,姚鼐的诗文和书法创作皆有先入后出、以入求出的特征。

2. 刚柔相济

关于"阳刚阴柔"的风格论,追溯其源头,应出自《周易》。《周易》指出阴阳、刚柔的互动推动了宇宙、天地、万物、生命的变化发展。阴与阳互动为宇宙生命提供动力,刚与柔则是万物的两种基本品质。"一阴一阳之谓 道",奠定了中国艺术风格论的基础。此后,刘勰《文心雕龙》"气有刚柔"之辨、严羽《沧浪诗话》"优游不迫""沉著痛快"之分,都显示出对此问题的进一步思考。对阴柔与阳刚风格美有较全面把握的是姚鼐,其在《复鲁絜非书》中对文章的阳刚之美和阴柔之美有较为形象的描述。姚鼐从天地之道演化出文章之道,指出文章作为天地之精英,亦可分为阴阳刚柔之美。只有圣人才能兼具这两种美,诸子百家仅能得其一。得阳刚之美者,表现出来的是一种雄浑、阔大、峭拔、放旷、刚劲的崇高美;得阴柔之美者,表现出来的是一种平静、高远、舒缓、轻盈、温润的婉约美。

姚鼐虽然指出"苟有得乎阴阳刚柔之精,皆可以为文章之美",但如果"有其一端而绝亡其一",那最终会失去已得一端,结果也就"无与于文"。也就是说,阴阳刚柔,创作者可以偏嗜其中一个方面,但不可以完全失去另一方面。姚鼐还指出诗文的最高境地为"文之雄伟而劲直者,必贵于温深而徐婉"③,

---

① 姚鼐《与陈硕士》,《惜抱轩尺牍》卷五,清道光三年(1823)刻本。
② 吴德旋《姚惜抱先生墓表》,见《桐城派名家文集①姚范集、方东树集、吴德旋集》,合肥:安徽教育出版社,2014年,第877页。
③ 姚鼐著,刘季高标校:《惜抱轩诗文集》,上海:上海古籍出版社,1992年,第48页。

就是既含有阳刚之美的一面,也包含阴柔之美的一面,两者相辅相成,以达到尽善尽美的境地。

在书法中,墨的浓淡、笔画粗细、字的大小、文字的疏密等都可以阴阳分属。一幅作品如一味浓墨淋淋、粗笔大字、方整严密,容易给人刻板、刚硬之感;相反,如一幅作品字细墨淡、飘零疏散,又给人绵弱、无力之感。唯有将阳刚与阴柔之美结合,才能呈现出兼具刚强与秀丽之美的作品。姚鼐是将自己在文学创作中所总结的经验指导书法艺术活动,认识到董其昌、赵孟頫书法中存在的靡弱之弊,济之以阳刚,才避免了一般帖学的空怯秀媚之陋。

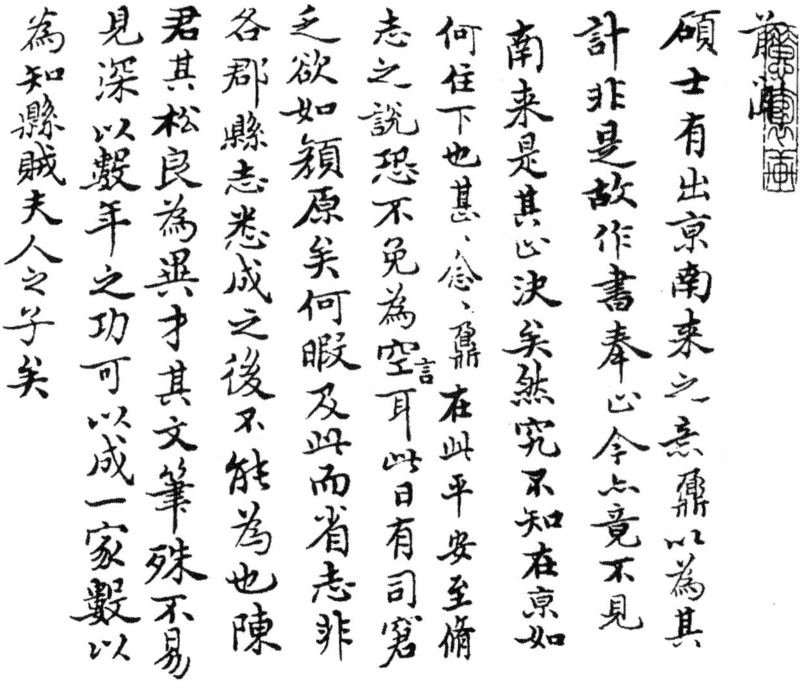

图 3　姚鼐与陈用光手札(局部)

"夫文章一事,而其所以为美之道非一端,命意立格,行气遣词,理充于中,声振于外,数者一有不足,则文病矣。作者每意专于所求,而遗于所忽,故虽有志与学,而卒无以大过乎。凡众故必用功勤而用心精密,兼收古人之具美,融合于胸中,无所凝滞,则下笔时自无得此遗彼之病也。"①从这段文字看,姚鼐是在与陈用光论文,但亦可以视作论书,书学"为美之道非一端",需要注重"命意立格,行气遣词",要"理充于中,声振于外",要"兼收古人之具美,融合于胸中,无所凝滞",这样下笔时才能无"遗彼之病"。正是因为有着这样兼美的思想,姚鼐作品常给我们刚中见柔、柔中见刚之美,笔画粗细得当,字的大小合宜,行距疏密恰到好处,不靡不荡,不厉不强,深得中和之美。

包世臣列姚鼐行草为逸品、妙品,以其与邓石如、刘墉为清朝第一流的书法家,对其行草概括道:"惜抱晚而工书,专精大令,为方寸行草,宕逸而不空怯,时出华亭之外。其半寸以内真书,洁净而能恣肆,多所自得。"②这里所谓"宕逸而不空怯"与"洁净而能恣肆"实际上是姚鼐调和阴阳之后所得的一种中和之美。姚鼐行书被称为逸品,自然有飘逸之美,但飘逸往往又与空怯如同一对孪生姐妹,飘而不沉故生空,逸而不止故生怯。姚鼐难能可贵之处正在于飘逸而不空怯,有飞动之势,而无漂浮之态。要做到这点,则需注入真气,惟有真气流淌于笔墨之中,才能有飞动之势而无虚空之态。桐城派文人作文多求雅洁之美,姚鼐曾言"老年精神已惫,作文洁净而已"③,这可以理解为姚鼐年老力竭才减的无可奈何之举,而我们更倾向于认为此是姚鼐至暮年仍坚守"作文洁净"的初衷。洁净是一种清洁、干净、简淡、无余的状态,而恣肆则是恣意、放肆、求豪纵、无顾忌的状态,这两者似乎风马牛不相及,但姚鼐书法将这两种本不相及的特质绾结到了一起,而要做到这一点则需要笔断意连,虽笔画不接,但其势、其意未尝不一气连贯。本来自相矛盾的两种特质,被姚鼐和谐地统一在一起,惟其如此,方有可能臻于一流的艺术境地。

---

① 姚鼐撰,陈用光辑,孙陟甫收藏:《惜抱轩手札》,上海:商务印书馆,民国二十五年(1936),第3册第5~6页。
② 包世臣:《艺舟双楫》,见《历代书法论文选》,上海:上海书画出版社,1979年,第657页。
③ 姚鼐《与陈硕士》,《惜抱轩尺牍》卷七,清道光三年(1823)刻本。

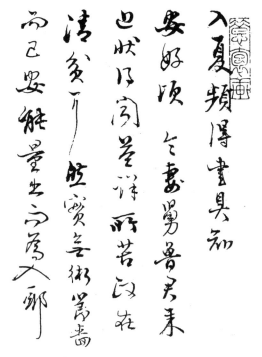

图 4　姚鼐与陈用光手札(局部)

3.神韵为宗

叶百丰曾概括姚鼐的书法成就道:"惜抱之书,乃以韵胜,其风神萧散,又超越时贤。暮年之书,清疏枯淡,韵度闲逸,如高人胜士,由于胸中书卷浸淫酝酿所致,无一点俗气。惜抱学养深,胸次高,落笔便有不同。"[①]叶先生的这段评价点出了几个问题:第一,姚鼐之书是以韵取胜,呈现出风神萧散之态;第二,姚鼐之书老而弥佳[②],韵度闲逸,有清疏枯淡之美;第三,姚鼐书法所呈现的神韵之美与其学养深、胸次高、浸淫书卷有关。

---

① 叶百丰:《跋〈姚鼐尺牍墨迹〉》,《书法》,1986 年第 3 期。
② 《清史稿》王文治本传载:"文治书名并时与刘墉相埒,人称之曰'浓墨宰相,淡墨探花'。与姚鼐交最深,论最契,当时书名,鼐不及文治之远播;后包世臣极推鼐书,与刘墉并列上品,名转出文治上。"可见姚鼐书名晚出,久乃为世人所称道。

神韵本应该指人的神采、风度。如《宋书·王敬弘传》："(敬弘)神韵冲简，识宇标峻。"①后用来指文艺作品的情趣韵致。如唐张彦远《历代名画记·论画六法》："至于鬼神人物，有生动之可状，须神韵而后全。"②可见，神韵是一种与天道合一的艺术境界。这里的"天"更多应该指个人的艺术天性和情采，也包含万物之上的冥冥宇宙及其运行规律。在传统的批判话语中，神韵是一种介于豪放与婉约之间的境地，是一种疏淡又余味不尽的艺术美。

王文治在《子颖五十为诗赠之八首》之五中言："姚子癯而妍，君颜丑而壮。"③可见，与朱孝纯的丑陋壮实相比，姚鼐显得文弱清秀。姚鼐弟子则记其师风神形态道，"先生貌清而癯，而神采秀越，风仪闲远"，"如醴泉芝草，使人见之，尘俗都尽"④，"貌清臞，神采秀越，澹荣利，有超世之志"⑤。从传世的姚鼐画像(见图 5)和时人关于姚鼐形态的记载中可以看出，姚鼐应当与王敬弘相似，有"神韵冲简，识宇标峻"之态。从扬雄的言为心声、书为心画，到钱锺书的文如其人的"文"，不是指所言之物，而是指作品中的格调，即作者性格"本相"的自然流露，我们总是试图将艺术作品与其人联系起来。关于姚鼐文章特色，后人亦颇多概括，"其文高洁深古出自司马子长、韩退之，而才敛于法，气蕴于味，断然自成一家之文也"⑥，"先生之文纡余卓荦，樽节橐括，托于笔墨者净洁而精微，譬如道人德士，接对之久，使人自深"⑦。所谓"高洁深古""才敛于法，气蕴于味""纡余卓荦，樽节橐括""净洁而精微"，都能看出姚鼐文章所流露出的风韵与其人的风神是一致的。如此，姚鼐的书法是否与古

---

① 沈约撰：《宋书》，北京：中华书局，1974 年，第 1731 页。
② 张彦远著，俞剑华注释：《历代名画记》，南京：江苏美术出版社，2007 年，第 29 页。
③ 王文治著，刘奕点校：《王文治诗文集》，上海：上海古籍出版社，2014 年，第 307 页。
④ 姚莹《朝议大夫刑部郎中加四品衔从祖惜抱先生行状》，见《桐城派名家文集⑥姚莹集》，合肥：安徽教育出版社，2014 年，第 91 页。
⑤ 李元度《姚姬传先正事略》，《国朝先正事略》卷四三，清同治刻本。
⑥ 吴德旋：《姚惜抱先生墓表》，见《桐城派名家文集①姚范集、方东树集、吴德旋集》，合肥：安徽教育出版社，2014 年，第 877 页。
⑦ 方东树：《书惜抱先生墓志后》，见《桐城派名家文集①姚范集、方东树集、吴德旋集》，合肥：安徽教育出版社，2014 年，第 325 页。

文相似相通,也与其人一致呢？答案是肯定的。

图5　姚鼐画像(选自叶衍兰、叶恭绰编《清代学者象传合集》)

姚鼐在《敦拙堂诗集序》中言:"夫文者,艺也。道与艺合,天与人一,则为文之至。"①姚鼐强调"道与艺合",并非前人所云文以明道、文以载道,而是强调文道合一。姚鼐在《复汪进士辉祖书》中言"达其辞则道以明,昧于文则志以晦"②,重道却不废文。姚鼐在《答翁学士书》中把文道关系说得更为明确:"诗文皆技也,技之精者必近道,故诗文美者命意必善。"③在追求文艺创作"美"的同时,突出了"善"的地位。其意即为文之"艺"越精美,文章之道越加纯粹。所谓"道与艺合",就是指文人首先应该重视道德涵养,然后发之为诗文,诗文自然就能合乎道而达到高尚的境界,正如姚鼐在《荷塘诗集序》中指出:"古之善为诗者,不自命为诗人者也。其胸中所蓄,高矣、广矣、远矣,而偶

---

① 姚鼐著,刘季高标校:《惜抱轩诗文集》,上海:上海古籍出版社,1992年,第49页。
② 姚鼐著,刘季高标校:《惜抱轩诗文集》,上海:上海古籍出版社,1992年,第89页。
③ 姚鼐著,刘季高标校:《惜抱轩诗文集》,上海:上海古籍出版社,1992年,第84页。

发之于诗,则诗与之为高广且远焉。"①通过上述探讨可以看出,叶百丰所论"惜抱学养深,胸次高,落笔便有不同",可谓知言。如果抛开这个根源不讲,便无法真正体会姚鼐书法作品的特色和贡献。有了这种涵养,尚要注意呈现方式,"笔端神动有天随,迅速淹留两未知。莫道匆匆真不暇,苦将矜意作张芝"②。姚鼐此诗所肯定的"天随"即顺其自然,称心而出,把作者或激昂、或舒缓的情感体验通过笔端表现出来。姚鼐的书法整饬雅洁而又不失灵动趣味,少有"矜意"之作,不拘谨,在艺术精神上颇似姚鼐挥洒自如的尺牍小品。

如何才能达到"道与艺合"? 姚鼐认为必须做到"天与人一"。所谓"天",在姚鼐看来,更多的是一种得之于自然的天赋禀性,"五言诗每欲押强韵,辄不能妙。此处唯涪翁为独胜。此天赋,不可强学也。理堂果深于理境,文笔则苦有区臑无纵横超妙处,此亦是天限之,第贤于他人之猥陋耳"③。姚鼐认为"强韵"之作为黄庭坚所专擅,韩理堂文笔不能超妙也是"天限之"。姚鼐承认得之于自然的天赋对于艺术创作的重要,同时也不放弃后天的努力,甚至更加强调后天"人"的练习。《与石甫侄孙莹》言:"人各任其力量,功候成就、大小纯驳,不可早定。得失之故,有人事,亦若有天道焉。唯孜孜勉焉,以俟其至可耳。"④这种天赋与学力的结合,需要较长时期的涵养过程,不能操之过急。"文章非小技,古哲逮今寿。超越彼粗粝,固在频投臼"⑤,只有"频投臼",才能"超越粗粝",才能成就诗文书法艺术精品。

姚鼐在与陈用光的手札中,尚有一些论文的经典言论,如"文韵致好,但说到中间,忽有滞钝处,此乃是读古人文不熟。急读以求其体势,缓读以求其

---

① 姚鼐著,刘季高标校:《惜抱轩诗文集》,上海:上海古籍出版社,1992年,第50页。
② 姚鼐《论书绝句五首》其二,见《惜抱轩诗文集》,上海:上海古籍出版社,1992年,第564页。
③ 姚鼐撰,陈用光辑,孙陟甫收藏:《惜抱轩手札》,上海:商务印书馆,民国二十五年(1936),第1册第18页。
④ 姚鼐:《惜抱轩尺牍》卷八,清道光三年(1823)刻本。
⑤ 姚鼐《喜陈硕士至舍有诗见贻答之四十韵》,见《惜抱轩诗文集》,上海:上海古籍出版社,1992年,第498页。

神味,得彼之长,悟吾之短,自有进也"①,"大抵作诗古文,皆急须先辨雅俗,俗气不除尽,则无由入门,况求妙绝之境乎?"②姚鼐对文章气势的追求正与其学米书的沉着痛快之势相通,而文章中辨雅俗与书法中避俗体则又颇为相似。姚鼐在书学史上的贡献,是创造了一种雅洁可观、刚柔相济、神韵为宗的作品。这些书法作品的美学特质都在姚鼐的文学作品中得到呼应。

---

① 姚鼐撰,陈用光辑,孙陟甫收藏:《惜抱轩手札》,上海:商务印书馆,民国二十五年(1936),第3册第15页。
② 姚鼐撰,陈用光辑,孙陟甫收藏:《惜抱轩手札》,上海:商务印书馆,民国二十五年(1936),第3册第17页。

结　语

　　吴敏树曾言"今之所称桐城文派者,始自乾隆间姚郎中"。姚莹则言"海峰出而大振,惜抱起而继之,然后诗道大昌,盖汉魏六朝三唐两宋以至元明诸大家之美,无一不备。海内诸贤谓古文之道在桐城,岂知诗亦然哉?!"可见,姚鼐是桐城文派、桐城诗派立派的关键人物,而姚氏的诗学思想和散文成就皆需要进一步深入研究。但很显然,凭借姚鼐一己之力,桐城派尚不能形成全国有影响的流派,这当是姚鼐、姚门弟子及再传弟子共同推动的结果。按照上述的思考,本书对于姚鼐的研究分为三大部分,即"诗学研究""散文研究"和"交游研究"。

　　"诗学研究"部分,从"桐城亦有诗派"这一话题论起。长时间以来,大家对桐城文派无论是赞赏还是批判,总还是承认有此一派,但对桐城诗派,学界则有不同的看法。钱锺书先生等认为"桐城亦有诗派",但所论较略,本书从"诗在桐城""自觉的诗派意识""强烈的批判精神"及"通融的诗学观念"入手,对钱先生的话题略有补充,这是研究桐城诗派和姚鼐诗学的逻辑起点。方苞不为诗,论者常论及刘大櫆和姚鼐对于桐城诗派的贡献,而忽视了姚范对于桐城诗派的先导之功,而讲明了姚范的诗学思想,也就理清了姚鼐诗学思想的源头,故而在论姚鼐诗学思想前先论姚范。姚鼐作为桐城诗派的奠基者,需要什么样的创作成就或学术品质?笔者以为姚鼐诗作诸体兼备,虽不能诸体兼善,但自是一流诗家,难能可贵的是,姚鼐论诗强调"道与艺合,天与人一","镕铸唐宋","以古文之法通之于诗",推尚"有所法而后能,有所变而后大",既颇有特色,又兼容并包,还指出了"变而后大"的道理。姚鼐等桐城派诗人"以文为诗",这是向韩愈等先贤学习的结果,桐城派诗人对韩愈诗歌的接受,既是韩诗经典化历程的重要环节,也是桐城诗派崛起的重要路径。

对姚鼐古文的研究向来较为充分,但即便如此,至今也未见到专论姚鼐古文艺术成就的专著。本书限于体例,亦未能对姚鼐古文创作做全面论述,只能尝试着从游记、碑志、传状三类文章入手,以观姚鼐古文创作的成就和贡献。姚鼐的游记散文是《惜抱轩文集》中文学性较强的一类。学界对名篇《登泰山记》的研究非常充分,但少有学者将《登泰山记》与《游灵岩记》《晴雪楼记》《游双溪记》《观披雪瀑记》当作一组游记看待,更忽视了姚鼐辞官南下这样的创作背景。笔者认为这组游记散文能反映出姚鼐辞官后的情感变化,这组散文具有"雅洁而质实,色华而不靡"的美学特质,《登泰山记》因为实现了地学游记与文学游记的融合而注定成为文学史上的经典之作。姚鼐的墓志之作颇多,成就亦高,其中影响最大的当属《袁随园君墓志铭并序》。这篇墓志手稿的发现,让我们感受到姚鼐既有"史笔"又有"文德",姚鼐对手稿的修改,则让我们领略"但加芟削,意味足长"的古文之法。姚鼐能创作出这样一些优秀的传状文,与其敢于突破"古人不为人立传"的陈规有关,这正是其"私传安可废"观念的体现。姚鼐关于传状文的认识及创作实绩影响了曾国藩《经史百家杂钞》、黎庶昌《续古文辞类纂》、王先谦《续古文辞类纂》、蒋瑞藻《新古文辞类纂》的编纂,对马其昶《桐城耆旧传》、姚永朴《旧闻随笔》的创作亦产生影响。姚鼐很少对自己的文章加以赞许,但在与弟子的尺牍中,偶尔列举些颇为得意之作,如尤有史笔的《朱竹君先生传》、期以流传的《吴殿麟传》、尽心结撰的《礼恭亲王家传》。姚鼐编《古文辞类纂》,意在编纂出一部具有总结意味的典范的古文选本,其中以神、理、气、味、格、律、声、色为"所以为文者"。笔者在对这八字逐一阐释后,又列举姚鼐作品以为佐证,发现这是"以诗为文"的古文策略在文选中的体现,"以诗为文"则成为笔者对姚鼐古文创作理论的总结。

姚鼐曾多次赴京科考,后于京师为官十余载,辞官后教授四方,年寿又高,交游广泛。在姚鼐交往的对象中,有达官贵人,有著名学者,更多的则是从其求学的青年学子。与其他文献相比,尺牍是能够最直接地反映个人交往情况的载体。姚鼐存有大量尺牍,这些尺牍不仅是研究姚鼐生平交往的一手资料,也是开启乾嘉时期桐城派研究的管钥。按照尺牍谈论内容的不同,可将姚鼐尺牍交往的对象分为相师友者、与辩论者、从受教者。姚鼐与师友的交往,增强了自信心,获得了支持,成为姚鼐发展的第一步;姚鼐与辩论者的交往,有助于其学术思想的形成,而"不易其所守"又赋予了姚鼐开宗立派的学术品质;姚鼐与从受教者的交往,同声相应,同气相求,增强了群体的凝聚力,进一步扩大了桐城派的影响。陈用光是与姚鼐往来最密切的弟子,在频繁的尺牍交往中,陈用光扮演的是请教者、探论者、吸收者、信奉者、传播者的角色。姚鼐也在与陈氏的尺牍交往中切磋琢磨、教学相长,进一步完善了学说。除了从尺牍这一载体考察姚鼐的交游,"地域与家族"亦是一个非常有效的视角。辽东朱氏、山西灵石何氏、安徽麻溪吴氏、山东曲阜孔氏和江西新城陈氏皆与姚鼐颇有交往。考察姚鼐与这些家族父子、祖孙的交往,大致可以了解桐城派在姚鼐及师友门人手中传播的路径和发展的进程。

姚鼐的交游是以古文和诗歌创作的成就为基础而展开的,姚鼐与师友门人的交往又进一步扩大了姚鼐诗文的影响。本书三个部分看似相对独立,实际上都在回答一个问题,即桐城派是如何在姚鼐手中发展壮大的。

参考文献

一、总集、选集、别集

卓尔堪编.明末四百家遗民诗[M].有正书局石印本.

《续修四库全书》编纂委员会编.续修四库全书[M].上海:上海古籍出版社,1996.

《清代诗文集汇编》编纂委员会编.清代诗文集汇编[M].上海:上海古籍出版社,2010.

徐世昌编.晚晴簃诗汇[M].北京:中华书局,1990.

邓之诚编.清诗纪事初编[M].北京:中华书局,1965.

钱仲联编.清诗纪事[M].南京:江苏古籍出版社,1987.

严云绶、施立业、江小角主编.桐城派名家文集[M].合肥:安徽教育出版社,2014.

刘大櫆编.历朝诗约选[M].清光绪廿三年(1897)文征阁校勘本.

姚鼐选,曹光甫标点.今体诗钞[M].上海:上海古籍出版社,1986.

高步瀛编.唐宋诗举要[M].上海:上海古籍出版社,1959.

吴闿生评选,寒碧点校.晚清四十家诗钞[M].杭州:浙江古籍出版社,2006.

陈衍编.近代诗钞[M].上海:商务印书馆,1923年铅印本.

陈诗辑,孙文光点校.皖雅初集[M].合肥:黄山书社,2017.

潘江辑,彭君华主编.龙眠风雅[M].合肥:黄山书社,2013.

潘江编.龙眠风雅续集[M].清康熙二十九年(1690)自刻本.

徐璈辑录,杨怀志、江小角、吴晓国点校.桐旧集[M].合肥:安徽大学出版社,2016.

姚鼐纂集,胡士明、李祚唐标校.古文辞类纂[M].上海:上海古籍出版社,1998.

高步瀛编.唐宋文举要[M].上海:上海古籍出版社,1982.

归有光著,周本淳校点.震川先生集[M].上海:上海古籍出版社,2007.

吴伟业著,李学颖集评标校.吴梅村全集[M].上海:上海古籍出版社,1990.

钱澄之撰,彭君华校点.田间文集[M].合肥:黄山书社,1998.

王士禛著,袁世硕主编.王士禛全集[M].济南:齐鲁书社,2007.

王英志编纂校点.袁枚全集新编[M].杭州:浙江古籍出版社,2015.

袁枚著,范寅铮校注.小仓山房尺牍[M].长沙:湖南文艺出版社,1987.

戴名世撰,王树民编校.戴名世集[M].北京:中华书局,2019.

方苞著,刘季高校点.方苞集[M].上海:上海古籍出版社,2009.

刘大櫆著,吴孟复标点.刘大櫆集[M].上海:上海古籍出版社,1990.

姚鼐著.惜抱轩全集[M].北京:中国书店,1991.

姚鼐著,刘季高标校.惜抱轩诗文集[M].上海:上海古籍出版社,1992.

姚鼐撰,姚永朴训纂,宋效永校点.惜抱轩诗集训纂[M].合肥:黄山书社,2001.

姚鼐著.惜抱轩尺牍[M].清道光三年(1823)刻本.

姚鼐著.惜抱轩遗书三种[M].清光绪己卯(1879)桐城徐氏刊本.

姚鼐著.惜抱轩手札[M]//近代中国史料丛刊(第六十辑).台北:文海出

版社,1973.

程晋芳著,魏世民校点.勉行堂诗文集[M].合肥:黄山书社,2012.

翁方纲著.复初斋文集[M].清李彦章校刻本.

张寅彭主编,刘奕点校.王文治诗文集[M].北京:人民文学出版社,2014.

张寅彭主编,刘青山点校.法式善诗文集[M].北京:人民文学出版社,2015.

张寅彭主编,姚蓉、鹿苗苗、孙欣婷点校.郭麐诗集[M].北京:人民文学出版社,2016.

张惠言著,黄立新校点.茗柯文编[M].上海:上海古籍出版社,2015.

吴德旋著.初月楼诗文钞[M].清光绪刻本.

吴德旋著.初月楼文续钞[M].清光绪中蛟川张氏花雨楼刊本.

陈用光著.太乙舟文集[M].清道光二十三年(1843)孝友堂刻本.

姚莹著.东溟文集[M].清道光十三年(1833)刊本.

姚莹著.中复堂全集[M].清同治六年(1867)安福县署刊本.

姚莹著.后湘诗集[M].清道光十三年(1833)刊本.

刘开著.刘孟涂集[M].清道光六年(1826)檗山草堂刊本.

梅曾亮著,彭国忠、胡晓明校点.柏枧山房诗文集[M].上海:上海古籍出版社,2005.

王友亮著,许隽超整理.王友亮集[M].南京:凤凰出版社,2018.

曾国藩著.曾国藩全集(修订版)[M].长沙:岳麓书社,2011.

张裕钊著,王达敏校点.张裕钊诗文集[M].上海:上海古籍出版社,2012.

吴汝纶著,施培毅、徐寿凯校点.吴汝纶全集[M].合肥:黄山书社,2000.

范当世著,马亚中、陈国安校点.范伯子诗文集[M].上海:上海古籍出版社,2003.

贺涛撰,祝伊湄、冯永军点校.贺涛文集[M].上海:华东师范大学出版社,2011.

姚永概著.慎宜轩诗[M].安徽官纸印刷局排印本.

姚永概著.慎宜轩文[M].清光绪卅四年(1908)灵萱室排印本.

姚永朴著.蜕私轩集[M].民国六年(1917)北京共和印刷局排印本.

二、诗话、文论

刘勰著,范文澜注.文心雕龙注[M].北京:人民文学出版社,1958.

赵执信著,陈迩冬校点.谈龙录[M].北京:人民文学出版社,1981.

袁枚著,顾学颉校点.随园诗话[M].北京:人民文学出版社,1982.

翁方纲著,陈迩冬校点.石洲诗话[M].北京:人民文学出版社,1981.

刘大櫆著,舒芜校点.论文偶记[M].北京:人民文学出版社,1959.

章学诚著,叶瑛校注.文史通义校注[M].北京:中华书局,2014.

方东树著,汪绍楹校点.昭昧詹言[M].北京:人民文学出版社,1961.

刘熙载著.艺概[M].上海:上海古籍出版社,1978.

何文焕辑.历代诗话[M].北京:中华书局,1981.

丁福保辑.历代诗话续编[M].北京:中华书局,1983.

王夫之等著.清诗话[M].上海:上海古籍出版社,1999.

郭绍虞编选,富寿荪校点.清诗话续编[M].上海:上海古籍出版社,1983.

张寅彭选辑,吴忱、杨焄点校.清诗话三编[M].上海:上海古籍出版社,2014.

姚永朴著,许振轩校点.文学研究法[M].合肥:黄山书社,2011.

钱锺书著.谈艺录[M].北京:生活·读书·新知三联书店,2001.

王水照编.历代文话[M].上海:复旦大学出版社,2007.

三、史料、笔记、方志、谱牒、工具书

赵尔巽等著.清史稿[M].北京:中华书局,1977.

王钟翰点校.清史列传[M].北京:中华书局,1987.

徐世昌编.清儒学案[M].北京:中华书局,2008.

钱仲联.广清碑传集[M].苏州:苏州大学出版社,1999.

周骏富辑.清代传记丛刊[M].台北:明文书局,1985.

姚范著.援鹑堂笔记[M].清道光十五年(1835)刊本.

姚莹著,欧阳跃峰整理.康輶纪行[M].北京:中华书局,2014.

刘声木著.苌楚斋随笔·续笔·三笔·四笔·五笔[M].北京:中华书局,1998.

姚永朴著,张仁寿点校.旧闻随笔[M].合肥:黄山书社,2011.

姚永概著,沈寂等标点.慎宜轩日记[M].合肥:黄山书社,2010.

马其昶撰,彭君华校点.桐城耆旧传[M].合肥:黄山书社,2013.

胡必选、王凝命等编.康熙桐城县志[M].清康熙三十五年(1696)刻本.

廖大闻等编.(道光)续修桐城县志[M].《中国地方志集成》本.

姚联奎、姚国祯等编.桐城麻溪姚氏族谱[M].民国十年(1921)活字本.

北京图书馆编.北京图书馆珍本年谱丛刊[M].北京:北京图书馆出版社,1998.

北图社古籍影印编辑室辑.乾嘉名儒年谱[M].北京:北京图书馆出版社,2006.

郑福照编.姚惜抱先生年谱[M].清同治七年(1868)刻本.

谭正璧编.中国文学家大辞典[M].上海:上海书店,1981.

钱仲联主编.中国文学家大辞典·清代卷[M].北京:中华书局,1996.

梁淑安主编.中国文学家大辞典·近代卷[M].北京:中华书局,1997.

钱实甫编.清代职官年表[M].北京:中华书局,1980.

李灵年、杨忠主编.清人别集总目[M].合肥:安徽教育出版社,2000.

江庆柏编著.清代人物生卒年表[M].北京:人民文学出版社,2005.

江庆柏编著.清代进士题名录[M].北京:中华书局,2007.

四、近现代著作

苏州大学明清诗文研究室编.明清诗文论文集[C].南京:江苏古籍出版社,1986.

王镇远著.桐城派[M].上海:上海古籍出版社,1990.

袁行霈、孟二冬、丁放著.中国诗学通论[M].合肥:安徽教育出版社,1994.

钱基博著,刘梦溪主编.中国现代学术经典·钱基博卷[M].石家庄:河北教育出版社,1996.

曹虹著.阳湖文派研究[M].北京:中华书局,1996.

仓修良、叶建华著.章学诚评传[M].南京:南京大学出版社,1996.

王立群著.中国古代山水游记研究[M].开封:河南大学出版社,1996.

周中明著.桐城派研究[M].沈阳:辽宁大学出版社,1997.

梁启超撰,朱维铮导读.清代学术概论[M].上海:上海古籍出版社,1998.

关爱和著.古典主义的终结——桐城派与"五四"新文学[M].上海:上海文艺出版社,1998.

钱仲联著.当代学者自选文库·钱仲联卷[M].合肥:安徽教育出版社,1999.

赵树功著.中国尺牍文学史[M].保定:河北人民出版社,1999.

张健著.清代诗学研究[M].北京:北京大学出版社,1999.

陈子展著.中国近代文学之变迁[M].上海:上海古籍出版社,2000.

朱则杰著.清诗史[M].杭州:浙江古籍出版社,2000.

李世英、陈水云著.清代诗学[M].长沙:湖南人民出版社,2000.

马卫中著.光宣诗坛流派发展史[M].苏州:苏州大学出版社,2000.

吴孟复著.桐城文派述论[M].合肥:安徽教育出版社,2001.

严迪昌著.清诗史[M].杭州:浙江古籍出版社,2002.

郭预衡著.中国散文史[M].上海:上海古籍出版社,2002.

孟醒仁著.桐城三祖年谱[M].合肥:安徽大学出版社,2002.

刘师培著.清儒得失论[M].北京:中国人民大学出版社,2004.

陈平原著.从文人之文到学者之文——明清散文研究[M].北京:生活·读书·新知三联书店,2004.

熊礼汇著.明清散文流派论[M].武汉:武汉大学出版社,2004.

刘世南著.清诗流派史[M].北京:人民文学出版社,2004.

施立业著.姚莹年谱[M].合肥:黄山书社,2004.

梁绍辉著.曾国藩评传[M].南京:南京大学出版社,2006.

胡睿主编.桐城派研究论文集[M].北京:中国文联出版社,2006.

梁启超著.中国近三百年学术史[M].上海:上海三联书店,2006.

王达敏著.姚鼐与乾嘉学派[M].北京:学苑出版社,2007.

徐雁平著.清代东南书院与学术及文学[M].合肥:安徽教育出版社,2007.

柳春蕊著.晚清古文研究——以陈用光、梅曾亮、曾国藩、吴汝纶四大古文圈子为中心[M].南昌:百花洲文艺出版社,2007.

杜桂萍著.文献与文心:元明清文学论考[M].北京:中华书局,2009.

陆宝千著.清代思想史[M].上海:华东师范大学出版社,2009.

孟森著.清史讲义[M].北京:中华书局,2010.

罗时进著.地域·家族·文学:清代江南诗文研究[M].上海:上海古籍出版社,2010.

莫道才著.骈文通史(修订本)[M].济南:齐鲁书社,2010.

吕双伟著.清代骈文理论研究[M].北京:人民出版社,2011.

吴承学著.中国古代文体学研究[M].北京:人民出版社,2011.

刘声木著,徐天祥点校.桐城文学渊源考 撰述考[M].合肥:黄山书社,2012.

王英志著.清代唐宋诗之争流变史[M].北京:人民文学出版社,2012.

郭英德著.中国古代文人集团与文学风貌(修订版)[M].北京:中国人民大学出版社,2012.

吴微著.桐城文章与教育[M].合肥:安徽大学出版社,2012.

武道房著.曾国藩学术传论[M].合肥:安徽大学出版社,2012.

蒋寅著.清代诗学史(第 卷)[M].北京:中国社会科学出版社,2012.

陈祖武著.清代学术源流[M].北京:北京师范大学出版社,2012.

周中明著.姚鼐研究[M].合肥:安徽大学出版社,2013.

曾大兴著.中国历代文学家之地理分布[M].北京:商务印书馆,2013.

陈居渊著.汉学更新运动研究:清代学术新论[M].南京:凤凰出版社,2013.

陈晓红著.方东树诗学研究[M].合肥:安徽大学出版社,2013.

朱万曙著.徽商与明清文学[M].北京:人民文学出版社,2014.

潘务正著.清代翰林院与文学研究[M].北京:人民出版社,2014.

汪杨著.新文化运动与安徽[M].合肥:安徽大学出版社,2014.

俞樟华、胡吉省著.桐城派编年[M].北京:人民文学出版社,2015.

何宗美.明代文人结社与文学流派研究[M].北京:人民出版社,2015.

张器友著.桐城派与五四新文学[M].合肥:安徽大学出版社,2015.

王汎森著.权力的毛细管作用:清代的思想、学术与心态(修订版)[M].北京:北京大学出版社,2015.

任雪山著.桐城派文论的现代回响[M].合肥:安徽大学出版社,2015.

《安徽优秀传统文化丛书》编写组编.桐城文化八讲[M].合肥:安徽大学出版社,2015.

萧晓阳著.近代桐城文派研究[M].北京:中国社会科学出版社,2016.

付琼著.清代唐宋八家散文选本考录[M].北京:商务印书馆,2016.

徐成志、王思豪主编.桐城派文集叙录[M].合肥:安徽大学出版社,2016.

张秀玉著.清代桐城派文人治生研究[M].北京:中国社会科学出版社,2017.

汪孔丰著.麻溪姚氏与桐城派的演进[M].合肥:安徽大学出版社,2017.

江小角、方盛良、盛险峰主编.桐城派十二讲[M].合肥:安徽大学出版社,2017.

蒋寅著.视觉与方法——中国文学史探索[M].北京:北京大学出版社,2018.

孙钦善著.清代考据学[M].北京:中华书局,2018.

周兴陆著.中国文论通史[M].上海:复旦大学出版社,2018.

尚小明著.学人游幕与清代学术(增订本)[M].北京:东方出版社,2018.

陈平原著.左图右史与西学东渐:晚清画报研究[M].北京:生活·读书·新知三联书店,2018.

安徽大学学报编辑部.桐城派与中国文化的现代转型[M].合肥:安徽大学出版社,2018.

师雅惠.正声初起:早期桐城派作家研究[M].北京:中国社会科学出版社,2019.

罗检秋著.清代汉学家族研究[M].北京:中华书局,2019.

蒋寅著.清代诗学史(第二卷)[M].北京:中国社会科学出版社,2019.

五、期刊论文

袁有芬.桐城派研究论文索引[J].第一届全国桐城派学术讨论会论文集[C].1985.

王镇远.论姚鼐的诗歌艺术[J].苏州大学学报.1985(2).

贾文昭.评姚鼐《述庵文钞序》[J].江淮论坛.1985(6).

黄季耕.谈谈姚鼐的诗[J].安徽教育学院学报.1991(3).

朱则杰.姚鼐和桐城诗派之我见[J].中国古代、近代文学研究.1992(10).

施立业.论姚莹的哲学思想——桐城派经世之路探讨(一)[J].安徽史学.1994(1).

方任安.以文为诗 以文论诗:桐城诗派的诗学观[J].安庆师范学院学报.1997(1).

蒋雪艳、刘守安.姚鼐的诗论[J].首都师范大学学报.1997(6).

何天杰.经世之学的蜕变与桐城派的崛起[J].华南师范大学学报.2001(1).

曾光光.变法维新思潮中的吴汝纶与桐城派[J].江淮论坛.2001(3).

史涅.试论吴汝纶对西学的认识[J].安徽史学.2001(4).

汪龙麟.桐城派研究的世纪回顾[J].北京社会科学.2002(1).

高黛英.20世纪桐城派研究述评[J].郑州大学学报.2003(2).

孙琴安.桐城派诗选的经典:评价姚鼐的《今体诗钞》[J].古典文学知识.2003(3).

陈宇俊、马亚中.论戴名世对桐城诗派的影响[J].苏州大学学报.2003(4).

陈平原.文派、文学与讲学——姚鼐的为人与为文[J].学术界.2003(5).

吴微.吴汝纶与桐城派古文[J].文史知识.2003(12).

施立业.姚莹与桐城经世派的兴起[J].清史研究.2004(2).

潘务正.回归还是漂流——质疑吴汝纶对桐城文派的"复归"[J].江淮论坛.2004(3).

关爱和.二十世纪初文学变革中的新旧之争——以后期桐城派与"五四"新文学的冲突与交锋为例[J].文学评论.2004(4).

柳春蕊.神、理、声、色——姚鼐的诗歌体性论[J].北京大学学报.2004(4).

江小角、方宁胜.桐城派研究百年回顾[J].安徽史学.2004(6).

鲍红.归有光与桐城派的渊源关系[J].安庆师范学院学报.2005(2).

王奇.《归评史记》对《史记》的接受[J].文艺研究.2005(6).

严迪昌.姚鼐立派与"桐城家法"[J].文学遗产.2006(1).

张晨怡、曾光光.桐城派研究学术史回顾[J].船山学刊.2006(1).

沈寂.吴汝纶与严复译著[J].安徽大学学报.2006(4).

王达敏.论姚鼐与四库馆内汉宋之争[J].北京大学学报.2006(5).

王达敏.从辞章到考据——论姚鼐学术生涯第一次重大转折与戴震的关系[J].清华大学学报.2007(1).

卞孝萱、武黎嵩.重新认识姚鼐——《桐城麻溪姚氏宗谱》资料的发掘和利用[J].中国文化.2007(2).

闵定庆.桐城诗学的一记绝唱——论《晚清四十家诗钞》的宗杜取向[J].南昌大学学报.2007(4).

董根明.进化史观与古文道统的同一——吴汝纶与严复思想考索[J].中国社会科学院研究生院学报.2008(1).

柳春蕊.莲池书院与以吴汝纶为中心的古文圈子的形成[J].东方论坛.2008(1).

李琳琦、郑德新.吴汝纶生平述略[J].江淮论坛.2008(1).

韩胜.从《今体诗钞》看姚鼐的诗歌批评[J].安徽大学学报.2008(3).

翔云.曾国藩与曾门四弟子关系之论析[J].太原师范学院学报.2008(5).

杨峰、张伟.清人评点《震川先生集》的内涵及其对桐城派文论的关照意义[J].中国矿业大学学报.2009(1).

张维.回归"文人":道光时期桐城派的选择——梅曾亮推动崇尚归氏古文风气的原意和意义[J].安徽大学学报.2009(6).

王晖、成积春.姚莹理学思想初探[J].江西社会科学.2010(6).

朱秀梅.力倡西学育人才 坚守古文存"道统"——吴汝纶西学思想与古文观念平论[J].中州学刊.2011(2).

徐雁平.评点本的内部流通与桐城派的发展[J].文学遗产.2012(1).

齐世荣.谈私人信函的史料价值[J].首都师范大学学报.2012(5).

单重阳.谈艺不讥明七子[J].安徽大学学报.2012(6).

汪孔丰.姚莹"经济"说新探[J].安庆师范学院学报.2012(6).

王达敏.曾国藩总督直隶与莲池新风的开启[J].安徽大学学报.2014(6).

师雅惠.以古文为时文:桐城派早期作家的时文改良[J].安徽大学学报.2014(6).

程维.桐城派与汉学派的制义之争[J].安徽大学学报.2014(6).

吴承学、何诗海.《古文辞类纂》编纂体例之文体学意义[J].北京大学学报.2015(3).

曹虹.异辕合轨:清人赋予"古文辞"概念的混成意趣[J].文学遗产.2015(4).

蒋寅.海内论诗有正宗 姬传身在最高峰——姚鼐诗学品格与渊源刍论[J].文艺理论研究.2015(5).

叶当前.桐城派前期作家朱孝纯的生平与交游[J].安庆师范学院学报.2016(4).

蒋寅.诗学、文章学话语的沟通与桐城派诗歌理论的系统化——方东树诗学的历史贡献[J].复旦学报.2016(6).

潘务正.姚鼐与袁枚诗学关系考论[J].安徽师范大学学报.2017(4).

方盛良.《惜抱轩题跋》所见姚鼐佚文考释[J].文献.2017(6).

张宏生.学术走向与创作选择——姚鼐弃词不作与乾嘉年间的词学观念[J].中华文史论丛.2018(3).

林锋.明清时期的"私人作传"之争[J].文学遗产.2018(5).

朱曦林.近百年来桐城诗派研究述论[J].古代文学前沿与评论.2019(1).

徐雁平.论桐城可作为清代地域文化研究的范本:以世家联姻与文献编刊为例[J].安徽史学.2019(4).

周游.论严复的古文旨趣——以严评《古文辞类纂》为中心[J].文学遗产.2019(5).

张知强.桐城派的"义法"实践与古文删改[J].文学遗产.2019(5).

吴怀东.《登泰山记》与义理、考据、辞章"相济"论[J].安徽大学学报.2019(6).

后 记

从我开始研究姚鼐到完成这部书稿,10年过去了。2009年初春,我即完成了硕士学位论文《桐城麻溪姚氏诗学思想研究》的撰写工作,其中就有专章研究姚鼐的诗学思想,但直到2019年底,我到安徽大学文学院工作的第三年,才完成这部书稿的写作,借此对自己关于姚鼐的研究做一阶段性总结。

姚鼐为桐城派集大成者,历来研究桐城派者多在姚鼐研究上倾注精力。周中明先生《姚鼐研究》、王达敏先生《姚鼐与乾嘉学派》皆为姚鼐研究的力作,他们从宏观的视野关注姚鼐和乾嘉时代的关系,为后来者提供有益参考。姚鼐如何成为桐城派的集大成者?或者说,桐城派如何在姚鼐手中立派?这一直是我开展姚鼐研究想要解决的问题。相较于学者和官员的身份,我们更应关注姚鼐在诗文创作方面的实绩和贡献。"诗学研究"部分重点在于确立姚鼐作为桐城诗派奠基者的地位,而要说清这个问题,首先要问答桐城诗派是否成立以及姚鼐诗学思想的渊源问题。"以文为诗"则是对桐城诗派特色的概括,这又与姚鼐等对韩诗的学习密不可分。"散文研究"部分重点突出姚鼐古文创作的实绩,而"以诗为文"又成为姚鼐古文创作的法宝和特色。诗文创作和批评方面的成绩是姚鼐成为集大成者的基础,但如果没有师友、门人的共同努力,桐城派亦不可能在全国产生如此大的影响,所以笔者用了很大篇幅讨论姚鼐的交游问题。即便是附录部分的姚鼐堪舆思想研究、书学思想研究,都是从某一方面对姚鼐如何能成为桐城派集大成者这一问题的回答。可以说,虽然书稿为断断续续写成,但因思考的问题没变,其中的写作意图和内在逻辑亦可谓清晰可见。姚鼐有言,"古人不无待于今,今人亦不能无待于后世",姚鼐与桐城派的话题还需要后来者继续探究。

在书稿的写作过程中,我陆续产生了一些新的想法,并将其中的一些申报了课题,如"姚鼐年谱长编"(教育部人文社会科学研究青年基金项目,课题批准号:20YJC751016)、"姚鼐师友门人往还信札汇编"(全国高等院校古籍整理研究工作委员会直接资助项目,课题批准号:1901)、"姚鼐信札辑存编年校释"(安徽省社科规划后期资助项目,课题批准号:AHSKHQ2019D007;安徽高校人文社会科学研究项目,课题批准号:SK2019A0029)、"桐城派尺牍整理与研究"(安徽省社会科学创新发展研究课题攻关研究项目,课题批准号:2019CX040)、"姚鼐山水游记的美学特质"(安徽大学大自然文学研究协同创新中心项目,课题批准号:ADZWZ19-02)等。本书可算以上课题的阶段性成果,这些课题则为我将来从事姚鼐及桐城派研究规划了方向。本书部分章节已在《江海学刊》《中国书法》《学术界》《华夏文化论坛》《中国文学研究》等核心期刊发表,另有一篇文章被中国人民大学书报资料中心复印报刊资料《中国古代、近代文学研究》全文转载,特此说明,并致谢忱。

《礼记·学记》言:"独学而无友,则孤陋而寡闻。"在我学习和研究的旅程中,丁放先生、彭国忠先生、吴怀东先生、王达敏先生、江小角先生、方盛良先生时常给予我鼓励和教导。孙玉石先生、张福贵先生、刘勇先生、蒋寅先生、徐正英先生、张剑先生、罗剑波先生、葛涛先生则曾给予我无私的帮助。"桐城派研究群"中的诸多师友时常传来不少研究资料和学术信息,这令我受益颇多。87岁高龄的周中明先生不辞辛劳为小书撰序,尤令我感动。请允许我在这里向各位师长、友人和家人道一声谢谢!